21世纪高等职业教育
建筑装饰与环境艺术 规划教材

AutoCAD
建筑制图教程

○ 李俊杰 主编

○ 杨书婕 王磊 邹东升 副主编

Architectural Decoration

人民邮电出版社
北京

图书在版编目（CIP）数据

AutoCAD建筑制图教程 / 李俊杰主编. -- 北京：人
民邮电出版社，2012.1
21世纪高等职业教育建筑装饰与环境艺术规划教材
ISBN 978-7-115-26387-2

Ⅰ. ①A… Ⅱ. ①李… Ⅲ. ①建筑制图－计算机辅助
设计－AutoCAD软件－高等职业教育－教材 Ⅳ. ①TU204

中国版本图书馆CIP数据核字(2011)第205702号

内 容 提 要

AutoCAD 是一款优秀的计算机辅助设计软件，在工程设计领域得到广泛应用。全书共分 14 章，第 1 章～第 8 章介绍了 AutoCAD 的基本操作及绘制基本建筑图形的方法；第 9 章介绍了室内装饰制图的绘制方法；第 10 章、第 11 章介绍了常见的建筑制图；第 13 章介绍了绘制三维效果图的方法；第 14 章介绍了渲染模型。

本书可作为高等职业院校建筑类各专业的计算机辅助绘图课教材，也可作为广大工程技术人员及计算机爱好者的自学用书。

21 世纪高等职业教育建筑装饰与环境艺术规划教材

AutoCAD 建筑制图教程

◆ 主　　编　李俊杰
　　副 主 编　杨书婕　王　磊　邹东升
　　责任编辑　王　威

◆ 人民邮电出版社出版发行　　北京市崇文区夕照寺街 14 号
　　邮编　100061　　电子邮件　315@ptpress.com.cn
　　网址　http://www.ptpress.com.cn
　　北京昌平百善印刷厂印刷

◆ 开本：787×1092　1/16
　　印张：19.5　　　　　　　　2012 年 1 月第 1 版
　　字数：476 千字　　　　　　2012 年 1 月北京第 1 次印刷

ISBN 978-7-115-26387-2

定价：42.00 元（附光盘）

读者服务热线：**(010)67170985**　印装质量热线：**(010)67129223**
反盗版热线：**(010)67171154**

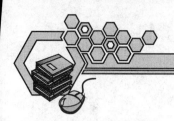

前　言

AutoCAD 是 AutoDesk 公司研发的一款优秀的计算机辅助设计及绘图软件，其应用范围遍及机械、建筑、航空、轻工等领域。

随着信息时代的到来，建筑设计的过程不可避免地受到计算机的影响，建筑师们从繁复的建筑图纸绘制过程中得到一定程度的解脱。计算机凭借其便捷强大的数据处理能力，不但可以使绘制图纸变得简单起来，而且可以使天马行空的设计理念得到淋漓尽致的表达。由计算机辅助工具制作的平面方案、三维效果以及漫游动画为建筑创作带来新的面孔，传统的建筑创作逐渐被计算机辅助设计所取代。其中，AutoCAD 是应用最广泛的一款辅助设计软件。

本书按照"基础—提高—应用"的结构体系进行编排，从 AutoCAD 软件的基础使用入手，以实用性好，针对性强的实例为引导，循序渐进地介绍 AutoCAD 2010 的使用方法和使用其绘制室内装饰制图、建筑施工图、结构施工图的过程及技巧。

本教材突出实用性，注重培养学生的时空能力，根据各个章节的讲解内容与形式的不同，相应穿插了"课堂案例"、"课堂练习"和"课后练习"，通过这些练习，举一反三，不仅能达到熟练应用软件命令的目的，而且能够拓展设计思维，在方案设计及建模过程中养成乐于思考和创新的能力。

为方便读者，本书还提供了电子课件及案例素材，读者可登录人民邮电出版社教学服务与资源网 http://www.ptpedu.com.cn/进行下载。

本书由李俊杰任主编，杨书婕、王磊、邹东升任副主编。祖宝明、王素芳也参与了本书的编写。

由于作者水平有限，编写时间仓促，书中难免有疏漏之处，恳请广大读者提出宝贵意见。

编　者
2011 年 9 月

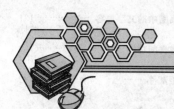

目 录

第1章
AutoCAD 绘图环境及基本操作

教学目标：

熟练掌握 AutoCAD 绘图环境及基本操作，能够灵活设置 AutoCAD 绘图环境，掌握 AutoCAD 常用操作和命令的使用方法。

学习要点：

➢ 认识 AutoCAD

➢ AutoCAD 的基本操作

➢ AutoCAD 的绘图环境

➢ 绘图精度控制

1.1 初识 AutoCAD

AutoCAD 是 Autodesk 公司开发的一种绘图软件，主要应用于计算机辅助设计领域，在建筑、机械和室内装饰等工程设计中有着极为广泛的应用。

1.1.1 AutoCAD 的启动和退出

本小节主要学习 AutoCAD 2010 的启动和退出方法。通过本小节的学习，读者可以学会使用各种方法启动和退出 AutoCAD 2010 应用程序，以方便以后的学习与工作。

1. 启动 AutoCAD 2010

安装好 AutoCAD 2010 应用程序后，用户可以通过如下 3 种方法启动该程序。

（1）双击 Windows 桌面上的快捷方式图标，即可快速启动 AutoCAD 2010 应用程序，如图 1-1 所示。

（2）单击 Windows 任务栏上的"开始"按钮，然后选择启动 AutoCAD 2010 应用程序的命令，如图 1-12 所示。

图 1-1

图 1-2

（3）如果已经在计算机中保存了由 AutoCAD 2010 生成的图形文件，则可找到该文件的存放位置，然后双击该文件，即可启动 AutoCAD 2010 应用程序，同时打开该文件，如图 1-3 所示。

> **提示**：文件是不是 AutoCAD 图形文件，可以通过查看文件的扩展名来判断，AutoCAD 图形文件的扩展名为 .dwg。

第一次启动 AutoCAD 2010 后，将打开"新功能专题研习"对话框，其中包括 3 个选项供用户选择，如图 1-4 所示。如果想在下次启动该程序时不再打开该对话框，可以选中"不，不再显示此消息"选项，然后单击"确定"按钮进入 AutoCAD 2010 工作界面。

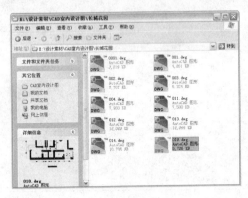
图 1-3

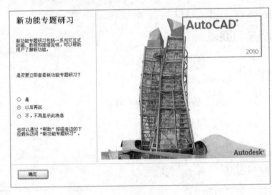
图 1-4

2. 退出 AutoCAD 2010

启动 AutoCAD 2010 应用程序后，用户可以通过如下 4 种方法退出该程序。

（1）使用菜单命令退出应用程序，几乎是每个应用程序都提供的功能。在 AutoCAD 2010 应用程序中，单击"菜单浏览器"按钮，在弹出的菜单中单击"退出 AutoCAD"按钮，即可退出 AutoCAD 2010 应用程序，如图 1-5 所示。

（2）单击 AutoCAD 2010 应用程序窗口右上角的"关闭"按钮，即可退出 AutoCAD 2010 应用程序，如图 1-6 所示。

图 1-5

图 1-6

如果在退出 AutoCAD 2010 应用程序前对文件内容进行了修改，系统将出现提示对话框，询问用户是否需要对改动的内容进行保存，如图 1-7 所示。如果要保存所做的修改，则在提示对话框中单击"是"按钮，否则单击"否"按钮。

（3）在对应用程序中打开的所有文件进行保存后，按"Alt+F4"组合键即可快速退出 AutoCAD 2010 应用程序。

（4）通过输入并执行命令的方式退出 AutoCAD 应用程序。在对 AutoCAD 2010 应用程序中打开的所有文件进行保存后，在命令提示行中输入 Quit 命令，然后按回车键进行确认，即可退出应用程序，如图 1-8 所示。

图 1-7   图 1-8

> 提示：在输入命令后需要按回车键进行确认。为了更方便用户，系统提供了使用空格键代替回车键进行确认的功能，但是在输入文字的操作中仍然需要使用回车键进行确认。

1.1.2 AutoCAD 的工作界面

要学习与使用 AutoCAD 2010，首先要熟悉 AutoCAD 2010 的工作界面。启动 AutoCAD 2010 应用程序后，即可进入 AutoCAD 2010 的工作界面。

1. 标题栏

标题栏位于 AutoCAD 2010 程序窗口的最顶端，用于显示 AutoCAD 应用程序名称、版本号、当前打开的文件名称等信息，默认情况下显示的是"AutoCAD 2010-Drawing1.dwg"；如果打开的是一个保存过的图形文件，显示的则是文件的名称。

标题栏的右端有 3 个按钮，依次为"最小化"按钮、"恢复窗口大小"按钮、"关闭"按钮，如图 1-9 所示。单击其中的某个按钮，可执行相应的操作。

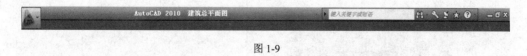

图 1-9

2. 菜单浏览器

"菜单浏览器"按钮位于应用程序窗口的左上角。单击该按钮，可以展开 AutoCAD 2010 中用于管理图形文件的命令，如新建、打开、保存、打印、输出等。

用户可以通过菜单浏览器浏览文件和缩略图，以及图形的详细尺寸和文件创建者信息。此外，用户还可以按照名称、日期或标题来排列近期使用过的文件，如图 1-10 所示。

使用菜单浏览器不仅可以进行新建、打开、保存、打印、输出、浏览文件信息等操作，还可以通过单击菜单浏览器中的"最近使用的文档"按钮显示最近使用过的文档，以便快速打开其中的文档；或单击"打开文档"按钮显示当前打开的图形文档，如图 1-11 所示。

图 1-10

图 1-11

3. 快速访问工具栏

快速访问工具栏位于"菜单浏览器"按钮的右侧，用于存放用户经常访问的命令。该工具栏用户可以自定义，其中默认包含由工作空间定义的命令集，如图 1-12 所示。

> **提示：** 用户可以在快速访问工具栏中添加、删除和重新定位命令。如果没有可用空间，则多出的命令将合并显示为弹出按钮。

单击快速访问工具栏右端的按钮，在弹出的菜单中选择命令，即可将相应的工具按钮添加到快速访问工具栏中，如图 1-13 所示。在该菜单中选择"更多命令"命令，将打开"自定义用户界面"窗口，在该窗口中可以选择需要添加到快速访问工具栏中的命令，如图 1-14 所示。

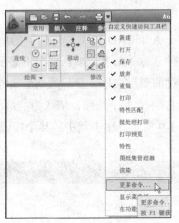

图 1-12

图 1-13

选择需要添加的命令后，将其拖曳到快速访问工具栏中，即可将相应的工具按钮添加到快速访问工具栏中，如图 1-15 所示。

单击快速访问工具栏右端的按钮，在弹出的菜单中选择"在功能区下方显示"命令，如图 1-16 所示，可以将快速访问工具栏显示在功能区下方，如图 1-17 所示。

图 1-14

图 1-15

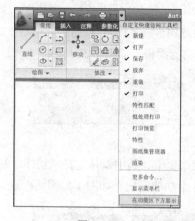

图 1-16

图 1-17

4. 功能区

AutoCAD 2010 的功能区位于标题栏的下方，功能区中的每一个按钮都形象地代表一个命令。用户只需单击按钮，即可执行相应命令。在默认情况下，功能区包括"常用"、"插入"、"注释"、"参数化"、"视图"、"管理"和"输出"7 大部分。

➢ 单击"常用"标签，将进入"常用"功能选项卡，其中默认包括"绘图"、"修改"、"图层"、"注释"、"块"、"特性"、"实用工具"和"剪贴板"8 个功能面板，如图 1-18 所示。

图 1-18

➢ 单击"插入"标签，将进入"插入"功能选项卡，其中默认包括"块"、"属性"、"参照"、"输入"、"数据"、"链接和提取"6 个功能面板，如图 1-19 所示。

图 1-19

➢ 单击"注释"标签，将进入"注释"功能选项卡，其中默认包括"文字"、"标注"、"引线"、"表格"、"标记"和"注释缩放"6 个功能面板，如图 1-20 所示。

图 1-20

➢ 单击"参数化"标签，将进入"参数化"功能选项卡，其中默认包括"几何、标注"和"管理"3 个功能面板，如图 1-21 所示。

图 1-21

➢ 单击"视图"标签，将进入"视图"功能选项卡，其中默认包括"导航"、"视图"、"坐标"、"视口"、"选项板"和"窗口"6 个功能面板，如图 1-22 所示。

图 1-22

➢ 单击"管理"标签，将进入"管理"功能选项卡，其中默认包括"动作录制器"、"自定义设置"、"应用程序"和"CAD 标准"4 个功能面板，如图 1-23 所示。

图 1-23

➢ 单击"输出"标签，将进入"输出"功能选项卡，其中默认包括"打印"、"输出为 DWF/PDF"和"输出至 Impression"3 个功能面板，如图 1-24 所示。

图 1-24

　　在学习与工作过程中，为了方便操作，可以隐藏多余的功能选项卡，还可以显示其他和被隐藏的功能选项卡。在功能区标题栏中单击鼠标右键，在弹出的快捷菜单中选择"显示选项卡"命令，将显示该命令下的子菜单命令，如图 1-25 所示。

图 1-25

　　子菜单命令的左侧如果有复选标记，则表示相应的功能选项卡处于打开状态，选择其中的命令，可将对应的功能选项卡隐藏；如果没有标记，则表示相应的功能选项卡处于隐藏状态，选择其中的该命令，可将对应的功能选项卡显示出来。图 1-26 所示为隐藏"常用"选项卡的状态。

图 1-26

在功能区中单击鼠标右键，在弹出的快捷菜单中选择"显示面板"命令，将显示当前功能选项卡中的功能面板子菜单命令，如图 1-27 所示。选择其中的命令，可以将隐藏的功能面板显示出来，或将显示的功能面板隐藏。

💡 提示："显示面板"子菜单中是针对当前功能选项卡的命令，选择不同的功能选项卡，"显示面板"子菜单中的命令也将随之发生变化。

在功能区标题栏中单击鼠标右键，在弹出的快捷菜单中选择"浮动"命令，如图 1-28 所示，功能区将以浮动面板的形式显示在窗口中，如图 1-29 所示。拖曳功能区浮动面板的标题栏，可以在窗口中改变其位置；双击浮动面板的标题栏，则可以将功能区还原。

图 1-27

图 1-28

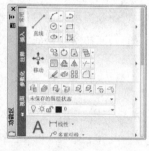

图 1-29

在功能区标题栏中单击鼠标右键，在弹出的快捷菜单中选择"关闭"命令，即可关闭功能区，如图 1-30 所示，效果如图 1-31 所示。

💡 提示：关闭功能区后，将不能再使用快捷菜单将其打开，此时可以输入在命令提示行中 Ribbon 命令并按回车键打开功能区。

图 1-30

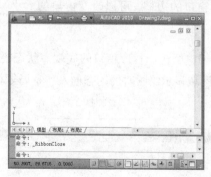

图 1-31

5. 帮助按钮

"帮助"按钮 ⑦ 位于栏题栏右方，如图 1-32 所示。单击该按钮，将打开"AutoCAD 2010 帮助"窗口，在该窗口中可以查询 AutoCAD 2010 各个功能的说明及应用方法，如图 1-33 所示。

图 1-32   图 1-33

6. 绘图区

AutoCAD 的绘图区是用于显示所绘制、编辑的图形及文字的区域，其中显示有控制按钮、坐标系图标、十字光标等元素，如图 1-34 所示。将绘图区还原后，还可以显示绘图窗口的标题栏。

7. 命令提示行窗口

命令提示行窗口位于绘图窗口的下方，如图 1-35 所示。用户可以通过键盘输入各种操作对应的英文命令或其简化命令，然后按回车键或空格键即可执行该命令。

图 1-34

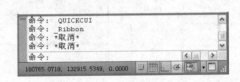

图 1-35

用鼠标拖曳命令提示行窗口的标题栏，可以移动在命令提示行窗口，并使其成为浮动窗口，如图 1-36 所示，也可以将命令提示行窗口固定在绘图窗口的顶部。在命令提示行窗口的标题上按住鼠标左键，即可移动命令提示行窗口；拖曳命令提示行窗口的边框，可以改变窗口的大小。

图 1-36

8. 状态栏

状态栏位于整个应用程序窗口的底端。状态栏的左端显示了绘图区中十字光标中心点的坐标位置，其余区域显示绘图时的动态输入、布局等相关状态，如图 1-37 所示。

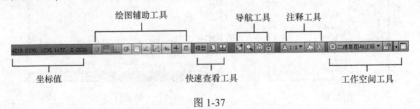

绘图辅助工具   导航工具   注释工具

坐标值   快速查看工具   工作空间工具

图 1-37

➢ 坐标值：在该区域显示当前鼠标指针所在的坐标位置，坐标值会随着鼠标的移动而发生变化。通过查看坐标值，可以使用鼠标指定图形的位置。

➢ 绘图辅助工具：主要用于控制绘图的性能，其中包括捕捉模式、栅格显示、正交模式、极轴追踪、对象捕捉、对象捕捉追踪、允许/禁止动态 UCS、动态输入、显示/隐藏线宽、快捷特性等工具。

➢ 快速查看工具：使用其中的工具可以轻松预览打开的图形和打开图形的模型空间与布局，并在其间进行切换，图形将以缩略图形式显示在应用程序窗口的底部。

➢ 导航工具：用于更改模型的方向和视图。通过放大或缩小对象，可以调整模型的显示细节。用户可以创建用于定义模型中某个区域的视图，也可以使用预设视图恢复已知视点和方向。平移工具 用于移动视图，以显示未显示在当前视图中的内容。缩放工具 用于对视图显示进行缩放。

➢ 注释工具：显示用于缩放注释的若干工具针，对模型空间和图纸空间显示不同的工具。当图形状态栏打开后，注释工具将显示在绘图区的底部；当图形状态栏关闭时，图形状态栏上的工具将移至应用程序状态栏。

➢ 工作空间工具：用于切换 AutoCAD 2010 的工作空间，以及对工作空间进行自定义等操作。

1.1.3 AutoCAD 的 3 种工作空间

为了满足不同用户的需要，AutoCAD 2010 提供了"二维草图与注释"、"三维建模"和"AutoCAD 经典"3 种工作空间模式，用户可以根据自己的需要选择不同的工作空间。

1. 二维草图与注释空间

AutoCAD 2010 默认状态下启动的工作空间便是"二维草图与注释"空间。其界面主要由"菜单浏览器"按钮、功能区、快速访问工具栏、绘图区、命令提示行窗口和状态栏等元素组成。在该空间中，可以方便地使用"常用"功能选项卡中的"绘图"、"修改"、"图层"、"注释"、"块"、"特性"等功能面板进行二维图形的绘制，如图 1-38 所示。

2. 三维建模空间

使用"三维建模"空间，可以更加方便地在三维空间中绘制图形，功能区中集成了"三维建模"、"视觉样式"、"光源"、"材质"、"渲染"、"导航"等面板，从而为绘制三维图形、观察图形、创建动画、设置光源、为三维对象附加材质等操作提供了非常便利的环境，如图 1-39 所示。

图 1-38

图 1-39

3. AutoCAD 经典空间

对于习惯 AutoCAD 传统界面的用户来说，使用"AutoCAD 经典"工作空间是最好的选择。"AutoCAD 经典"工作空间的界面主要由"菜单浏览器"按钮、快速访问工具栏、菜单栏、工具栏、绘图区、命令提示行窗口、状态栏等元素组成，如图 1-40 所示。

💡 **提示：**由于某些操作使用菜单命令来执行更方便，因此，在后面的叙述中，如果出现执行"……>……"命令，则表示当前的操作是在"AutoCAD 经典"工作空间中进行的。

用户在使用 AutoCAD 2010 进行绘图之前，可以根据自己的需要来选择工作空间。在状态栏中单击"切换工作空间"按钮 ⚙二维草图与注释▼，即可在弹出的菜单中进行工作空间的切换，如图 1-41 所示。

图 1-40　　　　　　　　　　　　　　　　图 1-41

1.1.4　AutoCAD 的坐标系

AutoCAD 提供了 3 种坐标系统，即笛卡儿坐标系统、世界坐标系统和用户坐标系统。

1. 笛卡儿坐标系统

AutoCAD 采用笛卡儿坐标系来确定位置，该坐标系也称绝对坐标系。在进入 AutoCAD 绘图区时，系统自动进入笛卡儿坐标系第一象限，其原点位于绘图内的左下角。

2. 世界坐标系统

世界坐标系统（World Coordinate System，WCS）是 AutoCAD 的基础坐标系统，它由 3 个相互垂直并相交的坐标轴 x、y 和 z 组成。在绘制和编辑图形的过程中，WCS 是预设的坐标系统，其坐标原点和坐标轴都不会改变。

在默认情况下，x 轴以水平向右为正方向，y 轴以垂直向上为正方向，z 轴以垂直屏幕向外为正方向，坐标原点位于绘图区左下角，如图 1-42 所示。

图 1-42

> 💡 **提示**：在进行二维平面绘图时，只需输入 x 轴和 y 轴坐标，而 z 轴坐标可以省略不输入，由 AutoCAD 自动赋值为 0。

3. 用户坐标系统

用户坐标系统（User Coordinate System，UCS）是可变的坐标系统，方便用户绘制图形。通常情况下，用户坐标系统与世界坐标系统重合，而在进行一些复杂的实体造型时，用户可根据具体需要，通过 UCS 命令设置适合当前图形的坐标系统。

1.2　AutoCAD 的基本操作

在学习 AutoCAD 2010 制图之前，必须熟练掌握 AutoCAD 2010 中的基本操作，其中包括文件基本操作、坐标输入方法、命令调用方式、视图控制等内容。

1.2.1　文件的基本操作

AutoCAD 2010 中文件的基本操作件包括文件新建、保存、打开、输出和关闭。

1. 新建文件

启动 AutoCAD 2010 后，系统会自动新建一个文档供用户使用。如果需要创建新的文件，可以使用以下 3 种方法执行新建文件的命令。

（1）单击"菜单浏览器"按钮，然后选择"新建>图形"命令，如图 1-43 所示。

（2）单击快速访问工具栏中的"新建"按钮 □。

（3）在命令提示行中输入并执行 NEW 命令。

执行"新建"命令后，系统将打开"选择样板"对话框，如图 1-44 所示。用户可以根据需要在该对话框中选择一个样板文件，然后单击"打开"按钮，即可创建一个新文件。

图 1-43

图 1-44

> **提示**：在图形样板中，acad.dwt 是最基本的图形样板。acad.dwt 把 AutoCAD"格式"下拉菜单中的各项内容全部定制一遍。

2. 保存文件

在工作过程中进行文件保存操作，是一个比较重要的操作步骤。及时对文件进行保存，可以避免因死机或停电等意外状况而造成数据丢失。在 AutoCAD 2010 中，可以使用以下 3 种方法执行保存图形文件的命令。

（1）单击"菜单浏览器"按钮，然后选择"保存"命令。

（2）单击快速访问工具栏中的"保存"按钮 □。

（3）在命令提示行中输入并执行 SAVE 或者 SAVEAS 命令。

在使用"保存"命令对从未保存过的新文件进行保存时，系统将打开"图形另存为"对话框，在该对话框中指定保存路径和文件名称后，单击"保存"即可，如图 1-45 所示。

图 1-45

> **提示**：文件经过第一次保存后，以后直接单击快速访问工具栏中的"保存"按钮 □ 时，只能以原来的名称和路径进行保存。如果想以其他名称和路径保存文件，则需要在菜单浏览器中选择"文件>另存为"命令进行操作。

3. 打开文件

要在 AutoCAD 2010 中打开以往保存的文件或是其他 AutoCAD 文件，可以使用以下 3 种方法执行打开文件的命令。

（1）单击"菜单浏览器"按钮，然后选择"打开"命令。

（2）在快速访问工具栏中单击"打开"按钮 📂。

（3）在命令提示行中输入并执行 OPEN 命令。

执行"打开"命令后，将弹出"选择文件"对话框，在该对话框中可以选择需要打开的文件。单击"打开"按钮右侧的下拉按钮，可以选择 AutoCAD 提供的 4 种打开方式之一，如图 1-46 所示。

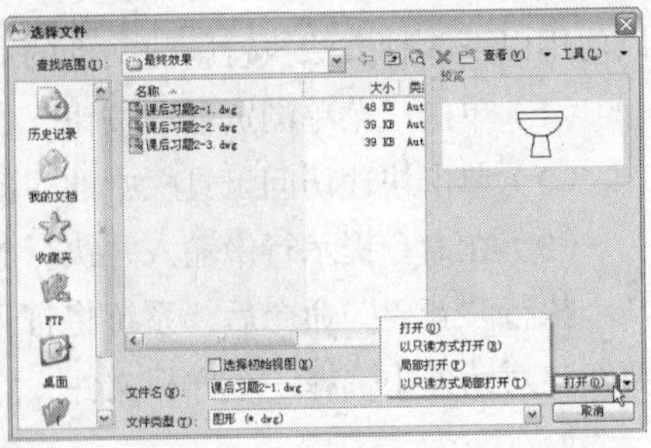

图 1-46

AutoCAD 2010 打开文件的 4 种方式的含义如下。

➢ 打开：直接打开所选的图形文件。

➢ 以只读方式打开：所选的 AutoCAD 文件将以只读方式打开，打开后的 AutoCAD 文件不能直接以原文件名保存。

➢ 局部打开：如果 AutoCAD 图形中含有不同的内容，并分别属于不同的图层，可以选择其中的某些图层打开文件。在 AutoCAD 文件较大的情况下采用该打开方式，可以提高工作效率。

➢ 以只读方式局部打开：以只读方式打开 AutoCAD 文件的部分图层。

4. 输出文件

在 AutoCAD 2010 中，用户可以将 AutoCAD 文件输出为其他格式的文件，以适应在其他软件中的编辑需要。单击"菜单浏览器"按钮，选择"输出"命令，在弹出的子菜单中可以选择输出文件的类型，如图 1-47 所示。

5. 关闭文件

结束 AutoCAD 2010 的工作后，可以通过关闭文件的方式退出 AutoCAD 2010 应用程序，或单击窗口右上角的"关闭"按钮退出 AutoCAD 2010 应用程序。如果只是想关闭当前打开的文件，而不退出 AutoCAD 程序，可以单击当前文件绘图窗口右上角的"关闭"按钮，或在菜单浏览器中选择"关闭"命令，在弹出的子菜单中选择要关闭的对象，如图 1-48 所示。

图 1-47

图 1-48

1.2.2 坐标输入方法

使用各种命令时，需要提供该命令的指示与参数，以便指定该命令所要完成的工作或动作执行的方式、位置等。直接使用鼠标制图虽然很方便，但不能进行精确的定位。要进行精确的定位，则需要采用通过键盘输入坐标值的方式来实现。

常用的坐标输入方式包括：绝对坐标、相对坐标、极坐标和相对极坐标。其中相对坐标与相对极轴坐标的原理一样，只是格式不同。

1. 绝对坐标

绝对坐标分为绝对直角坐标和绝对极轴坐标两种。其中绝对直角坐标以笛卡儿坐标系的原点（0，0，0）为基点定位，用户可以通过输入（x，y，z）坐标的方式来定义一个点的位置。例如，在图 1-49 所示的图形中，O 点绝对坐标为（0，0，0），A 点绝对坐标为（10，10，0），B 点绝对坐标为（20，10，0），C 点绝对坐标为（20，20，0），D 点绝对坐标为（10，20，0）。

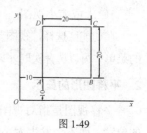

图 1-49

如果 z 方向坐标为 0，则可省略，则 A 点绝对坐标可输入为（10，10），B 点绝对坐标可输入为（20，10），C 点绝对坐标可输入为（20，20），D 点绝对坐标可输入为（10，20）。

2. 相对坐标

相对坐标是以上一点为参照确定下一点的位置。输入相对于上一点坐标（x，y，z）增量为（Δx，Δy，Δz）的坐标时，格式为（@Δx，Δy，Δz）。其中"@"是表示偏移量的标识符。

3. 相对极坐标

相对极坐标是以上一点为参考极点，通过输入极距增量和角度值来定义下一点的位置。其输入格式为（@距离<角度）。

在运用 AutoCAD 2010 进行绘图的过程中，使用多种坐标输入方式，可以使绘图操作更随意、更灵活，再配合目标捕捉、夹点编辑等方式，可以在很大程度上提高绘图的效率。

1.2.3 视图控制

在 AutoCAD 2010 中，用户可以对视图进行缩放和平移操作，还可以进行鸟瞰、全屏显示、重画与重生成图形等操作。

1. 缩放图形的显示

使用 ZOOM（缩放视图）命令可以对视图进行放大或缩小操作，以改变图形的显示大小，方便用户进行图形的观察。

在命令提示行中输入 ZOOM（Z）命令后按空格键执行缩放视图命令，系统将提示"全部(A)/中心点(C)/动态(D)/范围(E)/上一个(P)/比例(S)/窗口(W)]<实时>:"信息，用户只需在该提示后输入相应的字母并按空格键，即可进行相应的操作。

各选项及其对应的字母含义和用法如下。

➢ 全部(A)：输入 A 后按空格键，将在视图中显示整个文件中的所有图形。

➢ 中心点(C)：输入 C 后按空格键，然后在图形中单击以指定一个基点，再输入一个缩放比例或高度值来显示一个新视图，基点将作为缩放的中心点。

➢ 动态(D)：用一个可以调整大小的矩形框来框选要放大的图形。

➢ 范围(E)：用于以最大的比例显示整个文件中的所有图形，与"全部(A)"选项的功能相同。

➢ 上一个(P)：选择该选项后可以直接返回到上一次缩放的状态。

➢ 比例(S)：用于输入一定的比例来缩放视图。输入的数据大于 1 即可放大视图，小于 1 且大于 0

时将缩小视图。

> 窗口(W)：用于通过在屏幕上拾取两个对角点来确定一个矩形框，该矩形框内的全部图形放大至整个屏幕。

> <实时>：选择该选项后，鼠标指针将变为放大镜形状，按住鼠标左键，拖曳鼠标即可放大或缩小视图。

在功能区选择"视图"选项卡，然后单击"导航"功能面板中的"范围"下拉按钮，在弹出的菜单中可以选择实时缩放、窗口缩放、缩放到上一个视图等工具，如图 1-50 所示。

2. 平移图形的显示

平移视图是指对视图中图形的显示位置进行相应的移动。平移视图只是改变图形在视图中的位置，而不会发生大小的变化。图 1-51 所示为平移图形前的显示效果，图 1-52 所示为平移图形后的显示效果。

图 1-50

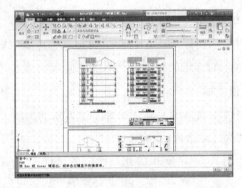

图 1-51

使用平移视图的方法有如下两种。

> 输入 PAN（P）后按空格键执行"平移视图"命令，鼠标指针将变为 形状，按住鼠标左键在屏幕上拖曳鼠标，即可进行视图的平移。

> 单击状态栏导航工具中的"平移"按钮，鼠标指针变为 形状，按住鼠标左键在屏幕上拖曳鼠标，即可进行视图的平移。

3. 鸟瞰视图

鸟瞰视图可以显示整个图形，用一个宽边框标记当前视图。将系统转换到"AutoCAD 经典"工作空间，然后执行"视图>鸟瞰视图"命令，即可打开"鸟瞰视图"窗口，如图 1-53 所示。在该窗口中可以放大、缩小图形或通过显示整个图形来改变鸟瞰视图的缩放比例。

图 1-52

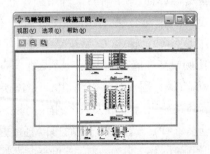

图 1-53

4. 全屏显示视图

执行 CIEANSCREENON（全屏显示）命令，或单击状态栏右端的"全屏显示"按钮□，系统将隐藏工具栏和可固定窗口（命令提示行除外），仅显示菜单栏、"模型"和"布局"选项卡、状态栏和命令提示行，如图 1-54 所示。

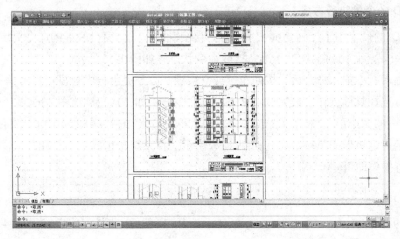

图 1-54

全屏显示视图可以最大化显示绘图区中的图形。在将图形输出为 BMP 格式时，全屏显示视图可以提高图形的清晰度。

> 提示：在全屏显示视图下，可以使用 CLEANSCREENOFF 命令恢复窗口的显示。另外，也可以通过"Ctrl+0"组合键在全屏显示和非全屏显示之间进行切换。

5. 重画图形

图形中某一图层被打开或关闭或者栅格被关闭后，系统会自动对图形进行刷新并重新显示，栅格的密度会影响刷新的速度。

使用 REDRAW（重画）命令可以重新显示当前视图中的图形，消除残留的标记点痕迹，使图形变得清晰，而 REDRAW ALL 命令可对所有视图中的图形进行重新显示。

执行视图重画命令有如下两种方法。

（1）将系统转换到"AutoCAD 经典"工作空间，然后执行"视图>重画"命令。

（2）输入 REDRAW/REDRAW ALL 命令并按回车键。

6. 重生成图形

使用 REGEN（重生成）命令可将当前活动视图中所有对象的有关几何数据及几何特性重新计算一次（即重生成）。此外，使用 OPEN 命令打开图形时，系统将自动重生视图；使用 ZOOM 命令的"全部"、"范围"选项也可自动重生成视图。被冻结的图层上的实体不参与计算。因此，为了缩短重生时间，可将一些图层冻结。

执行视图重生成命令有如下两种方法。

（1）执行"视图>重生成/全部重生成"命令。

（2）输入 REGEN/REGENALL 命令并按回车键。

> 提示：在视图重生计算过程中，用户可用"Esc"键将操作中断，而使用 REGENALL 命令可对所有视图中的图形进行重新计算。

1.2.4 AutoCAD 的命令操作

AutoCAD 的工作方式包括鼠标操作和键盘操作。鼠标操作是直接使用鼠标选择菜单命令或单击工具按钮来调用命令，而键盘操作是使用键盘在命令提示行中输入命令来调用 AutoCAD 命令。

1. AutoCAD 命令的执行方式

AutoCAD 的命令用于控制 AutoCAD 绘图与编辑的方式。窗口底部的命令提示行中显示有"命令:"提示，表明 AutoCAD 处于准备接收命令状态，如图 1-55 所示。

在命令提示行中输入命令后，按回车键或空格键，命令提示行中会显示提示信息或子命令，根据这些信息选择具体操作，最后按空格键退出命令。例如，执行"绘图>矩形"命令，或单击"绘图"面板中的"矩形"按钮□，或在命令提示行中输入 RECTANG（REC），系统都会在命令提示行提示指定矩形的第一个点，如图 1-56 所示。在系统给出提示后，用户只需要按照提示一步一步进行操作即可。

图 1-55   图 1-56

> 💡 提示：执行 AutoCAD 命令时，通常可以使用简化命令来代替完整的命令，这样有利于提高工作效率。例如，RECTANG 的简化命令为 REC。后面会为读者介绍更多的简化命令。

当输入某命令后，AutoCAD 会提示输入命令的子命令或必要的参数，当这些信息输入完毕后，命令才能被执行。在 AutoCAD 命令执行过程中，通常有很多子命令出现。关于子命令中一些符号的规定如下。

➢ "/"分隔符，分隔提示与选项，大写字母表示命令缩写方式，可直接通过键盘输入。

➢ "<>"内为预设值（系统自动赋予初值，可重新输入或修改）或当前值。若按空格键或回车键，则系统将接受此预设值。

如果中途要退出命令输入，可按"Esc"键，有些命令需要按两次"Esc"键才能退出。如果要取消正在执行中的某命令，可在"命令:"状态下输入 U（退出），回到本次操作前的状态。

2. 命令终止和重复使用

执行 AutoCAD 命令时，可以随时按键盘上的"Esc"键来终止 AutoCAD 命令的执行。若要重复上一次执行的命令，则直接按回车键或空格键；也可以在绘图区内单击鼠标右键，快速重复调用上一步使用的命令。

> 💡 提示：使用键盘上的上、下方向键可以在命令执行记录中进行搜索，要回到前面使用过的命令，选择需要执行的命令后按回车键即可。

3. AutoCAD 的取消操作

AutoCAD 提供了图形的恢复功能。利用图形恢复功能，可对绘图过程中的操作进行取消或恢复。AutoCAD 可以连续取消已经执行的命令，直到返回到最近一次保存（包括自动保存）的图形。执行放弃命令有如下 4 种方法。

（1）执行"编辑>放弃"命令。

（2）在命令提示行中输入 U/UNDO 命令。

（3）单击快速访问工具栏中的"放弃"按钮 ⌇ 。

（4）直接按"Ctrl+Z"组合键。

1.3 设置绘图环境

在使用 AutoCAD 2010 进行绘图之前，可以先对 AutoCAD 的绘图环境进行设置，包括设置绘图界限、改变绘图区的颜色、配置绘图系统、设置捕捉标记等，以提高工作效率。

1.3.1　设置绘图界限

在 AutoCAD 中，与图纸大小相关的设置就是绘图界限，绘图界限的大小应与选定的图纸相同。在命令提示行中输入并执行图形界限（LIMITS）命令，然后根据命令行提示，即可对绘图界限的尺寸进行设置。

例如，设置绘图界限范围为 420mm×297mm 的具体操作如下。

```
命令: limits                                        //在命令行输入绘图界限命令
重新设置模型空间界限:
指定左下角点或 [开(ON)/关(OFF)] <0.0000,0.0000>: 0,0    //设置绘图区域左下角坐标
指定右上角点 <420.0000,297.0000>: 420,297           //输入图纸大小并按回车键
```

1.3.2　配置绘图系统

单击"菜单浏览器"按钮，再单击选项"按钮，或输入 OPTIONS（简化命令为 OP）并按回车键，打开"选项"对话框，然后选择"用户系统配置"选项卡，可以设置 AutoCAD 优化性能的选项，如图 1-57 所示。

下面介绍"用户系统配置"选项卡中各选项的功能。

1. Windows 标准操作

该选项组用于指定是否在 AutoCAD 中使用 Windows 定义的功能。

➢ 双击进行编辑：选中该复选项，将启用控制绘图区域中的双击编辑功能。

➢ 绘图区域中使用快捷菜单：选中该复选项，当在绘图区域中单击鼠标右键时将显示快捷菜单。

➢ 自定义右键单击：单击该按钮，将弹出"自定义右键单击"对话框，可以在其中定义单击鼠标右键的作用，如图 1-58 所示。

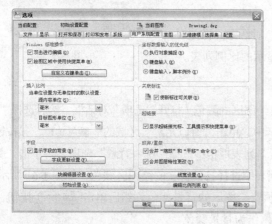

图 1-57

图 1-58

2. 插入比例

该选项组用于定义在插入图形文件时，图形比例的默认设置。

➢ 源内容单位：向文件插入对象时，可以选择"不指定-无单位"、"英寸"、"英尺"、"毫米"等。

➢ 目标图形单位：可以选择"不指定-无单位"、"英寸"、"毫米"、"毫米"等作为目标图形单位。

3. 字段

在"字段"选项组中可以设置与字段相关的系统配置。

➢ 显示字段的背景：选中该复选项，将用浅灰色背景显示字段，打印时不会打印背景色。取消选择此复选项时，字段将以与文字相同的背景显示。

➢ 字段更新设置：单击该按钮，将打开"字段更新设置"对话框。

4. 坐标数据输入的优先级

该选项组用于设置 AutoCAD 如何响应坐标数据的输入，包括"执行对象捕捉"、"键盘输入"和"键盘输入，脚本除外"3 个选项，通常不需要特别设置，默认选择"键盘输入，脚本除外"选项。

5. 关联标注

在进行尺寸标注时，选中该选项组中的"使新标注可关联"复选项，可使标注与被标注对象相关联。在建立关联后，修改被标注对象时，标注对象将随之更新。

6. 超链接

选中"显示超链接光标、工具提示和快捷菜单"复选项，将显示超链接光标、工具提示和快捷菜单。如果取消选择此项，将不再显示超级链接光标，且快捷菜单中的"超链接"命令不可用。

7. 放弃/重做

选中"合并'缩放'和'平移'"命令复选项后，将把多个连续的缩放和平移命令合并为单个动作来进行放弃和重做操作。

8. 线宽设置

单击该按钮，将打开"线宽设置"对话框。在此对话框中可设置线宽及其各种选项，如图 1-59 所示。

9. 编辑比例列表

单击该按钮，将打开"编辑比例列表"对话框。在此对话框中可以管理与打印相关联对话框中所显示的比例列表。

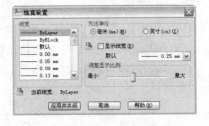

图 1-59

1.3.3　改变绘图区的颜色

用户可以根据自己的喜好和习惯来设置绘图区的颜色。打开"选项"对话框，然后选择"显示"选项卡，如图 1-60 所示。在"显示"选项卡中，单击"窗口元素"区域的 颜色(C)... 按钮，打开"图形窗口颜色"对话框，在"界面元素"列表框柜中选择"统一背景"选项，再单击"颜色"下拉列表框的下拉按钮，在弹出的下拉列表中选择自己喜欢的绘图区颜色，如图 1-61 所示。

选择好颜色后，在"预览"区域中可预览绘图区的背景颜色。然后单击 应用并关闭 按钮，返回到"选项"对话框，绘图区将以选择的颜色作为背景颜色。

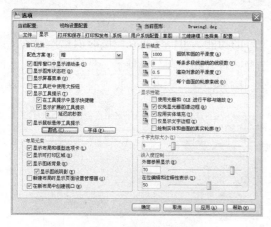

图 1-60

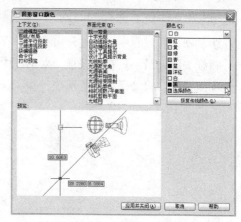

图 1-61

1.3.4 设置图形的显示精度

在 AutoCAD 中，为了加快图形的显示速度，圆与圆弧都是以多边形来显示的。在"选项"对话框的"显示"选项卡中，通过调整"显示精度"选项组中的相应值，可以调整图形的显示精度，如图 1-62 所示。

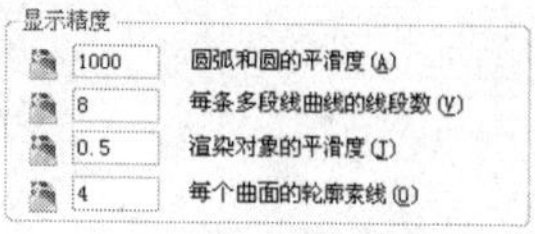

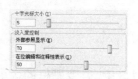

图 1-62

"显示精度"选项组中各选项的含义如下。

- ➢ 圆弧和圆的平滑度：用于控制圆、圆弧和椭圆的平滑度。值越大，生成的对象就越平滑，重生成、平移和缩放对象所需的时间也就越多。可以在绘图时将该选项设置为较小的值（如 500），而在渲染时增加该选项的值；从而提高性能。该选项的有效取值范围为 1～20000，默认设置为 1000。该设置保存在图形中。要更改新图形的默认值，可在用于创建新图形的样板文件中指定此设置。

- ➢ 每条多段线曲线的线段数：用于设置每条多段线曲线生成的线段数目。数值越大，对性能的影响就越大。可以将此选项设置为较小的值（如 4）来优化绘图性能。其取值范围为 -32767～32767，默认设置为 8。该设置保存在图形中。

- ➢ 渲染对象的平滑度：用于控制着色和渲染曲面实体的平滑度。该值与"圆弧和圆的平滑度"的乘积决定如何显示实体对象。要提高性能，可在绘图时将"渲染对象的平滑度"值设置为 1 或更小。数值越大，显示性能就越差，渲染时间也就越长。该选项的有效取值范围 0.01～10，默认设置为 0.5。该设置保存在图形中。

- ➢ 每个曲面的轮廓素线：用于设置对象上每个曲面的轮廓线数目。数目越多，显示性能就越差，渲染时间也就越长。该选项的有效取值范围为 0～2047，默认设置为 4。该设置保存在图形中。

1.3.5 改变十字光标的显示大小

用户还可以根据自己的操作习惯调整十字光标的大小和颜色，甚至可以将十字光标延伸到屏幕边缘。打开"选项"对话框，在"显示"选项卡的右下方拖曳"十字光标大小"选项组的滑块，可调整光标长度；拖曳"淡入度控制"选项组中的滑块，可调整光标颜色的深浅，如图 1-63 所示。

图 1-63

> 💡 提示：十字光标大小的取值范围为 1～100，100 表示全屏幕显示，预设尺寸为 5。数值越大，十字光标越长。

1.3.6 改变文件自动保存的时间

在绘制图形的过程中，通过开启自动保存文件的功能，可以防止在绘图时因意外造成文件丢失，将损失降到最小。在"选项"对话框中选择"打开和保存"选项卡，选中"文件安全措施"选项组中的"自动保存"复选项，在"保存间隔分钟数"文本框中设置自动保存的时间间隔即可，如图 1-64 所示。

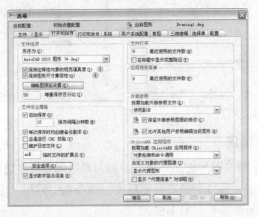

图 1-64

> **提示：** 自动保存的备份文件保存在系统盘\Documents and Settings\Default User\Local Settings\Temp 目录下，其扩展名为.ac$。当需要使用自动保存的备份文件时，可以在该目录中找到该文件，将该文件的扩展名.ac$修改为.dwg 即可。

1.3.7 改变捕捉标记的大小

用户改变捕捉标记的大小，以更方便地捕捉对象。在 AutoCAD 2010 中修改捕捉标记大小的方法如下。

在"选项"对话框中选择"草图"选项卡，然后拖曳"自动捕捉标记大小"选项组中的滑块，即可调整捕捉标记的大小，在滑块左侧的预览区域可以预览捕捉标记的大小，如图 1-65 所示。图 1-66 所示为较大的圆心捕捉标记的样式。

图 1-65

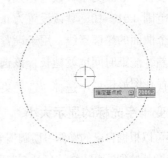

图 1-66

1.3.8 改变靶框的大小

在"选项"对话框中选择"草图"选项卡，然后在"靶框大小"选项组拖曳"靶框大小"滑块，可以调整靶框的大小，在滑块左侧的预览区域可预览靶框的大小，如图 1-67 所示。图 1-68 所示为较大的靶框形状。

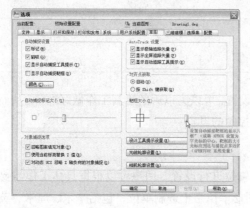

图 1-67 　　　　　　　　　　　　　　　　图 1-68

1.3.9　改变拾取框

拾取框是指在执行编辑命令时，光标所变成的一个小正方形框。合理地设置拾取框的大小，对于快速、高效地选取图形是很重要的。若拾取框过大，在选择实体时很容易将与该实体邻近的其他实体选择在内；若拾取框过小，则不容易准确地选取到实体目标。

在"选项"对话框中选择"选择集"选项卡，然后在"拾取框大小"选项组中拖曳滑块，即可调整拾取框的大小。在滑块左侧的预览区域可以预览拾取框的大小，如图 1-69 所示。图 1-70 展现了拾取图形时拾取框的形状。

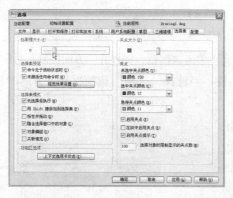
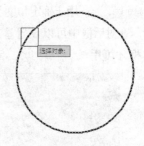

图 1-69 　　　　　　　　　　　　　　　　图 1-70

1.3.10　改变夹点的大小

在 AutoCAD 中，夹点是选择图形后，图形的节点上所显示的图标。拖曳夹点，可以改变图形的形状和大小。为了准确地选择夹点对象，用户可以根据需要设置夹点的大小，其方法如下。

在"选项"对话框中选择"选择集"选项卡，然后在"夹点大小"选项组中拖曳滑块，即可调整夹点的大小。在滑块左侧的预览区域可以预览夹点的大小，如图 1-71 所示。图 1-72 展示了圆的 5 个夹点。

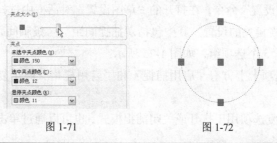

图 1-71 　　　　　　　　　　　　　　　　图 1-72

1.4　绘图精度控制

对 AutoCAD 2010 绘图精度控制进行设置，可以为以后的绘制工作做好准备，从而提高工作效率和绘图的准确性。下面介绍各种绘图控制的设置。

1.4.1　设置图形单位

在使用 AutoCAD 绘图前应该对绘图单位进行设置。用户可以根据具体工作需要设置单位类型和数据精度。AutoCAD 使用的默认图形单位是十进制单位，包括毫米、厘米、英尺、英寸等十几种单位，可满足不同行业的绘图需要。

在命令提示行中输入 UNITS（简化命令为 UN）并按回车键，将打开"图形单位"对话框，如图 1-73 所示。在该对话框中，可为图形设置、长度、角度的单位和精度。

"图形单位"对话框中各选项的含义如下。

> 长度：用于设置长度单位的类型和精度。在"类型"下拉列表框中可以选择当前测量单位的格式，在"精度"下拉列表框中可以选择当前长度单位的精确度。

> 角度：用于控制角度单位类型和精度。在"类型"下拉列表框中可以选择当前角度单位的格式，在"精度"下拉列表框中可以选择当前角度单位的精确度，"顺时针"复选项，用于控制角度增角量的正负方向。

> 光源：用于指定光源强度的单位。

> ［方向(D)...］：用于确定角度及方向。单击该按钮，将打开"方向控制"对话框，如图 1-74 所示。在对话框中可以设置基准角度。当选择"其他"选项后，下方的"角度"按钮和文本框才可用。

图 1-73

图 1-74

1.4.2　设置捕捉和栅格

执行"工具>草图设置"命令，在打开的"草图设置"对话框中选择"捕捉和栅格"选项卡，可以进行与捕捉和栅格相关的设置。其中包括"捕捉间距"、"极轴间距"、"捕捉类型"、"栅格间距"和"栅格行为"5 个选项组，如图 1-75 所示。

"捕捉和栅格"选项卡上方有"启用捕捉"和"启用栅格"两个复选项，其中各复选项的含义如下。

> 启用捕捉：该复选项用于打开或关闭捕捉模式，也可以通过单击状态栏上的"捕捉模式"

按钮或按"F9"键来打开或关闭捕捉模式。

> 启用栅格：该复选项用于控制打开或关闭栅格，也可以通过单击状态栏上的"栅格显示"按钮或按"F7"键来打开或关闭栅格模式。

图 1-75

1. 捕捉间距

在"捕捉间距"选项组中可以控制捕捉位置处的不可见矩形栅格，以限制光标仅在指定的 x 轴和 y 轴间隔内移动，其中各选项的含义如下。

> 捕捉 x 轴间距：用于指定 x 轴方向的捕捉间距，输入的间距值必须为正实数。

> 捕捉 y 轴间距：用于指定 y 轴方向的捕捉间距，输入的间距值必须为正实数。

> x 轴间距和 y 轴间距相等：选中该复选项，将使捕捉间距和栅格间距强制使用同一 x 轴和 y 轴间距值。

2. 极轴间距

在"极轴间距"选项组中可以控制 PolarSnap（极轴捕捉）的增量距离。在选中"捕捉类型"这项组中的"Polar Snap"选项的状态下，可以设置极轴捕捉的增量距离。如果在"极轴距离"文本框中设置值为 0，则极轴捕捉距离采用"捕捉 X 轴间距"值，"极轴距离"设置将与极坐标追踪或对象捕捉追踪结合使用。

3. 捕捉类型

在"捕捉类型"选项组中可以设置捕捉样式和捕捉类型，其中各选项的含义如下。

> 栅格捕捉：该选项用于设置栅格捕捉类型，如果指定点，光标将沿垂直或水平栅格点进行捕捉。

> 矩形捕捉：选择该选项，可以将捕捉样式设置为标准"矩形"捕捉模式。当捕捉类型设置为"栅格"捕捉并且打开捕捉模式时，鼠标指针将成为矩形栅格捕捉形状。

> 等轴测捕捉：选择该选项，可以将捕捉样式设置为"等轴测捕捉"模式。

> Polar Snap：选择该选项，可以将捕捉类型设置为极轴捕捉。

4. 栅格间距

在"栅格间距"选项组中可以控制栅格的显示，这样有助于形象化显示距离。其中各选项的含义如下。

> 栅格 x 轴间距：该选项用于指定 x 轴方向上的栅格间距。如果设置该值为 0，则栅格采用"捕捉 X 轴间距"值。

> 栅格 y 轴间距：该选项用于指定 y 轴方向上的栅格间距。如果设置该值为 0，则栅格采用"捕捉 Y 轴间距"的值。

> 每条主线之间的栅格数：该选项用于指定主栅格线相对于次栅格线的频率。

5. 栅格行为

在"栅格行为"选项组中可以控制当使用 VSCURRENT 命令设置为除二维线框之外的任何视觉样式时，所显示栅格线的外观。其中各选项的含义如下。

> 自适应栅格：选中该复选项后，在缩小显示时，将限制栅格密度。

➢ 允许以小于栅格间距的间距再拆分：选中该复选项后，在放大显示时，将生成更多间距更小的栅格线。主栅格线的频率将决定这些栅格线的频率。

➢ 显示超出界限的栅格：选中该复选项后，将显示超出 LIMITS 命令指定区域的栅格。

➢ 跟随动态 UCS：选中该复选项后，将更改栅格平面以跟随动态 UCS 的 xy 平面。

1.4.3 设置对象捕捉

AutoCAD 提供了精确的对象捕捉特殊点功能，运用该功能可以精确地绘制出所需要的图形。可以在"对象捕捉"工具中或在"草图设置"对话框的"对象捕捉"选项卡中进行精确捕捉设置。

1. "对象捕捉"工具

在任务栏中的"对象捕捉"按钮上单击鼠标右键，将弹出对象捕捉的各个工具按钮，如图 1-76 所示。其中各按钮和命令的含义如下。

图 1-76

➢ "端点"按钮：用于捕捉圆弧、直线、多段线、网格、椭圆弧、射线或多段线各段线的端点，还可以捕捉到延伸边有 3D 面的端点、轨迹线和实体填充线的角点等。

➢ "中点"按钮：用于捕捉圆弧、椭圆弧、直线、多线、多段线线段、面域、实体、样条曲线或参照线的中点。

➢ "圆心"按钮：用于捕捉圆弧、圆、椭圆、椭圆弧或实体填充线的圆（中）心点。

➢ "节点"按钮：用于捕捉对象的节点。

➢ "象限点"按钮：用于捕捉各类圆弧、填充线、圆或椭圆的 0°、90°、180°、270° 角度上的点。

➢ "交点"按钮：用于捕捉直线、多段线、圆弧、圆、椭圆弧、椭圆、样条、曲线、结构线、射线或平行多线线段等任何 AutoCAD 图形对象之间的平面交点。

➢ "范围"按钮：以用户已选定的图形对象为基准，显示其延伸线，用户可捕捉此延伸线上的任意一点。

➢ "插入"按钮：在插入对象时，用于确定插入对象的位置。

➢ "垂足"按钮：用于捕捉选取点与选取对象的垂直交点，垂直交点并不一定在选取对象上定位。

➢ "切点"按钮：用于捕捉选取点与所选圆、圆弧、椭圆或样条曲线相切的点。

💡 提示：当用"自"选项结合"切点"捕捉模式来绘制除开始于圆弧或圆的直线以外的对象时，绘制的第一个点是与在绘图区域最后选定的点相关的圆弧或圆的切点。

➢ "最近点"按钮：用于捕捉最靠近十字光标的点，此点位于直线、圆、多段线、圆弧、线段、样条曲线、射线、结构线、实体填充线、轨迹线或 3D 面对应的边上。

➢ "外观交点"按钮：用于捕捉两个在三维空间并未相交，但是投影在二维视图中相交的对象的交点，这些对象包括圆、圆弧、椭圆、椭圆弧、直线、多线、多义线、射线、样条曲线、参照线等。

➢ "平行"按钮：以用户选定的 AutoCAD 图形对象为平行基准，当光标与所绘制的前一点的连线方向平行于基准方向时，系统将显示出一条临时的平行线，用户可捕捉到此线上的任意一点。

➢ "启用"命令：用于启用或取消捕捉设置。反复选择该命令，可以在启用和取消捕捉之间进行切换。
- ➤ "设置"命令：选择该命令，可以打开"草图设置"对话框。
- ➤ "显示"命令：选择该命令，可以展开对应的捕捉命令。

2. "对象捕捉"选项卡

除了可以使用"对象捕捉"工具对捕捉进行设置外，也可以在"草图设置"对话框中进行对象捕捉设置。

执行"工具>草图设置"命令，或在状态栏中的"对象捕捉"按钮上单击鼠标右键，在弹出的快捷菜单中选择"设置"命令，打开"草图设置"对话框，在该对话框中可以根据实际需要选中相应的选项，进行对象特殊点的捕捉设置，如图 1-77 所示。

"对象捕捉"选项卡中捕捉选项的功能与"对象捕捉"工具中各按钮的功能相同，其他选项的含义如下。

- ➤ 启用对象捕捉：打开或关闭对象捕捉。当对象捕捉处于打开状态时，在"对象捕捉模式"选项组中选中的对象捕捉处于活动状态。
- ➤ 启用对象捕捉追踪：打开或关闭对象捕捉追踪。使用对象捕捉追踪，在命令中指定点时，光标可以沿基于其他对象捕捉点的对齐路径进行追踪。要使用对象捕捉追踪，必须打开一个或多个对象捕捉。
- ➤ 全部选择：打开所有对象捕捉模式。
- ➤ 全部清除：关闭所有对象捕捉模式。
- ➤ 延长线：当光标经过对象的端点时，系统将显示临时延长线或圆弧，以便用户在延长线或圆弧上指定点。注意在透视图中进行操作时，不能沿圆弧或椭圆弧的尺寸界线进行追踪。

启用对象捕捉设置后，在绘图过程中，当鼠标指针靠近这些被启用的捕捉特殊点时，将自动对其进行捕捉。图 1-78 所示为启用了"圆心"捕捉功能的效果。

图 1-77

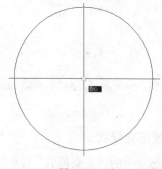

图 1-78

💡 **提示**：设置好对象捕捉功能后，在以后的绘图过程中直接按"F3"键，即可进行对象捕捉功能开关的切换。

1.4.4 设置极轴追踪

使用极轴追踪需要按照一定的角度增量和极轴距离进行追踪。在"草图设置"对话框中选择"极轴追踪"选项卡，在该选项卡中可以启用极轴追踪，如图 1-79 所示。

"极轴追踪"选项卡中各选项的含义如下。

- 启用极轴追踪：打开或关闭极轴追踪。也可以通过按"F10"键来打开或关闭极轴追踪。
- 增量角：设置用来显示极轴追踪对齐路径的极轴角增量。可以输入任何角度，也可以从下拉列表框中选择 90、45、30、22.5、18、15、10 或 5 这些常用角度。
- 附加角：对极轴追踪使用列表中的任何一种附加角度。注意附加角度是绝对的，而非增量的。
- 角度列表：如果选中"附加角"复选框，将列出可用的附加角度。要添加新的角度，可单击"新建"按钮，最多可以添加 10 个附加极轴追踪对齐角度。要删除现有的角度，可单击"删除"按钮。
- 对象捕捉追踪设置：设置对象捕捉追踪选项。其中包括以下两个选项。

仅正交追踪：当对象捕捉追踪打开时，仅显示已获得的对象捕捉点的正交（水平/垂直）对象捕捉追踪路径。

- 用所有极轴角设置追踪：将极轴追踪设置应用于对象捕捉追踪。使用对象捕捉追踪时，光标将从获取的对象捕捉点起沿极轴对齐角度进行追踪。
- 极轴角测量：设置测量极轴追踪对齐角度的基准。其中包括以下两个选项。

绝对：根据当前用户坐标系（UCS）确定极轴追踪角度。

相对上一段：根据上一个线段确定极轴追踪角度。

极轴追踪是以极轴坐标为基础，显示由指定的极轴角度所定义的临时对齐路径，然后按照指定的距离进行捕捉，如图 1-80 所示。

> **提示：** 添加分数角度之前，必须将 AUPREC 系统变量设置为合适的十进制精度，以防止不必要的舍入。例如，如果 AUPREC 的值为 0（默认值），则输入的所有分数角度将舍入为最接近的整数。

图 1-79

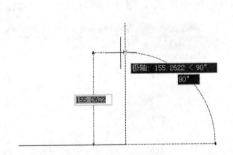

图 1-80 极轴追踪

1.4.5 设置正交模式

单击状态栏中的"正交模式"按钮或直接按"F8"键，可以激活正交模式。开启正交模式后，状态栏中的"正交模式"按钮处于加亮状态，如图 1-81 所示。再次按"F8"键将关闭正交模式，此时"正交模式"按钮处于灰色状态。

使用正交模式可以将光标限制在水平或垂直轴向上，同时也限制在当前的栅格旋转角度内。使用正交模式就如同使用了直尺绘图，使绘制的线条自动处于水平和垂直方向，在绘制水平和垂直方向的直线段时十分有用，如图 1-82 所示。

> **提示：** 在 AutoCAD 2010 中绘制水平或垂直线条时，利用正交模式可以有效地提高绘图速度。如果要绘制非水平、非垂直的线条，可以通过按"F8"键关闭正交模式。

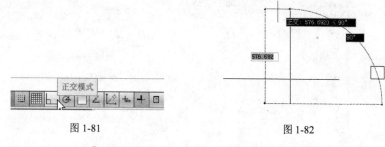

图 1-81   图 1-82

【课堂案例】设置对象捕捉功能

🔘 原始文件: 第 1 章/课堂案例/原始文件/课堂案例 1-1
    最终效果: 第 1 章/课堂案例/最终效果/课堂案例 1-1

（1）根据原始文件路径打开图形，如图 1-83 所示。

（2）在任务栏中的"对象捕捉"按钮 上单击鼠标右键，在弹出的快捷菜单中选择"设置"命令，如图 1-84 所示，打开"草图设置"对话框。

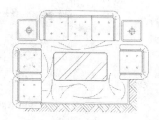

图 1-83

（3）在"草图设置"对话框中选择"对象捕捉"选项卡，然后选中"启用对象捕捉"复选项，再选中"对象捕捉模式"选项组中的"垂足"复选项，如图 1-85 所示。单击"确定"按钮，完成对象捕捉的设置。

图 1-84

图 1-85

【课堂案例】设置文件密码

🔘 原始文件: 第 1 章/课堂案例/原始文件/课堂案例 1-2
    最终效果: 第 1 章/课堂案例/最终效果/课堂案例 1-2

（1）根据原始文件路径打开图形，如图 1-86 所示。

（2）执行"文件>另存为"命令，在打开的"图形另存为"对话框中单击"工具"按钮，在弹出的菜单中选择"安全选项"命令，如图 1-87 所示。

（3）此时将打开"安全选项"对话框，在"用于打开此图形的密码或短语"文本框中输入密码，然后单击"确定"按钮，如图 1-88 所示。

（4）在打开的"确认密码"对话框中再次输入密码，然后单击"确定"按钮，即可对文件进行加密，如图 1-89 所示。

（5）以后打开加密的文件时，系统将要求用户输入密码，如图 1-90 所示。

图 1-86   图 1-87   图 1-88

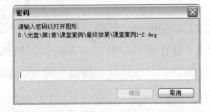

图 1-89   图 1-90

【课堂练习】改变绘图区颜色

原始文件：第 1 章/课堂练习/原始文件/课堂案例 1-1

最终效果：第 1 章/课堂练习/最终效果/课堂案例 1-1

（1）根据原始文件路径打开图形，如图 1-91 所示。

（2）执行"工具>选项"命令，打开"选项"对话框，然后选择"显示"选项卡，如图 1-92 所示。

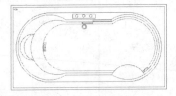

（3）单击"颜色"按钮，打开"图形窗口颜色"对话框，在"界面元素"列表框中选择"统一背景"选项，在"颜色"下拉列表框中选择"选择颜色"选项，如图 1-93 所示。

图 1-91

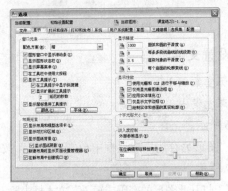
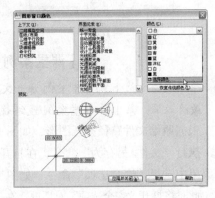

图 1-92   图 1-93

（4）在"选择颜色"对话框的"索引颜色"选项卡中选择浅灰色，如图 1-94 所示。

（5）单击 确定 按钮，返回到"图形窗口颜色"对话框中，单击 应用并关闭(A) 按钮，即可改变绘图区的颜色，如图 1-95 所示。

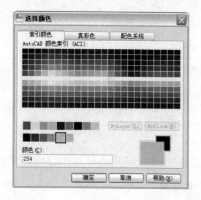

图 1-94

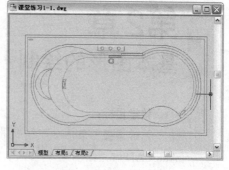

图 1-95

【课后习题】更改十字光标的显示大小

根据前面所学的知识点设置十字光标的显示大小为 45，如图 1-96 所示。

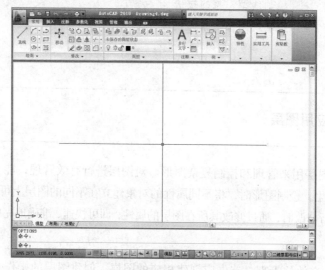

图 1-96

【课后习题】设置自动保存间隔时间

根据前面所学的知识点，将自动保存间隔分钟数设置为 15，如图 1-97 所示。

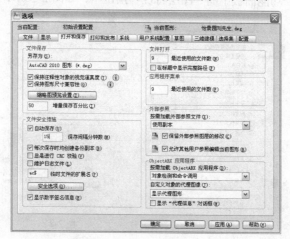

图 1-97

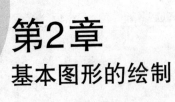

第2章
基本图形的绘制

教学目标：

熟练掌握图层的功能和应用技法，能够灵活运用各种图形绘制技法，掌握
AutoCAD 常用绘图命令的使用方法和技巧。

学习要点：

➢ 图层的功能和应用技法

➢ 绘制点对象的技法

➢ 绘制线型对象的技法

➢ 绘制封闭型对象的技法

2.1 应用图层

AutoCAD 的图层用来管理和控制复杂图形。对图层进行有效管理，能够使图形的编辑和
修改简单化和系统化。绘制图形时，将不同属性的对象建立在不同的图层上可以方便图形管理；
在对实体的属性进行修改时，通过修改其所在图层的属性，即可快速、准确地完成实体属性的修改。

2.1.1 创建图层

要对图形进行有效的管理，首先应创建相应的图层。创建图层的操作需要在"图层特性
管理器"面板中进行，打开"图层特性管理器"面板的方法有如下 3 种。

（1）执行"格式>图层"命令，如图 2-1 所示。

（2）单击"图层"功能面板中的"图层特性"按钮 ，如图 2-2 所示。

图 2-1

图 2-2

（3）在命令提示中输入 LAYET（简化命令为 LA）并按回车键。

在"图层特性管理器"面板上方单击"新建图层"按钮，即可在图层设置区新建一个图层，图层名称默认为"图层 1"，如图 2-3 所示。

"图层特性管理器"面板中各按钮和选项的含义与功能如下。

➤ 新建特性过滤器：用于打开"图层过滤器特性"对话框，从中可以根据图层的一个或多个特性创建图层过滤器，如图 2-4 所示。

图 2-3　　　　　　　　　　　　　　图 2-4

➤ 新建组过滤器：创建图层过滤器，其中包含选择并添加到该过滤器的图层。
➤ 图层状态管理器：用于打开图层状态管理器，从中可以将图层的当前特性保存到一个命名图层状态中，以后可以恢复这些设置，如图 2-5 所示。
➤ 新建图层：用于创建新图层，图层列表中将显示名为"图层 1"的图层。
➤ 在所有视口中都被冻结的新图层视口：创建新图层，然后在所有现有布局视口中将其冻结。可以在"模型"选项卡或"布局"选项卡中访问此按钮。
➤ 删除图层：将选定的图层删除。
➤ 置为当前：将选定的图层设置为当前图层。
➤ 开：用于显示与隐藏对应图层上的图形。
➤ 冻结：用于冻结图层上的图形，使其不被编辑修改。同时，该图层上的图形对象不能进行打印。
➤ 锁定：为了防止图层上的对象被误编辑，可以将绘制好图形内容所在的图层锁定。
➤ 颜色：为了区分不同图层上的图形对象，可以为图层设置不同的显示颜色。默认状态下，新绘制的图形将继承其所在图层的颜色属性。
➤ 线型：可以根据需要为每个图层设置不同的线型。
➤ 线宽：可以为线条设置不同的宽度，宽度取值范围为 0～2.11mm。
➤ 打印样式：可以为不同的图层设置不同的打印样式，以及设置是否打印该图层样式属性。
➤ 打印：用于控制相应图层是否能被打印。

创建好新图层后，选择该图层，然后按"F2"键，图层名称将处于可编辑状态，这时可以输入新的名称，如图 2-6 所示。输入新的图层名称后，按回车键即可。

提示：在 AutoCAD 2010 中创建新图层时，新建图层的所有特性将自动继承被选择图层的相应特性。

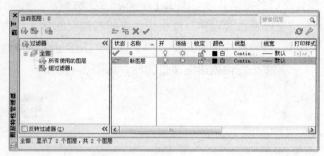

图 2-5　　　　　　　　　　　　　　　　　　　　　　图 2-6

2.1.2　修改图层特性

由于新建图层的所有特性自动继承了被选择图层的相应特性，因此，需要根据实际需要重新设置图层的特性。

1. 设置图层颜色

更改图层颜色可以更改当前图层上的对象颜色。如果将对象的颜色设置为"ByLayer"，则该对象将采用其所在图层的颜色。如果更改了图层的颜色，则该图层上指定了"ByLayer"颜色的所有对象都将自动更新。设置图层颜色的具体操作步骤如下。

（1）在"图层特性管理器"面板中单击颜色标记，打开"选择颜色"对话框，如图 2-7 所示。

（2）在"选择颜色"对话框中重新选择要指定给图层的新颜色，比如选择红色，如图 2-8 所示。

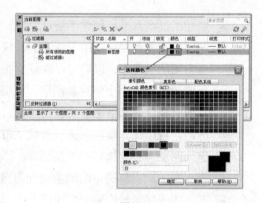

图 2-7

（3）选择好图层颜色后，单击 确定 按钮，即可将图层的颜色设置为选择的颜色，如图 2-9 所示。

图 2-8

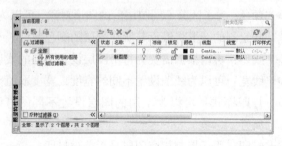

图 2-9

2. 设置图层线型

线型是由虚线、点和空格组成的重复图案，显示为直线或曲线。可以通过图层将线型指定给对象，也可以不依赖图层而明确指定线型。设置图层线型的具体操作步骤如下。

（1）在"图层特性管理器"面板中单击线型标记，打开"选择线型"对话框，如图 2-10 所示。

（2）单击 加载(L)... 按钮，打开"加载或重载线型"对话框，选择需要加载的线型，如图2-11所示。

 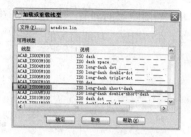

图2-10　　　　　　　　　　　　　　　　图2-11

（3）在"加载或重载线型"对话框中单击 确定 按钮，即可将选择的线型加载到"选择线型"对话框中，如图2-12所示。

（4）在"选择线型"对话框中选择需要的线型，然后单击 确定 按钮，即可完成线型的设置，如图2-13所示。

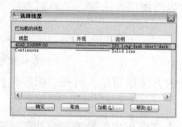 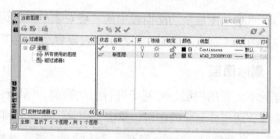

图2-12　　　　　　　　　　　　　　　　图2-13

3. 设置图层线宽

线宽是指定给图形对象以及某些类型的文字的宽度值。通过设置线宽，可以用粗线和细线清楚地表现截面的剖切方式、标高的深度、尺寸线和刻度线，以及细节上的不同。设置图层线宽的具体操作步骤如下。

（1）在"图层特性管理器"面板中单击线宽标记，打开"线宽"对话框，选择需要的线宽值，如图2-14所示。

（2）单击 确定 按钮，即可完成线宽的设置，如图2-15所示。

 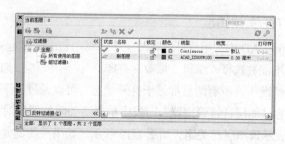

图2-14　　　　　　　　　　　　　　　　图2-15

2.1.3　设置当前图层

当前图层是指正在使用的图层，用户绘制的图形对象将自动位于当前图层。默认情况下，

"图层特性管理器"面板中显示了当前图层的状态信息。

将图层设置为当前图层有如下 3 种方法。

（1）在"图层特性管理器"面板中选择需设置为当前图层的图层，然后单击"置为当前"按钮，当前图层前面有　标记，如图 2-16 所示。

（2）在"图层"功能面板的"图层"下拉列表框中选择需要设置为当前图层的图层，如图 2-17所示。

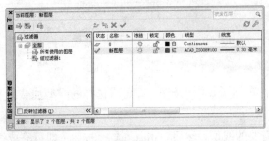

图 2-16

图 2-17

（3）单击"图层"功能面板中的"将对象的图层设为当前图层"按钮，然后在绘图区选择相应的图形，则该图形所在的图层即被设置为当前图层。

2.1.4　删除图层

删除不需要的图层，有利于进行图层管理。删除图层的方法很简单，打开"图层特性管理器"面板，选定要删除的图层，单击"删除"按钮即可。

> 提示：在删除图层时，0 图层、默认图层、当前图层、含有图形实体的图层和外部引用依赖图层不能被删除。在对这些图层执行删除操作时，系统会弹出相应的提示。

2.1.5　转换图层

在 AutoCAD 中，用户可以将一个图层中的图形转换到另一个图层中。图形经过图层转换后，其颜色、线型、线宽等属性将变为新图层的属性。转换图层时，先在绘图区中选择需要转换图层的图形，然后单击"图层"功能面板中的"图层"下拉列表框，在其中选择要转换到的图层即可，如图 2-18 所示。

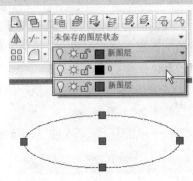

图 2-18

2.1.6　打开/关闭图层

在 AutoCAD 中，用户可以将图层中的对象暂时隐藏起来，或将隐藏的对象显示出来。隐藏的图形将不能被选择、编辑、修改、打印。

默认情况下，所有图层都处于打开状态，可以通过以下 3 种方法将图层关闭。

（1）在"图层特性管理器"面板中单击要关闭的图层对应的图标，此时，图标将转变为图标，表示该图层已关闭，如图 2-19 所示。如果关闭的是当前图层，系统将弹出询问对话框，如图 2-20 所示，在对话框中选择"关闭当前图层"选项即可。

（2）直接单击"图层"功能面板的"图层"下拉列表框中要关闭图层对应的图标，如图 2-21所示，图标将转变为图标。

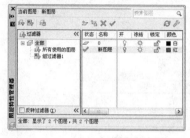

| 图 2-19 | 图 2-20 | 图 2-21 |

> **提示**：关闭图层后，要显示被隐藏的对象，可以在"图层特性管理器"面板中单击要打开的图层对应的 💡 图标，或在"图层"功能面板的"图层"下拉列表框中单击要打开图层对应的 💡 图标。此时 💡 图标将转变为 💡 图标。

2.1.7 冻结/解冻图层

在绘图过程中，可以对图层中不需要修改的对象进行冻结处理，以避免这些图形受到错误操作的影响。另外，冻结图层可以减少系统生成图形的时间，从而提高计算机计算的速度，因此在绘制复杂的图形时冻结图层非常重要。被冻结后的图层对象将不能被选择、编辑、修改、打印。

默认情况下，所有图层都处于解冻状态，可以通过以下两种方法将图层冻结。

（1）在"图层特性管理器"面板中选择要冻结的图层，单击该图层对应的 ☀ 图标，☀ 图标将转变为 ❄ 图标，表示该图层已经被冻结，如图 2-22 所示。

（2）在"图层"功能面板的"图层"下拉列表框中单击要冻结的图层对应的 ☀ 图标，☀ 图标将转变为 ❄ 图标，如图 2-23 所示。

冻结图层后，要解冻被冻结的对象，可以在"图层特性管理器"面板中选择要解冻的图层，然后单击该图层对应的 ❄ 图标，或者在"图层"功能面板的"图层"下拉列表框中单击要解冻的图层对应的 ❄ 图标。

> **提示**：由于绘制图形是在当前图层中进行的，因此，不能对当前图层进行冻结。如果对当前图层进行冻结操作，系统将给出无法冻结的提示，如图 2-24 所示。

| 图 2-22 | 图 2-23 | 图 2-24 |

2.1.8 锁定/解锁图层

在 AutoCAD 中，锁定图层可以将该图层中的对象锁定。锁定图层后，图层上的对象仍然处于显示状态，但是用户无法对其进行选择、编辑、修改等操作。

默认情况下，所有图层都处于解锁状态，可以通过以下两种方法将图层锁定。

（1）选中"图层特性管理器"面板中要锁定的图层，单击该图层对应的 🔓 图标，🔓 图标将转变为 🔒 图标，表示该图层已经被锁定，如图 2-25 所示。

（2）在"图层"功能面板的"图层"下拉列表框中/单击要锁定的图层对应的 🔓 图标，🔓 图

标将转变为 🔒 图标，如图 2-26 所示。

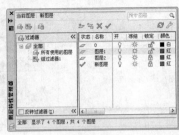

图 2-25   图 2-26

> 💡 **提示：** 锁定图层后，要解锁被锁定的对象，可以在"图层特性管理器"面板中选择要解锁的图层，然后单击该图层对应的 🔒 图标，或者在"图层"功能面板的"图层"下拉列表框中单击要解锁图层对应的 🔒 图标即可。

【课堂案例】创建建筑设计图层

> 🎯 最终效果：第 2 章/课堂案例/最终效果/课堂案例 2-1

（1）单击"图层"功能面板中的"图层特性"按钮🔳，打开"图层特性管理器"面板，如图 2-27 所示。

（2）单击"新建图层"按钮🗐，并在创建的新图层名称处输入新图层的名称——"辅助线"，如图 2-28 所示。

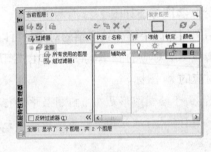

图 2-27   图 2-28

（3）单击"辅助线"图层的颜色标记，打开"选择颜色"对话框，在该对话框中设置"辅助线"图层的颜色为红色，如图 2-29 所示。单击"确定"按钮，完成图层颜色修改，如图 2-30 所示。

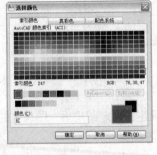
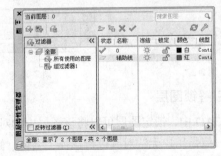

图 2-29   图 2-30

（4）单击"辅助线"图层的线型标记，打开"选择线型"对话框，如图 2-31 所示。

（5）单击 加载(L)... 按钮，打开"加载或重载线型"对话框，选择"ACAD_ISO08W100"线型进行加载，如图 2-32 所示。

（6）单击 [确定] 按钮，加载的线型便显示在"选择线型"对话框内，选择所加载的线型 "ACAD_ISO04W100"，如图 2-33 所示。

图 2-31   图 2-32   图 2-33

（7）单击 [确定] 按钮，将此线型赋予"辅助线"图层，如图 2-34 所示。

（8）新建一个名为"墙线"的图层，如图 2-35 所示。单击该图层的颜色标记，打开"选择颜色"对话框，选择白色作为此图层的颜色，如图 2-36 所示。

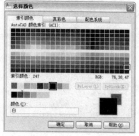

图 2-34   图 2-35   图 2-36

（9）单击"墙线"图层的线型标记，打开"选择线型"对话框，选择 Continuous 线型，如图 2-37 所示。单击"确定"按钮，修改图层的线型，如图 2-38 所示。

（10）单击"墙线"图层的线宽标记，在打开的"线宽"对话框中设置该图层的线宽值为 0.3mm，如图 2-39 所示。单击 [确定] 按钮，效果如图 2-40 所示。

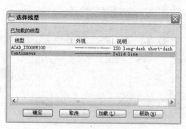
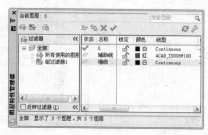

图 2-37   图 2-38   图 2-39

（11）使用同样的方法，创建"门窗"图层，设置图层的颜色为蓝色，线型和线宽为默认值，如图 2-41 所示。

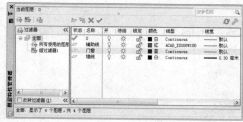

图 2-40   图 2-41

（12）使用同样的方法，创建"标注"图层，然后设置该图层的颜色为绿色，线型和线宽为默认值，如图 2-42 所示。

（13）单击"辅助线"图层对应的 💡 图标，将该图层关闭，图层状态如图 2-43 所示。

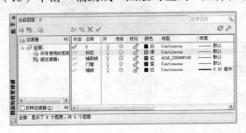
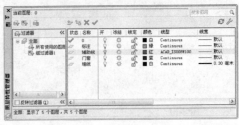

图 2-42   图 2-43

（14）单击"门窗"图层对应的 ☼ 图标，将该图层冻结，图层状态如图 2-44 所示。

（15）单击"墙线"图层对应的 🔓 图标，将该图层锁定，图层状态如图 2-45 所示。

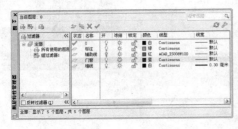
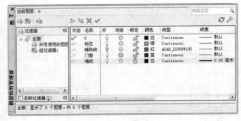

图 2-44   图 2-45

【课堂练习】创建装修图层

最终效果：第 2 章/课堂练习/最终效果/课堂练习 2-1

（1）打开"图层特性管理器"面板，新建一个名为"中轴线"的图层，如图 2-46 所示。设置图层的颜色为红色，设置线型为"ACAD_ISO04W100"，如图 2-47 所示。

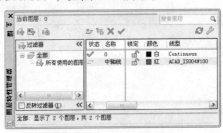

图 2-46   图 2-47

（2）创建"墙体"图层，设置图层的颜色为白色，线型为默认值，线宽为 0.3mm，如图 2-48 所示。

（3）创建"标注"图层，设置图层的颜色为青色，线宽和线型为默认值，如图 2-49 所示。

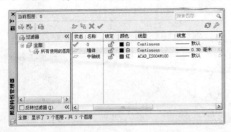

图 2-48   图 2-49

2.2 绘制线型对象

绘制图形的命令都集中在"绘图"菜单中，如图 2-50 所示。选择相应的命令，便可以在绘图区中进行绘图操作。另外，"绘图"功能面板中也列出了各类绘图工具，如图 2-51 所示。

图 2-50

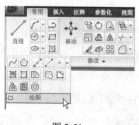

图 2-51

2.2.1 绘制直线段

LINE（直线）是最基本、最简单的直线型绘图命令。使用"直线"工具 ∕ 可以在两点之间进行线段的绘制，可以通过鼠标或键盘来决定线段的起点和终点。使用"直线"工具绘制的每条线段都是相对独立的。

执行"直线"命令的方法有如下 3 种。

（1）执行"绘图>直线"命令。

（2）单击"绘图"功能面板中的"直线"按钮 ∕ 。

（3）在命令提示行中输入 LINE（简化命令为 L）并按回车。

当使用"直线"工具连续绘制线段时，上一个线段的终点直接作为下一个线段的起点，如此循环直到按回车或"Esc"键撤销命令为止。在绘图过程中，如果绘制了错误的线段，可以在提示行中输入 UNDO（U）命令将其取消，然后重新执行下一步绘制操作。

如果绘制了多条线段，命令提示行中会提示"指定下一点或[闭合(C)/放弃(U)]:"，该提示各选项的含义如下。

> 指定下一点：要求用户指定线段的下一个端点。

> 闭合(C)：在绘制多条线段后，如果在命令提示行中输入 C 并按回车键，则最后一个端点将与第一条线段的起点重合，从而组成一个封闭图形，如图 2-52 所示。

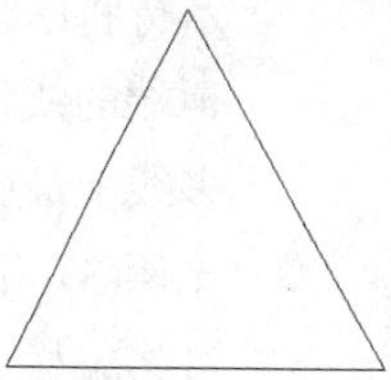

图 2-52

> 放弃(U)：在命令提示行中输入 U 并按回车键，则最后绘制的线段将被撤销。

💡 提示：使用 LINE 命令绘制图形时，可通过输入相对坐标或极坐标与捕捉控制点相结合的方式确定直线端点，以快速绘制精确长度的直线。

2.2.2 绘制构造线

使用 XLINE（构造线）命令可以绘制无限延伸的结构线，构造线在建筑绘图中常用做绘制图形过程中的辅助线，如基准坐标轴。

执行"构造线"命令有以下 3 种方法。

（1）执行"绘图>构造线"命令。

（2）单击"绘图"功能面板中的"构造线"按钮 ╱。

（3）在命令提示行中输入 XLINE（简化命令为 XL）并按回车键。

执行 XLINE 命令后，命令提示行中将提示"指定点或[水平(H)/垂直(V)/角度(A)/二等分(B)/偏移(O)]:"，其中各选项的含义如下。

> 指定点：用于指定构造线通过的一点。

> 水平(H)：用于绘制一条通过选定点的水平参照线。

> 垂直(V)：用于绘制一条通过选定点的垂直参照线。

> 角度(A)：用于以指定的角度创建一条参照线。选择该选项后，命令提示行中将提示"输入参照线角度(0)或[参照(R)]:"，这时可指定一个角度或输入 R 选择参照选项。

> 二等分(B)：用于绘制角度的平分线。选择该选项后，命令提示行中将提示"指定角的顶点、角的起点、角的端点"，从而绘制出该角的角平分线。

> 偏移(O)：用于创建平行于另一个对象的参照线。

💡 提示：绘制构造线的过程中，在指定参照线角度时输入正值，绘制的参照线将按照逆时针方向转动指定角度；输入负值，绘制的参照线将按照顺时针方向转动指定角度。

2.2.3　绘制多线

MLINE（多线）命令用于绘制多条相互平行的线，每条线的颜色和线型可以相同，也可以不同。MLINE 命令不能绘制弧形的平行线，只能绘制由直线段组成的平行多线。

执行"多线"命令有如下两种方法。

（1）执行"绘图>多线"命令。

（2）在命令提示行中输入 MLINE（简化命令为 ML）并按回车键。

执行多线命令后，命令提示行中将提示"指定起点或 [对正(J)/比例(S)/样式(ST)]:"，其中各选项的含义如下。

> 对正(J)：用于控制多线相对于用户输入端点的偏移位置。选择"对正"选项后，命令提示行将继续提示"输入对正类型[上(T)/无(Z)/下(B)]<下>:"，其中"上(T)"表示多线上最顶端的线将随着光标移动；"无(Z)"表示多线的中心线将随着光标移动；"下(B)"表示多线上最底端的线将随着光标移动。

> 比例(S)：该选项控制多线比例。用不同的比例绘制多线，其宽度不一样。输入负比例值可将偏移顺序反转。

> 样式(ST)：该选项用于定义平行多线的线型。在"输入多线样式名或[?]"提示后输入已定义的线型名。输入"?"，则可列表显示当前图形中已有的平行多线样式。

使用 MLINE（ML）命令绘制多线的具体操作如下。

（1）在命令提示行中输入 ML 并按回车键，此时命令提示行中将出现如下提示。

```
命令：ml↙                                  //输入 MLINE 的简化命令
MLINE                                      //启动 MLINE 命令
当前设置:对正 =上，比例 = 20.00，样式 = STANDARD    //当前平行多线样式特征
指定起点或 [对正(J)/比例(S)/样式(ST)]:
```

（2）在命令提示行中输入 S 并按回车键，执行"比例"命令，此时命令提示行中将提示"输

入多线比例<20.000>:"，输入多线的比例为 120，命令提示行中的提示如下。

```
输入多线比例 <20.00>:120↙                                    //设置比例值为 120
当前设置: 对正 = 上, 比例 = 120.00, 样式 = STANDARD     //当前平行多线样式特征
指定起点或 [对正(J)/比例(S)/样式(ST)]:
```

（3）在命令提示行中输入 j 并按回车键执行"对正"命令，此时命令提示行中将提示"输入对正类型[上(T)/无(Z)/下(B)] <上>:"，设置多线的对正方式为"无"（z），命令提示行中的提示如下。

```
指定起点或 [对正(J)/比例(S)/样式(ST)]:j↙                     //设置对齐样式
输入对正类型 [上(T)/无(Z)/下(B)] <上>:z↙                      //设置对齐样式为"无"
当前设置: 对正 = 无, 比例 = 120.00, 样式 = STANDARD     //当前平行多线样式特征
指定起点或 [对正(J)/比例(S)/样式(ST)]:
```

（4）在绘图区指定绘制多线的起点，如图 2-53 所示。

（5）命令提示行中将提示"指定下一点[放弃(U)]:"，在绘图区中指定多线的下一点，如图 2-54 所示。

| 图 2-53 | 图 2-54 |

（6）命令提示行中将提示"指定下一点[放弃(U)]:"，在绘图区中指定多线的下一点，如图 2-55 所示。

（7）如果要结束多线的绘制，可以直接按回车键，效果如图 2-56 所示。

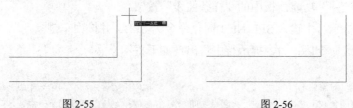

| 图 2-55 | 图 2-56 |

💡 提示：通过 MLINE 命令绘制的平行线可以用 EXPLODE 命令分解成单个独立的线段。多线的线宽、偏移、比例、样式和端头交接方式都可以用 MLINE 和 MLSTYLE 命令控制。

2.2.4 绘制多段线

PLINE（多段线）命令用于创建相互连接的序列线段，创建的对象可以是直线段、弧线段或两者的组合线段。由多段线所创建的图形对象是一个整体，而不是多条线段简单地组合在一起。

执行"多段线"命令的方法有如下 3 种。

（1）执行"绘图>多段线"命令。

（2）单击"绘图"功能面板中的"多段线"按钮 ⏴᳀。

（3）在命令提示行中输入 PLINE（简化命令为 PL）并按回车键。

执行"多段线"命令后，命令提示行中将提示"指定起点"，在绘图区指定起点后，命令提示行中提示"指定下一点或[圆弧(A)/闭合(C)/半宽(H)/长度(L)/放弃(U)/宽度(W)]:"，其中各选项的含义如下。

➢ 圆弧(A)：输入 A，将以绘制圆弧的方式绘制多段线。

➢ 闭合(CL)：选择该选项后，AutoCAD 自动将多段线闭合，并结束多段线（PLINE）命令。

➢ 半宽(H)：用于指定多段线的半宽值，AutoCAD 将提示用户输入多段线的起点半宽值与终点半宽值。

➢ 长度(L)：指定下一段多段线的长度。

➢ 放弃(U)：输入 U 将取消刚刚绘制的一段多段线。

➢ 宽度(W)：输入 W 将设置多段线的宽度值。

> **提示**：选择"圆弧(A)"选项后，命令提示行中将提示"指定圆弧的端点或 [角度(A)/圆心(CE)/闭合(CL)/方向(D)/半宽(H)/直线(L)/半径(R)/第二点(S)/放弃(U)/宽度(W)]:"，此时，可以直接使用鼠标确定圆弧终点。移动十字光标，屏幕上会出现圆弧的预显线条，如图 2-57 所示。

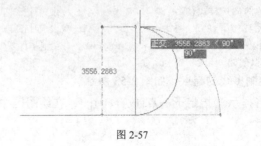

图 2-57

2.2.5 绘制样条曲线

使用 SPLINE（样条曲线）命令可以从一个样条拟合的多段线中创建一条真实的样条对象。使用 SPLINE 命令可以绘制各类光滑的曲线图元。样条曲线是由起点、终点、控制点及偏差来控制的。

执行"样条曲线"命令的方法有如下 3 种。

（1）执行"绘图>样条曲线"命令。

（2）单击"绘图"功能面板中的"样条曲线"按钮 。

（3）在命令提示行中输入 SPLINE（简化命令为 SPL）并按回车键。

执行样条曲线命令后，命令提示行中将出现如下提示。

命令: spline↙
指定第一个点或[对象(O)]:　　　　　　　　　//指定样条曲线的第一个点，或选择其他选项
指定下一点或[闭合(C)/拟合公差(F)]<起点切向>:　//指定样条曲线的下一点或选择其他选项
指定起点切向:　　　　　　　　　　　　　　//指定样条曲线起始点处的切线方向
指定端点切向:　　　　　　　　　　　　　　//指定样条曲线端点处的切线方向

命令提示行中各选项的含义如下。

➢ 对象(O)：将一条多段线拟合生成样条曲线。

➢ 闭合(C)：生成一条闭合的样条曲线。

➢ 拟合公差(F)：输入曲线的偏差值。值越大，曲线越远离指定的点；值越小，曲线离指定的点越近。

> **提示**：使用 SPLINE 命令绘制曲线可以节省更多的内存及磁盘空间。样条曲线通常可以用来表示木纹、地面纹路等纹理图案。

2.2.6 绘制圆弧图形

在 AutoCAD 中可以使用多种方法创建圆弧，可以指定圆心、端点、起点、半径、角度、弦长和方向值的各种组合形式，但通常都是从起点到端点逆时针绘制圆弧。

执行"圆弧"命令的方法有如下 3 种。

（1）执行"绘图>圆弧"命令，然后选择其子菜单中的命令，如图 2-58 所示。

图 2-58

（2）单击"绘图"功能面板中的"圆弧"按钮 ⌒ 。

（3）在命令提示行中输入 ARC（简化命令为 A）并按回车键。

在执行圆弧命令后，命令提示行中将提示"指定圆弧的起点或[圆心(C)]:"，指定起点或圆心后，接着提示"指定圆弧的第二点或[圆心(C)/端点(E)]:"，其中各选项的含义如下。

➤ 圆心(C)：用于确定圆弧的圆心。

➤ 端点(E)：用于确定圆弧的终点。

➤ 弦长(L)：用于确定圆弧的弦长。

➤ 方向(D)：用于定义圆弧起始点处的切线方向。

【课堂案例】绘制弧形窗立面

⊙ 原始文件：第 2 章/课堂案例/原始文件/课堂案例 2-2

最终效果：第 2 章/课堂案例/最终效果/课堂案例 2-2

（1）根据原始文件路径打开矩形图形，如图 2-59 所示。

（2）在命令提示行中输入 L 并按回车键，捕捉矩形上边的中点为线段的起点，如图 2-60 所示，然后向下绘制一条垂直线段，如图 2-61 所示。

（3）在命令提示行中输入 A 并按回车键，命令提示行中提示"指定圆弧的起点或[圆心(C)]:"，指定圆弧的起点，如图 2-62 所示。

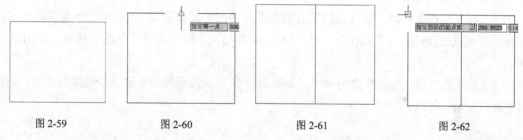

| 图 2-59 | 图 2-60 | 图 2-61 | 图 2-62 |

（4）当命令提示行中提示"指定圆弧的第二个点或[圆心(C)/端点(E)]:"时，将光标移向矩形上边的中点并单击，然后垂直向上移动鼠标并单击，以指定圆弧的第二个点，如图 2-63 所示。

（5）当命令提示行中提示"指定圆弧的端点:"时，在矩形的右上角单击圆弧的端点，如图 2-64 所示，即可创建一个圆弧，如图 2-65 所示。

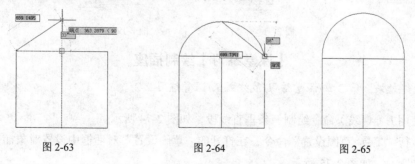

| 图 2-63 | 图 2-64 | 图 2-65 |

【课堂案例】绘制建筑平开门

⊙ 最终效果：第 2 章/课堂案例/最终效果/课堂案例 2-3

（1）执行"工具>草图设置"命令，打开"草图设置"对话框，在"对象捕捉"选项卡中设置端点捕捉模式，如图 2-66 所示。

（2）在命令提示行输入 L 并按回车键，在绘图区绘制一条长为 900 的垂直线段，如图 2-67 所示。

（3）在命令提示行输入 A 并按回车键，当系统提示"指定圆弧的起点或[圆心(C)]:"时，根据图 2-68 所示的位置指定圆弧的起点。

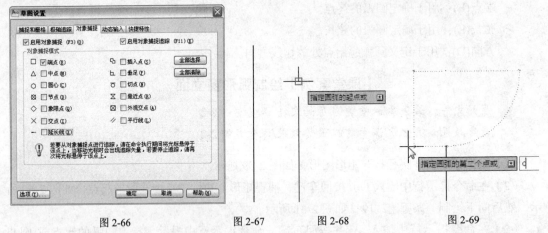

图 2-66   图 2-67   图 2-68   图 2-69

（4）当系统提示"指定圆弧的第二个点或[圆心(C)/端点(E)]:"时，输入 C 并按回车键，选择"圆心"选项，如图 2-69 所示。

（5）将光标向下移动，捕捉线段下方的端点作为圆心，如图 2-70 所示。当系统提示"指定圆弧的端点或[角度(A)/弦长(L)]:"时，输入 A 并按回车键，选择"角度"选项，如图 2-71 所示。

（6）输入圆弧所包含的角度为 90°，如图 2-72 所示，然后按回车键结束圆弧的绘制，创建出平面门效果，如图 2-73 所示。

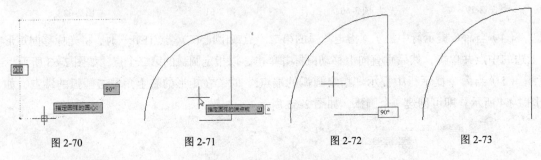

图 2-70   图 2-71   图 2-72   图 2-73

【课堂练习】绘制插座

🔘 最终效果：第 2 章/课堂练习/最终效果/课堂练习 2-2

（1）使用 L（直线）命令绘制一条垂直线段，如图 2-74 所示。

（2）执行"工具>草图设置"命令，在打开的"草图设置"对话框中设置对象捕捉模式为端点、中点和圆心，如图 2-75 所示。

（3）使用 ARC（圆弧）命令以直线下方的端点为圆弧的第一个端点，以直线的中点为圆弧的圆心，以直线上方的端点为圆弧的另一个端点绘制一段圆弧，如图 2-76 所示。

（4）使用 L（直线）命令绘制两条互相垂直的线段，完成插座的绘制，如图 2-77 所示。

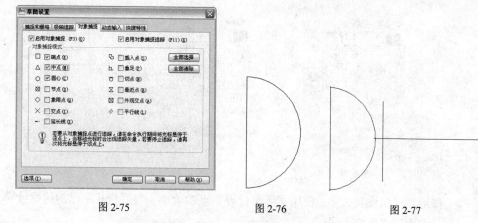

图 2-74   图 2-75   图 2-76   图 2-77

【课后习题】绘制座便器立面图

🔘 *最终效果：第 2 章/课后习题/最终效果/课后习题 2-1*

根据前面所学的知识点绘制图 2-78 所示的座便器立面图。

图 2-78

2.3 绘制点对象

  "点"是组成图形最基本的元素之一。在 AutoCAD 中，设置多种不同形状的点样式，可以满足用户绘图时的不同需要。在 AutoCAD 中，绘制点的命令主要包括 POINT（点）、DIVIDE（等分点）、MEASURE（定距等分点）命令。

2.3.1 设置点样式

  在 AutoCAD 绘图中，点对象可以作为图形的一部分，也可以作为绘制其他图形时的参考点和控制点。在 AutoCAD 中可以对点的样式进行重新设置。在命令提示行中输入 DDPTYPE 并按回车键，打开"点样式"对话框，在该对话框中可以设置点样式，如图 2-79 所示。

  点样式包括点的形状和大小。对点样式进行更改后，绘图区中的点对象将发生相应的变化。图 2-80 所示是改变点样式后的图形效果。

  "点样式"对话框中各选项的含义如下。

➢ 点大小：用于设置点的显示大小。可以相对于屏幕设置点的大小，也可以设置点的绝对大小。

➢ 相对于屏幕设置大小：用于按屏幕尺寸的百分比设置点的显示大小。当进行显示比例的缩放时，点的显示大小并不改变。

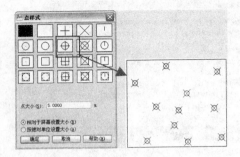

图 2-79　　　　　　　　　　　　　　图 2-80

➢ 按绝对单位设置大小：使用实际单位设置点的大小。当进行显示比例的缩放时，点的显示大小随之改变。

💡 提示：除了可以在"点样式"对话框中设置点样式外，也可以使用点数值（PDMODE）和点尺寸（PDSIZE）命令来设置点样式。

2.3.2　创建点

单击"绘图"功能面板中的"多点"按钮·，如图 2-81 所示，或在命令提示行中输入 POINT（简化命令为 PO）并按回车键，即可执行绘制点命令。

启动"多点"命令后，命令提示行中将提示"指定点:"，此时在绘图区单击鼠标左键即可创建一个点对象。绘制点对象时，命令提示行出现的提示及操作如下。

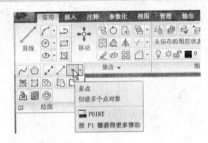

图 2-81

```
命令:POINT✓                         //启动 POINT 命令
当前点模式：PDMODE=0  PDSIZE=0.0000   //显示当前点的模式
指定点：                             //在绘图区中单击鼠标左键即可创建一个点
```

💡 提示：使用 AutoCAD 的点命令可以绘制单点、多点，但是执行 POINT 命令一次只能绘制一个单点。如果单击"绘图"功能面板中的"多点"按钮，则可以连续绘制多个点，直到按"Esc"键才能终止连续绘制点操作。

2.3.3　定距等分点

使用 MEASURE 命令可以在所选对象上创建指定距离的点或图块，以指定的长度进行分段，即将一个对象以一定的距离进行划分。在命令提示行中输入 MEASURE（简化命令为 ME）并按回车键，即可启动定距等分点命令。

使用 MEASURE 命令创建定距等分点的具体操作步骤如下。

（1）在命令提示行中输入 ME 并按回车键，启动定距等分点命令。命令提示行提示"选择要定距等分的对象:"，选择要等分的对象，如图 2-81 所示。

（2）命令提示行提示"指定线段长度或[块(B)]:"，输入指定长度，如图 2-83 所示。然后按回车键结束操作，效果如图 2-84 所示。

💡 提示：使用 MEASURE 命令创建的点对象没有将图形断开，而只是起到等分测量的作用，这些点可以作为其他图形的捕捉点。

图 2-82   图 2-83   图 2-84

2.3.4　定数等分点

使用 DIVIDE（定数等分点）命令可以在某一图形上以等分数目创建点或图块。在操作过程中，用户可以指定等分数目，定数等分点的对象可以是直线、圆、圆弧、多段线等。在命令提示行中输入 DIVIDE（简化命令为 DIV）并按回车键，即可启动定数等分点命令。

使用 DIVIDE 命令创建定数等分点的具体操作步骤如下。

（1）在命令提示行中输入 DIV 并按回车键，启动定数等分点命令。命令提示行提示"选择要定数等分的对象:"，选择要等分的对象，如图 2-85 所示。

（2）命令提示行提示"输入线段数目或[块(B)]:"，输入等分的数目，如图 2-86 所示。然后按回车键结束操作，效果如图 2-87 所示。

图 2-85   图 2-86   图 2-87

> **提示**：MEASURE 命令是将目标对象按指定的距离分段，而 DIVIDE 命令是将目标对象按指定的数目平均分段。

【课堂案例】绘制五角星

原始文件：第 2 章/课堂案例/最终效果/课堂案例 2-4
最终效果：第 2 章/课堂案例/最终效果/课堂案例 2-4

本例将通过绘制五角星的操作，介绍定数等分点的应用。本实例的操作步骤如下。

（1）根据原始文件路径打开圆形图形，如图 2-88 所示。

（2）执行"格式>点样式"命令，打开"点样式"对话框，选择点样式，如图 2-89 所示。

图 2-88

（3）在命令提示行中输入"idv"并按回车键，然后将圆分成五等份，命令提示及操作如下。

```
命令: div✓              //执行简化命令
DIVIDE
选择要定数等分的对象:       //选择圆形，如图 2-90 所示
输入线段数目或 [块(B)]: 5✓   //设置等分数，按回车键进行确认，效果如图 2-91 所示
```

（4）执行"工具>草图设置"命令，打开"草图设置"对话框，选择"对象捕捉"选项卡，

选中"启用对象捕捉"复选项，然后选中"对象捕捉模式"选项组中的"节点"复选项，并取消选择其余复选项，如图 2-92 所示。

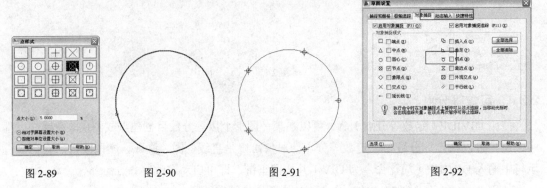

图 2-89   图 2-90   图 2-91   图 2-92

（5）在命令提示行中输入 **L** 并按回车键，然后绘制一条直线，命令提示及操作如下。

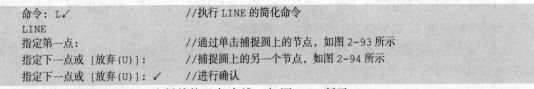

```
命令：L↙                  //执行 LINE 的简化命令
LINE
指定第一点：               //通过单击捕捉圆上的节点，如图 2-93 所示
指定下一点或 [放弃(U)]：    //捕捉圆上的另一个节点，如图 2-94 所示
指定下一点或 [放弃(U)]：↙   //进行确认
```

（6）使用同样的方法，绘制其他几条直线，如图 2-95 所示。

（7）选择圆和点对象，然后按"Delete"键将其删除，效果如图 2-96 所示。

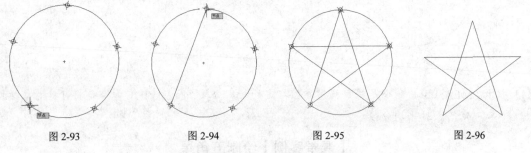

图 2-93   图 2-94   图 2-95   图 2-96

【课堂练习】创建地毯花纹

原始文件：第 2 章/课堂练习/最终效果/课堂练习 2-3

最终效果：第 2 章/课堂练习/最终效果/课堂练习 2-3

（1）根据原始文件路径打开图形文件，如图 2-97 所示。

（2）在命令提示行中输入并执行 DDPTYPE 命令，打开"点样式"对话框，在其中设置点样式，如图 2-98 所示。

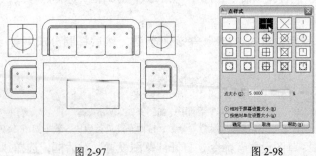

图 2-97   图 2-98

（3）单击"绘图"功能面板中的"多点"按钮·，然后在指定的图形中绘制点，如图 2-99 所示。

（4）绘制其他点，完成后按"Esc"键结束操作，效果如图 2-100 所示。

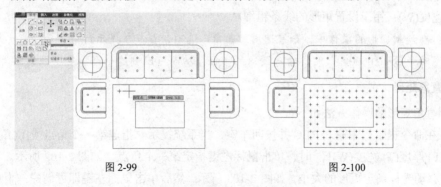

图 2-99　　　　　　　　　　　　　图 2-100

【课后习题】等分圆形

⊕ 最终效果：第 2 章/课后习题/最终效果/课后习题 2-2

根据前面所学的知识点将圆形等分为 8 段，效果如图 2-101 所示。

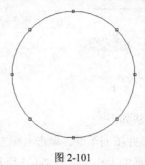

图 2-101

2.4　绘制封闭型对象

在 AutoCAD 中绘制的基本图形主要包括线型图形和封闭图形，前面学习了线型图形的基本知识和绘制方法，本节将介绍封闭图形的基本知识和绘制方法。

2.4.1　绘制矩形

使用 RECTANG（矩形）命令可以通过指定两个对角点的方式绘制矩形，当两个角点形成的边长相同时，则生成的矩形为正方形。

在 AutoCAD 中，执行 RECTANG（矩形）命令的方式有如下 3 种。

（1）执行"绘图>矩形"命令。

（2）在命令提示行中输入 RECTANG（简化命令为 REC）并按回车键。

（3）单击"绘图"面板中的"矩形"按钮▢。

执行 RECTANG 命令后，命令提示行中提示"指定第一个角点或 [倒角(C)/标高(E)/圆角(F)/厚度(T)/宽度(W)]:"，各选项的含义如下。

➤ 倒角(C)：用于设置矩形的倒角距离。

➤ 标高(E)：用于设置矩形在三维空间中的基面高度。

> ➤ 圆角(F)：用于设置矩形的圆角半径。
> ➤ 厚度(T)：用于设置矩形的厚度，即三维空间 Z 轴方向的高度。
> ➤ 宽度(W)：用于设置矩形的线条粗细。

提示：在绘制矩形的操作中，如果选用"圆角"选项，当命令提示行中提示"指定矩形的圆角半径<0.0000>："时，输入圆角的半径，从而可以创建一个指定半径的圆角矩形。

1. 绘制直角矩形

绘制直角矩形的操作方法如下。

（1）在命令提示行中输入 REC 并按回车键，当系统提示"指定第一个角点或[倒角(C)/标高(E)/圆角(F)/厚度(T)/宽度(W)]："时，单击鼠标左键指定第一个角点，如图 2-102 所示。

（2）移动光标确定矩形的大小，如图 2-103 所示，然后单击鼠标左键即可创建一个矩形，如图 2-104 所示。

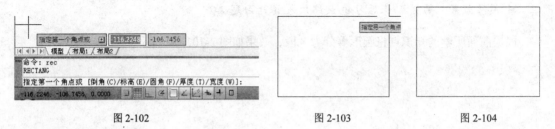

图 2-102　　　　　　　　　图 2-103　　　　　　　图 2-104

2. 绘制指定大小的矩形

绘制指定大小的矩形的操作方法如下。

（1）在命令提示行中输入 REC 并按回车键，单击鼠标左键指定第一个角点，然后输入矩形另一个角点的相对坐标，以确定矩形的大小，如图 2-105 所示。

（2）按回车键进行确认，即可创建一个指定大小的矩形，如图 2-106 所示。

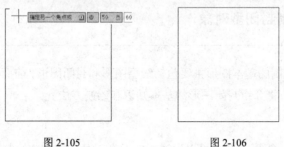

图 2-105　　　　　　　　图 2-106

3. 绘制圆角矩形

绘制圆角矩形的操作方法如下。

（1）在命令提示行中输入 REC 并按回车键，当系统提示"指定第一个角点或[倒角(C)/标高(E)/圆角(F)/厚度(T)/宽度(W)]："时，输入 F 并按回车键，以选择"圆角"选项，如图 2-107 所示。

（2）当系统提示"指定矩形的圆角半径<当前值>："时，输入矩形的圆角半径，如图 2-108 所示，然后按回车键进行确认。

（3）当系统提示"指定第一个角点或[倒角(C)/标高(E)/圆角(F)/厚度(T)/宽度(W)]："时，指定矩形的第一个角点，然后指定矩形的另一个角点，如图 2-109 所示。单击鼠标左键完成圆角矩形的绘制，如图 2-110 所示。

图 2-107   图 2-108   图 2-109   图 2-110

4. 绘制倒角矩形

绘制倒角矩形的操作方法如下。

（1）在命令提示行中输入 rec 并按回车键，当系统提示"指定第一个角点或 [倒角(C)/标高(E)/圆角(F)/厚度(T)/宽度(W)]:"时，输入 C 并按回车键，以选择"倒角"选项，如图 2-111 所示。

（2）当系统提示"指定矩形的第一个倒角距离<当前值>:"时，输入第一个倒角的距离，如图 2-112 所示，然后进行确认。

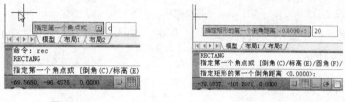

图 2-111   图 2-112

（3）当系统提示"指定矩形的第二个倒角距离<当前值>:"时，输入第二个倒角的距离，如图 2-113 所示，然后进行确认。

（4）当系统提示"指定第一个角点或 [倒角(C)/标高(E)/圆角(F)/厚度(T)/宽度(W)]:"时，单击鼠标左键指定第一个角点，然后移动光标确定矩形的大小，再单击鼠标左键即可创建一个倒角矩形，如图 2-114 所示。

图 2-113   图 2-114

2.4.2 绘制正多边形

使用 POLYGON（正多边形）命令可以绘制由 3～1024 条边组成的正多边形。在 AutoCAD 中，执行 POLYGON（正多边形）命令的方式有如下 3 种。

（1）执行"绘图>正多边形"命令。

（2）在命令行中输入 POLYGON（简化命令为 POL）并按回车键。

（3）单击"绘图"功能面板中的"正多边形"按钮○。

执行 POLYGON 命令的过程中，命令提示行中出现的提示及含义如下。

命令: polygon✓	//执行命令
输入边的数目<4>:	//指定多边形的边数，默认为四边形
指定正多边形的中心点或 [边(E)]:	//确定多边形的一条边来绘制正多边形，由边数和边长确定
输入选项 [内接于圆(I)/外切于圆(C)] <I>:	//选择正多边形的创建方式
指定圆的半径:	//指定创建正多边形时的内接于圆或外切于圆的半径

1. 绘制外切正多边形

使用 POLYGON 命令绘制外切正多边形的具体操作如下。

（1）在命令提示行中输入 POLYGON 并按回车键，然后输入创建多边形的边数（如 6 边）并按回车键，如图 2-115 所示。

（2）以绘图区中的圆心为正多边形的中心点，如图 2-116 所示，在弹出的菜单中选择"外切于圆"选项，如图 2-117 所示。

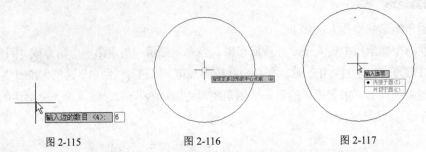

图 2-115   图 2-116   图 2-117

（3）当命令提示行中提示"指定圆的半径:"时，输入圆半径值，如图 2-118 所示，然后确认，效果如图 2-119 所示。

2. 绘制内接正多边形

使用 POLYGON 命令创建内接正多边形的具体操作方法如下。

（1）在命令提示行中输入 POLYGON 并按回车键，直接确定多边形的边数为 6，然后以绘图区中的圆心为正多边形的中心点，如图 2-120 所示，在弹出的菜单中选择"内接于圆"选项，如图 2-121 所示。

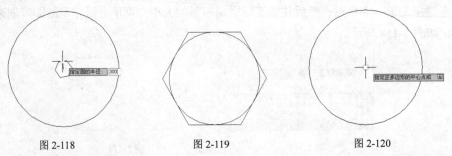

图 2-118   图 2-119   图 2-120

（2）当命令提示行中提示"指定圆的半径:"时，输入圆半径值，如图 2-122 所示，然后确认，效果如图 2-123 所示。

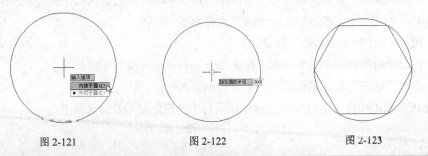

图 2-121   图 2-122   图 2-123

💡 提示：从创建的正六边形可以看出，绘制外切正六边形与内接正六边形时，尽管它们的边数和半径都相同，但是其大小却不同。

2.4.3 绘制圆形

绘制圆形的命令是 CIRCLE。在默认状态下，圆形的绘制方式是先确定圆心，再确定半径。在 AutoCAD 中，执行 POLYGON（正多边形）命令的方式有如下 3 种。

（1）执行"绘图>圆"命令。

（2）在命令行中输入 CIRCLE（简化命令为 C）并按回车键。

（3）单击"绘图"功能面板中的"圆"按钮 ⊙。

执行 CIRCLE（圆）命令后，命令提示行中将提示"指定圆的圆心或[三点(3P)/两点(2P)/相切、相切、半径(T)]:"，此时可以指定圆心或选择某种绘制圆的方式，命令提示行中将继续提示"指定圆的半径或[直径(D)] <当前值>:"，

在绘制圆形的过程中，常用选项的含义如下。

➢ 三点(3P)：通过在绘图区内确定 3 个点来确定圆的位置与大小。输入 3P 后，系统分别提示指定圆上的第一点、第二点、第三点。

➢ 两点(2P)：通过确定圆的直径的两个端点绘制圆。输入 2P 后，命令行分别提示指定圆的直径的第一个端点和第二个端点。

➢ 相切、相切、半径(T)：通过两条切线和半径绘制圆，输入 T 后，系统分别提示指定圆的第一条切线和第二条切线上的点以及圆的半径。

例如，使用 CIRCLE 命令绘制一个半径为 300 的圆，具体操作步骤如下。

（1）在命令提示行中输入 CIRCLE 并按回车键，命令提示行中提示"指定圆的圆心或[三点(3P)/两点(2P)/相切、相切、半径(T)]:"时，指定圆心位置，如图 2-124 所示。

（2）命令提示行中提示"指定圆的半径或[直径(D)]"时，指定圆的半径，如图 2-125 所示。然后按回车键进行确认，即可绘制一个圆形，如图 2-126 所示。

图 2-124   图 2-125   图 2-126

2.4.4 绘制椭圆

椭圆是由长轴和短轴决定的。当两条轴的长度不相等时，形成的对象为椭圆；当两条轴的长度相等时，形成的对象为圆形。

在 AutoCAD 中，执行 ELLIPSE（椭圆）命令的方式有如下 3 种。

（1）执行"绘图>椭圆"命令。

（2）在命令行中输入 ELLIPSE（简化命令为 EL）并按回键车。

（3）单击"绘图"功能面板中的"椭圆"按钮 ⊙。

在命令提示行中执行 ELLIPSE 命令后，系统将提示"指定椭圆的轴端点或 [圆弧(A)/中心点(C)]:"，其中各选项的含义如下。

➢ 轴端点：以椭圆轴端点绘制椭圆。

➢ 圆弧(A)：用于创建椭圆弧。

➢ 中心点(C)：以椭圆圆心和两轴端点绘制椭圆。

例如，使用 ELLIPSE 命令绘制宽度为 300、长度为 500 的椭圆，具体操作步骤如下。

（1）在命令提示行中输入 ELLIPSE 并按回车键，命令提示行中提示"指定椭圆的轴端点或[圆弧(A)/中心点(C)]:"，输入 C 并按回车键，选择以指定椭圆中心方式绘制椭圆，如图 2-127 所示。

（2）命令提示行中提示"指定椭圆的中心点:"时，指定椭圆的中心点，如图 2-128 所示。

（3）命令提示行中提示"指定轴的端点:"时，向上移动光标，并指定椭圆垂直轴的长度，如图 2-129 所示。

（4）命令提示行中提示"指定另一条半轴长度或[旋转(R)]:"时，向右移动光标，并指定椭圆水平轴的长度，如图 2-130 所示，然后按回车键进行确认，效果如图 2-131 所示。

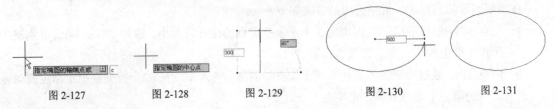

图 2-127   图 2-128   图 2-129   图 2-130   图 2-131

2.4.5 绘制修订云线

使用 REVCLOUD（修订云线）命令时，可以使用光标跟踪修订云线的形状，AutoCAD 会自动沿被跟踪的形状绘制一系列圆弧。REVCLOUD 命令用于在红线圈阅或检查图形时进行标记更改。

在 AutoCAD 中，执行修订云线命令的方法有如下 3 种。

（1）执行"绘图>修订云线"命令。

（2）在命令行中输入 REVCLOUD 并按回车键。

（3）单击"绘图"功能面板中的"修订云线"按钮🗔。

执行 REVCLOUD 命令后，系统将提示"指定起点或[弧长(A)/对象(O)/样式(S)]<对象>:"，各选项的含义如下。

➢ 对象(O)：用于将闭合对象（圆、椭圆、闭合的多段线或样条曲线）转换为修订云线，可以创建外观一致的修订云线。

➢ 弧长(A)：用于设置修订云线中圆弧的最大长度和最小长度。更改弧长时，可以创建具有手绘外观的修订云线。

执行 REVCLOUD 命令，当系统提示"指定起点或[弧长(A)/对象(O)]<对象>:"时，输入 A 并按回车键进行确认，然后根据提示设置最小弧长和最大弧长。当系统提示"指定起点或 [弧长(A)/对象(O)/样式(S)] <对象>:"时，单击鼠标左键并移动光标，即可创建出修订云线图形，如图 2-132 所示。

使用 REVCLOUD 命令对图形进行标注时，在绘制修订云线的过程中按回车键，可以终止执行 REVCLOUD 命令，并生成开放的修订云线，如图 2-133 所示。

使用 REVCLOUD 命令也可以将多段线、样条曲线、矩形、圆等对象转换为修订云线图形。执行 REVCLOUD 命令，当系统提示"指定起点或[弧长(A)/对象(O)]<对象>:"时，输入 O 并按回车键进行确认，当系统提示"选择对象:"时，选择要转换为修订云线的图形，如图 2-134 所示，即可将选择的对象转换为修订云线图形，如图 2-135 所示。

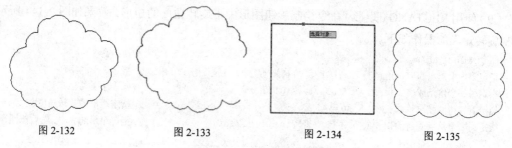

图 2-132   图 2-133   图 2-134   图 2-135

【课堂案例】绘制炉盘图形

最终效果：第 2 章/课堂案例/最终效果/课堂案例 2-5

（1）使用 RECTANG 命令绘制一个长度为 600，宽度 400 的矩形作为炉盘轮廓，如图 2-136 所示。命令提示行中的提示及操作如下。

```
命令: rectang↙                                                    //执行命令
指定第一个角点或 [倒角(C)/标高(E)/圆角(F)/厚度(T)/宽度(W)]:       //指定矩形第一个角点
指定另一个角点或 [面积(A)/尺寸(D)/旋转(R)]: @600,400↙            //指定矩形大小
```

（2）使用 LINE（直线）命令绘制一条线段，如图 2-137 所示。

（3）使用 CIRCEL 命令绘制一个半径为 80 的圆形作为炉盘的炉心，如图 2-138 所示。命令提示行中的提示及操作如下。

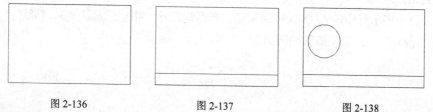

图 2-136   图 2-137   图 2-138

```
命令:circle↙                                                      //执行命令
指定圆的圆心或 [三点(3P)/两点(2P)/切点、切点、半径(T)]:         //指定圆心
指定圆的半径或 [直径(D)]: 80↙                                    //指定圆的半径
```

（4）继续使用 CIRCEL 命令，绘制半径分别为 70 和 20 的圆形，如图 2-139 所示。

（5）使用 RECTANG 命令绘制炉盘上的矩形对象，矩形长度为 100，宽度为 10，如图 2-140 所示。命令提示行中的提示的操作如下。

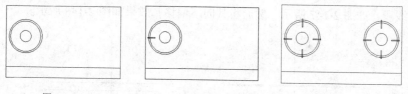

图 2-139   图 2-140   图 2-141

```
命令: rectang↙                                                    //执行命令
指定第一个角点或[倒角(C)/标高(E)/圆角(F)/厚度(T)/宽度(W)]:        //指定矩形第一个角点
指定另一个角点或[面积(A)/尺寸(D)/旋转(R)]: @120,10↙             //指定矩形大小
```

（6）继续使用 CIRCEL（圆）和 RECTANG（矩形）命令绘制炉盘上的其他圆和矩形，如图 2-141 所示。

（7）使用 CIRCEL（圆）和 RECTANG（矩形）命令绘制炉盘上的旋钮图形，如图 2-142 所示。

（8）使用 CIRCEL（圆）命令绘制右方旋钮图形中的圆，如图 2-143 所示。

（9）使用 RECTANG（矩形）命令绘制旋钮图形中带旋转角度的矩形，效果如图 2-144 所示。绘制旋转矩形的操作如下。

```
命令:rectang↙                                          //执行命令
指定第一个角点或 [倒角(C)/标高(E)/圆角(F)/厚度(T)/宽度(W)]:    //指定矩形的第一个角点
指定另一个角点或 [面积(A)/尺寸(D)/旋转(R)]: r↙              //输入 r 并按回车键
指定旋转角度或 [拾取点(P)] <0>:45↙                        //指定矩形的旋转角度
指定另一个角点或 [面积(A)/尺寸(D)/旋转(R)]: @12,10↙        //指定矩形的大小，然后按回车键
```

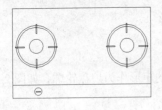

图 2-142　　　　　　　　　图 2-143　　　　　　　　　图 2-144

【课堂案例】绘制面盆

最终效果：第 2 章/课堂案例/最终效果/课堂案例 2-6

（1）使用 L（直线）命令绘制一条长为 520 的水平线段，再绘制的一条长为 420 的垂直线段，如图 2-145 所示。

（2）在命令提示行中输入 O 并按回车键，当系统提示"指定偏移距离或 [通过(T)/删除(E)/图层(L)] <当前>:"时，设置偏移的距离为 30，如图 2-146 所示。

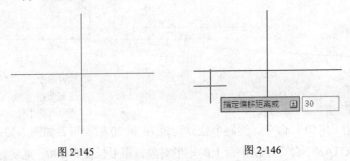

图 2-145　　　　　　　　　图 2-146

（3）当系统提示"选择要偏移的对象，或[退出(E)/放弃(U)] <退出>:"时，选择水平线段作为要偏移的线段，如图 2-147 所示。然后将其向下偏移，效果如图 2-148 所示。

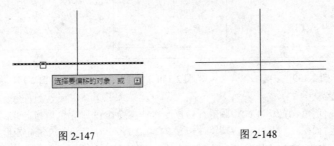

图 2-147　　　　　　　　　图 2-148

（4）继续输入 O 并按回车键，将上方的水平线段向上偏移 140，如图 2-149 所示，然后将垂直线段分别向左、右偏移 240，效果如图 2-150 所示。

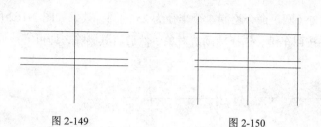

图 2-149   图 2-150

（5）输入 EL 并按回车键，当系统提示"指定椭圆的轴端点或[圆弧(A)/中心点(C)]:"时，输入 C 并确认，选择"中心点"选项，如图 2-151 所示。

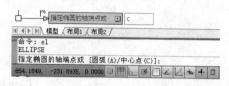

图 2-151

（6）当系统提示"指定椭圆的中心点:"时，在图 2-152 所示的中点位置指定椭圆的中心点；当系统提示"指定轴的端点:"时，在图 2-153 所示的位置指定椭圆轴的端点。

（7）当系统提示"指定另一条半轴长度或 [旋转(R)]:"时，参照图 2-154 所示的效果指定另一条半轴，创建的椭圆如图 2-155 所示。

图 2-152   图 2-153   图 2-154

（8）继续执行 EL（椭圆）命令，当系统提示"指定椭圆的轴端点或 [圆弧(A)/中心点(C)]:"时，指定椭圆的轴端点，如图 2-156 所示。

（9）当系统提示"指定轴的另一个端点:"时，在图 2-157 所示的位置指定轴的另一个端点。

图 2-155   图 2-156   图 2-157

（10）当系统提示"指定另一条半轴长度或 [旋转(R)]:"时，指定另一条半轴长度，如图 2-158 所示，创建的椭圆如图 2-159 所示。

（11）输入 C 并按回车键，在图 2-160 所示的位置指定圆的圆心，然后绘制一个半径为 11 的圆，如图 2-161 所示。

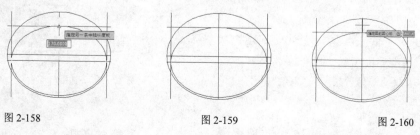

图 2-158   图 2-159   图 2-160

（12）继续使用 C（圆）命令绘制 3 个半径为 25 的圆，效果如图 2-162 所示。

（13）输入 E 并按回车键，选择辅助线对象，然后将其删除，即可完成面盆的绘制，效果如图 2-163 所示。

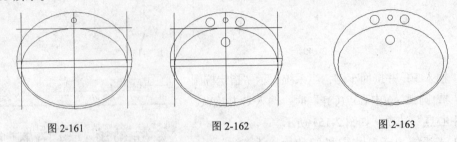

图 2-161　　　　　　　图 2-162　　　　　　　图 2-163

【课堂练习】创建吊灯

最终效果：第 2 章/课堂练习/最终效果/课堂练习 2-4

（1）使用 L（直线）命令绘制 3 条长度为 600 的线段，3 条线段的中点相交，效果如图 2-164 所示。

（2）使用 C（圆）命令以 3 条线段的交点为圆心，绘制两个同心圆，圆的半径分别为 150 和 240，如图 2-165 所示。

（3）使用 C（圆）命令在线段与圆相交处绘制半径为 50 的圆，如图 2-166 所示。

（4）使用 C（圆）命令绘制其他半径为 50 的圆，完成吊灯图形的绘制，如图 2-167 所示。

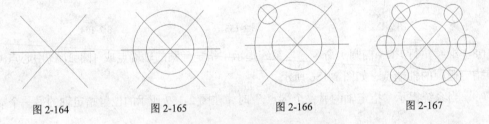

图 2-164　　　　　　图 2-165　　　　　　图 2-166　　　　　　图 2-167

【课后习题】绘制双孔水槽

最终效果：第 2 章/课后习题/最终效果/课后习题 2-3

根据前面所学的知识点绘制图 2-168 所示的双孔水槽图形。

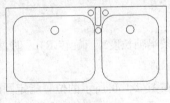

图 2-168

第3章
图形编辑

教学目标：

AutoCAD 2010 除了提供大量二维图形绘制命令外，还提供了功能强大的二维图形编辑命令。用户可以通过编辑命令对图形进行修改，使图形更精确、直观，以达到制图的最终目的。

学习要点：

➤ 选择对象的各种方法
➤ 应用图形的特性
➤ 调整和复制图形
➤ 编辑图形

3.1　选择对象

要对图形进行编辑操作，需要先选择相应的图形。正确快捷地选择目标对象是进行图形编辑的基础，对图形编辑的准确性是非常重要的。AutoCAD 提供了使用鼠标选择、窗口选择、交叉选择以及快速选择等多种选择对象的方法。

3.1.1　直接选择

在没有对图形进行编辑时，使用鼠标单击对象，即可将其选中。使用该方法，一次只能选择一个实体。被选中的目标将带有夹点并呈虚线显示，如图 3-1 所示。

在编辑过程中，当选择要编辑的对象时，十字光标将变为一个小正方形框，这个小正方形框叫做拾取框，如图 3-2 所示。将拾取框移至要编辑的目标上，单击鼠标左键，即可选中目标。

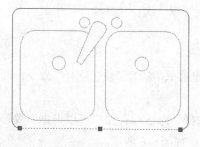

图 3-1   图 3-2

⏏ 提示： 使用鼠标单击对象选择实体的特点是准确、快速。但是，这种方式一次只能选择图形中的某一个实体。如果要选择多个实体，则必须依次单击各个对象逐个/选取。

3.1.2　窗口选择

使用窗口选择对象的方法是：在没有对图形进行编辑时，使用鼠标自左向右拉出一个矩形，将被选择的对象全部框在矩形内。在使用窗口选择方式选择目标时，拉出的矩形方框呈实线显示，如图 3-3 所示。

使用窗口选择对象的特点是：只有被完全框取的对象才能被选中，若只框取对象的一部分，则无法将其选中。当选取结束后，被选择的对象呈虚线显示，如图 3-4 所示。另外，在执行编辑命令的过程中，用户也可以通过输入并执行 WINDOW 命令（简化命令为 W）命令来使用窗口选择对象。

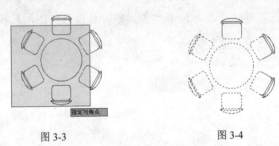

图 3-3　　　　　　　　　　图 3-4

3.1.3　交叉选择

交叉选择的操作方法与窗口选择的操作方法正好相反，是使用鼠标在绘图区内自右向左拉出一个矩形。在使用交叉选择方式选择目标时，拉出的矩形方框呈虚线显示，如图 3-5 所示。

通过交叉选择方式，可以将矩形框内的图形对象以及与矩形边线接触的图形对象全部选中，如图 3-6 所示。在执行编辑命令的过程中，输入 CROSSING 命令（简化命令为 C）后按空格键，即可执行交叉选择操作。

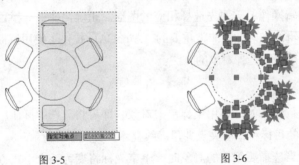

图 3-5　　　　　　　　　　图 3-6

3.1.4　快速选择

AutoCAD 提供了快速选择功能，运用该功能可以一次性选择绘图区中具有某一属性的所有图形对象。执行快速选择的方法有如下 3 种。

（1）执行"工具>快速选择"命令。

（2）在绘图区中单击鼠标右键，在弹出的快捷菜单中选择"快速选择"命令，如图 3-7 所示。

（3）在命令提示行中输入 QSELECT 并按回车键。

执行"快速选择"命令后，将打开"快速选择"对话框，用户可以根据所要选择目标的属性，一次性选择绘图区中具有该属性的所有实体，如图 3-8 所示。

"快速选择"对话框中各选项的含义如下。

➢ 应用到：确定是否在整个绘图区应用选择过滤器。

➢ 对象类型：确定用于过滤的实体的类型（如直线、矩形、多段线等）。

图 3-7   图 3-8

> 特性：确定用于过滤的实体的属性。此列表框中将列出"对象类型"下拉列表框中实体的所有属性（如颜色、线型、线宽、图层、打印样式等）。

> 运算符：控制过滤器值的范围。根据选择的属性，其过滤值的范围分为"等于"和"不等于"两种类型。

> 值：确定过滤的属性值，可在下拉列表框中选择一项或输入新值，根据不同属性显示不同的内容。

> 如何应用：确定选择符合过滤条件的实体还是不符合过滤条件的实体。其中包括两个选项。

包括在新选择集中：选择绘图区中（被关闭、锁定、冻结图层上的实体除外）所有符合过滤条件的实体。

排除在新选择集之外：选择所有不符合过滤条件的实体（被关闭、锁定、冻结图层上的实体除外）。

> 附加到当前选择集：确定当前的选择设置是否保存在"快速选择"对话框中，作为"快速选择"对话框的设置选项。

3.2 图形的特性

在实际的制图过程中，除了可以为图层赋予各种属性外，也可以直接为实体对象赋予需要的特性。图形特性通常包括对象的线型、线宽和颜色等属性。

3.2.1 编辑对象特性

在 Auto CAD 中绘制的每个对象都具有特性。某些特性是基本特性，适用于大多数对象，例如所在图层、颜色、线型和打印样式；有些特性是特定于某个对象，例如，圆的特性包括半径和面积，直线的特性包括长度和角度。

1. 应用"特性"功能面板

图形的基本特性可以通过图层指定给对象，也可以直接指定给对象。直接指定特性给对象是通过"特性"功能面板实现的。"常用"功能选项卡的"特性"功能面板中包括对象颜色、线宽、线型、打印样式等下拉列表框，选择要修改的对象后，单击"特性"功能面板中相应的下拉按钮，在弹出的下拉列表中选择需要的特性，即可修改对象的特性，如图 3-9、图 3-10 和图 3-11 所示。

图 3-9 　　　　　　　　　　图 3-10 　　　　　　　　　　图 3-11

> **提示：** 如果将特性设置为 ByLayer 值，则表示为对象指定与其所在图层相同的值。例如，如果将在图层 0 上绘制的直线的颜色指定为 "ByLayer"，并将图层 0 的颜色指定为 "红"，则该直线的颜色将为红色。如果将特性设置为一个特定值，则该值将替代为图层设置的值。例如，如果将在图层 0 上绘制的直线的颜色指定为 "蓝"，并将图层 0 的颜色指定为 "红"，则该直线的颜色将为蓝色。

2. 应用 "特性" 面板

单击 "特性" 功能面板右下角的 "特性" 按钮，或者执行 "修改>特性" 命令，将打开 "特性" 面板，在该面板中可以修改选定对象的完整特性，如图 3-12 所示。如果在绘图区选择了多个对象，"特性" 面板中将显示这些对象的共同特性，如图 3-13 所示。

图 3-12 　　　　　　　　　　图 3-13

3.2.2 特性匹配

使用 "特性匹配" 命令，可以将一个对象所具有的特性复制给其他对象，可以复制的特性包括颜色、图层、线型、线型比例、厚度和打印样式，有时也包括文字、标注和图案填充等特性。执行 "特性匹配" 命令有如下两种方法。

（1）执行 "修改>特性匹配" 命令。

（2）在命令提示行中输入 MATCHPROP（简化命令为 MA）并按回车键。

执行 "特性匹配" 命令后，系统将提示 "选择源对象:"，此时需要用户选择已具有所需要特性的对象，如图 3-14 所示。选择源对象后，系统将提示 "选择目标对象或[设置(S)]:"，此时选择应用源对象特性的目标对象即可，如图 3-15 所示。

在执行 "特性匹配" 命令的过程中，当系统提示 "选择目标对象或[设置(S)]:" 时，输入 S 并按空格键进行确认，将打开 "特性设置" 对话框，在该对话框中可以设置要复制的特性，如图 3-16 所示。

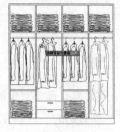

图 3-14　　　　　　　图 3-15　　　　　　　　　图 3-16

【课堂案例】改变线条的属性

原始文件：第 3 章/课堂案例/原始文件/课堂案例 3-1

最终效果：第 3 章/课堂案例/最终效果/课堂案例 3-1

（1）根据原始文件路径打开灯具图形，如图 3-17 所示。

（2）选择灯具图形中的灯圈线条，如图 3-18 所示。

（3）在"特性"功能面板中设置图形的线宽为 0.3 毫米，如图 3-19 所示。

（4）按"Esc"键，取消选择对象，完成图形特性的修改，如图 3-20 所示。

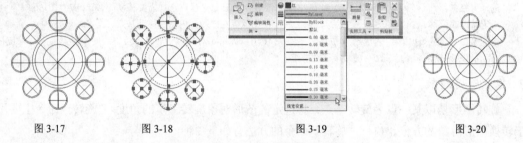

图 3-17　　　　　　图 3-18　　　　　　　　图 3-19　　　　　　　　图 3-20

【课堂练习】复制对象属性

原始文件：第 3 章/课堂练习/原始文件/课堂练习 3-1

最终效果：第 3 章/课堂练习/最终效果/课堂练习 3-1

（1）根据原始文件路径打开水槽图形，如图 3-21 所示。

（2）在命令提示行中输入 MA 并按回车键，然后在图形中选择图 3-22 所示的圆形。

（3）使用交叉选择的方式选择图形右方的 3 个圆形，如图 3-23 所示。改变圆形特性后的效果如图 3-24 所示。

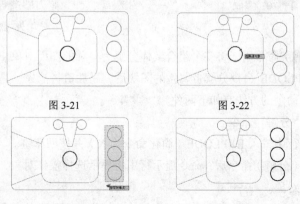

图 3-21　　　　　　　　　　　　图 3-22

图 3-23　　　　　　　　　　　　图 3-24

3.3 图形的调整

在使用 AutoCAD 绘制图形的过程中，通常需要调整对象的位置和角度，以便将其放到正确的位置。用户可以通过移动和旋转对象来调整对象的位置和方向。

3.3.1 移动对象

移动操作是在指定方向上按指定距离移动对象。使用"移动"命令可以移动对象而不改变其方向和大小。执行"移动"命令的方法有如下 3 种。

（1）执行"修改>移动"命令。

（2）单击"修改"功能面板中的"移动"按钮✛。

（3）在命令提示行中输入 MOVE（简化命令为 M）并按回车键。

执行"移动"命令后，即可选择要移动的图形，然后将其按指定的位置和方向移动。命令提示及操作如下。

```
命令:move↙                        //启动"移动"命令
选择对象:                          //使用鼠标在绘图区内选择需要移动的 AutoCAD 图形对象
指定基点或位移:(D)]<位移>          //使用鼠标在绘图区内指定移动基点
指定第二个点或<使用第一个点作为位移>: //使用鼠标指定对象移动的目标位置或使用键盘输入对象位移
位置。完成移动后按回车或"Esc"键结束移动操作
```

3.3.2 旋转对象

旋转图形是以某一点为旋转基点，将选定的图形对象旋转一定的角度。"旋转"命令主要用于转换图形对象的方位。执行"旋转"命令的方法有如下 3 种。

（1）执行"修改>旋转"命令。

（2）单击"修改"功能面板中的"旋转"按钮◎。

（3）在命令提示行中输入 ROTATE（简化命令为 RO）并按回车键。

执行"旋转"命令后，即可选择要旋转的图形，然后将其按指定的角度旋转即可。命令提示及操作如下。

```
命令:rotate↙                      //启动"旋转"命令
选择对象:                          //使用鼠标在绘图区内选择需要旋转的图形对象
指定基点:                          //在绘图区内指定一点进行旋转
指定旋转角度，或[复制(C)/参照(R)]<0>: //拖曳鼠标旋转图形或使用键盘输入旋转角度值
```

3.3.3 分解对象

EXPLODE（分解）命令用于将多个组合实体分解为单独的图元对象，以便对单个图元对象进行修改。利用 EXPLODE 命令分解带属性的图块后，属性值将消失，并被还原为属性定义的选项。执行"分解"命令的方法有如下两种。

（1）执行"修改>分解"命令。

（2）在命令提示行中输入 EXPLODE（简化命令为 X）并按回车键。

执行 EXPLODE（分解）命令后，命令提示行中将提示选择操作对象，在选择对象后按空格键，即可分解选择的对象。

例如，使用 EXPLODE（分解）命令可以将图块分解为单个独立的对象，可以将多边形分解

成多条线段等。具有一定宽度的多段线被分解后，AutoCAD 将放弃多段线的任何宽度和切线信息，分解后的多段线的宽度、线型、颜色将变为当前图层的属性。

⚠ 提示：使用 MINSERT 命令插入的图块或外部参照对象不能使用 EXPLODE 命令进行分解。

3.3.4 删除图形

使用"删除"命令可以将选定的图形对象从绘图区内删除。另外，在绘图区中选中对象后，可以直接按"Delete"键将其删除。执行"删除"命令的方法有如下 3 种。

（1）执行"修改>删除"命令。

（2）单击"修改"功能面板中的"删除"按钮 ✐。

（3）在命令提示行中输入 ERASE（简化命令为 E）并按回车键。

执行"删除"命令后，选中绘图区内要删除的对象，按空格键，即可将其删除；如果在操作过程中，要取消删除操作，可以按"Esc"键。

【课堂案例】移动电话图形

◉ 原始文件：第 3 章/课堂案例/原始文件/课堂案例 3-2

　　最终效果：第 3 章/课堂案例/最终效果/课堂案例 3-2

（1）根据原始文件路径打开办公桌图形，如图 3-25 所示。

（2）在命令提示行中输入 M 并按回车键，然后选择图形文件中的电话图形，如图 3-26 所示，然后按空格键进行确认。

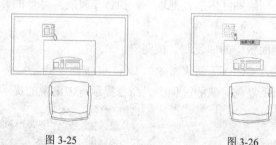

图 3-25　　　　　　　　　图 3-26

（3）当系统提示"指定基点或[位移(D)]<位移>:"时，在电话中心位置单击鼠标左键指定基点位置，如图 3-27 所示。

（4）当系统提示"指定第二个点或 <使用第一个点作为位移>:"时，单击键盘下方线段的中点，以指定放置位置，如图 3-28 所示。移动电话图形后的效果如图 3-29 所示。

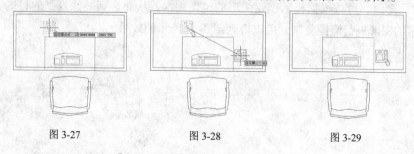

图 3-27　　　　　　　图 3-28　　　　　　　图 3-29

【课堂练习】旋转椅子图形

◉ 原始文件：第 3 章/课堂练习/原始文件/课堂练习 3-2

　　最终效果：第 3 章/课堂练习/最终效果/课堂练习 3-2

（1）根据原始文件路径打开办公桌椅图形，如图 3-30 所示。

（2）在命令提示行中输入 RO 并按回车键，然后在图形中选择图 3-31 所示的椅子图形。

（3）以椅子的中心为基点，将椅子转换-90°，效果如图 3-32 所示。

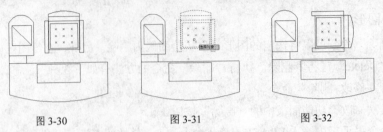

图 3-30   图 3-31   图 3-32

3.4 图形的复制

在绘图过程中，经常需要绘制大量相同的对象，为了提高绘图速度，可以使用复制功能快速创建需要的对象。在 AutoCAD 中可以使用 COPY（复制）、OFFEST（偏移）、MIRROR（镜像）和 ARRAY（阵列）等命令复制对象。

3.4.1 复制

使用 COPY（复制）命令，可以在指定的位置为对象创建一个或多个副本。该操作是以选定对象的某一基点将其复制到绘图区内的其他地方。执行"复制"命令的方法有如下 3 种。

（1）执行"修改>复制"命令。

（2）单击"修改"功能面板中的"复制"按钮 ⑧。

（3）在命令提示行中输入 COPY（简化命令为 CO）并按回车键。

使用 COPY（复制）命令复制对象的过程中，命令提示行中出现的提示和操作方法如下。

```
命令：copy↵                              //启用"复制"命令
选择对象：                               //使用鼠标在绘图区内选择图形对象
指定基点或 [位移(D)/(O)]<位移>：         //使用鼠标在绘图区内选择一点作为复制的基点
指定第二个点或 <使用第一个点作为位移>：  //使用鼠标在绘图区内选择复制对象的目标点即可
指定第二个点或 [退出(E)/放弃(U)] <退出>： //指定第二次复制对象的目标点，或按空格键结束复制
```

3.4.2 镜像

MIRROR（镜像）命令用于将选定的图形对象以某一对称轴为参照镜像到该对称轴的另一边。在镜像图形时，可以根据提示创建图形的镜像副本，从而达到镜像复制的目的。例如，对图 3-33 所示的图形进行镜像复制，可以得到图 3-34 所示的效果。

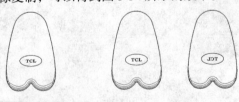

图 3-33   图 3 34

执行"镜像"命令的方法有如下 3 种。

（1）执行"修改>镜像"命令。

（2）单击"修改"功能面板中的"镜像"按钮 ⚮。

（3）在命令提示行中输入 MIRROR（简化命令为 MI）并按回车键。

使用 MIRROR（镜像）命令镜像图形时，命令提示行中出现的提示和操作方法如下。

命令:mirror✓	//启动"镜像"命令
选择对象:	//使用鼠标选择图形对象
指定镜像线的第一点:	//使用鼠标指定镜像线的起点
指定镜像线的第二点:	//使用鼠标指定镜像线的终点
要删除源对象吗？[是(Y)/否(N)] <N>:	//根据需要进行选择

提示： 在镜像图形的过程中，当命令提示行中提示"要删除源对象吗？[是(Y)/否(N)] <N>:"时，若输入 Y 则删除源对象，若输入 N，则保留源对象，从而达到镜像复制源对象的效果。

3.4.3 阵列

使用 ARRAY（阵列）命令可以对选定的图形对象以圆环方式或矩形方式进行排列复制。图 3-35 所示为矩形排列复制对象的效果，图 3-36 所示为环形排列复制对象的效果。

执行"阵列"命令的方法有如下 3 种。

（1）执行"修改>阵列"命令。

（2）单击"修改"功能面板中的"阵列"按钮▦。

（3）在命令提示行中输入 ARRAY（简化命令为 AR）并按回车键。

执行 ARRAY（阵列）命令后，将打开"阵列"对话框，如图 3-37 所示。

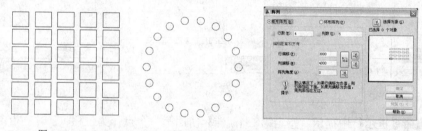

| 图 3-35 | 图 3-36 | 图 3-37 |

在"阵列"对话框右上角单击"选择对象"按钮▣，将返回到绘图区，可以使用鼠标在绘图区内选择要阵列的对象。完成对象选择后，按空格键，返回到"阵列"对话框，在对话框中设置好阵列行数、列数和"行偏移"、"列偏移"、"阵列角度"等阵列参数，设置完成后，单击"确定"按钮，即可执行阵列操作。

3.4.4 偏移

使用 OFFSET（偏移）命令可以将选定的图形对象以一定的距离增量单方向复制一次。执行"偏移"命令的方法有如下 3 种。

（1）执行"修改>偏移"命令。

（2）单击"修改"功能面板中的"偏移"按钮▤。

（3）在命令提示行中输入 OFFSET（简化命令为 O）并按回车键。

启动 OFFSET（偏移）命令后，命令提示行中出现的提示及操作如下。

命令:offset✓	//启动"偏移"命令
指定偏移距离或 [通过(T)/删除(E)/图层(L)] <通过>:	//设置偏移距离
选择要偏移的对象或[退出(E)/放弃(U)]<退出>:	//选择要偏移的图形对象
指定要偏移的那一侧上的点，或[退出(E)/多个(M)/放弃(U)]<退出>:	//使用鼠标在绘图区内指定偏移
的方向	

> **提示:** 使用"偏移"命令圆、多边形等封闭的图形进行偏移时，偏移方向只有内、外之分；而对于直线、圆弧等开放式图形，偏移方向只能在线段的两边，而不能在同一条线的方向上偏移线段。

【课堂案例】复制音箱

◉ 原始文件：第 3 章/课堂案例/原始文件/课堂案例 3-3

最终效果：第 3 章/课堂案例/最终效果/课堂案例 3-3

（1）根据原始文件路径打开电视组合图形，如图 3-38 所示。

（2）在命令提示行中输入 COPY 命令并按回车键，然后根据提示进行复制操作。

```
命令:copy✓                         //启动"复制"命令
选择对象：找到 25 个                  //选择音箱，如图 3-39 所示
选择对象：                          //按空格键结束选择
```

（3）当命令提示行中提示"指定基点或[位移（D）/模式(O)]位移>:"时，指定复制的基点，如图 3-40 所示。

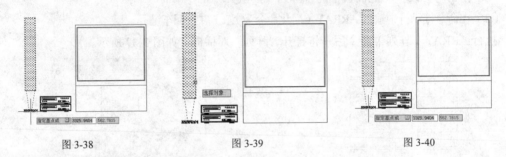

图 3-38   图 3-39   图 3-40

（4）当命令提示行中提示"指定第二个点或<使用第一个点作为位移>:"时，指定复制图形的目标位置，如图 3-41 所示，然后按空格键进行确认，效果如图 3-42 所示。

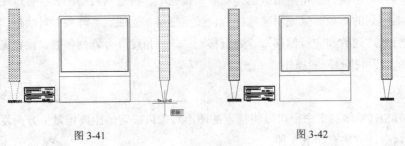

图 3-41   图 3-42

【课堂案例】镜像椅子

◉ 原始文件：第 3 章/课堂案例/原始文件/课堂案例 3-4

最终效果：第 3 章/课堂案例/最终效果/课堂案例 3-4

（1）根据原始文件路径打开桌椅组合图形，如图 3-43 所示。

（2）在命令提示行中输入 MIRROR 并按回车键，当命令提示行中提示"选择对象:"时，框选图中的两张椅子图形，如图 3-44 所示。

（3）当命令提示行中提示"指定镜像线的第一点:"时，指定第一个镜像点，如图 3-45 所示，然后指定第二个镜像点，如图 3-46 所示。

图 3-43　　　　　　图 3-44　　　　　　图 3-45

（4）系统将提示"要删除源对象吗？"，如图 3-47 所示，直接按空格键即可完成镜像复制操作，效果如图 3-48 所示。

图 3-46　　　　　　图 3-47　　　　　　图 3-48

【课堂案例】阵列图形

　原始文件：第 3 章/课堂案例/原始文件/课堂案例 3-5

　最终效果：第 3 章/课堂案例/最终效果/课堂案例 3-5

（1）根据原始文件路径打开门图形，如图 3-49 所示。

（2）在命令提示行中输入 ARRAY 并按回车键，打开"阵列"对话框，选择"矩形阵列"选项，设置"行数"为 32、"列数"为 1、"行偏移"为 40，如图 3-50 所示。

（3）单击"选择对象"按钮，进入绘图区选择 A 线段，如图 3-51 所示，然后按空格键进行确认，返回对话框，单击　　确定　　按钮完成阵列操作，阵列效果如图 3-52 所示。

   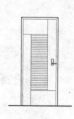

图 3-49　　　　　　　　图 3-50　　　　　　　　图 3-51　　　　图 3-52

【课堂练习】阵列椅子

　原始文件：第 3 章/课堂练习/原始文件/课堂练习 3-3

　最终效果：第 3 章/课堂练习/最终效果/课堂练习 3-3

（1）根据原始文件路径打开餐桌椅图形，如图 3-53 所示。

（2）在命令提示行中输入 ARRAY 并按回车键，打开"阵列"对话框，选择"环形阵列"选项，设置"项目总数"为 4，如图 3-54 所示。

（3）单击"选择对象"按钮，进入绘图区选择椅子图形，按空格键进行确认，返回对话框，单击"拾取中心点"按钮，进入绘图区指定圆桌的圆心为中心点，如图 3-55 所示。

（4）返回对话框，单击 ▢ 确定 ▢ 按钮即可，阵列效果如图 3-56 所示。

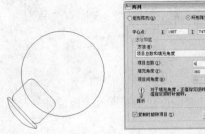

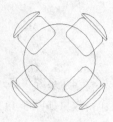

图 3-53   图 3-54   图 3-55   图 3-56

【课堂练习】偏移图形

◉ 原始文件：第 3 章/课堂练习/原始文件/课堂练习 3-4

    最终效果：第 3 章/课堂练习/最终效果/课堂练习 3-4

（1）根据原始文件路径打开灯具图形，如图 3-57 所示。

（2）在命令提示行中输入 OFFSET 并按回车键，然后根据如下提示进行操作。

```
命令:offset↙                                          //启动"偏移"命令
当前设置: 删除源=否  图层=源  OFFSETGAPTYPE=0           //显示当前的设置
指定偏移距离或 [通过(T)/删除(E)/图层(L)]<0.0000>:100    //输入偏移距离值100,如图3-58所示
```

（3）选择要偏移的圆形，然后在圆形内选择一点，向内偏移圆形，按空格键，退出偏移操作，效果如图 3-59 所示。

图 3-57   图 3-58   图 3-59

【课后习题】绘制灯具平面图

◉ 最终效果：第 3 章/课后习题/最终效果/课后习题 3-1

根据前面所学的知识点绘制图 3-60 所示的灯具平面图。

图 3-60

3.5 对象的编辑

在 AutoCAD 中，对图形进行编辑通常会用到 TRIM（修剪）、EXTEND（延伸）、STRETCH

（拉伸）、BREAK（打断）、FILLET（圆角）、CHAMFER（倒角）、SCALE（缩放）等命令。下面将对这些常用的编辑命令进行详细讲解。

3.5.1 修剪对象

使用 TRIM（修剪）命令可以通过指定的边界对图形对象进行修剪，可以修剪的对象包括直线、圆、圆弧、射线、样条曲线、面域、尺寸、文本以及非封闭的 2D 或 3D 多段线等对象。其中，可以作为修剪边界的图元包括除图块、网格、三维面、轨迹线以外的任何对象。

执行"修剪"命令的方法有如下 3 种。

（1）执行"修改>修剪"命令。

（2）单击"修改"功能面板中的"修剪"按钮 ⊹。

（3）在命令提示行中输入 TRIM（简化命令为 TR）并按回车键。

使用 TRIM（修剪）命令对图形进行修剪的过程中，命令提示行中出现的提示及含义如下。

```
命令: trim↙                                      //启动修剪命令
当前设置:投影=UCS, 边=无                          //显示当前设置
选择剪切边...                                     //选择剪切边
选择对象或 <全部选择>:
选择要修剪的对象，或按住 Shift 键选择要延伸的对象，或
[栏选(F)/窗交(C)/投影(P)/边(E)/删除(R)/放弃(U)]:     //选择剪切对象
```

命令提示行中常见选项的功能如下。

➢ 栏选(F)：启用交叉选择的方式来选择对象。

➢ 投影(P)：确定命令执行的投影空间。选择该选项后，命令提示行中提示"输入投影选项[无(N)/UCS(U)/视图(V)] <UCS>:"，选择适当的修剪方式。

➢ 边(E)：该选项用来确定修剪边的方式。选择该选项后，命令提示行中提示"输入隐含边延伸模式 [延伸(E)/不延伸(N)] <不延伸>:"，然后选择适当的修剪方式。

➢ 放弃(U)：用于取消 TRIM 命令本次完成的操作。

🔔 **提示**：使用 TRIM 命令修剪实体时，第一次选择实体是选择剪切的边界。修剪目标选择必须用直接选择方式，而不能用窗口选择方式。一个目标可同时作为切边和修剪目标。修剪有一定宽度的多段线时，修剪的交点按其中心线计算，修剪后的多段线终点仍然是方的，切口边界与多段线的中心线垂直。

例如，使用 TRIM（修剪）命令对图 3-61 所示的 1、2 线段进行修剪的具体操作如下。

（1）在命令提示行中输入 TRIM 并按回车键，当命令提示行中提示"选择剪切边...选择对象或<全部选择>:"时，选择第一条剪切边，如图 3-62 所示。

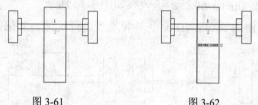

图 3-61　　　　　　　　　　图 3-62

（2）当命令提示行中提示"选择对象:"时，选择第二条剪切边，如图 3-63 所示，然后按空格键进行确认。

（3）当命令提示行中提示"选择要修剪的对象，或按住 Shift 键选择要修剪的对象，或[栏选(F)/窗交(C)/投影(P)/边(E)/删除(R)/放弃(U)]:"时，选择要剪切的线段 1，如图 3-64 所示，效果

如图 3-65 所示。

（4）以同样的方法，使用 TRIM 命令/对线段 2 进行修剪，效果如图 3-66 所示。

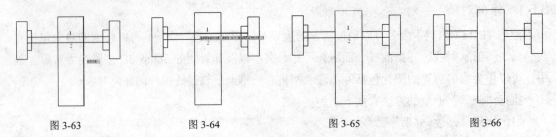

图 3-63   图 3-64   图 3-65   图 3-66

3.5.2 延伸对象

EXTEND（延伸）命令用于将直线、弧和多段线等图元对象的端点延长到指定的边界。可使用 EXTEND（延伸）命令延伸的对象包括圆弧、椭圆弧、直线、非封闭的 2D 和 3D 多段线等。如果以有一定宽度的 2D 多段线作为延伸边界，在执行延伸操作时会忽略其宽度，直接将延伸对象延伸到多段线的中心线上。

执行"延伸"命令的方法有如下 3 种。

（1）执行"修改>延伸"命令。

（2）单击"修改"功能面板中的"延伸"按钮 ⎯/。

（3）在命令提示行中输入 EXTEND（简化命令为 EX）并按回车键。

执行延伸操作时，命令提示行中的各选项的含义与修剪操作中的选项相同。在延伸过程中，可随时使用"放弃"选项取消上一次的延伸操作。延伸一个相关的线性尺寸标注时，延伸操作完成后，其尺寸会自动修正。有宽度的多段线以中心作为延伸的边界线。

> 💡 提示：运用"延伸"命令一次可选择多个实体作为边界。选择要延伸的实体时，应该从拾取框靠近延伸实体边界的那一端来选择目标，否则会出现错误。

例如，使用"延伸"命令对图 3-67 所示的 1、2 线段进行延伸的具体操作如下。

（1）在命令提示行中输入 EXTEND 并按回车键，当命令提示行中提示"选择边界的边...选择对象或<全部选择>:"时，选择延伸边，如图 3-68 所示，然后按空格键进行确认。

（2）当命令提示行中提示"选择要延伸的对象，或按住 Shift 键选择要延伸的对象，或[栏选(F)/窗交(C)/投影(P)/边(E)/删除(R)/放弃(U)]:"时，选择要延伸的线段 1，如图 3-69 所示，效果如图 3-70 所示。

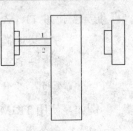

图 3-67

（3）以同样的方法，使用 EXTEND 命令对线段 2 进行延伸，效果如图 3-71 所示。

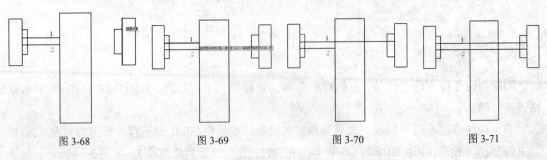

图 3-68   图 3-69   图 3-70   图 3-71

3.5.3 圆角对象

使用 FILLET（圆角）命令可以用一段指定半径的圆弧将两个对象连接在一起，还能将多段线的多个顶点一次性倒圆角。使用 FILLET（圆角）命令可以选择性地修剪或延伸所选对象，以便更好地平滑处理。使用该命令时应先设置圆弧半径，再进行倒圆角。

执行"圆角"命令的方法有如下 3 种。

（1）执行"修改>圆角"命令。

（2）单击"修改"功能面板中的"圆角"按钮⬚。

（3）在命令提示行中输入 FILLET（简化命令为 F）并按回车键。

使用 FILLET（圆角）命令对图形进行圆角处理的过程中，命令提示行中出现的提示如下。

```
命令:fillet↙
当前设置: 模式 = 修剪, 半径 = 10.0000
选择第一个对象或 [放弃(U)/多段线(P)/半径(R)/修剪(T)/多个(M)]:
选择第二个对象，或按住 Shift 键选择要应用角点的对象:
```

命令提示行中常见选项的含义如下。

➤ 多段线(P)：在两条多段线相交的每个顶点处插入圆角弧。用户用直接选择的方式选中一条多段线后，会在多段线的各个顶点处进行圆角。

➤ 半径(R)：用于指定圆角的半径。

➤ 修剪(T)：控制 AutoCAD 是否修剪选定的边到圆角弧的端点。

➤ 选择第一个对象：在此提示下选择第一个对象，该对象是用来定义二维圆角的两个对象之一，或者是要圆角的三维实体的边。

➤ 多个(M)：可重复修剪图形。

> ⓘ **提示**：使用 FILLET（圆角）命令可以对直线、多段线、样条曲线、构造线、射线等进行处理，但是不能对圆、椭圆和封闭的多线等对象进行圆角。

例如，使用 FILLET 命令对用"直线"命令绘制的矩形进行圆角处理（圆角半径为 20）的具体操作如下。

（1）在命令提示行中输入 FILLET 并按回车键，当命令提示行中提示"选择第一个对象或[放弃(U)/多段线(P)/半径(R)/修剪(T)/多个(M)]:"时，输入 R 并按空格键。

（2）当命令提示行中提示"指定圆角半径<当前值>:"时，设置圆角半径为 20。

（3）当命令提示行中提示"选择第一个对象或[多段线(P)/半径(R)/修剪(T)/多个(M)]:"时，在绘图区选择矩形的第一条圆角线，如图 3-72 所示。

（4）当命令提示行中提示"选择第二个对象"时，在绘图区选择矩形的第二条圆角线，如图 3-73 所示，圆角效果如图 3-74 所示。

图 3-72　　　　　　　图 3-73　　　　　　　图 3-74

3.5.4 拉长对象

LENGTHEN（拉长）命令用于延伸和缩短直线，或改变圆弧的圆心角。利用该命令执行拉长操作，允许以动态方式拖曳对象终点，可以通过输入"增量"值、百分比值或输入对象的总长度的方法来改变对象的长度。该命令不能操作闭合的对象，选定对象的拉伸方向不需要与当前用户坐标系的 z 轴平行。

执行"拉长"命令的方法有如下 3 种。

（1）执行"修改>拉长"命令。

（2）单击"修改"功能面板中的"拉长"按钮，如图 3-75 所示。

（3）在命令提示行中输入 LENGTHEN（简化命令为 LEN）并按回车键。

图 3-75

使用"拉长"命令对图形进行拉长的操作过程中，命令提示行中提示的信息及含义如下。

```
命令: lengthen↙                                        //启动"拉长"命令
选择对象或 [增量(DE)/百分数(P)/全部(T)/动态(DY)]:de↙  //将选定图形对象的长度增加一定的数值
输入长度增量或 [角度(A)] <0.0000>: 100↙                //输入增加长度的数值
选择要修改的对象或 [放弃(U)]:                           //选择要修改长度的对象
```

命令提示行中常用选项的含义如下。

➤ 增量(DE)：将选定图形对象的长度增加一定的数值。

➤ 百分数(P)：通过指定对象总长度的百分数设置对象长度。"百分数"选项也按照圆弧角度的百分比修改圆弧角度。选择该选项后，系统继续提示"输入长度百分数<当前值>:"，这里需要输入非零正数值。

➤ 全部(T)：通过指定从固定端点测量的总长度的绝对值来设置选定对象的长度。"全部"选项也按照指定的总角度设置选定圆弧的包含角。选择该选项后，系统继续提示："指定总长度或[角度(A)]<当前值>:"，指定距离、输入非零正值、输入 A 或按回车键。

➤ 动态(DY)：打开动态拖曳模式。通过拖曳选定对象的端点之一来改变其长度，其他端点保持不变。选择该选项后，系统继续提示"选择要修改的对象或[放弃(U)]:"，选择一个对象或输入"放弃"命令 U。

例如，使用"拉长"命令对图 3-76 所示的 B 线条拉长 2 个单位的具体操作如下。

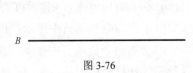

（1）在命令提示行中输入 LENGTHEN 并按回车键，当命令提示行中提示"选择对象或 [增量(DE)/百分数(P)/全部(T)/动态(DY)]:"时，输入 DE 并按空格键进行确认，使用增量方式拉长对象，如图 7-77 所示。

图 3-76

（2）当命令提示行中提示"输入长度增量或[角度(A)]<当前值>:"时，输入增量值为 2，如图 3-78 所示。

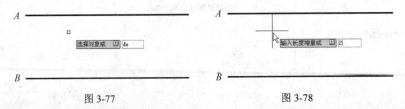

图 3-77   图 3-78

（3）当命令提示行中提示"选择要修改的对象或 [放弃(U)]:"时，在线段 B 的右侧单击鼠标左键，如图 3-79 所示，线段 B 的右侧将增加指定的长度，效果如图 3-80 所示。

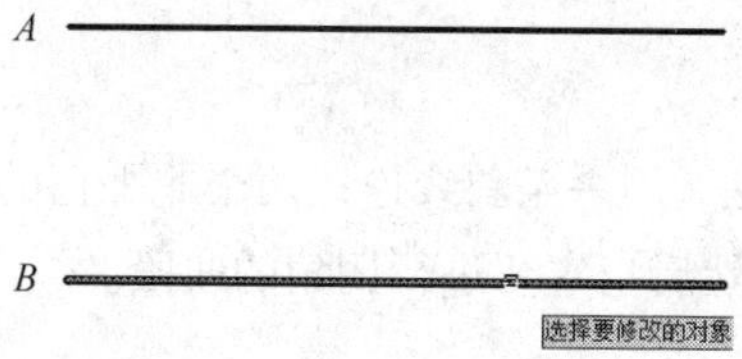

图 3-79 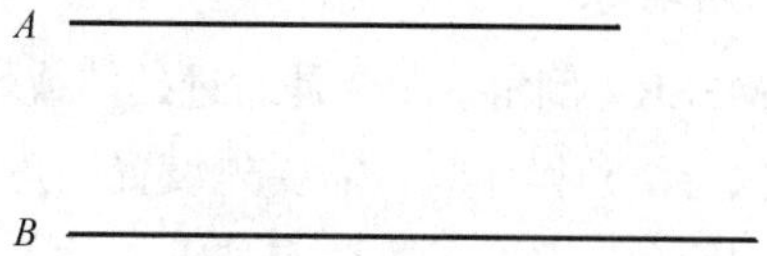　　　　　　　　　　　　　　　　　　　图 3-80

3.5.5　拉伸对象

STRETCH（拉伸）命令用于按指定的方向和角度拉长或缩短实体，也可以调整对象大小，使其在一个方向上按比例增大或缩小。使用"拉伸"命令还可以通过移动端点、顶点或控制点来拉伸某些对象，例如，对图 3-81 所示多边形的右侧进行拉伸，可以得到图 3-82 所示的效果。

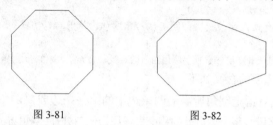

图 3-81　　　　　　　　　　　　　　图 3-82

执行 STRETCH（拉伸）命令改变对象的形状时，只能以窗口选择方式选择实体，与窗口相交的实体将被拉伸，窗口内的实体将随之移动。

执行"拉伸"命令的方法有如下 3 种。

（1）执行"修改>拉伸"命令。

（2）单击"修改"功能面板中的"拉伸"按钮。

（3）在命令提示行中输入 STRETCH（简化命令为 S）并按回车键。

使用"拉伸"命令对图形进行拉伸的过程中，命令提示行中出现的提示和操作如下。

```
命令：stretch↙                        //启动 STRETCH 命令
选择对象：                            //使用鼠标以交叉窗口或交叉多边形的形式选择要拉伸的对象
指定基点或[位移(D)]<位移>：            //使用鼠标在绘图区内指定拉伸基点或位移；
指定第二个点或 <使用第一个点作为位移>： //使用鼠标选择另一点或使用键盘输入另一点的坐标
```

💡 **提示**：使用 STRETCH 命令可以拉伸线段、弧、多段线和轨迹线等实体，但不能拉伸圆、文本、块和点。

例如，使用"拉伸"命令对图 3-83 所示的 A 点顶角进行拉伸的具体操作如下。

（1）在命令提示行中输入 STRETCH 并按回车键，然后框选要拉伸的点并按空格键进行确认，如图 3-84 所示。

（2）当命令提示行中提示"指定基点或[位移(D)]<位移>:"时，用鼠标拖曳拉伸的顶点，如图 3-85 所示，效果如图 3-86 所示。

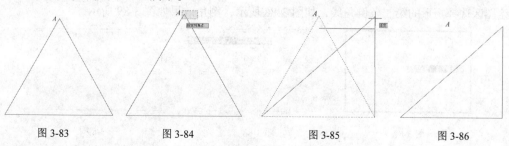

图 3-83　　　　　　图 3-84　　　　　　图 3-85　　　　　　图 3-86

3.5.6 倒角对象

CHAMFER（倒角）命令是通过延伸或修剪的方法，用一条斜线连接两个非平行的对象。利用该命令执行倒角操作时，需要先设置倒角的距离，然后指定要进行倒角的线段。

执行"倒角"命令的方法有如下 3 种。

（1）执行"修改>倒角"命令。

（2）单击"修改"功能面板中的"倒角"按钮 ▱。

（3）在命令提示行中输入 CHAMFER（简化命令为 CHA）并按回车键。

使用"倒角"命令对图形进行倒角的过程中，命令提示行中出现的提示和操作如下。

```
命令: chamfer↙                    //执行"倒角"命令
("修剪"模式)当前倒角距离 1 = 10.0000，距离 2 = 10.0000
  选择第一条直线或 [放弃(U)/多段线(P)/距离(D)/角度(A)/修剪(T)/方式(E)/多个(M)]: //选择倒角的
一条直线，或选择倒角的方式
  选择第二条直线，或按住 Shift 键选择要应用角点的直线:   //选择倒角的另一条直线，完成对两条直线的倒角
```

命令提示行中常见选项的含义如下。

➤ 选择第一条直线：指定倒角所需的两条边中的第一条边或要倒角的二维实体的边。

➤ 多段线(P)：将对多段线每个顶点处的相交直线段做倒角处理，倒角将成为多段线新的组成部分。

➤ 距离(D)：设置选定边的倒角距离值。选择该选项后，系统继续提示指定第一个倒角距离和指定第二个倒角距离。

➤ 角度(A)：该选项通过第一条线的倒角长度和第一条线的倒角角度设置倒角距离。选择该选项后，命令提示行中提示指定第一条直线的倒角长度和指定第一条直线的倒角角度。

➤ 修剪(T)：该选项用来确定倒角时是否对相应的倒角边进行修剪。选择该选项后，命令提示行中提示"输入修剪模式选项 [修剪(T)/不修剪(N)]<修剪>:"。

➤ 方式(E)：控制 AutoCAD 是用两个距离还是用一个距离和一个角度的方式来倒角。

➤ 多个(M)：可重复对图形进行倒角修改。

💡 提示：使用 CHAMFER 命令只能对直线、多段线进行倒角，不能对圆弧、椭圆弧倒角。

例如，使用 CHAMFER 命令对使用"直线"命令绘制的矩形进行倒角的具体操作如下。

（1）在命令提示行中输入 CHAMFE 并按回车键，当命令提示行中提示"选择第一条直线或 [放弃(U)/多段线(P)/距离(D)/角度(A)/修剪(T)/方式(E)/多个(M)]:"时，输入 D 并确认。

（2）当命令提示行中提示"指定第一个倒角距离<当前值>:"时，设置第一个倒角距离为 100，当命令提示行中提示"指定第二个倒角距离<当前值>:"时，设置第一个倒角距离为 150。

（3）当命令提示行中提示"选择第一条直线或[放弃(U)/多段线(P)/距离(D)/角度(A)/修剪(T)/方式(E)/多个(M)]:"时，在绘图区选择矩形的第一条倒角线，如图 3-87 所示。

（4）当命令提示行中提示"选择第二条直线，或按住 Shift 键选择要应用角点的直线:"时，在绘图区选择矩形的第二条倒角线，如图 3-88 所示，倒角效果如图 3-89 所示。

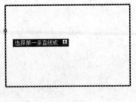

图 3-87

图 3-88

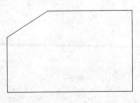

图 3-89

3.5.7 打断对象

使用 BREAK（打断）命令可以将对象从某一点处断开，从而将其分成两个独立的对象。该命令常用于剪断图形，但不删除对象。执行该命令可将直线、圆、弧、多段线、样条线、射线等对象分成两个实体。该命令可以通过指定两点或选择对象后再指定两点两种方式断开实体。

执行"打断"命令的方法有如下 3 种。

（1）执行"修改>打断"命令。

（2）单击"修改"功能面板中的"打断"按钮🗋。

（3）在命令提示行中输入 BREAK（简化命令为 BR）并按回车键。

使用"打断"命令对图形进行打断的过程中，命令提示行中出现的提示和操作如下。

命令：break✓
选择对象：   //使用鼠标选择要打断的对象
指定第二个打断点 或[第一点(F)]： //指定第二个打断点，或输入F放弃第一断点（选择点），并重新指定两个断点

使用 BREAK（打断）命令进行图形编辑的具体操作如下。

（1）在命令提示行中输入 BREAK 并按回车键，当命令提示行中提示"选择对象:"时，选择要打断对象的第一个点，如图 3-90 所示。

（2）当命令提示行中提示"指定第二个打断点或[第一点(F)]:"时，选择要打断对象的第二个点，如图 3-91 所示，打断效果如图 3-92 所示。

图 3-90   图 3-91   图 3-92

> **提示**：从圆或圆弧上删除一部分时，将从第一点以逆时针方向到第二点之间的圆弧删除。在"选择对象:"提示下，用直接选择的方式选择对象。在"指定第二个打断点或[第一点(F)]"的提示下，直接输入"@"并按空格键，则第一断开点与第二断开点是同一个点。

3.5.8 缩放对象

SCALE（缩放）命令可以按指定的比例因子改变实体的尺寸，从而改变对象的尺寸，但不改变其状态。执行该命令，可以把整个对象或者对象的一部分沿 x、y、z 方向以相同的比例放大或缩小，由于 3 个方向的缩放率相同，因此保证了被缩放实体的形状不变。

执行"缩放"命令的方法有如下 3 种。

（1）执行"修改>缩放"命令。

（2）单击"修改"功能面板中的"缩放"按钮🗔。

（3）在命令提示行中输入 SCALE（简化命令为 SC）并按回车键。

在使用 SCALE（缩放）命令对图形进行缩放的操作中，命令提示行中提示的信息及含义如下。

命令：scale✓
选择对象：   //选择要进行缩放的对象
指定基点：   //选择缩放对象的目标点位置
指定比例因子或[复制(C)/参照(R)]<当前值>： //指定缩放比例

命令提示行中常见选项的含义如下。

➢ 指定基点：指定在比例缩放中的基准点（即缩放中心点）。

➢ 指定比例因子：按指定的比例缩放选定对象，该数值为非负数。大于 1 的比例因子使对象放大，介于 0 和 1 之间的比例因子使对象缩小。

➤ 参照(R)：按参照长度和指定的新长度比例缩放所选对象，如果新长度大于参照长度，将放大对象。

💡 **提示**：在缩放对象时，基点应指定在对象的几何中心或其他特殊点上，可以使用目标捕捉的方式来指定。

【课堂案例】绘制组合沙发

💿 最终效果：第 3 章/课堂案例/最终效果/课堂案例 3-6

（1）使用 RECTANG 命令绘制一个长为 2100、宽为 740 的矩形，如图 3-93 所示。命令提示行中的提示及操作如下。

```
命令：rectang✓
指定第一个角点或 [倒角(C)/标高(E)/圆角(F)/厚度(T)/宽度(W)]：       //指定第一个点
指定另一个角点或 [面积(A)/尺寸(D)/旋转(R)]：@2100,740✓           //指定第二个点的坐标并确认
```

（2）使用 RECTANG 命令绘制 3 个长 610、宽 740 的矩形，并将其放在图 3-94 所示的位置。

（3）使用 LINE 命令在图形中绘制一条直线，如图 3-95 所示。

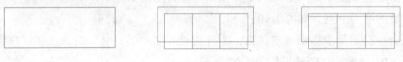

图 3-93　　　　　　图 3-94　　　　　　图 3-95

（4）使用 TRIM 命令对矩形中的线条进行修剪，效果如图 3-96 所示。命令提示行中的提示及操作如下。

```
命令：trim✓
当前设置：投影=UCS，边=无
选择剪切边...
选择对象或 <全部选择>：找到 1 个                              //选择左边界
选择对象：找到 1 个，总计 2 个                                //选择右边界
选择对象：
选择要修剪的对象，或按住 Shift 键选择要延伸的对象，或
[栏选(F)/窗交(C)/投影(P)/边(E)/删除(R)/放弃(U)]：            //选择要修剪的线条
[栏选(F)/窗交(C)/投影(P)/边(E)/删除(R)/放弃(U)]：            //按空格键结束操作
```

（5）使用 FILLET 命令对矩形中的线条进行圆角，效果如图 3-97 所示。命令提示行中的提示及操作如下。

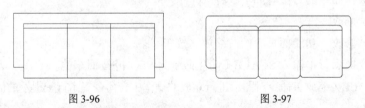

图 3-96　　　　　　　　　图 3-97

```
命令：fillet✓
当前设置：模式 = 修剪，半径 = 0.0000
选择第一个对象或 [放弃(U)/多段线(P)/半径(R)/修剪(T)/多个(M)]：r✓   //输入r并确认，设置圆角半径
指定圆角半径 <0.0000>：50✓                                     //设置圆角半径为50
选择第一个对象或 [放弃(U)/多段线(P)/半径(R)/修剪(T)/多个(M)]：     //选择第一条线段
选择第二个对象，或按住 Shift 键选择要应用角点的对象：            //选择第二条线段
命令：fillet✓                                                 //重复命令和操作
```

（6）使用同样的方法绘制其余两个沙发，如图 3-98 所示。

（7）使用 CIRCLE 命令绘制半径分别为 120 和 190 的同心圆，如图 3-99 所示。命令提示行中的提示及操作如下。

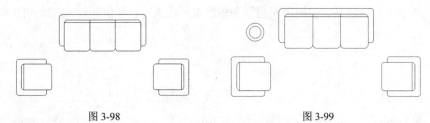

图 3-98   图 3-99

```
命令: circle↙
指定圆的圆心或 [三点(3P)/两点(2P)/切点、切点、半径(T)]:        //指定圆心
指定圆的半径或 [直径(D)]: 120↙                                //指定半径为120
命令: circle↙                                                //重复命令
指定圆的圆心或 [三点(3P)/两点(2P)/切点、切点、半径(T)]:        //指定圆心
指定圆的半径或 [直径(D)]: 190↙                                //指定半径为190
```

（8）使用 LINE 命令从圆心向外绘制两条长度为 240 的直线，如图 3-100 所示。

（9）使用 LENGTHEN 命令将线段反向拉长 240，绘制出灯具的效果，如图 3-101 所示。命令提示行中的提示及操作如下。

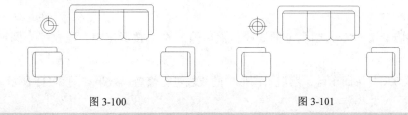

图 3-100   图 3-101

```
命令: lengthen↙
选择对象或 [增量(DE)/百分数(P)/全部(T)/动态(DY)]: de↙       //输入 de 并确认，设置增量值
输入长度增量或 [角度(A)] <0.0000>: 240↙                      //设置增量为240
选择要修改的对象或 [放弃(U)]:                                 //单击线段将其拉长
选择要修改的对象或 [放弃(U)]:                                 //单击线段将其拉长
选择要修改的对象或 [放弃(U)]:                                 //结束操作
```

（10）使用 RECTANG 命令绘制小茶几图形，然后使用同样的方法绘制小茶几和灯具图形，如图 3-102 所示。

（11）使用 RECTANG 命令绘制沙发中间的大茶几图形，完成组合沙发的绘制，如图 3-103 所示。

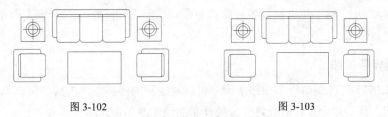

图 3-102   图 3-103

【课堂练习】绘制浴缸图形

🌀 最终效果: 第 3 章/课堂练习/最终效果/课堂练习 3-5

（1）使用"矩形"命令绘制一个长为 1900、宽为 830 的矩形，再绘制一个长为 1400、宽为 720、圆角半径为 100 的圆角矩形，效果如图 3-104 所示。

（2）输入 X 并按回车键，将圆角矩形分解开，然后使用 COPY 命令将圆角矩形左方的图形向左复制一次，效果如图 3-105 所示。

（3）输入 F 并按回车键，对矩形左边线和矩形水平线条进行圆角处理，效果如图 3-106 所示。

图 3-104　　　　　　　　　图 3-105　　　　　　　　　图 3-106

（4）输入 REC 并按回车键，然后绘制两个长为 120、宽为 30 的矩形，效果如图 3-107 所示。

（5）输入 REC 并按回车键，然后绘制一个长为 42、宽为 120 的矩形和一个长为 10、宽为 50 的矩形，效果如图 3-108 所示。

（6）使用 LINE 命令绘制图 3-109 所示的 3 条线段。

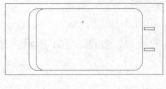

图 3-107　　　　　　　　　图 3-108　　　　　　　　　图 3-109

（7）使用 LINE 命令绘制剩余的线段，然后输入 C 并按回车键，绘制一个圆形，效果如图 3-110 所示。

（8）输入 TR 并按回车键，然后对图形中的线段进行修剪，效果如图 3-111 所示。

图 3-110　　　　　　　　　　　　　图 3-111

3.6　编辑特定图形

在 AutoCAD 中，除了可以使用各种编辑命令对图形进行修改外，还可以采用特殊的方式对特定的图形进行编辑。

3.6.1　编辑样条曲线

使用 SPLINEDIT（编辑样条曲线）命令可以对绘制的样条曲线进行编辑，如定义样条曲线的拟合点数据，移动拟合点，以及将开放的样条曲线修改为连续闭合环等。

执行编辑样条曲线命令的方法有如下两种。

（1）执行"修改>对象>样条曲线"命令。

（2）在命令提示行中输入 SPLINEDIT 并按回车键。

输入 SPLINEDIT 并按回车键，然后选择要编辑的样条曲线，系统将提示"输入选项 [拟合数据 (F)/闭合(C)/移动顶点(M)/优化(R)/反转(E)/转换为多段线(P)/放弃(U)]:"，其中各选项的含义如下。

➢ 拟合数据(F)：用于编辑定义样条曲线的拟合点数据。

➢ 闭合(C)：如果选择开放的样条曲线，则闭合该样条曲线，使其端点处切向连续（平滑）。如果选择闭合的样条曲线，则打开该样条曲线。

➢ 移动顶点(M)：用于移动样条曲线的控制顶点并且清理拟合点。

➢ 优化 (R)：用于精细地调整样条曲线。

➢ 反转(E)：用于反转样条曲线的方向，使起点和终点互换。

转换为多段线(P)：用于将样条曲线转换为多段线。

➢ 放弃(U)：用于放弃上一次操作。

例如，使用 SPLINEDIT 命令对图 3-112 所示的样条曲线进行编辑时，操作步骤如下。

（1）输入 SPLINEDIT 并按回车键，然后选择要编辑的样条曲线，在弹出的菜单中选择"移动顶点"命令，如图 3-113 所示。

（2）移动光标确定曲线顶点的位置，如图 3-114 所示，单击鼠标左键放置顶点，当系统提示"指定新位置或[下一个(N)/上一个(P)/选择点(S)/退出(X)] <下一个>:"时，输入"x"并确认，退出编辑操作，效果如图 3-115 所示。

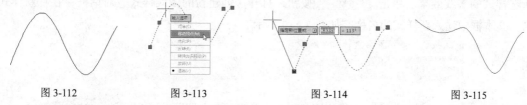

图 3-112　　　　　图 3-113　　　　　图 3-114　　　　　图 3-115

3.6.2　编辑多段线

使用 PEDIT（编辑多段线）命令可以对多段线对象进行修改。编辑多段线命令提供了单个直线所不具备的编辑功能。例如，可以调整多段线的宽度和曲率。

执行编辑多段线命令的方法有如下两种。

（1）执行"修改>对象>多段线"命令。

（2）在命令提示行中输入 PEDIT 并按回车键。

输入 PEDIT 并按回车键，然后选择要修改的多段线，系统将提示"输入选项 [闭合(C)/合并(J)/宽度(W)/编辑顶点(E)/拟合(F)/样条曲线(S)/非曲线化(D)/线型生成(L):"，其中各选项的含义如下。

➢ 闭合(C)：用于创建封闭的多段线。

➢ 合并(J)：用于将直线段、圆弧或其他多段线连接到指定的多段线。

➢ 宽度(W)：用于设置多段线的宽度。

➢ 编辑顶点(E)：用于编辑多段线的顶点。

➢ 拟合(F)：可以将多段线转换为通过顶点的拟合曲线。

➢ 样条曲线(S)：可以使用样条曲线拟合多段线。

➢ 非曲线化(D)：删除在拟合曲线或样条曲线时插入的多余顶点，并拉直多段线的所有线段；保留指定给多段线顶点的切向信息，用于随后的曲线拟合。

➢ 线型生成(L)：可以将通过多段线顶点的线设置成连续线型。

➢ 反转(R)：用于反转多段线的方向，使起点和终点互换。

例如，使用 PEDIT 命令的"拟合"选项，可以将图 3-116 所示的多段线转变为图 3-117 所示的形状。

 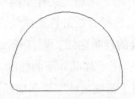

图 3-116   图 3-117

3.6.3 编辑多线对象

在 AutoCAD 中，可以通过 MLSTYLE 命令设置多线的样式，还可以通过 MLEDIT 命令修改多线的形状。

1. 设置多线样式

使用 MLSTYLE 命令可以控制多线的线型、颜色、线宽、偏移等特性。输入并执行该命令后，将打开"多线样式"对话框，如图 3-118 所示。

"多线样式"对话框中的"样式"列表框中列出了目前存在的样式，"预览"区域中显示了所选样式的多线效果。单击 [新建(N)...] 按钮，打开"创建新的多线样式"对话框，在"新样式名"文本框中输入新样式的名称，如图 3-119 所示。

图 3-118   图 3-119

单击 [继续] 按钮，可在打开的"新建多线样式"对话框中对多线的封口样式、偏移、颜色和线型等特性进行设置，如图 3-120 所示。

图 3-120

例如，在"新建多线样式"对话框中选中"封口"选项组中"直线"选项的"起点"和"端点"复选项，绘制的多线如图 3-121 所示；当取消选择这些复选项后，将绘制出图 3-122 所示的多线效果。

图 3-121   图 3-122

> **提示**：如果要对已有的多线样式进行修改，可以在"多线样式"对话框中选中需要修改的样式，然后单击"修改"按钮，即可打开"修改多线样式"对话框对其样式进行修改。

2. 修改多线

执行"修改>对象>多线"命令，或者输入 MLEDIT 并按回车键，将打开"多线编辑工具"对话框，该对话框提供了 12 种多线编辑工具，如图 3-123 所示。

图 3-123

【课堂案例】修改墙体线的角点

原始文件：第 3 章/课堂案例/原始文件/课堂案例 3-7
最终效果：第 3 章/课堂案例/最终效果/课堂案例 3-7

（1）根据原始文件路径打开墙体线素材图形，如图 3-124 所示。

（2）输入 MLEDIT 并按回车键，在打开的"多线编辑工具"对话框选择"T 形打开"选项，如图 3-125 所示。

（3）进入绘图区，选择图 3-126 所示的对象作为第一条要修改的多线，然后选择图 3-109 所

图 3-124

图 3-125

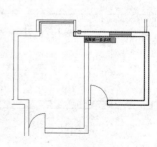

图 3-126

示的对象作为第二条要修改的多线，修改后的效果如图 3-127 所示。

（4）输入 MLEDIT 并按回车键，然后在"多线编辑工具"对话框中选择"T 形打开"选项，使用同样的方法对其他多线进行修改，完成墙体线的编辑，效果如图 3-128 所示。

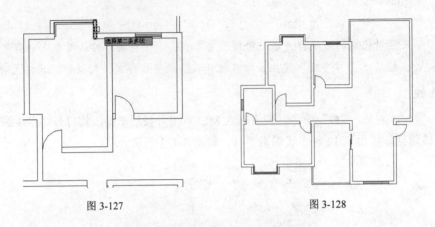

图 3-127   图 3-128

【课堂练习】创建圆形阳台线

原始文件：第 3 章/课堂练习/原始文件/课堂练习 3-6
最终效果：第 3 章/课堂练习/最终效果/课堂练习 3-6

（1）根据原始文件路径打开阳台线素材图形，如图 3-129 所示。

（2）输入 PEDIT 并按回车键，然后选择图形上方的多段线对象，如图 3-130 所示。

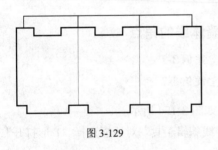
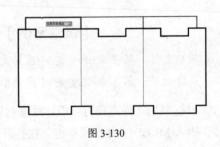

图 3-129   图 3-130

（3）在弹出的菜单中选择"拟合"命令，如图 3-131 所示。然后按空格键进行确认，效果如图 3-132 所示。

（4）使用同样的方法编辑其他两条多段线，完成后的效果如图 3-133 所示。

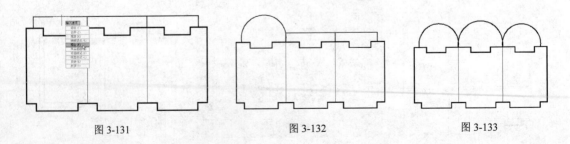

图 3-131   图 3-132   图 3-133

【课后习题】绘制座便器平面图

✱最终效果：第 3 章/课后习题/最终效果/课后习题 3-2

根据前面所学的知识点绘制如图 3-134 所示的座便器平面图。

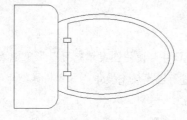

图 3-134

第4章
面域和图案填充

教学目标：

在 AutoCAD 中，使用图案填充可以形象地表达图形设计中的内容，而使用面域能够方便地进行图案填充操作，本章将详细介绍面域与图案填充的相关知识。

学习要点：

➢ 面域的应用

➢ 了解图案填充

➢ 填充图案和渐变色

4.1 面域

面域与图案填充有一定的关联，在学习图案填充之前，先学习一下有关面域的知识，包括什么是面域、如何创建与编辑面域等。

4.1.1 认识面域

面域是由封闭区域所形成的二维实体对象，其边界可以由直线、多段线、圆、圆弧或椭圆等对象形成。可以为面域填充图案、着色，分析面域的几何特性和物理特性，还可以对面域进行布尔运算。

在 AutoCAD 中，面域对象不能直接绘制得到，而需要使用"面域"命令将现有的封闭对象或者由多个对象组成的封闭区域创建为面域，或者使用"边界"命令将封闭区域转换为面域。

> **提示：** 对图形进行面域转换后，从表面上看没有发生任何变化，但是对象的性质已经完全不同了。在默认情况下，对图形进行面域转换时，面域对象将取代原来的对象，原对象将被删除。如果想保留原对象，可以将系统变量 DELOBJ 的值设置为 0。

4.1.2 创建面域

要创建面域，首先要存在封闭的对象，然后使用"面域"命令将其创建为面域对象。执行"面域"命令有如下 3 种方法。

（1）执行"绘图>面域"命令。

（2）在命令提示行中输入 REGION 并按回车键。

（3）单击"绘图"，功能面板中的"面域"按钮。

创建面域的方法如下。

（1）执行"绘图>面域"命令，选择一个或多个封闭对象，如图 4-1 所示。

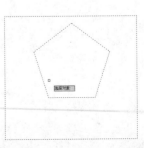

图 4-1

（2）按空格键结束面域的创建，命令提示行中将出现已创建面域的提示。

```
命令: region↙
选择对象: 指定对角点: 找到 2 个
已提取 2 个环。
已创建 2 个面域。
```

除了使用"面域"命令创建面域外，还可以使用"边界"命令创建面域。执行"边界"命令有如下 3 种方法。

（1）执行"绘图>边界"命令。

（2）在命令提示行中输入 BOUNDARY 并按回车键。

（3）单击"绘图"功能面板中的"边界"按钮🔲。

执行"边界"命令后，将打开"边界创建"对话框，如图 4-2 所示。在"对象类型"下拉列表框中选择"面域"选项，如图 4-3 所示。

图 4-2

图 4-3

单击"边界创建"对话框上方的"拾取点"按钮，进入绘图区选取需要创建为面域的对象，然后按空格键进行确认，即可完成面域的创建。命令提示行中将出现已创建面域的提示。

```
命令: boundary↙
拾取内部点: 正在选择所有对象...
正在分析内部孤岛...
已提取 1 个环。
已创建 1 个面域。
BOUNDARY 已创建 1 个面域
```

4.1.3 编辑面域

在 AutoCAD 中可以对面域进行并集、差集、交集 3 种布尔运算，通过不同的运算组合来创建复杂的新面域。各种布尔运算的操作方法如下。

1. UNION（并集）

UNION 运算是将多个面域对象合并成一个对象。执行"修改>实体编辑>并集"命令，或者在命令提示行中输入 UNION 并按回车键，即可启用"并集"命令。命令提示行中出现的提示及具体操作如下。

```
命令: union↙
选择对象:                //选择对象，如图 4-4 所示
选择对象:                //按空格键进行确认，效果如图 4-5 所示
```

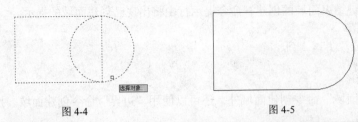

图 4-4   图 4-5

> 提示：在进行面域并集运算后，如果所选面域没有相交，会将所选面域合并为一个单独的面域。

2. SUBTRACT（差集）

SUBTRACT 运算是在一个面域中减去与之相交的其他面域的部分。执行 "修改>实体编辑>差集" 命令，或者在命令提示行中输入 SUBTRACT 并按回车键，即可启用 "差集" 命令。命令提示行中出现的提示及具体操作如下。

```
命令：subtract✓
选择要从中减去的实体或面域...                    //选择源对象，如图 4-6 所示。
选择对象：找到 1 个                             //按空格键进行确认
选择对象： 选择要减去的实体或面域...              //选择要减去的对象，如图 4-7 所示
选择对象：找到 1 个                             //按空格键进行确认，效果如图 4-8 所示
```

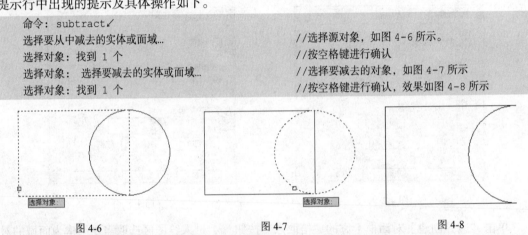

图 4-6   图 4-7   图 4-8

> 提示：在进行差集运算时，注意不要将对象的选择顺序弄反了，否则结果会不一样。如果对面域进行差集运算后，所选面域没有相交，就会删除被减去的面域对象。

3. INTERSECT（交集）

INTERSECT 运算是保留多个面域的相交部分，而除去其他部分的运算方式。执行 "修改>实体编辑>交集" 命令，或者在命令提示行中输入 INTERSECT 并按回车键，即可启用 "交集" 命令。命令提示行中出现的提示及具体操作如下。

```
命令：intersect✓
选择对象：找到 2 个                             //选择对象，如图 4-9 所示
选择对象：                                     //按空格键进行确认，效果如图 4-10 所示
```

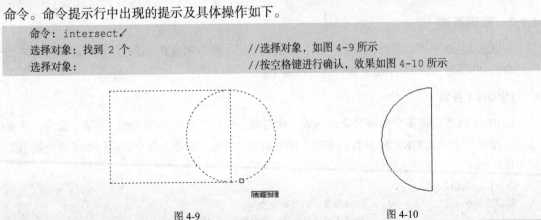

图 4-9   图 4-10

> 提示：对面域进行交集运算时，如果所选面域没有相交，将删除所有被选择的面域。

4.1.4 查询面域特性

在 AutoCAD 中，执行"工具>查询>面域/质量特性"命令，可以查询面域模型的质量信息。执行该命令后，命令提示行中将提示"选择对象"，然后选择要查询的面域对象，即可弹出"AutoCAD 文本窗口"，该窗口中显示了面域的信息，其中包括该面域的面积、周长、边界框、质心、惯性矩、惯性积、旋转半径等，如图 4-11 所示。

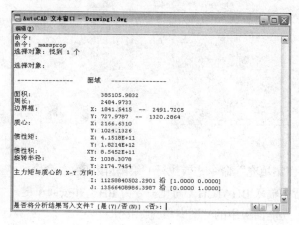

图 4-11

4.2 图案填充

在 AutoCAD 中绘制图形时，为了区别不同形体的各个组成部分，经常要用到图案填充功能。图案通常用来区分工程的各个部件或用来表现组成对象的材质，使图形看起来更加清晰，更具有表现力，如图 4-12 所示。

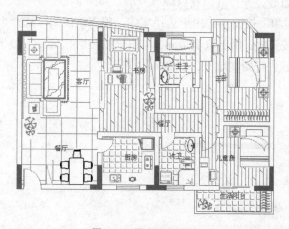

图 4-12 图案填充效果

4.2.1 了解图案填充

在"图案填充和渐变色"对话框中可以设置图案填充和渐变色的参数，该对话框中包括"图案填充"和"渐变色"两个选项卡，如图 4-13、图 4-14 所示。打开"图案填充和渐变色"对话框的方法有如下 3 种。

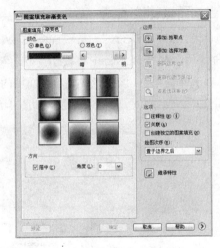

| 图 4-13 | 图 4-14 |

（1）执行"绘图>图案填充"命令，或执行"绘图>渐变色"命令。

（2）在命令提示行中输入 BHATCH（简化命令为 BH）并按回车键。

（3）单击"绘图"功能面板中的"图案填充"按钮。

在"图案填充和渐变色"对话框中可以选择填充的图案，这些图案所使用的颜色和线型默认与当前图层的颜色和线型相一致，用户也可以在"特性"面板中重新指定填充图案所使用的颜色和线型。

1. "图案填充"选项卡

"图案填充"选项卡中包括了多个图案填充的设置项，如"类型和图案"、"角度和比例"、"边界"、"选项"等几个选项组，"边界"选项组中各选项的含义如下。

➤ "添加：拾取点"按钮：在一个封闭区域内部任意拾取一点，AutoCAD 将自动搜索包含该点的区域边界，并将其边界以虚线显示，如图 4-15 所示。

➤ "添加：选择对象"按钮：用于选择实体，单击该按钮可选择组成区域边界的实体。

➤ "删除边界"按钮：用于取消边界，单击该按钮后，AutoCAD 将忽略边界的存在，从而对整个大区域进行图案填充，如图 4-16 所示。

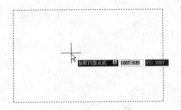
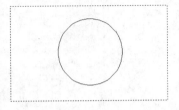

| 图 4-15 | 图 4-16 |

💡 **提示**：边界即一个大的封闭区域内存在的一个独立的小区域。该按钮只有在使用"添加：拾取点"按钮来确定边界时才起作用，AutoCAD 将自动检测和判断边界。

➤ "查看选择集"按钮：用于查看所确定的边界。

"选项"选项组用于控制填充图案是否具有关联性，其中各选项的含义如下。

➤ 关联：关联填充是指当用于定义区域边界的实体被移动或修改时，该区域内的填充图样将自动更新，重新填充新的边界。

> 创建独立的图案填充：区域内的填充图样不受边界变化的影响。

"类型和图案"选项组中各选项的含义如下。

> 类型：在该下拉列表框中可以选择图案的类型。

> 图案：在该下拉列表框中可以选择需要的图案。

> 样例：该显示框中显示出当前使用的图案，单击样例框，可以打开"填充图案选项板"对话框，如图 4-17 所示。

"角度和比例"选项组中各选项的含义如下。

> 角度：在该下拉列表框中可以设置图案填充的角度。

> 比例：在该下拉列表框中可以设置图案填充的比例。

> 双向：当使用"用户定义"方式填充图案时，此复选项才可用，选择该项可自动创建两个方向相反并互成 90° 的图样。

> 相对图纸空间：相对于图纸空间单位缩放填充图案。启用此复选项，可很方便地做到以适合于布局的比例显示填充图案。该复选项仅适用于布局。

> 间距：指定用户定义图案中的直线间距。AutoCAD 将间距存储在 HPSPACE 系统变量中。只有将填充类型设置为"用户定义"方式，此选项才可用。

> ISO 笔宽：决定使用 ISO 剖面线图案的线与线之间的间隔。此选项只有在选择 ISO 线型图案时才可用。

单击对话框右下角的 ⊙ 按钮，可以显示隐藏的选项，其中包括"孤岛"和"边界保留"选项组，如图 4-18 所示。

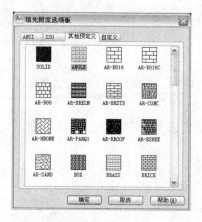

图 4-17

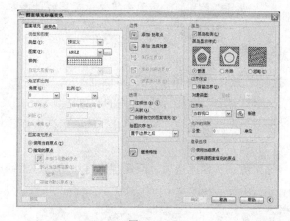

图 4-18

"孤岛"选项组中有"普通"、"外部"、"忽略"3 个选项，下面以图 4-19 为例，介绍这些选项产生的填充效果。

> 普通：用普通填充方式填充图形时，是从最外层的外边界向内边界交替填充，即第一层填充，第二层不填充，第三层填充，第四层不填充，……，如此交替进行填充，直到选定边界填充完毕，如图 4-20 所示。

> 外部：该方式只填充最外边界与第一边界之间的区域，如图 4-21 所示。

> 忽略：该方式将忽略最外层边界包含的其他任何边界，从最外层边界向内填充全部图形，如图 4-22 所示。

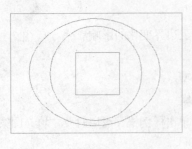

图 4-19

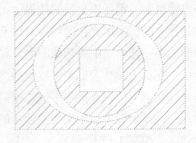

图 4-20

图 4-21

图 4-22

"边界保留"选项组中各选项的含义如下。

➢ 保留边界：选中该复选项将保留填充边界。系统默认设置为不保留填充边界，即系统为图案填充生成的填充边界是临时的，当图案填充完毕后，会自动删除这些边界。

➢ 对象类型：在该下拉列表框中可以选择是以多段线还是面域的方式来绘制该边界。

提示：在"图案填充"选项卡中单击"继承特性"按钮，可以利用已有区域的填充图样来设置新的图样，新图样将继承原图样的特征参数，有利于绘制复杂图形中多个相同类别的图形。

2. 渐变色

选择"图案填充和渐变色"对话框中的"渐变色"选项卡，在该选项卡中可以选择填充的颜色，也可以指定填充图案所使用的颜色和线型，如图 4-23 所示。

"渐变色"选项卡与"图案填充"选项卡拥有许多相同的选项，其功能也相同。其他各选项的含义如下。

➢ 单色：选择此选项，渐变颜色将从单色过渡到透明，如图 4-24 所示。

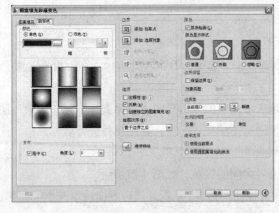

图 4-23

图 4-24

> 双色：选择此选项，渐变颜色将从第一种颜色过渡到第二种色，如图 4-25 所示。
> 居中：选中该复选项，颜色将从中心开始渐变，如图 4-26 所示；取消选择该复选项，颜色将呈不对称渐变，如图 4-27 所示。

图 4-25

图 4-26

> 角度：用于设置渐变色填充的角度，如图 4-28 所示。

图 4-27

图 4-28

4.2.2 填充图案

在填充图案的过程中，用户可以选择需要填充的图案，这些图案的颜色和线型将使用当前图层的颜色和线型。用户也可以在后面的操作中，重新设置填充图案的颜色和线型。

进行图案填充时，可以使用预定义的填充图案，或者使用当前线型定义简单的直线图案，或者创建更加复杂的填充图案。填充图案主要包括以下 3 个方面的内容。

1. 指定区域

单击"图案填充和渐变色"对话框中的"添加：选择对象"按钮 ，可以在绘图区选择一个或若干对象。这些对象必须是一个或几个封闭区域。用户还可以利用"图案填充和渐变色"对话框中的"添加：拾取点按钮"，在需要填充图案的图形区域内拾取一个点，由系统自动分析图案填充边界。结束边界定义后，单击鼠标右键，系统将弹出快捷菜单，如图 4-29 所示。

如果选择"确认"命令，则确认所选边界并返回"图案填充和渐变色"对话框；如果选择"放弃上一次的选择/拾取/绘图"命令，则表示继续进行选取；如果选择"全部清除"命令，则表示清除前面的边界选择；选择其他命令，可以确定图案填充区域的定义方法。

2. 选择图案

"图案填充和渐变色"对话框中提供了如下 3 种类型的图案。

> 预定义：选用在文件 acad.pat 中定义的图案。
> 自定义：选用在其他 PAT 文件中定义的图案。
> 用户定义：用户根据实际需要创建图案样式。

定义填充图案的区域后，返回到"图案填充和渐变色"对话框中，单击"图案"下拉列表

框右侧的 ▦ 按钮，或单击"样例"显示框，将打开"填充图案选项板"对话框，在该对话框中可以选择不同的图案样式，如图 4-30 所示。选择好图案样式，然后进行确认，即可将选择的图案填充到指定的图形区域中。

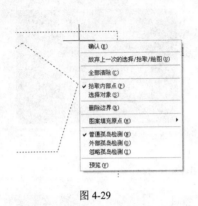

图 4-29

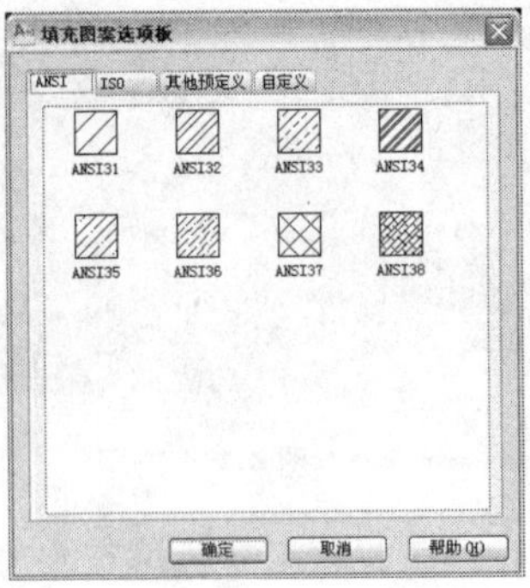

图 4-30

> **提示**：对于预定义图案，其参数包括"比例"和"角度"。其中"比例"用于放大或缩小图案，"角度"用于旋转图案。

3. 应用图案

选定图案填充区域、图案及相关参数后，可以先预览图案填充效果，在"图案填充和渐变色"对话框中单击"预览"按钮，此时将暂时隐藏"图案填充和渐变色"对话框，并对填充的图案进行预览，当预览结束后，可以按空格键返回"图案填充和渐变色"对话框。调整结束后，单击"确定"按钮结束图案填充。图 4-31 所示为矩形应用了 ANSI33 图案的效果。

> **提示**：如果图案尺寸太大或定义的填充区域太小，可能导致无法进行图案填充，此时应通过"图案填充和渐变色"对话框改变图案的比例。

4. 填充图案的关联性

当填充完图案后，有时需要修改图案或修改图案区域的边界。AutoCAD 处理这一点非常容易，在默认情况下，系统隐含定义图案的参数，包括定义填充区域的对象，都与 BHATCH 命令产生的图案对象关联。

在"图案填充和渐变色"对话框中，图案填充的关联性由"选项"选项组控制，如图 4-32 所示。对于关联图案，当用户调整作为图案边界的对象时，填充图案会随之调整；对于非关联图案，当用户调整用做图案边界的对象时，填充不会随之调整。

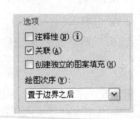

图 4-31

图 4-32

4.2.3 编辑图案填充

无论关联填充图案还是非关联填充图案，都可以在"图案填充编辑"对话框中进行编辑。

在命令提示行中输入 HATCHEDIT 并按回车键，或者在绘图区双击填充的图案，即可打开"图案填充编辑"对话框，如图 4-33 所示。

图 4-33

1. 关联图案填充编辑

关联图案填充的特点是图案填充区域与填充边界互相关联，当边界发生变动时，填充图形的区域也随之自动更新，这一关联属性为已有图案填充编辑提供了方便。

用编辑命令修改填充边界后，如果填充边界继续保持封闭，则图案填充区域自动更新，并保持关联性；如果边界不再保持封闭，则取消其关联性。

> **提示**：如果填充图案对象所在的图层被锁定或冻结，则在修改填充边界时，其关联性取消。如果用 EXPLODE 命令将一个填充图案分解，其关联性也会取消。

2. 填充图案的可见性控制

用 FILL 命令可以控制填充图案的可见性。当 FILL 设为"开"时，填充图案可见；设为"关"时，填充图案不可见。

更改 FILL 命令设置后，需要用 REGEN 命令重新生成才能更新填充图案的可见性。系统变量 FILLMODE 也可用来控制图案填充的可见性，当 FILLMODE = 0 时，FILL 值为"关"；FILLMODE = 1 时，FILL 值为"开"。

当填充图案不可见时，对其填充边界进行编辑，且编辑后填充边界仍然保持封闭，则仍然保持它们的关联性；编辑后如果填充边界不再封闭，则取消关联性。

> **提示**：填充的图案是一种特殊的块，可以作为单独的对象。使用 EXPLODE 命令可分解填充的图案。分解后的图案不再是单一的对象，而是一组组成图案的线条。

3. 夹点编辑关联图案填充

和其他实体对象一样，关联图案填充也可以用夹点方法进行编辑。AutoCAD 将关联图案填充对象作为一个块处理，其夹点只有一个，位于填充区域的外接矩形的中心点上。

要对图案填充本身的边界轮廓直接进行夹点编辑，则要执行 DDGRIPS 命令，从弹出的"选项"对话框中选中"在块中启用夹点"复选项，就可以选择边界进行编辑了，如图 4-34 所示。

> **提示**：使用夹点方式编辑填充图案时，如果编辑后填充边界仍然保持封闭，那么其关联性继续保持；如果编辑后填充边界不再封闭，那么其关联性将消失。

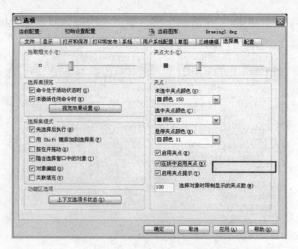

图 4-34

【课堂案例】查询室内的面积

原始文件：第 4 章/课堂案例/原始文件/课堂案例 4-1
最终效果：第 4 章/课堂案例/最终效果/课堂案例 4-1

（1）根据原始文件路径打开建筑结构图形，然后使用"删除"命令将建筑结构图中影响创建面域的线条删除，效果如图 4-35 所示。

（2）在命令提示行输入 BOUNDARY 并按回车键，打开"边界创建"对话框，在"对象类型"下拉列表框中选择"面域"选项，如图 4-36 所示。

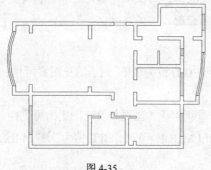

图 4-35

图 4-36

（3）单击"边界创建"对话框上方的"拾取点"按钮 ，进入绘图区选取要创建为面域的对象，如图 4-37 所示，然后按空格键进行确认，命令提示行中的提示如下。

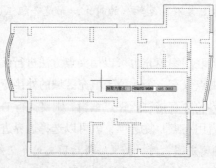

图 4-37

```
命令：BOUNDARY↙
拾取内部点：正在选择所有对象...
正在分析内部孤岛...
已提取 1 个环。
已创建 1 个面域。
BOUNDARY 已创建 1 个面域
```

（4）在命令提示行中执行 AREA 命令，然后选择创建的面域，如图 4-38 所示，即可在打开的对话框中查询出建筑的室内面积为 109m²，如图 4-39 所示。命令提示行中的提示如下。

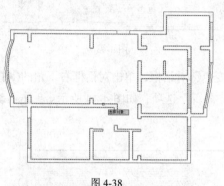

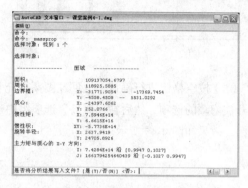

图 4-38   图 4-39

命令：area↙	//启动 AREA 命令
指定第一个角点或[对象(O)/加(A)/减(S)]:o↙	//输入 o 并按回车键，选择目标
选择对象：	//选择创建的面域，如图 4-13 所示
面积 = 109480292.2157，周长 = 116136.7885	//系统显示查询结果

提示：由于建筑图的单位为毫米，因此，这里查询的结果是以平方毫米为单位的。

【课堂案例】填充电视墙图案

原始文件：第 4 章/课堂案例/原始文件/课堂案例 4-2

最终效果：第 4 章/课堂案例/最终效果/课堂案例 4-2

（1）根据原始文件路径打开电视墙图形，效果如图 4-40 所示。

（2）在命令提示行中输入 BHATCH 并按回车键，打开"图案填充和渐变色"对话框，设置"类型"为"用户定义"，设置"间距"为 20，如图 4-41 所示。

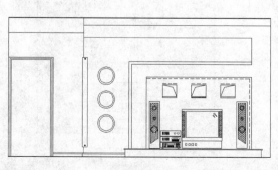

图 4-40   图 4-41

（3）单击对话框中的"添加：拾取点"按钮，然后在绘图区选择图 4-42 所示的区域。

（4）按空格键进行确认，返回"图案填充和渐变色"对话框，然后单击 预览 按钮，预览填充效果，如图 4-43 所示。

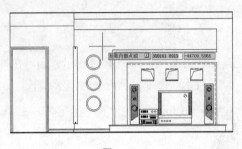

图 4-42

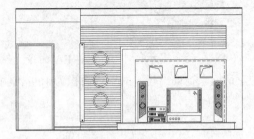

图 4-43

（5）按空格键进行确认，返回"图案填充和渐变色"对话框，单击对话框右下角的⊙按钮，展开被隐藏的选项，然后在"孤岛"选项组中选择"外部"选项，如图 4-44 所示。单击"确定"按钮，效果如图 4-45 所示。

图 4-44

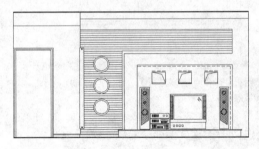

图 4-45

（6）在命令提示行中输入 BHATCH 并按回车键，打开"图案填充和渐变色"对话框，单击"样例"显示框，打开"填充图案选项板"对话框，然后选择 AR-SAND 样例，如图 4-46 所示。

（7）单击 确定 按钮，返回"图案填充和渐变色"对话框，设置图案的比例为 2，如图 4-47 所示。

图 4-46

图 4-47

（8）单击对话框中的"添加：拾取点"按钮，然后在绘图区中指定要填充的区域，如图 4-48 所示。

（9）按空格键，返回"图案填充和渐变色"对话框，然后单击 ▭确定▭ 按钮，完成电视墙图案的填充操作，效果如图 4-49 所示。

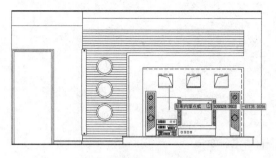
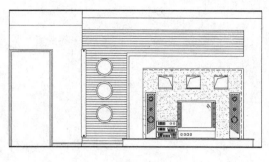

图 4-48   图 4-49

【课堂练习】创建桌面图案

原始文件：第 4 章/课堂练习/原始文件/课堂练习 4-1
最终效果：第 4 章/课堂练习/最终效果/课堂练习 4-1

（1）根据原始文件路径打开桌椅图形，效果如图 4-50 所示。

（2）在命令提示行中输入 BH 并按回车键，打开"图案填充和渐变色"对话框，如图 4-51 所示。

（3）单击"样例"显示框，打开"填充图案选项板"对话框，选择 CLAY 图案，如图 4-52 所示。

图 4-50

图 4-51

图 4-52

（4）选择好图案后单击"确定"按钮，返回"图案填充和渐变色"对话框，单击"添加：拾取点"按钮 ▭ 进入绘图区，选择要填充的区域，如图 4-53 所示。

（5）按空格键进行确认，返回"图案填充和渐变色"对话框，设置"比例"值为 100，单击 ▭确定▭ 按钮，完成图案填充操作，效果如图 4-54 所示。

图 4-53 图 4-54

【课堂练习】填充渐变色

原始文件：第4章/课堂练习/原始文件/课堂练习4-2

最终效果：第4章/课堂练习/最终效果/课堂练习4-2

（1）根据原始文件路径打开座便器图形，效果如图4-55所示。

（2）在命令提示行中输入BH并按回车键，打开"图案填充和渐变色"对话框，单击"添加：拾取点"按钮 进入绘图区，选择要填充的区域，如图4-56所示。

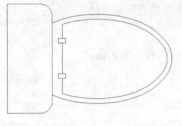
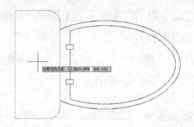

图 4-55 图 4-56

（3）按回车键返回"图案填充和渐变色"对话框，然后选择"渐变色"选项卡，然后单击"单色"选项下方的 按钮，如图4-57所示。

（4）在打开的"选择颜色"对话框中设置颜色为灰色（168,168,168），如图4-58所示，然后单击 确定 按钮。

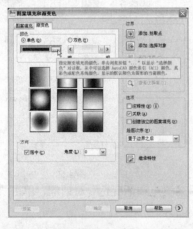
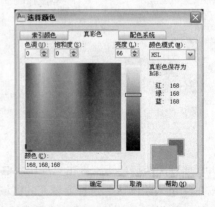

图 4-57 图 4-58

（5）此时会返回"图案填充和渐变色"对话框，拖曳"双色"选项下方的滑块，调整其明暗度，设置填充角度为 0，如图 4-59 所示。单击 确定 按钮完成填充操作，效果如图 4-60 所示。

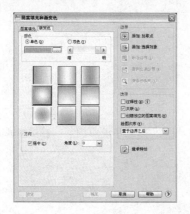

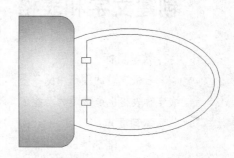

图 4-59   图 4-60

【课后习题】填充茶几图案

原始文件：第 4 章/课后习题/原始文件/课后习题 4-1

最终效果：第 4 章/课后习题/最终效果/课后习题 4-1

根据原始文件路径打开躺椅图形，然后根据前面所学的知识点填充其中的茶几图形，使其效果如图 4-61 所示。

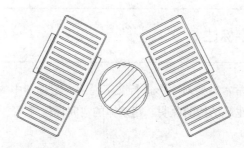

图 4-61

【课后习题】填充门图案

原始文件：第 4 章/课后习题/原始文件/课后习题 4-2

最终效果：第 4 章/课后习题/最终效果/课后习题 4-2

根据原始文件路径打开门图形，然后根据前面所学的知识点填充其中的图形，使其效果如图 4-62 所示。

图 4-62

第5章
创建文字和表格

教学目标：

一张完整的图纸中除了要有图形外，还应有文字说明内容。在 AutoCAD 中，文字和表格也是常用的功能。

学习要点：

➢ 文字标注
➢ 文字编辑
➢ 查找和替换
➢ 创建表格
➢ 应用多重引线

5.1 文字标注

在辅助绘图设计中，常常需要对图形进行文字说明。工程图中的结构、技术要求通常需要用文字进行标注说明，如建筑结构的说明、建筑体的空间标注等。

5.1.1 文本标注样式

AutoCAD 的文字拥有相应的文字样式，文字样式是用来控制文字基本形状的一组设置。当输入文字对象时，AutoCAD 将使用默认的文字样式。用户可以使用 AutoCAD 默认的设置，也可以修改已有样式或定义自己需要的文字样式。

用户可以在"文字样式"对话框中设置文字的样式，如图 5-1 所示。打开"文字样式"对话框的方法有如下 3 种。

图 5-1

（1）执行"格式>文字样式"命令。

（2）在命令提示行中输入 DDSTYLE 并按回车键。

（3）单击"注释"功能面板中的"文字样式"按钮，如图 5-2 所示。

1. 设置样式

在"文字样式"对话框中的"样式"列表框中可以选择当前图形中已经定义的文字样式。单击 新建(N) 按钮，将打开"新建文字样式"对话框，在"样式名"文本框中可输入新建文字样式的名称，如图 5-3 所示。

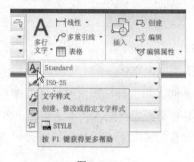

图 5-2

图 5-3

提示：在对新建的文字样式进行命名时，在"样式名"文本框中输入的名称不能与已经存在的样式名称重复。

在文字样式名称上单击鼠标右键，在弹出的快捷菜单中选择"重命名"命令，如图 5-4 所示，可以对样式名称进行修改。

选择一种样式后，单击 删除(D) 按钮，可以将所选的文字样式删除。在删除指定的文字样式时，系统会弹出"acad 警告"对话框，询问是否删除该样式，如图 5-5 所示。

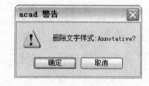

图 5-4

图 5-5

提示：在对文字样式进行编辑时，不能对 Standard 样式进行重命名，不能将默认的 Standard 样式和当前文字样式删除。

2. 设置字体

要在 AutoCAD 图形中标注文本，必须先设置字形或字体。字体是具有固定形状，由若干个单词组成的描述库。字形是具有字体、字号、倾斜度、方向等特性的文本样式。

"文字样式"对话框中的"字体"和"大小"选项组用于设置字体和大小，各选项的含义如下。

➢ 字体名：列出了操作系统中安装的常用字体，以及 AutoCAD 本身的源（SHP）型和编译（SHX）型字体，如图 5-6 所示。

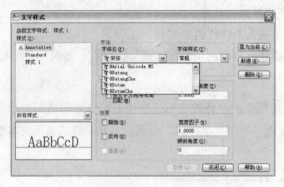

图 5-6

> 字体样式：在此下拉列表框中可以选择字体样式。
> 使用大字体：选中此复选项，可以使用亚洲语系的大字体。
> 高度：在此可以设置文本的高度。当设置为 0 时，每次标注图形时 AutoCAD 都会要求输入文本高度。在此设置字高后，在标注文本时不再要求输入文本字高，在重新设置字高之前都使用此字高标注。在使用同一高度设置的情况下，TTP 字体将会比 SHX 字体高度略小一些。

在使用 AutoCAD 绘图时，所有的文本标注都需要定义文本的样式，即需要预先设置文本的字体、字形，以决定在标注文本时使用的字体、字符大小、字符倾斜度、文本方向等文本特性。

3. 设置效果

"文字样式"对话框中的"效果"选项组用于设置文字的字体效果，各选项的含义如下。

> 颠倒：选中此复选项，在使用该文字样式标注文字时，文字将被垂直翻转，如图 5-7 所示。
> 宽度因子：在"宽度因子"文本框中，可以输入作为文字宽度与高度的比例值。在标注文字时，系统会以该文字样式的"高度"值与"宽度因子"相乘来确定文字的高度。当"宽度因子"为 1 时，文字的高度与宽度相等；当"宽度因子"小于 1 时，文字将变得细长；当"宽度因子"大于 1 时，文字将变得粗短。
> 反向：选中此复选项，可以将文字水平翻转，使其呈镜像显示，如图 5-8 所示。
> 倾斜角度：在"倾斜角度"文本框中输入的数值将作为文字倾斜的角度。设置此数值为 0 时，文字将处于正常角度。当输入一个正值时，文字将会向右侧倾斜，如图 5-9 所示。
> 垂直：选中此复选项，标注文字将沿竖直方向显示，如图 5-10 所示。

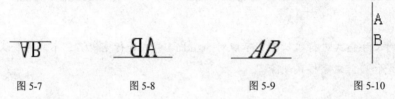

图 5-7   图 5-8   图 5-9   图 5-10

当设置好文本的标注样式后，可以在预览区域中预览到文字的效果。新建或修改好文字样式后，单击"文字样式"对话框中的 应用(A) 按钮，该文字样式即可生效，然后关闭对话框完成设置。

5.1.2 创建单行文字

单行文字适用于那些不需要多种字体或多行的内容。可以对单行文字进行字体、大小、倾斜角度、镜像、对齐和文字间隔等设置。执行"单行文字"命令的方法有如下 3 种。

（1）执行"绘图>文字>单行文字"命令。

（2）在命令提示行中输入 DTEXT（简化命令为 DT）并按回车键。

（3）单击"注释"功能面板中的"单行文字"按钮 ，如图 5-11 所示。

执行"单行文字"命令后，输入一个坐标点作为标注文本的起始点，默认为左对齐方式。命令提示行中将出现提示"指定文字的起点或[对正(J)/样式(S)]:"。各选项含义如下。

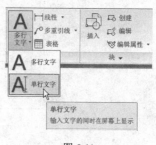

➤ 对正：设置标注文本的对齐方式。

➤ 样式：设置标注文本的样式。

图 5-11

选择"对正"选项后，命令提示行中将出现提示"[对齐(A)/布满(F)/居中(C)/中间(M)/右对齐(R)/左上(TL)/中上(TC)/右上(TR)/左中(ML)/正中(MC)/右中(MR)/左下(BL)/中下(BC)/右下(BR)]:"，其中各选项的含义如下。

➤ 对齐(A)：输入文本基线的起点和终点后，标注文本将在文本基线上均匀排列，字符的高度根据文本的多少自动调整。布满(F)：输入文本基线的起点和终点后，指定文字的高度，标注文本将在文本基线上均匀排到。字符的宽度根据文本的多少自动调整。

➤ 中间(M)：指定一个坐标点，然后输入标注文本的高度和倾斜角度，这样便确定了标注文本的中心和倾斜角度。

➤ 居中(C)：指定一个坐标点，然后输入标注文本的高度和倾斜角度，这样便确定了标注文本基线的中心和倾斜角度。

➤ 右对齐(R)：指定标注文本为右对齐。

➤ 左上(TL)：指定标注文本的顶部左端点。

➤ 中上(TC)：指定标注文本的顶部中点。

➤ 右上(TR)：指定标注文本的顶部右端点。

➤ 左中(ML)：指定标注文本的左端中心点。

➤ 正中(MC)：指定标注文本的中部中心点。

➤ 右中(MR)：指定标注文本的右端中心点。

➤ 左下(BL)：指定标注文本的左侧起始点。

➤ 中下(BC)：与"左下"选项类似，不同的是给定标注文本最低字符基线的中点。

➤ 右下(BR)：与"左下"选项类似，不同的是给定标注文本最低字符基线的右侧起始点。

选择"样式"选项后，命令提示行中将出现提示"输入样式名或[?]<Standard>:"，可在提示后输入定义的样式名，然后根据命令提示行的提示进行操作。

例如，使用 DTEXT（单行文字）命令对图形进行文本标注的操作如下。

（1）在命令提示行中输入并执行 DTEXT 命令，命令提示行中的提示如下。

命令: dtext✓	//启动"单行文字"命令
当前文字样式: "样式 1"当前文字高度: 2.5000	//系统提示
指定文字的起点或[对正(J)/样式(S)]:	//单击鼠标左键确定文字的起点

（2）在命令提示行中提示"指定高度<2.5000>:"时，指定文字的高度。

指定高度<2.5000>: 200✓	//输入 200 确定文字的高度
指定文字的旋转角度 <0>:	//按空格键进行确认

（3）当绘图区内出现 标记时，输入单行文字内容，如图 5-12 所示，然后单击鼠标左键完

成文字的创建，如图 5-13 所示。

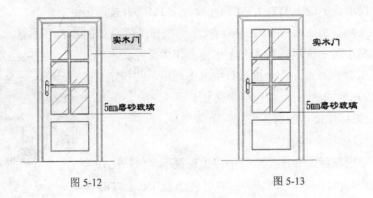

图 5-12   图 5-13

5.1.3 创建多行文字

多行文字由沿垂直方向排列的任意数目的文字行或段落构成，可以指定文字行或段落的水平宽度。用户可以对其进行移动、旋转、删除、复制、镜像或缩放操作。执行"多行文字"命令的方法有如下 3 种。

（1）执行"绘图>文字>多行文字"命令。

（2）在命令提示行中输入 MTEXT（简化命令为 MT）并按回车键。

（3）单击"注释"功能面板中的"多行文字"按钮 A 多行文字。

启动"多行文字"命令后，在绘图区指定一个区域，系统将弹出设置文字格式的文字编辑器，其中包括"样式"、"格式"、"段落"、"插入"、"拼写检查"、"工具"、"选项"和"关闭"功能面板，如图 5-14 所示。

图 5-14

1."样式"功能面板

> 样式列表：用于设置当前使用的文本样式，可以从列表框中选取一种已设置好的文本样式作为当前样式。

> 80 文字高度：用于设置当前使用的文字高度，可以在下拉列表框中选取一种合适的高度，也可直接输入数值。

2."格式"功能面板

> B、I、U、ō：用于设置标注文本是否加粗、倾斜、加下画线、加上画线。反复单击这些按钮，可以在打开与关闭相应功能之间进行切换。

> 宋体 字体：在该下拉列表框中可以选择当前使用的字体，如图 5-15 所示。

> ByLayer 颜色：在该下拉列表框中可以选择当前使用的文字颜色，如图 5-16 所示。

> Aa：将选定文字更改为大写形式。

> aA：将选定文字更改为小写形式。

> 背景遮罩：单击该按钮，可以打开用于设置文字背景的"背景遮罩"对话框，如图 5-17 所示。

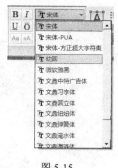 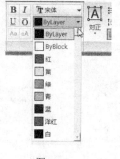

图 5-15 图 5-16

3. "段落"功能面板

➢ A 对正：弹出"多行文字对正"菜单，其中有 9 个对齐命令可用，"左上"为默认对正方式，如图 5-18 所示。

 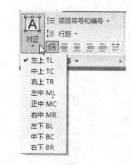

图 5-17 图 5-18

➢ 项目符号和编号：弹出"项目符号和编号"菜单，显示用于创建列表的命令，如图 5-19 所示。

➢ 行距：显示建议的行距，如图 5-20 所示，用于在当前段落或选定段落中设置行距。

图 5-19 图 5-20

➢ 默认、左对齐、居中、右对齐、对正和分散对齐：设置当前段落或选定段落的、左、中或右文字边界的对正和对齐方式，包括在一行的末尾输入的空格，并且这些空格会影响行的对正。

➢ 设置段落：单击该按钮将打开用于设置段落参数的"段落"对话框，如图 5-21 所示。

4. "插入"功能面板

➢ 分栏：单击该按钮，弹出分栏菜单，其中提供了 5 个分栏命令：不分栏、动态栏、静态栏、插入分栏符和分栏设置，如图 5-22 所示。

图 5-21   图 5-22

> @ 符号：单击该按钮，将弹出菜单显示出各种符号供用户选择，如图 5-23 所示。
> 字段：单击该按钮，将弹出"字段"对话框，如图 5-24 所示。从中可以选择要插入到文本中的字段。关闭该对话框后，字段的当前值将显示在文字中。

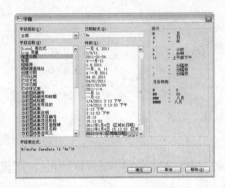

图 5-23   图 5-24

5. "拼写检查" 功能面板

> 拼写检查：用于确定输入文字时拼写检查处于打开还是关闭状态。
> 编辑词典：单击该按钮，将打开用于进行词典编辑的"词典"对话框，如图 5-25 所示。
> 设置拼写检查：单击该按钮，将打开用于拼写检查设置的"拼写检查设置"对话框，如图 5-26 所示。

图 5-25   图 5-26

6."工具"功能面板

单击"工具"功能面板中的"查找和替换"按钮，将打开"查找和替换"对话框，在该对话框中可以进行查找和替换文本的操作，如图 5-27 所示。

7."选项"功能面板

➢ 更多：单击该按钮将显示更多的设置项，如图 5-28 所示。

图 5-27　　　　　　　　　　　　　图 5-28

➢ 标尺：单击该按钮，将在编辑器顶部显示标尺。拖曳标尺末尾的箭头可更改多行文字对象的宽度。列模式处于活动状态时，还会显示高度和列夹点，也可以从标尺中选择制表符，如图 5-29 所示。
➢ 放弃：该按钮用于撤销上一步操作。
➢ 重做：该按钮用于恢复上一步操作

8."关闭"功能面板

单击"关闭"功能面板中的"关闭文字编辑器"按钮，将关闭文字编辑器，并结束文字的编辑操作。

例如，使用 MTEXT（多行文字）命令创建文字的操作如下。

（1）在命令提示行中输入 MTEXT（MT）并按回车键，系统给出的提示如下。

```
命令：mtext✓
当前文字样式："建筑标注" 文字高度：120.0000 注释性：否
指定第一角点：
```

（2）在绘图区拖曳鼠标确定创建文字的区域，如图 5-30 所示，系统提示"指定对角点或 [高度(H)/对正(J)/行距(L)/旋转(R)/样式(S)/宽度(W)/栏(C)]:"提示，其中各选项的具体含义如下。

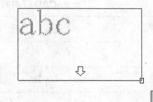

图 5-29　　　　　　　　　　　　　图 5-30

➢ 高度(H)：用于确定文字的高度。
➢ 对正(J)：用于设置文字的对齐类型。
➢ 行距(L)：用于确定文字行之间的距离。
➢ 旋转(R)：用于设置文字的旋转角度。

➤ 样式(S)：用于设置文字的样式。

➤ 宽度(W)：用于设置文字的宽度。

➤ 栏(C)：用于文字的分栏设置。

（3）在弹出的文字编辑器中设置好文字的高度、字体等参数，如图 5-31 所示。

图 5-31

（4）在文字输入窗口中输入文字内容，如图 5-32 所示，然后单击文字编辑器中的"关闭"按钮❌，完成多行文字的创建，效果如图 5-33 所示。

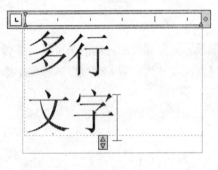

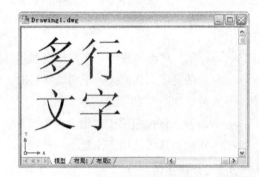

图 5-32   图 5-33

> 💡 提示：MTEXT 命令与 TEXT 命令有所不同，使用 MTXET 命令输入的文本，无论行数是多少，都将作为一个实体，可以对它进行整体选择、编辑等操作；而使用 TEXT 命令输入多行文字时，每一行都是一个独立的实体，只能单独对每一行进行选择、编辑等操作。

5.1.4 特殊字符标注

在文本标注的过程中，有时需要输入一些控制码和专用字符。AutoCAD 根据用户的需要提供了一些特殊字符的输入方法。AutoCAD 提供的特殊字符内容如表 5-1 所示。

表 5–1   AutoCAD 提供的特殊字符

特 殊 字 符	代 码 输 入	说 明
±	%%p	公差符号
°	%%d	度
%	%%%	百分比符号
¬	%%c	直径符号
↓	%%o	上画线
	%%u	下画线

例如，使用 TEXT 命令输入图 5-34 所示的特殊字符文本内容时，具体操作步骤如下。

40°
80%
<u>添加下画线</u>

图 5-34

```
命令: text↙                                       // 启动"单行文字"命令
当前文字样式: "Standard"  当前文字高度: 2.5000   // 系统提示
指定文字的起点或 [对正(J)/样式(S)]:              // 在屏幕上选择一点作为文本起点
指定高度<2.5000>:↙                               // 按空格键确认默认高度值
指定文字的旋转角度 <0>:↙                         //按空格键确认默认旋转角度
输入文字:40%%d↙          // 输入第二行文本"37%%d"并按回车键, 进入下一行文字的输入状态
输入文字:80%%%↙          // 输入文本"80%%%"并按回车键, 进入下一行文字的输入状态
输入文字:%%u 添加下画线↙  // 输入第三行文本"%%u 添加下画线"并按回车键, 进入下一行文字的输入状态
输入文字:                //单击鼠标左键结束文本输入
```

5.2 文字编辑

在 AutoCAD 中可以对标注的文本进行重新编辑, 包括修改文本内容、修改文本特性、缩放文本等操作。

5.2.1 编辑内容

创建好文字标注后, 用户可以通过编辑文字的命令对文字的内容进行修改。执行文字编辑命令的方法有如下两种。

(1) 执行"修改>对象>文字"命令。

(2) 在命令提示行中输入 DDEDIT 并按回车键。

在编辑文字的过程中, 可以增加或替换文本中的字符。启动修改文本命令后, 命令提示行中将提示"选择注释对象或 [放弃(U)]:"。其中各选项含义如下。

➤ 选择注释对象: 选择要修改的文字对象。

➤ 放弃(U): 放弃上一步的选择操作。

例如, 使用 DDEDIT 命令修改文字内容的操作步骤如下。

(1) 在命令提示行中输入并执行 DDEDIT 命令, 然后选择要编辑的文字, 此时文字变为可编辑状态, 如图 5-35 所示。

(2) 在文字编辑区域输入新的文字内容, 如图 5-36 所示, 然后单击文字编辑器中的"关闭文字编辑器"按钮 ✕, 最后按空格键结束文本编辑。

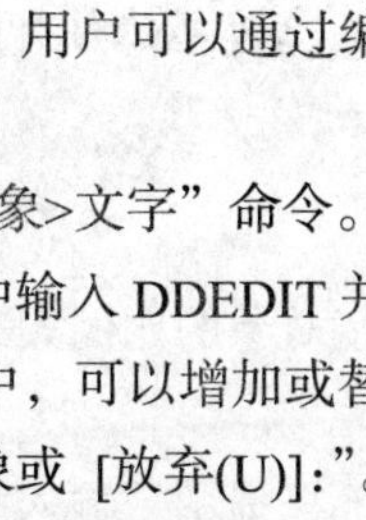

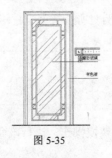

图 5-35

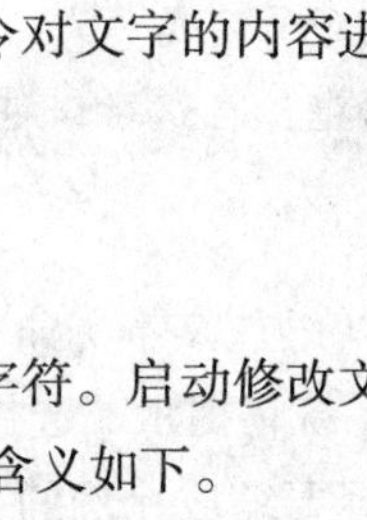

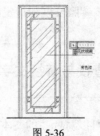

图 5-36

5.2.2　编辑特性

在"特性"面板中可以修改文字特性，如样式、位置、方向、大小、对正方式等。选择"修改>特性"命令，或者在命令提示行中执行 PROPERTIES 命令，即可打开"特性"面板，如图 5-37 所示。

图 5-37

在"常规"卷展栏中，可以根据需要修改文字的图层、颜色、线型、线型比例和线宽等对象特性；在"文字"卷展栏中，可以根据需要修改文字的内容、样式、对正方式、文字高度、旋转角度和宽度比例等特性。

> 💡 提示：要修改多行文字的字体、大小、颜色等特性，也可以执行 DDSTYLE 命令，打开"文字样式"对话框，在该对话框中对文字特性进行修改。

5.2.3　缩放文字

使用 SCALETEXT（缩放文本）命令可以更改文字对象的比例大小。在命令提示行中执行 SCALETEXT 命令后，系统将提示"选择对象:"。

在系统提示下，选择要缩放比例的文字，此时系统将提示"输入缩放的基点选项[现有(E)/左对齐(L)居中(C)/中间(M)/右对齐(R)/左上(TL)/中上(TC)/右上(TR)/左中(ML)/正中(MC)/右中(MR)/左下(BL)/中下(BC)/右下（BR）]<现有>:"，该提示中的部分选项与执行 TEXT 命令后出现的选项相同。

输入 E，保持现有选项，系统将提示"指定新模型高度或 [图纸高度(P)/匹配对象(M)/比例因子(S)]:"，其中各选项的含义如下。

- ➤ 新模型高度：用于设置标注文本的新高度。
- ➤ 匹配对象(M)：用于缩放最初选定的文字对象，以便与选定的文字对象大小匹配。
- ➤ 比例因子(S)：按参照长度和指定的新长度比例对所选文字进行缩放。

5.3　查找与替换文字

使用"查找"命令可以对标注的文本进行查找和替换操作。执行该命令的方法有如下两种。

（1）执行"编辑>查找"命令。

（2）在命令提示行中输入 FIND 并按回车键。

执行"查找"命令后，将打开 "查找与替换"对话框，如图 5-38 所示。在该对话框中可以设置要查找和替换的内容。

图 5-38

"查找和替换"对话框中各选项的含义如下。

➢ 查找内容：用于输入要查找的内容，也可以在该下拉列表框中选取已有的内容。

➢ 替换为：用于输入一个字符串，也可以在该下拉列表框列出的字符串中选择需要的内容，用于替换找到的内容。

➢ 查找位置：用于确定是在整个图形中还是在当前选择中查找内容。如果已经选中对象，则"选定的对象"为默认选项；如果没有选中对象，则默认选项为"整个图形"。

➢ 选择对象 🔍：单击此按钮会暂时关闭"查找和替换"对话框，并进入绘图区选择实体，按空格键返回"查找和替换"对话框。

➢ 替换(R)：单击该按钮，在"替换为"下拉列表框中输入的内容将替换找到的字符。

➢ 全部替换(A)：找到所有符合要求的字符后，单击该按钮，在"替换为"下拉列表框中输入的字符将替换所有找到的字符。

➢ 查找(F)：单击该按钮，开始查找在"查找内容"下拉列表框中输入的字符串。

➢ 更多 ⌄：单击该按钮，将展开对话框显示出更多选项，如图 5-39 所示。

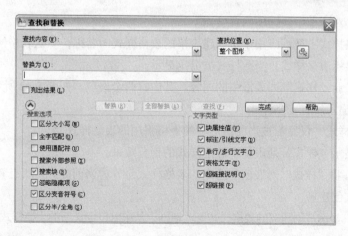

图 5-39

➢ 列出结果：选中该复选项，将列出替换的内容。

💡 提示：单击"更多"按钮 ⌄ 展开选项，选中"区分大小写"复选项，查找对象时将区分字母的大小写。选中"全字匹配"复选项，可以找出与被查找文本完全相同的内容。

5.4　创建表格

表格是行和列中包含数据的复合对象。可以通过空表格或表格样式创建空表格对象，还可以将表格链接至 Microsoft Excel 电子表格中的数据。

5.4.1　创建表格样式

用户可以在"表格样式"对话框中设置表格的样式。打开"表格样式"对话框的方法有如下 3 种。

（1）执行"格式>表格样式"命令。

（2）在命令提示行中输入 TABLESTYLE 并按回车键。

（3）在"注释"功能选项卡中找到"表格"功能面板，然后单击其右下角的"表格样式"按钮，如图 5-40 所示。

执行"表格样式"命令后，将打开"表格样式"对话框，在该对话框中可以设置当前表格样式，以及创建、修改和删除表格样式，如图 5-41 所示。

图 5-40

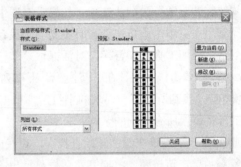

图 5-41

"表格样式"对话框中各选项的含义如下。

➤ 当前表格样式：显示应用于所创建表格的表格样式的名称，默认表格样式为 Standard。

➤ 样式：显示表格样式，当前样式被突出显示。

➤ 列出：控制"样式"列表框中的内容。其中有两个选项，如图 5-42 所示。

所有样式：显示所有表格样式。

正在使用的样式：仅显示被当前图形中的表格引用的表格样式。

➤ 预览：显示"样式"列表框中选定样式的预览效果。

➤ 置为当前(U)：将"样式"列表框中选定的表格样式设置为当前样式。所有新表格都将使用此表格样式创建。

➤ 新建(N)...：显示"创建新的表格样式"对话框，从中可以定义新的表格样式，如图 5-43 所示。

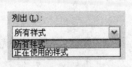

图 5-42

图 5-43

>  修改(M)...：显示"修改表格样式"对话框，从中可以修改表格样式。

> 删除(D)：单击该按钮，将删除在"样式"列表框中选定的表格样式，但不能删除图形中正在使用的样式。

在"表格样式"对话框中单击 新建(N)... 按钮，将打开"创建新的表格样式"对话框，在"新样式名"文本框中输入新的表格样式名称后，单击 继续 按钮，将打开"新建表格样式"对话框，如图 5-44 所示。在该对话框中可以设置新表格样式的参数，设置好新样式的参数后，单击 确定 按钮，即可创建新的表格样式。

在"表格样式"对话框中选择一种表格样式后，单击 修改(M)... 按钮，将打开"修改表格样式"对话框，从中可以修改表格样式，如图 5-45 所示。

图 5-44

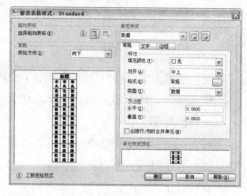

图 5-45

在"建新表格样式"对话框中的参数与"修改表格样式"对话框中的参数相同，其中各选项的含义如下。

> 起始表格：用户可以在图形中指定一个表格用做样例来设置此表格样式的格式。选择表格后，可以指定要从该表格复制到表格样式的结构和内容。单击"删除表格"按钮 ，可以将表格从当前指定的表格样式中删除。

> 常规：用于更改表格方向。选择"向下"选项，将创建由上向下读取的表格；选择"向上"选项，将创建由下向上读取的表格。

> 提示：选择"向下"选项，标题行和列标题行位于表格的顶部。选择"向上"选项，标题行和列标题行位于表格的底部。

> 预览区：显示当前表格样式设置效果的样例。

> 单元样式：定义新的单元样式或修改现有单元样式。可以创建任意数量的单元样式。"单元样式"下拉列表框中列出了表格中的单元样式，如图 5-46 所示。

> 创建新单元样式 ：单击该按钮，将打开"创建新单元样式"对话框，如图 5-47 所示。

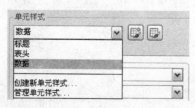

图 5-46

图 5-47

> 管理单元样式 ：单击该按钮，将打开"管理单元样式"对话框，如图 5-48 所示。

"单元样式"选项组用于设置数据单元、单元文字和单元边框的外观，该设置取决于处于活动状态的选项卡："常规"选项卡、"文字"选项卡或"边框"选项卡，如图 5-49 所示。

图 5-48

图 5-49

"常规"选项卡的"特性"选项组用于设置表格的特性，其中各选项的含义如下。

> 填充颜色：用于指定单元的背景色，默认值为"无"，选择"选择颜色"选项，可以打开"选择颜色"对话框。

> 对齐：用于设置表格单元中文字的对正和对齐方式。文字相对于单元的顶部边框和底部边框居中对齐、上对齐或下对齐，文字相对于单元的左边框和右边框居中对正、左对正或右对正。

> 格式：为表格中的"数据"、"列标题"或"标题"行设置数据类型和格式。单击该按钮将打开"表格单元格式"对话框，从中可以进一步定义格式选项。

> 类型：用于将单元样式指定为标签或数据。

"常规"选项卡的"页边距"选项组用于控制单元边界和单元内容之间的间距。单元边距设置应用于表格中的所有单元。默认设置为 0.06 英寸（英制）或 1.5 毫米（公制）。

> 水平：设置单元中的文字或块与左右单元边框之间的距离。

> 垂直：设置单元中的文字或块与上下单元边框之间的距离。

"创建行/列时合并单元"复选项用于将使用当前单元样式创建的所有新行或新列合为一个单元。可以使用此复选项在表格的顶部创建标题行。

"文字"选项卡用于设置文字特性，如图 5-50 所示。其中各选项的含义如下。

> 文字样式：列出可用的文字样式，如图 5-51 所示。

图 5-50

图 5-51

➢ "文字样式"按钮：单击该按钮，将打开"文字样式"对话框，从中可以创建或修改文字样式。

➢ 文字高度：设置文字高度。数据和列标题单元的默认文字高度为 0.1800，表标题的默认文字高度为 0.25。

➢ 文字颜色：指定文字颜色。选择下拉列表底部的"选择颜色"选项，可以打开"选择颜色"对话框。

➢ 文字角度：设置文字角度。默认的文字角度为 0°，可以输入–359～+359 之间的任意角度值。

➢ 单元样式预览：显示当前表格样式设置效果的样例。

选择"边框"选项卡，如图 5-52 所示，其中显示用于设置边框特性的选项，各选项的含义如下。

➢ 线宽：通过单击下方的边框按钮，可以设置要应用于指定边框的线宽。如果使用粗线宽，可能需要增加单元边距。

➢ 线型：通过单击下方的边框按钮，可以设置将要应用于指定边框的线型。其中提供了标准线型 ByBlock、ByLayer 和 Continuous，也可以选择下拉列表中的"其他"选项，从而加载自定义线型，如图 5-53 所示。

图 5-52

图 5-53

➢ 颜色：通过单击下方的边框按钮，可以设置要应用于指定边框的颜色。

➢ 双线：选中该复选项，可以将表格边框显示为双线。

➢ 间距：确定双线边框的间距，默认间距为 0.0450。

"边框"选项卡的下方列出了各个边框按钮，使用这些按钮可以控制单元边框的外观。边框特性包括栅格线的线宽和颜色。

➢ 所有边框⊞：将边框特性设置应用于指定单元样式的所有边框。

➢ 外边框⊡：将边框特性设置应用于指定单元样式的外部边框。

➢ 内边框⊞：将边框特性设置应用于指定单元样式的内部边框。

➢ 底部边框⊟：将边框特性设置应用于指定单元样式的底部边框。

➢ 左边框⊟：将边框特性设置应用于指定的单元样式的左边框。

➢ 上边框⊓：将边框特性设置应用于指定单元样式的上边框。

➢ 右边框⊟：将边框特性设置应用于指定单元样式的右边框。

➢ 无边框⊟：隐藏指定单元样式的边框。

5.4.2 创建表格

表格是行和列中包含数据的对象。用户可以从空表格或表格样式创建表格对象，还可以将表格链接至 Microsoft Excel 电子表格中的数据。表格创建完成后，用户可以单击该表格上的任意网格线以选中该表格，然后使用"特性"面板或夹点来修改该表格。

　　创建表格的方法有如下 3 种。

　　（1）执行"绘图>表格"命令。

　　（2）在命令提示行中输入 TABLE 并按回车键。

　　（3）在"注释"功能选项卡中找到"表格"功能面板，然后单击其中的"表格"按钮，如图 5-54 所示。

　　执行"表格"命令后，将打开"插入表格"对话框，如图 5-55 所示。

图 5-54

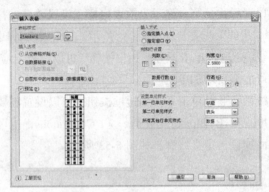

图 5-55

"插入表格"对话框中各选项的含义如下。

➤ 表格样式：选择表格样式。单击下拉列表框旁边的按钮，可以创建新的表格样式。

➤ 插入选项：用于指定插入表格的方式。其中有以下 3 种方式。

从空表格开始：创建可以手动填充数据的空表格。

自数据链接：从外部电子表格中的数据创建表格。

自图形中的对象数据（数据提取）：用于启动"数据提取"向导。

➤ 预览：控制是否显示预览。如果从空表格开始，则"预览"区域将显示表格样式的样例。如果创建表格链接，则"预览"区域将显示结果表格。处理大型表格时，取消选择此复选项可以提高性能。

➤ 插入方式：指定表格位置，有以下两种方式。

指定插入点：指定表格左上角的位置。可以使用定点设备，也可以在命令提示行中输入坐标值。如果表格样式将表格的方向设置为由下向上读取，则插入点位于表格的左下角。

指定窗口：指定表格的大小和位置。可以使用定点设备，也可以在命令提示行中输入坐标值。选择此选项时，数据行数、列数、列宽和行高取决于窗口的大小以及列和行设置。

➤ 列和行设置：设置列和行的数目和大小。其中包括以下 4 个选项。

列数：选择"指定窗口"选项并指定列宽时，该选项被设置为"自动"，且列数由表格的宽度控制。如果已指定包含起始表格的表格样式，则可以选择要添加到此起始表格的其他列的数量。

列宽：指定列的宽度。选择"指定窗口"选项并指定列数时，则该选项被设置为"自动"，且列宽由表格的宽度控制，最小列宽为一个字符。

数据行数：选择"指定窗口"选项并指定行高时，则该选项被设置为"自动"，且行数由表格的高度控制。带有标题行和表格头行的表格样式最少应有 3 行。最小行高为一个文字行。如果已指定包含起始表格的表格样式，则可以选择要添加到此起始表格的其他数据行的数量。

行高：按照行数指定行高。文字行高基于文字高度和单元边距，这两项均在表格样式中设置。选择"指定窗口"选项并指定行数时，则该选项被设置为"自动"，且行高由表格的高度控制。

➤ 设置单元样式：对于那些不包含起始表格的表格样式，可以指定新表格中行的单元格式。

第一行单元样式：指定表格中第一行的单元样式。默认情况下使用标题单元样式。

第二行单元样式：指定表格中第二行的单元样式。默认情况下使用表头单元样式。

所有其他行单元样式：指定表格中所有其他行的单元样式。默认情况下使用数据单元样式。

标题：保留新插入表格中的起始表格表头或标题行中的文字。

表头：对于包含起始表格的表格样式，从插入时保留的起始表格中指定表格元素。

数据：保留新插入表格中的起始表格数据行中的文字。

在"插入表格"对话框中设置好表格的参数后，单击 确定 按钮，当系统提示"指定插入点："时，在绘图区指定插入表格的位置，再根据提示输入标题和数据等内容，如图 5-56 所示，然后在表格以外的区域单击鼠标左键，即可完成插入表格的操作，如图 5-57 所示。

图 5-56

图 5-57

创建好表格后，便可以在表格的单元格中输入文字内容。单击表格的单元格将其选中，如图 5-58 所示，然后输入相应的文字即可。输入文字后，在表格以外的地方单击鼠标左键，即可结束表格文字的输入操作，如图 5-59 所示。

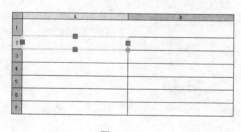

图 5-58

图 5-59

5.5 应用多重引线

引线标注是由样条曲线或直线段连接箭头组成的对象，通常由一条段水平线将文字和特征控制框连接到引线上。在 AutoCAD 中，经常使用引线标注对图形进行注释说明。

5.5.1 使用多重引线

用户可以使多重引线命令对图形进行标注。在应用多重引线的过程中，可以先设置好多重引线的样式，然后创建多重引线内容。选择"注释"功能选项卡，在"引线"功能面板中选择相应的工具可以创建多重引线对象或进行多重引线样式的设置，如图 5-60 所示。

1. 设置多重引线样式

使用多重引线样式可以指定基线、引线、箭头和内容的格式。例如，Standard 多重引线样式使用带有实心闭合箭头和多行文字内容的直线引线。

使用 MLEADERSTYLE（多重引线样式管理器）命令可以设置多重引线样式，以及创建、修改和删除多重引线样式。执行"多重引线样式"命令的方法有如下 3 种。

（1）执行"格式>多重引线样式"命令。

（2）在命令提示行中输入 MLEADERSTYLE 并按回车键。

（3）单击"引线"功能面板中的"多重引线样式管理器"按钮，如图 5-61 所示。

图 5-60

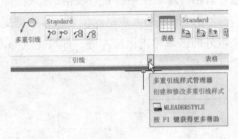

图 5-61

执行"多重引线样式"命令后，将打开"多重引线样式管理器"对话框，如图 5-62 所示。

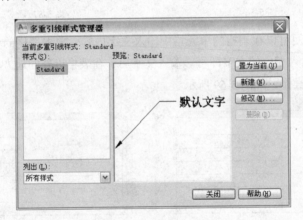

图 5-62

"多重引线样式管理器"对话框中各选项的含义如下。

➢ 当前多重引线样式：显示应用于所创建的多重引线的样式名称，默认多重引线样式为 Standard。

➢ 样式：显示多重引线列表，当前样式被突出显示。

➢ 列出：控制"样式"列表框中的内容。选择"所有样式"选项，可显示图形中可用的所有多重引线样式；选择"正在使用的样式"选项，仅显示被当前图形中的多重引线参照的多重引线样式。

➢ 预览：显示"样式"列表框中选定样式的预览效果。

➢ 置为当前：将"样式"列表框中选定的多重引线样式设置为当前样式。所有新的多重引线都将使用此多重引线样式进行创建。

➤ 新建：打开"创建新多重引线样式"对话框，从中可以定义新多重引线样式。

➤ 修改：显示"修改多重引线样式"对话框，从中可以修改多重引线样式的参数。

➤ 删除：用于删除"样式"列表框中选定的多重引线样式，但不能删除图形中正在使用的样式。

单击"多重引线样式管理器"对话框中的 新建(N)... 按钮，在打开的"创建新多重引线样式"对话框中可以创建新的多重引线样式，如图 5-63 所示。在"新样式名"文本框中输入样式名，然后单击 继续(O) 按钮，打开"修改多重引线样式"对话框，在此可以修改该样式的属性，如图 5-64 所示。

图 5-63

图 5-64

"修改多重引线样式"对话框包括"引线格式"、"引线结构"和"内容"3 个选项卡。在"引线格式"选项卡中，"常规"选项组用于控制多重引线的基本外观。

➤ 类型：确定引线类型。可以选择直引线、样条曲线或无引线。

➤ 颜色：确定引线的颜色。

➤ 线型：确定引线的线型。

➤ 线宽：确定引线的线宽。

"箭头"选项组用于控制多重引线箭头的外观，其中各选项的含义如下。

➤ 符号：设置多重引线的箭头符号。

➤ 大小：显示和设置箭头的大小。

"引线打断"选择组用于控制将折断标注添加到多重引线时使用的设置。"打断大小"选项用于设置选择多重引线后用于 DIMBREAK 命令的折断大小。

选择"引线结构"选项卡，在此可以设置引线的结构，如图 5-65 所示。

"引线结构"选项卡的"约束"选项组用于多重引线的约束控制，其中各选项的含义如下。

➤ 最大引线点数：指定引线的最大点数。

➤ 第一段角度：指定引线中的第一个点的角度。

➤ 第二段角度：指定多重引线基线中的第二个点的角度。

"基线设置"选项组用于控制多重引线的基线设置。

➤ 自动包含基线：将水平基线附着到多重引线内容。

> 设置基线距离：为多重引线基线确定固定距离。

"比例"选项组用于控制多重引线的缩放。

> 注释性：用于指定多重引线为注释性。单击信息图标以了解有关注释性对象的详细信息。
> 将多重引线缩放到布局：根据模型空间视口和图纸空间视口中的缩放比例确定多重引线的比例因子。
> 指定比例：指定多重引线的缩放比例。

选择"内容"选项卡，在此可以设置引线的文字属性和连接位置，如图 5-66 所示。其中，"多重引线类型"用于确定多重引线是包含文字还是包含块，如图 5-67 所示，或者是不包含其他对象，如图 5-68 所示。

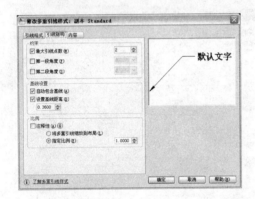

图 5-65

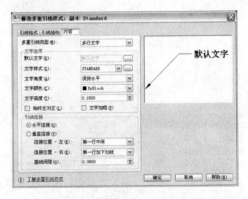

图 5-66

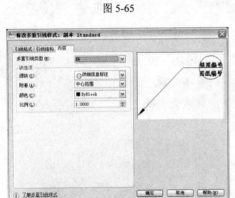

图 5-67

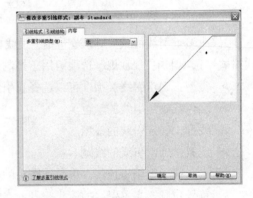

图 5-68

如果在"多重引线类型"下拉列表框中选择"多行文字"选项，则可用的选项及其含义如下。

"文字选项"选项组用于控制多重引线文字的外观。

> 默认文字：为多重引线内容设置默认文字。单击后面的"..."按钮将启动多行文字在位编辑器。
> 文字样式：指定属性文字的预定义样式。
> 文字角度：指定多重引线文字的旋转角度。
> 文字颜色：指定多重引线文字的颜色。
> 文字高度：指定多重引线文字的高度。
> 始终左对齐：指定多重引线文字始终左对齐。
> "文字边框"复选框：使用文本框对多重引线文字内容加框。

"引线连接"选项组用于控制多重引线的引线连接设置。

- 连接位置 - 左：控制文字位于引线左侧时基线连接到多重引线文字的方式。
- 连接位置 - 右：控制文字位于引线右侧时基线连接到多重引线文字的方式。
- 基线间隙：指定基线和多重引线文字之间的距离。

如果在"多重引线类型"下拉列表框中选择"块"选项，则可以控制多重引线对象中块内容的特性，其中各选项的含义如下。

- 源块：指定用于多重引线内容的块。
- 附着：指定块附着到多重引线对象的方式。可以通过指定块的范围、块的插入点或块的中心点来附着块。
- 颜色：指定多重引线块内容的颜色。
- 预览：显示已修改样式的预览图像。

2. 创建多重引线

使用"引线"功能面板中的"多重引线"工具 可以创建连接注释与几何特征的引线。选择"注释"功能选项卡，然后单击"引线"功能面板中的"多重引线"按钮 ，系统将提示"指定引线箭头的位置或 [引线基线优先(L)/内容优先(C)/选项(O)]<当前>:"，其中各选项的含义如下。

- 引线基线优先(L)：指定多重引线对象的基线位置。如果先前绘制的多重引线对象是基线优先，则后续的多重引线也将先创建基线。
- 内容优先(C)：指定与多重引线对象相关联的文字或块的位置。如果先前绘制的多重引线对象是内容优先，则后续的多重引线对象也将先创建内容。
- 选项(O)：指定用于放置多重引线对象的选项。

选择"选项"命令后，系统将继续提示"输入选项 [引线类型(L)/引线基线(A)/内容类型(C)/最大节点数(M)/第一个角度(F)/第二个角度(S)/退出选项(X)]<当前>:"，其中各选项的含义如下。

- 引线类型(L)：指定要使用的引线类型。
- 引线基线(A)：更改水平基线的距离。
- 内容类型(C)：指定要使用的内容类型。
- 最大节点数(M)：指定新引线的最大点数。
- 第一个角度(F)：约束新引线中的第一个点的角度。
- 第二个角度(S)：约束新引线中的第二个点的角度。
- 退出选项(X)：返回到该命令的第一个提示。

5.5.2 使用快速引线

使用 QLEADER（快速引线）命令可以快速创建引线和引线注释。执行 QLEADER 命令后，系统将提示"指定第一个引线点或 [设置(S)]<设置>:"。此时，用户可以指定第一个引线点或设置引线格式。

执行 QLEADER 命令后，输入 S，再按空格键进行确认，将打开"引线设置"对话框，在该对话框中可以设置引线的格式，如图 5-69 所示。在"注释"选项卡中可以设置注释的类型和使用方式，其中各选项的含义如下。

- 注释类型：在该选项组中可以设置注释的类型。
- 多行文字选项：在该选项组中可以设置多行文字的格式。

> 重复使用注释：在该选项组中可以设置重复使用引线注释的方法。

选择"引线和箭头"选项卡，在该选项卡中可以设置引线和箭头格式，如图 5-70 所示。其中各选项的含义如下。

图 5-69　　　　　　　　　　　图 5-70

> 引线：在该选项组中可以设置引线的类型，包括"直线"和"样条曲线"。
> 箭头：在下拉列表框中选择引线起始点处的箭头样式。
> 点数：在该选项组中可以设置引线点的最多数目。
> 角度约束：在该选项组中可以设置第一条与第二条引线的角度限度。

选择"附着"选项卡，在该选项卡中可以设置多行文字附着在引线上的形式，如图 5-71 所示。其中各选项的含义如下。

图 5-71

> 第一行顶部：将引线附着到多行文字的第一行顶部。
> 第一行中间：将引线附着到多行文字的第一行中间。
> 多行文字中间：将引线附着到多行文字的中间。
> 最后一行中间：将引线附着到多行文字的最后一行中间。
> 最后一行底部：将引线附着到多行文字的最后一行底部。
> 最后一行加下画线：给多行文字的最后一行加下画线。

提示：只有在"注释"选项卡中选择"多行文字"选项时，"附着"选项卡才可用。

5.5.3　对齐引线标注

使用"引线"功能面板中的"对齐"工具可以沿指定的线对齐选定的多重引线。在选择多重引线后，可以选择其他要与之对齐的多重引线。使用"对齐"工具对齐引线的具体操作如下。

单击"引线"功能面板中的"对齐"按钮，当系统提示"选择多重引线:"时，选择多重引线对象，如图 5-72 所示，然后按空格键进行确认。当系统提示"选择要对齐到的多重引线或 [选项(O)]:"时，选择要对齐到的多重引线，如图 5-73 所示，然后按空格键进行确认。

当系统提示"指定方向:"时，在绘图区单击鼠标左键指定对齐的方向，如图 5-74 所示，即可将后面选择的多重引线与第一次选择的多重引线对齐，如图 5-75 所示。

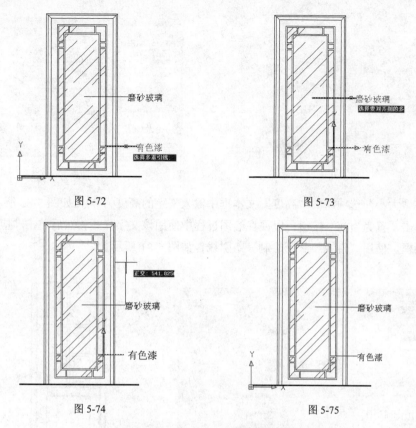

图 5-72　　　　　　　　　　　图 5-73

图 5-74　　　　　　　　　　　图 5-75

【课堂案例】为立面图创建文字说明

原始文件：第 5 章/课堂案例/原始文件/课堂案例 5-1

最终效果：第 5 章/课堂案例/最终效果/课堂案例 5-1

（1）根据原始文件路径打开门立面图形，效果如图 5-76 所示。

（2）在命令提示行中输入 DDSTYLE 并按回车键，打开"文字样式"对话框，如图 5-77 所示。

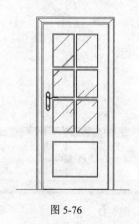

图 5-76

图 5-77

（3）在"文字样式"对话框中单击"新建"按钮，打开"新建文字样式"对话框，输入新建文字样式的名称，如图 5-78 所示，然后进行确认。

（4）在"字体名"下拉列表框中选择需要的字体（如新宋体），如图 5-79 所示。

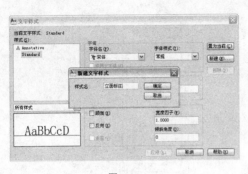
图 5-78

图 5-79

（5）在"大小"选项组的"高度"文本框中输入文字的高度为 80，如图 5-80 所示。

（6）单击"置为当前"按钮，以便在绘图过程中使用该文字样式，然后单击"应用"按钮，再关闭对话框。使用"直线"命令绘制一条引线，如图 5-81 所示。

图 5-80

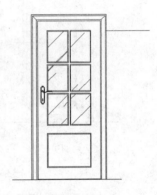
图 5-81

（7）在命令提示行中输入 MT 并按回车键，然后在绘图区指定一个创建文字的区域，如图 5-82 所示。

（8）在文字编辑器的"样式"功能面板中选择创建好的"立面标注"文字样式，如图 5-83 所示。

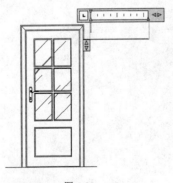
图 5-82

图 5-83

（9）在文字区域输入文字内容，如图 5-84 所示。单击文字编辑器的"关闭"按钮，完成文字的创建，如图 5-85 所示。

（10）使用同样的操作创建其他文字，效果如图 5-86 所示。

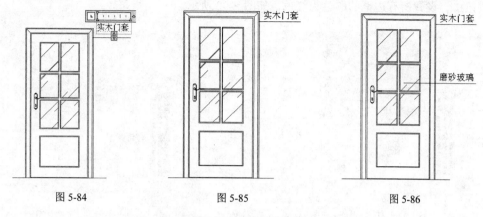

图 5-84   图 5-85   图 5-86

【课堂案例】创建灯具规格表格

🔘 最终效果：第 5 章/课堂案例/最终效果/课堂案例 5-2

（1）在"注释"功能选项卡中找到"表格"面板，然后单击其中的"表格样式"按钮 ，如图 5-87 所示，打开"表格样式"对话框，如图 5-88 所示。

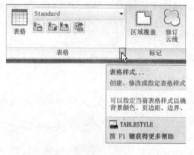

图 5-87

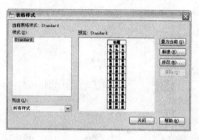

图 5-88

（2）单击 新建 按钮，打开"创建新的表格样式"对话框，在"新样式名"文本框中输入新的表格样式名称"灯具规格"，如图 5-89 所示。

（3）单击 继续 按钮，打开"新建表格样式：灯具规格"对话框，在"单元样式"下拉列表框中选择"标题"单元，如图 5-90 所示。

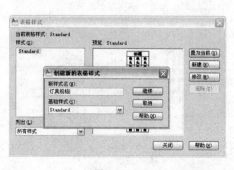

图 5-89

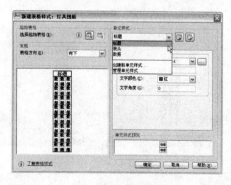

图 5-90

（4）选择"文字"选项卡，设置文字的颜色为红色，设置文字的高度为 50，如图 5-91 所示。

（5）在"单元样式"选项组中选择"边框"选项卡，选择颜色为红色，然后单击"所有边框"按钮 田，设置所有边框的颜色为红色，如图 5-92 所示。

图 5-91   图 5-92

（6）选中"双线"复选项，单击"外边框"按钮 口，将外边框的线条设置为双线条，如
图 5-93 所示。

（7）在"单元样式"下拉列表框中选择"数据"单元，如图 5-94 所示，然后选择"文字"
选项卡，设置文字的颜色为黑色，设置文字的高度为 40，如图 5-95 所示。

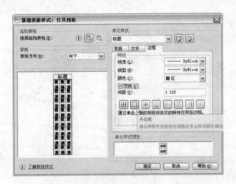

图 5-93   图 5-94

（8）在"单元样式"选项组中选择"边框"选项卡，选择颜色为红色，然后单击"所有边
框"按钮 田，设置所有边框的颜色为红色，如图 5-96 所示。

图 5-95   图 5-96

（9）单击 确定 按钮，返回"表格样式"对话框，"样式"列表框中将列出创建的新样式，
如图 5-97 所示，然后单击 关闭 按钮。

（10）在"注释"功能选项卡的"表格"功能面板中单击"表格"按钮，打开"插入表格"

对话框, 然后选择 "灯具规格" 表格样式, 如图 5-98 所示。

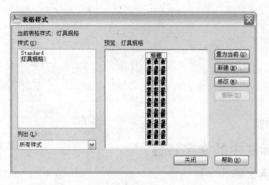

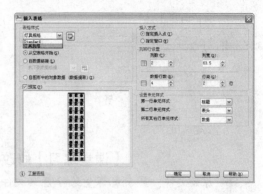

图 5-97

图 5-98

（11）设置表格的列数为 2、数据行数为 5，其他参数设置如图 5-99 所示。

（12）单击 <u>确定</u> 按钮，当系统提示 "指定插入点:" 时，在绘图区单击鼠标左键指定插入表格的位置，如图 5-100 所示。

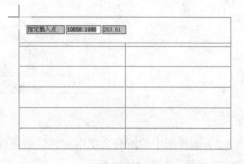

图 5-99

图 5-100

（13）输入标题内容文字 "灯具规格"，然后在表格以外的地方单击鼠标左键，如图 5-101 所示。

（14）打开 "灯具规格表.dwg" 图形文件，单击第一个数据单元格，如图 5-102 所示。在单元格中输入文字内容 "射灯"，如图 5-103 所示。

图 5-101

图 5-102

（15）输入文字后，在表格以外的地方单击鼠标左键，即可完成文字的输入操作，如图 5-104 所示。

（16）使用同样的方法，输入其他的灯具名称和相应的规格参数，完成文字的输入，如

图 5-105 所示。

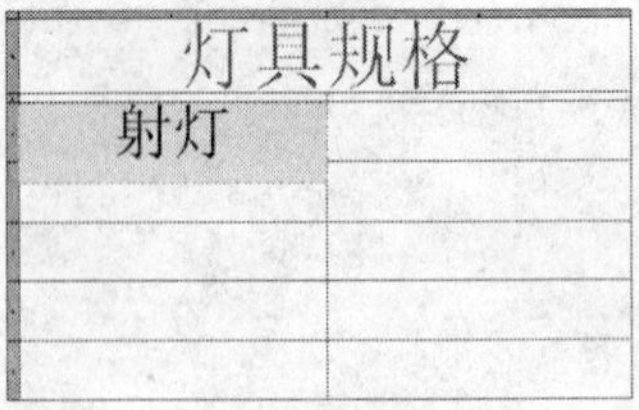

灯具规格	
射灯	

图 5-103

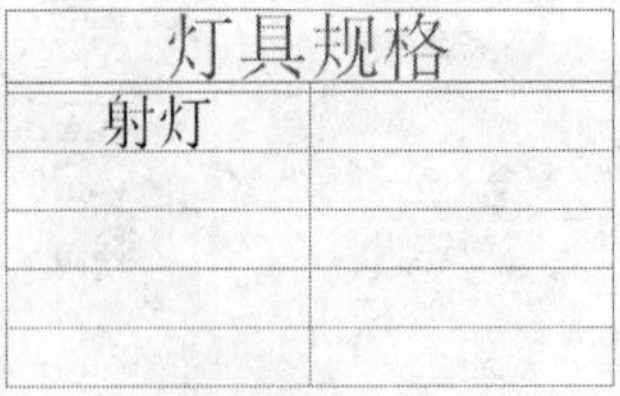

灯具规格	
射灯	

图 5-104

灯具规格	
射灯	30-35
筒灯	45-50
吸顶灯	90-100
吊灯	规格不等
浴霸灯	260-280

图 5-105

【课堂练习】修改标注中的文字特性

原始文件：第 5 章/课堂练习/原始文件/课堂练习 5-1
最终效果：第 5 章/课堂练习/最终效果/课堂练习 5-1

（1）根据原始文件路径打开电视墙立面图形，效果如图 5-106 所示。

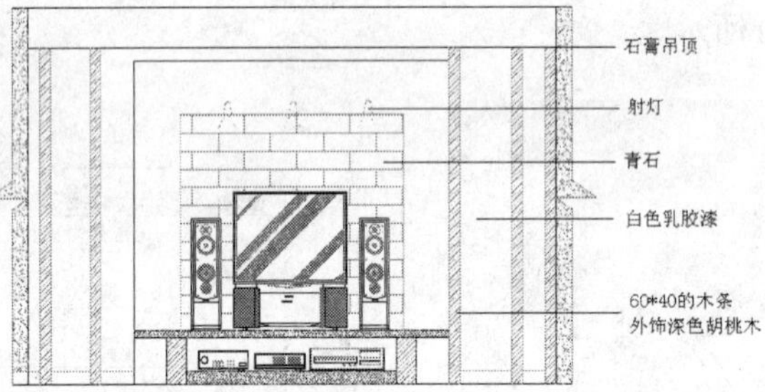

图 5-106

（2）选择图中的所有文字内容，然后在命令提示行中输入 PROPERTIES 并按回车键，打开"特性"面板，如图 5-107 所示。

（3）在"特性"面板中修改文字的颜色为白色、文字高度为 120，如图 5-108 所示。

图 5-107

图 5-108

（4）设置好文字的效果后，单击"关闭"按钮✕，关闭"特性"面板，修改后的文字效果如图 5-109 所示。

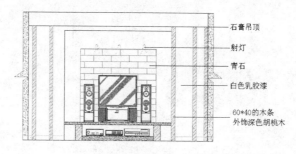

图 5-109

【课堂练习】替换平面图中的文字内容

原始文件：第 5 章/课堂练习/原始文件/课堂练习 5-2
最终效果：第 5 章/课堂练习/最终效果/课堂练习 5-2

（1）根据原始文件路径打开平面结构图形，效果如图 5-110 所示。

（2）在命令提示行中输入 FIND 并按回车键，打开"查找与替换"对话框，在"查找内容"下拉列表框中输入"地砖"，然后在"替换"下拉列表框中输入"木地板"，在"查找位置"下拉列表框中选择"选定的对象"选项，如图 5-111 所示。

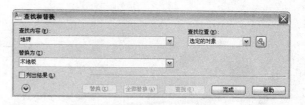

图 5-110   图 5-111

（3）单击"选择对象"按钮，进入绘图区选择要替换的对象，如图 5-112 所示。

（4）按空格键进行确认，返回"查找和替换"对话框，然后单击 全部替换(A) 按钮，将弹出"查找和替换"提示对话框，显示替换结果，如图 5-113 所示。

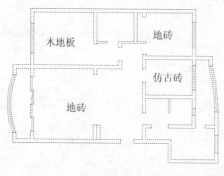

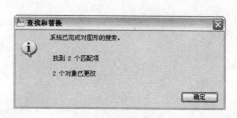

图 5-112   图 5-113

（5）单击 确定 按钮，即可将所选对象中的"地砖"替换为"木地板"，如图 5-114 所示。

图 5-114

【课后习题】标注室内房间功能

原始文件：第 5 章/课后习题/原始文件/课后习题 5-1

最终效果：第 5 章/课后习题/最终效果/课后习题 5-1

根据原始文件路径打开室内平面图形，然后根据前面所学的知识点对室内各房间的功能进行标注，效果如图 5-115 所示。

图 5-115

【课后习题】标注衣柜部件

原始文件：第 5 章/课后习题/原始文件/课后习题 5-2

最终效果：第 5 章/课后习题/最终效果/课后习题 5-2

根据原始文件路径打开衣柜内立面图形，然后根据前面所学的知识点对图形中的部件进行标注，效果如图 5-116 所示。

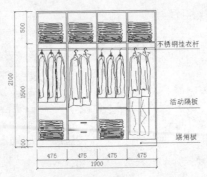

图 5-116

第6章
图块的制作与插入技法

教学目标：

在 AutoCAD 中可以将图形保存为块形式，这样在下次工作中可以直接插入这些块对象，从而提高绘图效率。本章将详细介绍图块的相关知识，包括创建、保存、插入和分解图块，以及创建和编辑带属性的图块。

学习要点：

➢ 定义块

➢ 插入块

➢ 块属性定义及编辑

➢ 应用 AutoCAD 设计中心

6.1　定义块

块是多个具有不同颜色、线型和线宽特性的对象的组合。利用 BLOCK 命令可将这些单独的对象组合在一起，存储在当前图形文件内部，可以对其进行移动、复制、缩放或旋转等操作。任意对象和对象集合都可以创建成块。AutoCAD 提供了定义内部块和定义外部块两种方式。

尽管块总是在当前图层上，但块参照保存包含在该块中对象的有关原图层、颜色和线型特性信息。用户可以根据需要控制块中的对象是保留其原特性，还是继承当前的图层、颜色、线型或线宽设置。

6.1.1　定义内部块

在创建块对象之前，首先应存在创建块的对象。在绘制出需要创建成块的图形后，可以通过以下 3 种方法定义内部图块。

（1）执行"绘图>块>创建"命令。

（2）在命令提示行中输入 BLOCK（简化命令为 B）并按回车键。

（3）单击"块"功能面板中的"创建"按钮，如图 6-1 所示。

执行 BLOCK 命令后，将打开"块定义"对话框，如图 6-2 所示。在该对话框中可进行定义内部块操作。

在"名称"下拉列表框中可以输入将要定义的图块名。单击其右侧的下拉按钮，将显示图形中已定义的图块名。

"基点"选项组用于指定图块的插入基点。

➢ 拾取点：在绘图区拾取一点作为图块插入基点。

图 6-1

图 6-2

> X、Y、Z：通过输入坐标值的方式确定图块的插入基点。在 X、Y、Z 文本框输入坐标值可实现精确定位图块的插入基点。

"对象"选项组用于指定新块中要包含的对象，以及选择创建块以后是保留、删除选定的对象还是将该对象转换成块引用。

> 选择对象：选取组成块的实体。

> 保留：创建块后，将选定的对象保留在图形中。选择此方式可以对各实体进行单独编辑、修改，而不会影响其他实体。

> 转换为块：创建块后，将选定的对象转换成图形中的块引用。

> 删除：生成块后将删除源实体。

> 快速选择：单击该按钮，将打开"快速选择"对话框，该对话框用于定义选择集，如图 6-3 所示。

> 注释性：指定块为注释性，单击信息图标可以了解有关注释性对象的更多信息。

图 6-3

> 超链接：用于打开"插入超链接"对话框，可以使用该对话框将某个超链接与块定义相关联。

"设置"选项组用于设置块的单位和分解控制，以及对块进行相关的说明。

> 块单位：从 AutoCAD 设计中心拖曳块时，指定用于缩放块的单位。

> 按统一比例缩放：选中该复选项，在对块进行缩放时将按统一的比例进行缩放。

> 允许分解：选中该复选项，可以对创建的块进行分解；如果取消选择该复选项，将不能对创建的块进行分解。

> 说明：该文本框用于输入对图块进行相关说明的文字，这些说明文字与预览图标一样是随着块定义并保存的，用于区分不同图块的特性、功能等。

例如，将图 6-4 所示的床图形创建为块对象的操作如下。

（1）在命令提示行中输入 BLOCK 并按回车键，然后按空格键进行确认，打开"块定义"对话框，在"名称"文本框中输入"床"，如图 6-5 所示。

（2）单击"选择对象"按钮，进入绘图区选取要组成块的实体，如图 6-6 所示。

（3）选择对象后，按空格键返回"块定义"对话框，可以预览块的效果，然后单击　确定　按钮，完成定义块的操作，如图 6-7 所示。

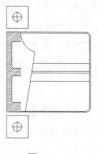

图 6-4

图 6-5

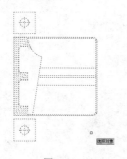

图 6-6

图 6-7

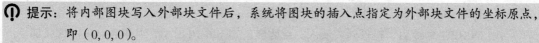

提示：通常情况下，都是选择块的中心点或左下角点为块的基点。在插入块过程中，块可以围绕基点旋转；旋转角度为 0 的块将根据创建时使用的 UCS 定向。如果输入的是一个三维基点，则按照指定坐标插入块。如果忽略 z 坐标数值，系统将使用当前坐标。

6.1.2 定义外部块

使用 WBLOCK 命令可以创建图形文件，并将此文件保存为块对象插入到其他图形中。单个图形文件作为块定义源，易于创建块和管理块。AutoCAD 的符号集也可作为单独的图形文件存储并编组到文件夹中。

如果利用 WBLOCK 命令定义的图块是一个独立存在的图形文件，那么该图块将被称为外部块。用 WBLOCK 命令定义的外部块其实就是一个 DWG 图形文件。

输入 WBLOCK 并按回车键，系统将打开"写块"对话框，如图 6-8 所示。该对话框中各选项的含义如下。

"源"选项组用于指定块和对象，并将该图块保存为文件并指定插入点。

图 6-8

> 块：指定要存为文件的现有图块。
> 整个图形：将整个图形写入外部块文件。
> 对象：指定存为文件的对象。

提示：将内部图块写入外部块文件后，系统将图块的插入点指定为外部块文件的坐标原点，即（0,0,0）。

"基点"选项组用于指定图块插入基点，该选项组只在源实体为"对象"时有效。

"对象"选项组用于指定组成外部块的实体，以及生成块后源实体是保留、删除还是转换成内部块，该区域只在源实体为"对象"时有效。

> 保留：将选定的对象保存为文件后，当前图形中仍然保留该对象。

> 转换为块：将选定的对象保存为文件后，从当前图形中将它转换为块。

> 从图形中删除：将选定的对象保存为文件后，将从当前图形中删除该对象。

> 选择对象：选择一个或多个保存至该文件的对象。

> 快速选择：单击该按钮，可以打开"快速选择"对话框，指定过滤选择集。

"目标"选项组用于指定外部块文件的文件名、存储位置以及采用的单位制式。

> 文件名和路径：在该下拉列表框中可以指定保存块或对象的文件名。单击下拉列表框右侧的浏览按钮，在打开的"浏览图形文件"对话框中，可以选择合适的文件路径，如图 6-9 所示。

> 插入单位：指定在文件中插入块时所使用的单位。

图 6-9

将已定义的内部块写入外部块文件时，需要指定块文件名及路径，再指定要写入的块。要将所选的实体写入外部块文件，需要先执行 WBLOCK 命令，然后选取实体，确定图块插入基点，再写入到新建块文件，根据需要设置是否删除或转换块属性。

> 💡 提示：所有 DWG 图形文件都可以视为外部块插入到其他图形文件中，不同的是，使用 WBLOCK 命令定义的外部块文件的插入基点是用户设置好的，而使用 NEW 命令创建的图形文件插入到其他图形中时将以坐标原点（0,0,0）作为插入点。

6.2 插入块

将图块插入到当前图形的过程中，系统将其作为一个整体来操作，其中的实体如线、面、三维实体等均具有相同的图层、线型等。AutoCAD 只需要保存图块的特征参数，而不需要保存图块中每一个实体的特征参数。因此，在绘制相对复杂的图形时，使用插入图块的方法可以节省大量的时间。

用户可以根据需要，按一定比例和角度将图块插入到任何指定位置。插入图块的命令包括插入单个图块、阵列插入图块、等分插入图块和等距插入图块。

6.2.1 插入块

使用 INSERT（插入）命令可以一次插入一个块对象。可以通过如下 3 种方法启动 INSERT 命令。

（1）执行"插入>块"命令。

（2）在命令提示行中输入 INSERT（简化命令为 I）并按回车键。

（3）单击"块"功能面板中的"插入"按钮 。

启动 INSERT 命令后，将打开"插入"对话框，如图 6-10 所示。其中各选项的含义如下。

> 名称：在该下拉列表框中可以输入要插入的块名，或在其下拉列表中选择要插入的块对象的名称。

> 浏览：用于浏览文件。单击该按钮，将打开"选择图形文件"对话框，用户可在该对话框中选择要插入的外部块文件名，如图 6-11 所示。

图 6-10

图 6-11

> 路径：用于显示插入外部块的路径。

"插入点"选项组用于选择图块基点在图形中的插入位置。

> 在屏幕上指定：选中该复选项，由鼠标在当前图形中拾取插入点。
> X、Y、Z：这 3 个文本框用于输入坐标值以确定图块的插入点。当启用"在屏幕上指定"功能，这 3 项不可用。

"比例"选项组用于控制插入图块的大小。

> 在屏幕上指定：选中该复选项，输入 x、y、z 轴比例因子，或由鼠标在图形中拾取决定。
> X、Y、Z：用于预先输入图块在 x 轴、y 轴、z 轴方向上缩放的比例因子。当启用"在屏幕上指定"功能后，这 3 项不可用。
> 统一比例：该项用于统一 3 个轴向上的缩放比例。当选中"统一比例"复选框后，Y、Z 文本框呈灰色，在 X 文本框中输入比例因子后，Y、Z 文本框中显示相同的值。

提示：将比例因子设为负值时，图块插入后，将沿基点旋转180° 后缩放与其绝对值相同的比例。

"旋转"选项组用于控制图块在插入图形中时改变的角度。

> 在屏幕上指定：选中该复选项，可以输入旋转角度，或在图形上单击鼠标左键确定。
> 角度：该文本框用于预先输入旋转角度值，预设值为 0。
> 分解：该复选项确定是否在插入图块时将其分解成原有组成实体。

外部块文件插入到当前图形后，其中包含的所有块定义（外部嵌套块）也同时带入当前图形，并生成同名的内部块，以后在该图形中可以随时调用。当外部块文件中包含的块定义与当前图形中已有的块定义同名时，当前图形中的块定义将自动覆盖外部块包含的块定义。

若插入的是内部块，则可以直接输入块名；若插入的是外部块，则需要指定块文件的路径。如果在插入图块时选中了"分解"复选项，插入的图块会自动分解成单个的实体，其特性如图层、颜色、线型等也将恢复为生成块之前实体具有的特性。

提示：图块分解后，其块定义依然存在，可供图形随时重新调用，而无须重新指定外部块文件的路径。

6.2.2 阵列插入块

使用"阵列块"（MINSERT）命令可以将图块以矩阵复制方式插入到当前图形中，并将插入的矩阵视为一个实体。在建筑设计中常用此命令插入室内柱子、灯具和窗户等对象。

执行 MINSERT 命令后，系统将提示"指定插入点或 [基点(B)/比例(S)/X/Y/Z/旋转(R):"。"比例"选项用于设置 x、y 和 z 轴方向的图块缩放比例因子。选择该选项后，系统提示及其含义如下。

> ➤ 指定 XYZ 轴的比例因子：输入 x、y、z 轴方向的图块缩放比例因子。
> ➤ 指定插入点：指定以阵列方式插入图块的插入点。
> ➤ 指定旋转角度：指定插入图块的旋转角度，控制每个图块的插入方向，同时也控制所有矩形阵列的旋转方向。
> ➤ 输入行数(...)<1>：指定矩阵行数。
> ➤ 输入列数(Ⅲ)<1>：指定矩阵列数。

提示：在阵列插入图块的过程中，也可指定一个矩形区域来确定矩阵行距和列距，矩形 x 方向为矩阵行距长度，y 方向为矩阵列距长度。

如果输入的行数大于一行，系统将提示"输入行间距或指定单位单元(...)：",在该提示下可以输入矩阵行距；输入的列数大于一列，系统将提示"指定列间距（Ⅲ)：",在该提示下可以输入矩阵列距。

"X/Y/Z"选项用于设置 x、y 或 z 轴方向的图块缩放比例因子，选择其中一项后系统提示及含义如下。

> ➤ 指定 X（Y/Z）比例因子：输入 x、y 或 z 轴方向的图块缩放比例因子。
> ➤ 旋转：指定阵列图块的旋转角度。

提示：用 MINSERT 命令插入的块阵列是一个整体，不能被分解。但可以用 CH 命令修改整个矩阵的插入点、(x、y、z) 轴向上的比例因子、旋转角度、阵列的行数、列数以及行间距和列间距。

例如，使用 MINSERT 命令阵列插入图块的操作步骤如下。

（1）绘制一个图 6-12 所示的图形，然后将其创建为块对象，并命名为"筒灯"。

（2）在命令提示行中输入 MINSER 并按回车键，命令提示行中提示"MINSERT 输入块名或 [?]"时，输入块对象的名称，如图 6-13 所示。

```
命令: minsert↙              //启动 MINSERT 命令
输入块名: 筒灯↙             //指定插入块的名称并确认
```

（3）根据命令提示行中的提示，设置各坐标轴的比例值为 1，当命令提示行中提示"指定插入点："时，指定块的插入位置，如图 6-14 所示。

| 图 6-12 | 图 6-13 | 图 6-14 |

```
指定插入点或[基点(B)/比例(S)/X/Y/Z/旋转(R)]:
指定比例因子: 1↙           //输入比例值 1 并确认
指定插入点:                //拾取点作为图块的插入点
```

（4）根据命令提示行中的提示，设置阵列块的行数和列数，如图 6-15、图 6-16 所示。

| 图 6-15 | 图 6-16 |

```
输入行数（...）:3↙          //设置阵列的行数
输入列数（Ⅲ）<1>:3↙        //设置阵列的列数
```

（5）根据命令提示行中的提示设置阵列的行间距，如图 6-17 所示，然后设置相同的列间距，按空格键结束阵列操作，阵列块操作的效果如图 6-18 所示。

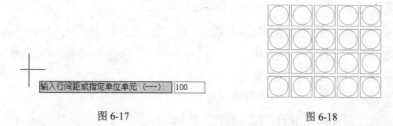

输入行间距或指定单位单元（---）：100

图 6-17 　　　　　　　　　　　　　　　　图 6-18

输入行间距或指定单位单元(...)：100✓　　　　　　//指定阵列的行间距
指定列间距(Ⅲ)：100✓　　　　　　　　　　　　//指定阵列的列间距

6.2.3 等分插入块

执行"等分"（DIVIDE）命令可以通过沿对象的长度或周长放置点对象或块，在选定对象上标记相等长度的指定数目。可以定数等分的对象包括圆、圆弧、椭圆、椭圆弧、多段线和样条曲线。

执行 DIVIDE 命令有如下两种方法。

（1）执行"绘图>点>定数等分"命令。

（2）在命令提示行中输入 DIVIDE（简化命令为 DIV）并按回车键。

执行 DIVIDE 命令后，系统将提示"选择要定数等分的对象:"，当选择要等分的实体后，系统将提示"输入线段数目或 [块(B)]:"，用户可以输入等分线段，或输入 B 指定将图块插入到等分点，然后系统提示"是否对齐块和对象？[是(Y)/否(N)]<Y>:"，该项用于确定是否将插入图块旋转到与被等分实体平行。

提示：在"是否对齐块和对象"[是(Y)/否(N)]<Y>:"提示后输入 Y，插入图块以插入点为轴旋转至与被等分实体平行，若在提示后输入 N，则以原始角度插入块。

6.2.4 等距插入块

执行 MEASURE 命令可在图形上等距插入点或图块。可以定距等分的对象包括圆、圆弧、椭圆、椭圆弧、多段线和样条曲线。用 DIVIDE 命令等分图形插入的图块各自为一个整体，可对它进行整体编辑，修改被等分的实体不会影响插入的图块。

执行 MEASURE 命令有如下两种方法。

（1）执行"绘图>点>定距等分"命令。

（2）在命令提示行中输入 MEASURE（简化命令为 ME）并按回车键。

执行 MEASURE 命令后，系统将提示"选择要定距等分的对象:"，当选择要等分的实体后，系统将提示"指定线段长度或 [块(B)]:"，用户可以输入线段长度，或输入 B 指定将图块插入到等分点，然后系统提示"是否对齐块和对象？[是(Y)/否(N)]<Y>:"，该项用于确定是否将插入图块旋转到与被等分的实体平行。

6.3 块属性定义及编辑

在 AutoCAD 中，属性是从属于块的文本信息，是块的组成部分。属性必须信赖于块而存在，当用户对块进行编辑时，包含在块中的属性也将被编辑。为了增强图块的通用性，可以为图块增加一些文本信息，这些文本信息被称为属性。

6.3.1　创建带属性的块

在创建块属性之前，需要创建描述属性特征的定义，包括标记、插入块时的提示信息、文字格式等。创建块属性有以下 3 种方法。

（1）执行"绘图>块>属性定义"命令。

（2）在命令提示行中输入 TTDEF 并按回车键。

（3）单击"块"功能面板中的"定义属性"按钮  。

执行以上操作后，将打开"属性定义"对话框，如图 6-19 所示。在该对话框中可定义块属性，其中包括模式、属性、插入点和文字设置 4 个选项组，各选项的含义如下。

图 6-19

➢ 不可见：选中该复选项，属性将不在屏幕上显示。

➢ 固定：选中该复选项，则属性值被设置为常量。

➢ 验证：选中该复选项，在插入属性块时，系统将提醒用户核对输入的属性值是否正确。

➢ 预设：选中该复选项，预设属性值，将用户指定的属性作为预设值，在以后的属性块插入过程中，不再提示用户输入属性值。

➢ 标记：可以输入所定义属性的标志。

➢ 提示：在该文本框中输入插入属性块时要提示的内容。

➢ 默认：可以输入块属性的默认值。

➢ 对正：在该下拉列表框中设置文本的对齐方式。

➢ 文字样式：在该下拉列表框中选择块文本的字体。

➢ 文字高度：单击该按钮在绘图区中指定文本的高度，也可以在文本框中输入高度值。

➢ 旋转：单击该按钮在绘图区中指定文本的旋转角度，也可在文本框中输入旋转角度值。

➢ "插入点"选项组用于确定属性在块中的位置。

> **提示**：只有用 BLOCK 或 WBLOCK 命令将属性定义成块后，才能将其以指定的属性值插入到图形中。

定义属性是在没有生成块之前进行的，其属性标记只是文本，可用编辑文本的所有命令对其进行修改、编辑。当一个图形符号具有多个属性时，可重复执行属性定义命令，当命令提示行中提示"指定起点:"时，直接按空格键，即可将增加的属性标记写在已存在的标记下方。

6.3.2　显示块属性

使用 ATTDISP 命令可以控制属性的显示状态。启动"属性显示"命令有如下两种方法。

（1）执行"视图>显示>属性显示"命令。

（2）在命令提示行中输入 ATTDISP 并按回车键。

执行 ATTDISP 命令后，系统将提示"输入属性的可见性设置[普通(N)/开(ON)/关(OFF)]<普通>:"，其中"普通"选项用于恢复属性定义时设置的可见性；ON/OFF 用于使属性暂时可见或不可见。

> **提示**：使用 ATTDISP 命令改变属性的可见性后，图形将重新生成，而且不能使用"恢复"（UNDO）命令回到前一步操作的显示状态，只能用"属性显示"（ATTDISP）命令恢复显示。

6.3.3 编辑块属性

创建好带属性的块后,可以使用块属性编辑功能对图块属性进行再编辑。在 AutoCAD 中,每个图块都有自己的属性,如颜色、线型、线宽和图层特性。使用 DDATTE 或 EATTEDIT 命令可以编辑块中的属性定义,可以通过增强属性编辑器修改属性值。在命令提示行中输入 DDATTE 并按回车键,然后选择带属性的块对象,将打开"编辑属性"对话框,如图 6-20 所示。

执行"修改>对象>属性>单个"命令或者输入并执行 EATTEDIT 命令,系统将提示"选择块"。此时单击需要编辑属性值的图块,打开"增强属性编辑器"对话框,在"属性"列表框中选择要修改的属性项,在"值"文本框中可以输入新的属性值,如图 6-21 所示。

图 6-20

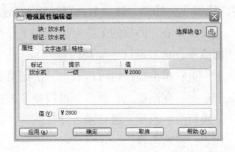

图 6-21

选择"文字选项"选项卡,在"文字样式"下拉列表框中可重新选择文本样式,如图 6-22 所示。"文字选项"选项卡中各选项的功能如下。

➢ "对正"下拉列表框用于设置文本的对齐方式。
➢ "高度"文本框用于设置文本的高度。
➢ "旋转"文本框用于设置文本的旋转角度。
➢ "宽度因子"文本框用于设置文本的比例因子。
➢ "倾斜角度"文本框用于设置文本的倾斜角度。

选择"特性"选项卡,可以进行特性设置,完成后单击"应用"按钮,再单击"确定"按钮关闭对话框,即可完成属性的编辑,如图 6-23 所示。

图 6-22

图 6-23

6.4 使用设计中心添加图形

通过设计中心可以轻易地浏览计算机或网络上任何图形文件中的内容,其中包括图块、标注样式、图层、布局、线型、文字样式、外部参照等。另外,可以使用设计中心从任意图形中选择图块，或从 AutoCAD 图元文件中选择填充图案，然后将其置于功能区以便以后使用。

6.4.1 AutoCAD 设计中心简介

选择"工具→选项板→设计中心"命令，即可打开"设计中心"面板，如图 6-24 所示。设计中心的主要作用包括以下 3 个方面。

- ➤ 浏览图形内容，包括经常使用的文件图形到网络上的符号等。
- ➤ 在本地硬盘和网络驱动器上搜索和加载图形文件，可将图形从设计中心拖曳到绘图区并打开。
- ➤ 查看文件中图形和图块定义，并可以将其直接插入或复制并粘贴到目前的文件中。

"设计中心"面板的树状视图中显示出图形源的层次结构，右侧的控制区用于查看图形文件的内容。选择"文件夹"选项卡，选择指定文件的块选项，右边控制区中便显示该文件中的图块文件。"设计中心"面板的上方有一系列工具按钮，其中各按钮的作用如下。

- ➤ 加载 📂：向控制区中加载内容。
- ➤ 上一页：单击该按钮可进入上一次浏览的页面。
- ➤ 下一页：在浏览上一页后，可以单击该按钮返回后来浏览的页面。
- ➤ 上级目录：返回上级目录。
- ➤ 搜索：搜索内容。
- ➤ 收藏夹：列出 AutoCAD 的收藏夹。
- ➤ 主页：列出本地和网络驱动器。
- ➤ 树状图切换：扩展或折叠子层次。
- ➤ 预览：预览图形。
- ➤ 说明：文本说明。
- ➤ 显示：控制文件图标显示形式，单击其右侧的下拉按钮可弹出 4 种方式：大图标、小图标、列表、详细内容。

在树状视图中选择图形文件后，可以通过双击该图形文件在控制区加载内容，另外，也可以通过"加载"按钮向控制区加载内容。单击"加载"按钮 📂，将打开"加载"对话框，从中选择要加载的项目内容，"预览"区域中会显示选定的内容。确定加载的内容后，单击 打开(O) 按钮，即可加载该文件的内容，如图 6-25 所示。

图 6-24

图 6-25

6.4.2 使用设计中心添加图例素材

使用 AutoCAD 2010 设计中心的搜索功能，可以搜索文件、图形、块和图层定义等。在 AutoCAD "设计中心"面板的工具栏中单击"搜索"按钮 🔍，打开"搜索"对话框，如图 6-26 所示。

在"搜索"对话框的"搜索"下拉列表框中可以选择要查找的内容类型，其中包括标注样式、布局、块、填充图案、图层、图形等类型。选择搜索内容后，在"于"下拉列表框中输入路径，或者单击 浏览(B)... 按钮指定搜索位置，如图 6-27 所示。

单击 立即搜索(N) 按钮开始搜索，其结果显示在对话框下部的列表框中。如果在完成全部搜索前就已经找到所要的内容，可单击 停止(P) 按钮停止搜索；单击 新搜索(W) 按钮可清除当前的搜索内容，重新进行搜索。在搜索到所需的内容后，双击就可以直接将其加载到控制区。

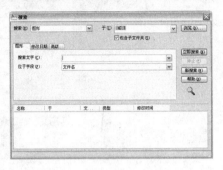 

图 6-26 图 6-27

在 AutoCAD 2010 设计中心中，将控制区或"搜索"对话框中搜索的对象直接拖曳到打开的图形中，即可将该内容加载到图形中，如图 6-28 所示。另外，也可先将内容复制到剪贴板，然后将其粘贴到图形中。

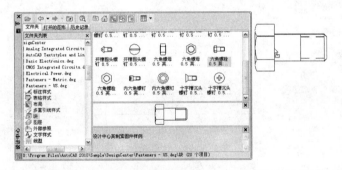

图 6-28

【课堂案例】创建灯具外部块

原始文件：第 6 章/课堂案例/原始文件/课堂案例 6-1
最终效果：第 6 章/课堂案例/最终效果/课堂案例 6-1

（1）根据原始文件路径打开灯具图形，效果如图 6-29 所示。
（2）输入 WBLOCK 并按回车键，打开"写块"对话框，如图 6-30 所示。

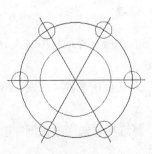 

图 6-29 图 6-30

（3）单击"选择对象"按钮 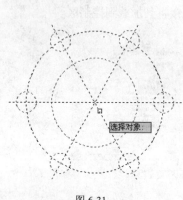 进入绘图区，选取要组成外部块的实体，如图 6-31 所示。

（4）选择对象后，按空格键返回"写块"对话框，然后单击"文件名和路径"下拉列表框右侧的浏览按钮 ，打开"浏览图形文件"对话框，设置好块的保存路径和块名称，如图 6-32 所示。

图 6-31

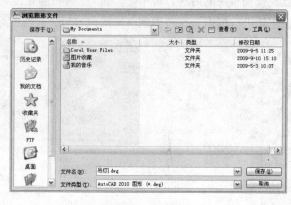

图 6-32

（5）单击 保存(S) 按钮，返回"写块"对话框，然后单击"拾取点"按钮 ，进入绘图区指定基点的位置，如图 6-33 所示。返回"写块"对话框，单击 确定 按钮，即可完成定义外部块的操作。

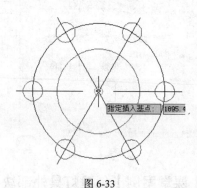

图 6-33

💡 **提示**：在创建外部块的过程中，指定插入的基点后，在以后插入该图块时，将以指定的点作为插入图块的基点。

【课堂案例】插入沙发图块

⚫ 原始文件：第 6 章/课堂案例/原始文件/课堂案例 6-2

最终效果：第 6 章/课堂案例/最终效果/课堂案例 6-2

（1）根据原始文件路径打开平面图，如图 6-34 所示。在命令提示行中输入 INSERT 命令并按回车键，打开"插入"对话框，如图 6-35 所示。

（2）单击 浏览(B) 按钮，在打开的"选择图形文件"对话框中选择"沙发"图块，如图 6-36 所示，然后单击 打开(O) 按钮，返回"插入"对话框。

（3）在"插入点"选项组中勾选"在屏幕上指定"复选项，选择"比例"选项组中的"统一比例"复选项，然后在 X 文本框中输入 1，如图 6-37 所示。

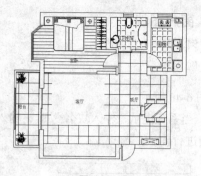

图 6-34

图 6-35

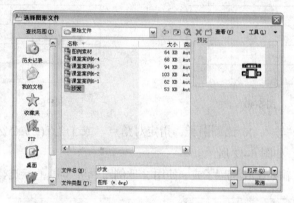

图 6-36

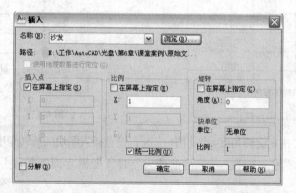

图 6-37

（4）单击 **确定** 按钮，在绘图区图形的客厅处指定插入图块的基点，如图 6-38 所示，即可完成"沙发"图块的插入操作，如图 6-39 所示。

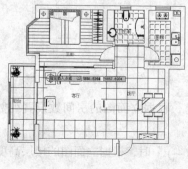

图 6-38

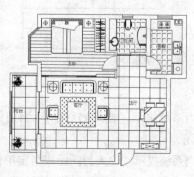

图 6-39

【课堂案例】阵列插入窗户图块

原始文件：第 6 章/课堂案例/原始文件/课堂案例 6-3

最终效果：第 6 章/课堂案例/最终效果/课堂案例 6-3

（1）根据原始文件路径打开建筑立面图，效果如图 6-40 所示。

（2）在命令提示行中输入 MINSERT 并按回车键。当系统提示"输入块名："时，输入要插入的图块名称"窗户"，如图 6-41 所示，然后按回车键进行确认。

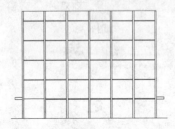
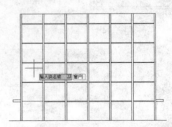

图 6-40   图 6-41

（3）当系统提示"输入 X 比例因子，指定对角点，或 [角点(C)/XYZ(XYZ)] <当前>："时，设置 X 比例因子为 1，如图 6-42 所示。

（4）当系统提示"输入 Y 比例因子或 <使用 X 比例因子>："时，直接进行确认，如图 6-43 所示。

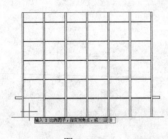
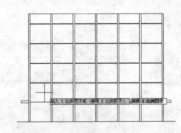

图 6-42   图 6-43

（5）当系统提示"指定旋转角度<当前值>："时，设置插入图块的旋转角度为 0，如图 6-44 所示。

（6）当系统提示"输入行数(---) <当前值>："时，根据立面图的楼层数设置行数为 5，如图 6-45 所示。

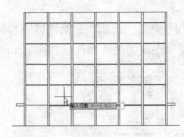

图 6-44   图 6-45

（7）当系统提示"输入列数(||||) <当前值>."时，根据立面图的房间数设置列数为 6，如图 6-46 所示。

（8）当系统提示"输入行间距或指定单位单元 (---)："时，根据立面图的楼层高度设置行间距为 3060，如图 6-47 所示。

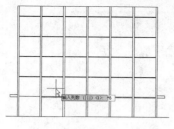

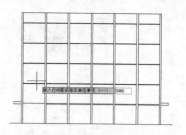

图 6-46   图 6-47

（9）当系统提示"指定列间距 (|||):"时，根据立面图的房间宽度设置列间距为 3600，如图 6-48 所示。按空格键进行确认，完成阵列插入窗户的操作，如图 6-49 所示。

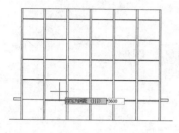
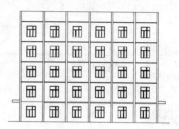

图 6-48   图 6-49

【课堂案例】插入灯具图例

原始文件：第 6 章/课堂案例/原始文件/课堂案例 6-4、图例素材

最终效果：第 6 章/课堂案例/最终效果/课堂案例 6-4

（1）根据原始文件路径打开图例图形文件，如图 6-50 所示。

（2）执行"工具>选项板>设计中心"命令，打开"设计中心"面板，如图 6-51 所示。

图 6-50   图 6-51

（3）在"设计中心"面板左侧的树状视图中选择"图例素材.dwg"图形文件，然后单击"图例素材.dwg"图形文件左侧的"+"号，展开该文件属性，如图 6-52 所示。

（4）选择"设计中心"面板树状视图中的"块"选项，将列出"图例素材.dwg"图形文件中的所有图块，如图 6-53 所示。

（5）从图块列表中选择要插入的图块"1"，将图块"1"拖曳到绘图区对应的位置上，如图 6-54 所示。

（6）使用同样的方法，依次插入其他图块，最终效果如图 6-55 所示。

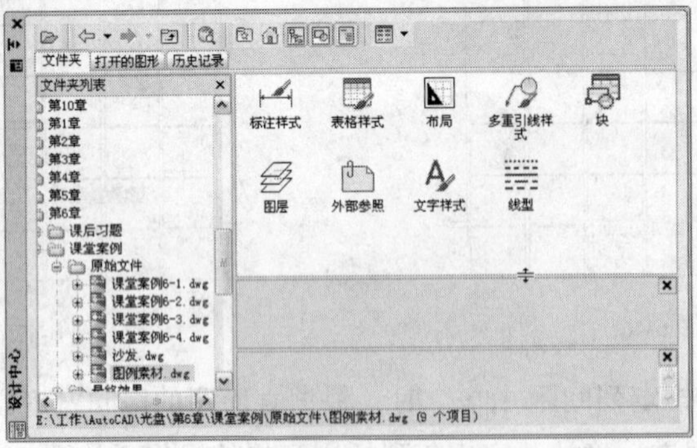

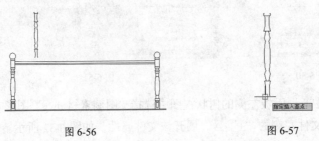

图 6-52

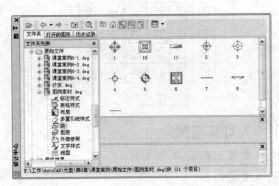

图 6-53

图 6-54

图 6-55

【课堂练习】插入"栏杆"图块

原始文件：第 6 章/课堂练习/原始文件/课堂练习 6-1
最终效果：第 6 章/课堂练习/最终效果/课堂练习 6-1

（1）根据原始文件路径打开"装饰栏杆.dwg"图形文件，如图 6-56 所示。

（2）将上方的单个栏杆定义为内部块，命名为"栏杆"，并指定该栏杆的左下方端点为基点，如图 6-57 所示。

图 6-56

图 6-57

（3）执行 DIVIDE 命令，当系统提示"选择要定距等分的对象:"时，选择下方的水平线段，如图 6-58 所示。

（4）当系统提示"指定线段长度或 [块(B)]:"时，输入 B 并确认，如图 6-59 所示。

（5）当系统提示"输入要插入的块名:"时，输入"栏杆"，并按回车键确认，如图 6-60 所示。

（6）当系统提示"是否对齐块和对象? [是(Y)/否(N)] <Y>:"时，直接按回车键，如图 6-61 所示。

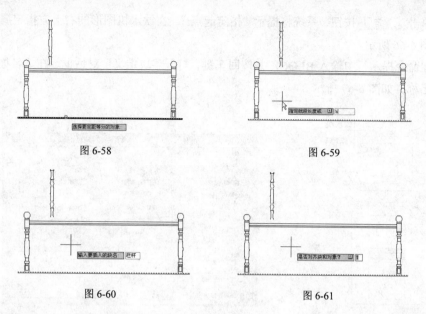

图 6-58　　　　　　　　　　　　　图 6-59

图 6-60　　　　　　　　　　　　　图 6-61

（7）当系统提示"指定线段长度:"时，输入 360 并确认，如图 6-62 所示，等距插入"栏杆"图块的效果如图 6-63 所示。

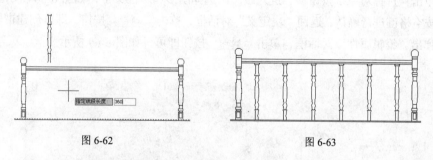

图 6-62　　　　　　　　　　　　　图 6-63

【课堂练习】将饮水机创建为带属性的块

原始文件：第 6 章/课堂练习/原始文件/课堂练习 6-2

最终效果：第 6 章/课堂练习/最终效果/课堂练习 6-2

（1）根据原始文件路径打开"饮水机.dwg"图形文件，如图 6-64 所示。

（2）在命令提示行中输入 ATTDEF 并按回车键，打开"属性定义"对话框，在"属性"选项组中输入相应的属性内容，如图 6-65 所示。

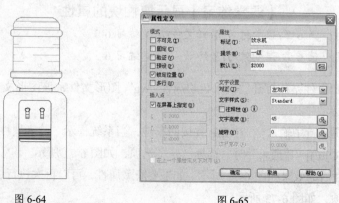

图 6-64　　　　　　　　　　　　　图 6-65

（3）单击 确定 按钮，系统将提示"指定起点:"，在饮水机图形的右上方指定属性标记的位置，如图 6-66 所示。

（4）在命令提示行中输入 BLOCK 并按回车键，打开"块定义"对话框，在"名称"文本框中输入块名称，如图 6-67 所示。

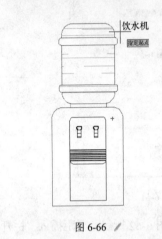

图 6-66

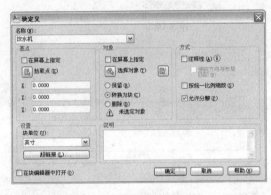

图 6-67

（5）单击"选择对象"按钮 ，进入绘图区选择图形和属性文字，如图 6-68 所示。

（6）按空格键进行确认，返回"块定义"对话框，单击 确定 按钮，即可创建带属性的块对象，并弹出"编辑属性"对话框，单击 确定 按钮即可，如图 6-69 所示。

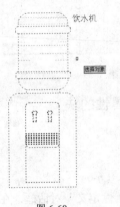

图 6-68

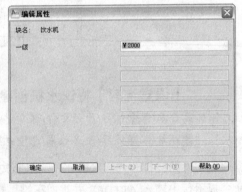

图 6-69

【课堂练习】显示属性块的属性

📀 原始文件：第 6 章/课堂练习/原始文件/课堂练习 6-3

最终效果：第 6 章/课堂练习/最终效果/课堂练习 6-3

（1）根据原始文件路径打开"饮水机块属性.dwg"图形文件，该图形文件隐藏了块属性内容，如图 6-70 所示。

（2）在命令提示行中输入 ATTDISP 并按回车键，当系统提示"输入属性的可见性设置 [普通(N)/开(ON)/关(OFF)] <普通>:"时，选择"开"选项，如图 6-71 所示。

（3）显示属性后的效果如图 6-72 所示。如果要隐藏属性，可以再次执行 ATTDISP 命令，然后选择"关"选项，如图 6-73 所示。

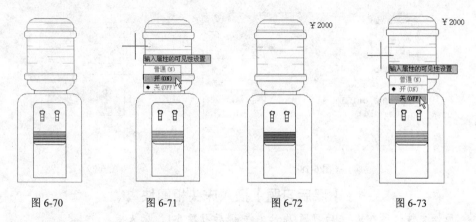

图 6-70 图 6-71 图 6-72 图 6-73

【课堂练习】编辑属性块的属性

⊙ 原始文件：第 6 章/课堂练习/原始文件/课堂练习 6-4

最终效果：第 6 章/课堂练习/最终效果/课堂练习 6-4

（1）根据原始文件路径打开"饮水机块属性.dwg"图形文件，该图形文件显示了块属性内容，如图 6-74 所示。

（2）输入 EATTEDIT 并按回车键，当系统提示"选择块:"时，选择需要编辑属性值的图块，如图 6-75 所示。打开"增强属性编辑器"对话框，在"值"文本框中修改属性值，如图 6-76 所示。

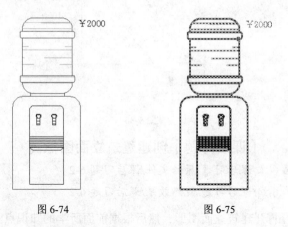

图 6-74 图 6-75

（3）选择"文字选项"选项卡，然后更改文字的高度值，如图 6-77 所示。

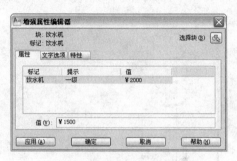

图 6-76 图 6-77

（4）选择"特性"选项卡，更改属性的颜色，如图 6-78 所示。单击 确定 按钮，即可完成饮水机块属性的编辑，如图 6-79 所示。

图 6-78　　　　　　　　　　　　　图 6-79

【课后习题】插入床头柜图块

原始文件：第 6 章/课后习题/原始文件/课后习题 6-1、床头柜

最终效果：第 6 章/课后习题/最终效果/课后习题 6-1

根据原始文件路径打开双人床平面图形，然后根据前面所学的知识点插入"床头柜"图块，效果如图 6-80 所示。

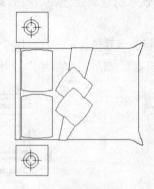

图 6-80

【课后习题】创建建筑立面图标高

原始文件：第 6 章/课后习题/原始文件/课后习题 6-2

最终效果：第 6 章/课后习题/最终效果/课后习题 6-2

根据原始文件路径打开建筑立面图形，然后根据前面所学的知识点为建筑立面图创建标高图形，效果如图 6-81 所示。

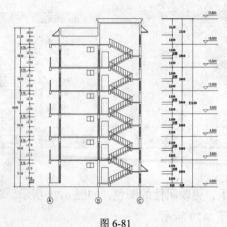

图 6-81

第7章
图形标注尺寸和公差

教学目标:

使用尺寸标注能够准确地反映物体的形状、大小和相互关系,是识别图形和现场施工的主要依据。本章将详细介绍尺寸标注的设置与应用方法。

学习要点:

➤ 设置尺寸标注样式
➤ 标注图形尺寸
➤ 编辑尺寸标注
➤ 设置公差
➤ 对象查询

7.1 尺寸标注样式

尺寸标注是一个复合对象,在类型和外观上多种多样。AutoCAD 默认的标注格式是 Standard,用户也可以根据有关规定及所标注图形的具体要求,对尺寸标注格式进行设置。

在进行尺寸标注之前,用户应该根据需要先创建标注样式。标注样式可以控制标注的格式和外观,使整体图形更加容易识别和理解。

7.1.1 尺寸标注的组成元素

一般情况下,尺寸标注由尺寸界线、尺寸线、尺寸文本、尺寸箭头、圆心标记组成,如图 7-1 所示。

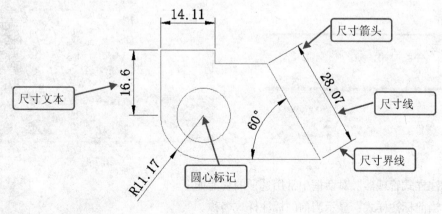

图 7-1

> 尺寸线：在图纸中使用尺寸来标注距离或角度。在预设状态下，尺寸线位于两个尺寸界线之间，尺寸线的两端有两个箭头，尺寸文本沿着尺寸线显示。

> 尺寸界线：尺寸界线是由测量点引出的延伸线。通常尺寸界线用于直线型及角度型尺寸的标注。在预设状态下，尺寸界线与尺寸线是互相垂直的，用户也可以将它改变为所需的角度。通过设置可以将尺寸界线隐藏起来。

> 尺寸箭头：箭头位于尺寸线与尺寸界线相交处，表示尺寸线的终止。在不同的情况下通常使用不同样式的箭头符号来表示。在 AutoCAD 中，可以用箭头、短斜线、开口箭头、圆点及自定义符号来表示尺寸的终止。

> 尺寸文本：尺寸文本用来标明图纸中的距离或角度等数值及说明文字。标注时可以使用 AutoCAD 自动给出的尺寸文本，也可以自己输入新的文本。对于尺寸文本的大小和采用的字体，用户可以根据需要重新设置。

> 圆心标记：圆心标记通常用来标示圆或圆弧的圆心，它由两条相互垂直的短线组成，交叉点就是圆的圆心，如图 7-2 所示。

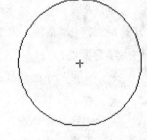

图 7-2

💡 提示：在 AutoCAD 中可以设置自动标注圆心标记或中心线，即标注圆或圆弧的尺寸时由系统自动画出圆心标记。

7.1.2 创建尺寸标注样式

尺寸标注格式决定着尺寸各组成部分的外观形式。在没有改变尺寸标注格式时，当前尺寸标注格式将作为预设的标注格式。系统预设标注格式为 Standard，有时可根据实际情况重新建立尺寸标注格式。执行尺寸标注样式命令的方法有如下 3 种。

（1）执行"标注>样式"命令。

（2）在命令提示行中输入 DIMSTYLE（简化命令为 D）并按回车键。

（3）选择"注释"功能选项卡，单击"标注"功能面板中的"标注样式"按钮，如图 7-3 所示。

执行以上某一种操作后，将打开"标注样式管理器"对话框，在该对话框中可以新建一种标注格式，也可以对原有的标注格式进行修改，如图 7-4 所示。

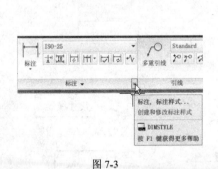

图 7-3

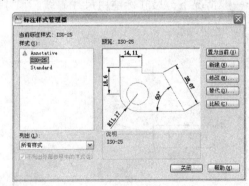

图 7-4

"标注样式管理器"对话框中常用选项的功能如下。

> 当前标注样式：显示当前的标注样式名称。

> 样式：列出图形中的所有标注样式。

➢ 列出：在该下拉列表框中，可以选择显示哪种标注样式。

➢ 置为当前：单击该按钮，可以将选定的标注样式设置为当前标注样式。

➢ 新建：单击该按钮，打开"创建新标注样式"对话框，在该对话框中可以创建新的标注样式，如图 7-5 所示。

➢ 修改：单击该按钮，打开"修改当前样式"对话框，在该对话框中可以修改标注样式，如图 7-6 所示。

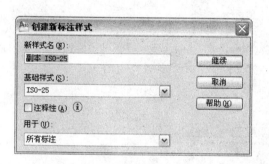

图 7-5

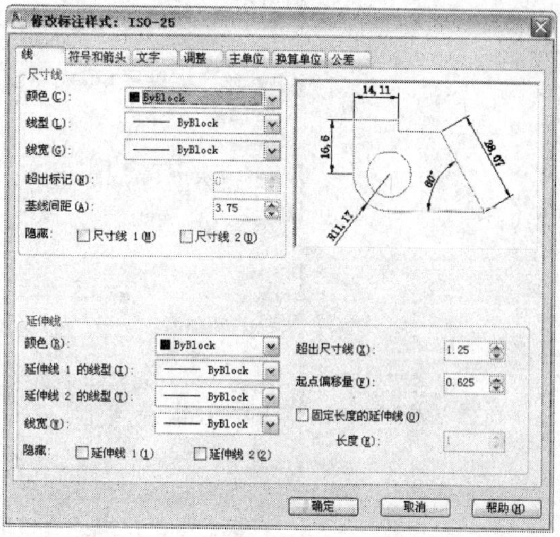

图 7-6

➢ 替代：单击该按钮，打开"替代当前样式"对话框，在该对话框中可以设置标注样式的临时替代格式，如图 7-7 所示。

➢ 比较：单击该按钮，打开"比较标注样式"对话框，在该对话框中可以比较两种标注样式的特性，也可以列出一种样式的所有特性，如图 7-8 所示。

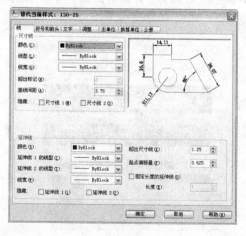

图 7-7

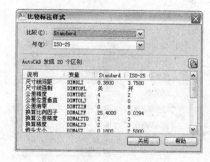

图 7-8

执行 DIMSTYLE（D）命令后，在打开的"标注样式管理器"对话框中单击 新建(N)... 按钮，打开"创建新标注样式"对话框，然后单击 继续 按钮，将打开"新建标注样式"对话框。设置好标注样式后，单击 确定 按钮，即可新建一种标注格式。

7.1.3 设置标注样式

在创建标注样式的过程中，可以在"新建标注样式"对话框中对标注样式进行设置，包括线、符号和箭头、文字、调整、主单位、换算单位和公差，如图 7-9 所示。用户只需选择相应的选项卡，便可以对常用选项进行设置，然后进行确认即可完成标注样式的设置。

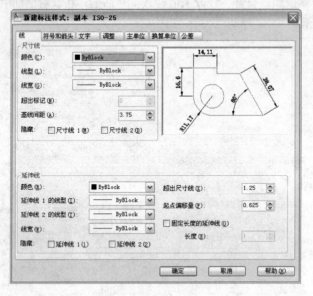

图 7-9

1. "线"选项卡

"线"选项卡用于设置标注的尺寸线和尺寸界线的颜色、线型、线宽等。"尺寸线"选项组中常用选项的含义如下。

> 颜色：在"颜色"下拉列表框中可以选择尺寸线的颜色，如图 7-10 所示。选择下拉列表底部的"选择颜色"选项，将打开"选择颜色"对话框，在该对话框中可以自定义尺寸线的颜色，如图 7-11 所示。

图 7-10

图 7-11

> 线型：在该下拉列表框中可以选择尺寸线的线型样式，如图 7-12 所示。
> 线宽：在该下拉列表框中可以选择尺寸线的线宽。
> 超出标记：当使用箭头倾斜、建筑标记、积分标记或无箭头标记时，使用该文本框可以

设置尺寸线超出尺寸界线的长度，如图 7-13 所示是没有超出标记的样式，如图 7-14 所示是超出标记长度为 2 个单位的情况。

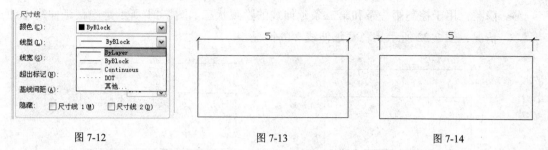

図 7-12　　　　　　　図 7-13　　　　　　　图 7-14

➤ 基线间距：设置在进行基线标注时尺寸线之间的间距。

➤ 隐藏：用于控制第一条和第二条尺寸线的隐藏状态。如图 7-15 所示是隐藏尺寸线 1 的情况，如图 7-16 所示是隐藏尺寸线 2 的情况。

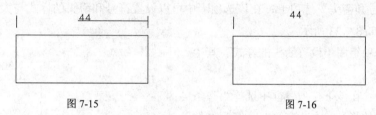

図 7-15　　　　　　　　　　图 7-16

"延伸线"选项组中常用选项的含义如下。

➤ 颜色：在该下拉列表框中可以选择延伸线的颜色选择下拉列表底部的"选择颜色"选项，将打开"选择颜色"对话框。

➤ 延伸线 1 的线型：在该下拉列框表中可以选择延伸线 1 的线型样式。

➤ 延伸线 2 的线型：在该下拉列框表中可以选择延伸线 2 的线型样式。

➤ 线宽：在该下拉列表框中可以选择尺寸延伸线的线宽。

➤ 超出尺寸线：用于设置尺寸界线伸出尺寸的长度。图 7-17 所示是超出尺寸线长度为 6 个单位的情况，图 7-18 所示是超出尺寸线长度为 2 个单位的情况。

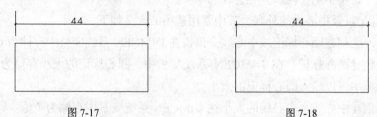

図 7-17　　　　　　　　　　图 7-18

➤ 起点偏移量：设置标注点到尺寸界线起点的偏移距离。图 7-19 所示是起点偏移量为 2 个单位的情况，图 7-20 所示是起点偏移量为 6 个单位的情况。

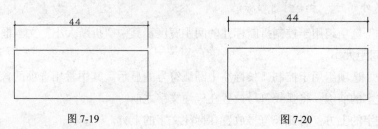

図 7-19　　　　　　　　　　图 7-20

> ➢ 固定长度的延伸线：选中该复选项后，可以在下方的"长度"文本框中设置延伸线的固定长度。
> ➢ 隐藏：用于控制第一条和第二条延伸线的隐藏状态。图 7-21 所示是隐藏延伸线 1 的情况，图 7-22 所示是隐藏延伸线 2 的情况。

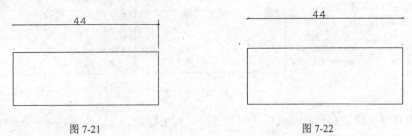

图 7-21　　　　　　　　　　　　　　　　　图 7-22

2. "符号和箭头"选项卡

选择"符号和箭头"选项卡，在该选项卡中可以设置符号和箭头的样式与大小以及圆心标记的大小等，如图 7-23 所示。

"箭头"选项组用于设置箭头的样式，其中各项的含义如下。

> ➢ 第一个：在该下拉列表框中选择第一条尺寸线的箭头。在改变第一个箭头的类型时，第二个箭头将自动改变，以与第一个箭头相匹配。
> ➢ 第二个：在该下拉列表框中选择第二条尺寸线的箭头。
> ➢ 引线：在该下拉列表框中可以选择引线的箭头样式。
> ➢ 箭头大小：用于设置箭头的大小。

图 7-23

"圆心标记"选项组用于控制直径标注和半径标注的圆心标记以及中心线的外观，其中常用选项的含义如下。

> ➢ 无：将不会创建圆心标记或中心线。该值在 DIMCEN 系统变量中存储为 0。
> ➢ 标记：创建圆心标记。在 DIMCEN 系统变量中，圆心标记的大小存储为正值。在相应的文本框中可以输入圆心标记的大小。
> ➢ 直线：创建中心线。中心线的大小在 DIMCEN 系统变量中存储为负值。

> 🔔 提示：当执行 DIMCENTER、DIMDIAMETER 和 DIMRADIUS 命令时，将使用圆心标记和中心线。对于 DIMDIAMETER 和 DIMRADIUS 命令，仅当将尺寸线放置到圆或圆弧外部时，才绘制圆心标记。

"折断标注"选项组用于控制折断标注的间距宽度。其中"折断大小"文本框用于显示和设置折断标注的间距大小。

"弧长符号"选项组用于控制弧长标注中圆弧符号的显示。其中常用选项的含义如下。

> ➢ 标注文字的前缀：将弧长符号放置在标注文字之前。
> ➢ 标注文字的上方：将弧长符号放置在标注文字的上方。

➢ 无：不显示弧长符号。

"半径折弯标注"选项组用于控制折弯半径标注的显示。折弯半径标注通常在圆或圆弧的中心点位于页面外部时创建。其中的"折弯角度"选项用于确定在折弯半径标注中尺寸线的横向线段的角度，如图 7-24 所示。

"线性折弯标注"选项组用于控制线性标注折弯的显示。当标注不能精确表示实际尺寸时，通常将折弯线添加到线性标注中。通常，实际尺寸比所需值小。在"折弯高度因子"文本框中可以设置形成折弯角度的两个顶点之间的距离，如图 7-25 所示。

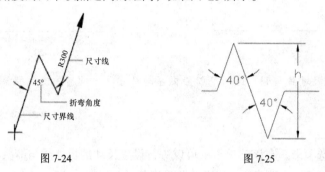

图 7-24　　　　　　　　　　图 7-25

3. "文字"选项卡

选择"文字"选项卡，在该选项卡中可以设置文字外观、文字位置和文字对齐方式，如图 7-26 所示。

"文字"选项卡中常用选项的含义如下。

➢ 文字样式：在该下拉列表框中可以选择标注文字的样式。单击后面的□按钮，打开"文字样式"对话框，在该对话框中可以设置文字样式，如图 7-27 所示。

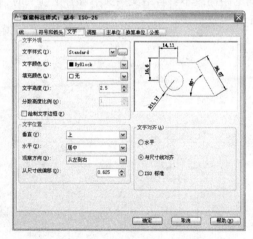

图 7-26

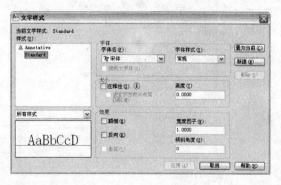

图 7-27

➢ 文字颜色：在该下拉列表框中可以选择标注文字的颜色。
➢ 填充颜色：在该下拉列表框中，可以选择标注文字的填充颜色。
➢ 文字高度：设置标注文字的高度。
➢ 分数高度比例：设置相对于标注文字的分数比例，只有在"主单位"选项卡中选择"分数"作为"单位格式"时，此选项才可用。
➢ 绘制文字边框：选中该复选项，可以创建文字边框效果。

- ➤ 垂直：在该下拉列表框中可以选择标注文字相对尺寸线的垂直位置。
- ➤ 水平：在下拉列表框中可以选择标注文字相对于尺寸线和尺寸界线的水平位置。
- ➤ 从尺寸线偏移：设置标注文字与尺寸线的距离。图 7-28 所示是文字从尺寸线偏移 2 个单位的情况，图 7-29 所示是文字从尺寸线偏移 10 个单位的情况。

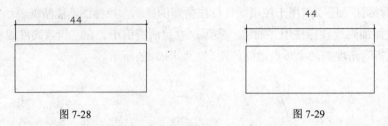

图 7-28 　　　　　　　　　　　　　　　　　　　　图 7-29

提示：设置"从尺寸线偏移"选项可以使文字与尺寸线之间有一定的距离，这样可以更清楚地显示文字。

4. "调整"选项卡

选择"调整"选项卡，在该选项卡中可以进行设置尺寸的尺寸线与箭头的相对位置、尺寸线与文字的相对位置、标注特征比例以及优化设置等，如图 7-30 所示。

"调整选项"选项组中常用选项的含义如下。

- ➤ 文字或箭头（最佳效果）：按照最佳布局移动文字或箭头。当尺寸界线间的距离足够放置文字和箭头时，文字和箭头都将放在尺寸界线内，如图 7-31 所示；当尺寸界线间的距离仅够容纳文字时，则将文字放在尺寸界线内，而将箭头放在尺寸界线外，如图 7-32 所示；当尺寸界线间的距离仅够容纳箭头时，则将箭头放在尺寸界线内，而将文字放在尺寸界线外，如图 7-33 所示；当尺寸界线间的距离既不够容纳文字又不够容纳箭头时，文字和箭头将全部放在尺寸界线外，如图 7-34 所示。

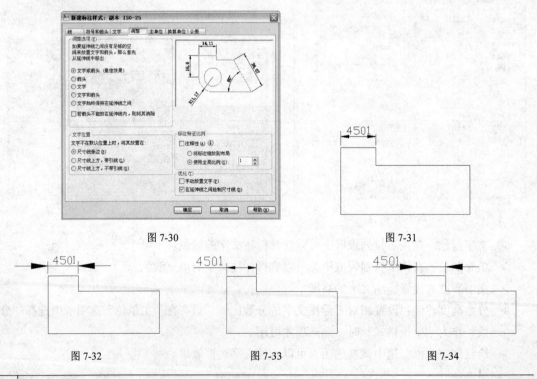

图 7-30 　　　　　　　　　　　　　　　　　　　　图 7-31

图 7-32 　　　　　　　　　图 7-33 　　　　　　　　　图 7-34

➢ 箭头：指定当尺寸界线间距离不足以容纳箭头时，箭头都放在尺寸界线外；当尺寸界线间的距离足够放置文字和箭头时，文字和箭头都放在尺寸界线内；当尺寸界线间距离仅够容纳箭头时，将箭头放在尺寸界线内，而文字放在尺寸界线外；当尺寸界线间距离不足以容纳箭头时，文字和箭头都放在尺寸界线外。

➢ 文字：指定当尺寸界线间距离不足以容纳文字时，文字放在尺寸界线外；当尺寸界线间的距离足够放置文字和箭头时，文字和箭头都放在尺寸界线内；当尺寸界线间的距离仅能容纳文字时，将文字放在尺寸界线内，而将箭头放在尺寸界线外；当尺寸界线间距离不足以容纳文字时，文字和箭头都放在尺寸界线外。

➢ 文字和箭头：当尺寸界线间距离不足以容纳文字和箭头时，文字和箭头都放在尺寸界线外。

➢ 文字始终保持在延伸线之间：始终将文字放在尺寸界线之间。

➢ 若箭头不能放在延伸线内，则将其消除：当尺寸界线内没有足够的空间时，则自动隐藏延伸线。

"文字位置"选项组用于设置特殊尺寸文本的摆放位置。当标注文字不能按"调整选项"选项组中的选项所规定位置摆放时，可以通过以下选项来确定其位置。

➢ 尺寸线旁边：将标注文字放在尺寸线旁边。

➢ 尺寸线上方，带引线：将标注文字放在尺寸线上方，并自动加上引线。

➢ 尺寸线上方，不带引线：将标注文字放在尺寸线上方，不加引线。

"标注特征比例"选项组用于设置尺寸标注的比例因子。所设置的比例因子将影响整个尺寸标注所包含的内容。

➢ 将标注缩放到布局：根据当前模型空间视口和图纸空间之间的比例确定比例因子。

➢ 使用全局比例：设置标注样式的比例值。

在"优化"选项组中可以设置其他调整选项。

➢ 手动放置文字：用于人工调节标注文字位置。

➢ 在延伸线之间绘制尺寸线：在测量点之间绘制尺寸线，即将箭头放在测量界线之外。

5. "主单位"选项卡

选择"主单位"选项卡，在该选项卡中可以设置线性标注与角度标注。线性标注包括单位格式、精度、舍入、测量单位比例、消零等。角度标注包括单位格式、精度、消零，如图 7-35 所示。

在"线性标注"选项组中可以设置线性标注的格式和精度，其中常用选项的含义如下。

➢ 单位格式：在该下拉列表框中可以选择标注的单位格式。

➢ 精度：在该下拉列表框中可以选择标注文字中的小数位数。

➢ 分数格式：在该下拉列表框中可以选择分数标注的格式，包括"水平"、"对角"和"非堆叠"选项。

➢ 小数分隔符：在该下拉列表框中可以选

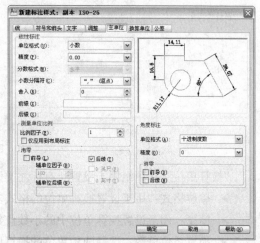

图 7-35

择小数格式的分隔符。

- ➢ 舍入：用于设置标注测量值的舍入规则。
- ➢ 前缀：为标注文字设置前缀。
- ➢ 后缀：为标注文字设置后缀。

"测量单位比例"选项组用于设置测量比例，其中常用选项的含义如下。

- ➢ 比例因子：用于设置线性标注测量值的比例因子。AutoCAD 将按照输入的数值放大标注测量值。
- ➢ 仅应用到布局标注：仅对在布局中创建的标注应用线性比例值。

"消零"选项组用于控制线性尺寸前面或后面的零是否可见，其中常用选项的含义如下。

- ➢ 前导：用于控制尺寸小数点前面的零是否显示。
- ➢ 后续：用于控制尺寸小数点后面的零是否显示。
- ➢ 0 英尺：当距离小于 1 英尺时，不输出英尺-英寸型标注中的英尺部分。
- ➢ 0 英寸：当距离是整数英尺时，不输出英尺-英寸型标注中的英寸部分。

"角度标注"选项组用于设置线性标注的格式和精度，其中常用选项的含义如下。

- ➢ 单位格式：用于设置角度单位格式。该下拉列表框中共有 4 种形式：十进制度数、度/分/秒、百分度、弧度。
- ➢ 精度：设置角度标注的小数位数。

6. "换算单位"选项卡

选择"换算单位"选项卡，在该选项卡中可以将原单位换算成另一种单位格式，如图 7-36 所示。

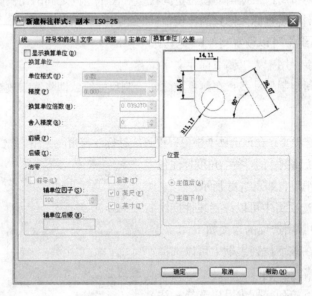

图 7-36

"换算单位"选项组用于设置所有标注类型的格式，其中常用选项的含义如下。

- ➢ 单位格式：用于设置换算单位的格式。
- ➢ 精度：用于设置换算单位中的小数位数。
- ➢ 换算单位倍数：选择两种单位的换算比例。
- ➢ 舍入精度：用于设置标注类型换算单位的舍入规则。

> 前缀：用于指定标注文字前缀。
> 后缀：用于指定标注文字后缀。

"消零"选项组用于控制换算单位中零的可见性。"位置"选项组用于控制换算单位的位置。

> 主值后：将换算单位放在标注文字中的主单位之后。
> 主值下：将换算单位放在标注文字中的主单位下面。

7. "公差"选项卡

选择"公差"选项卡，在该选项卡中可以设置公差格式、换算单位公差的特性，如图 7-37 所示。

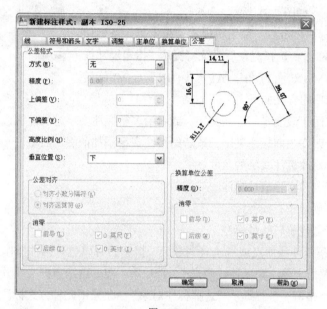

图 7-37

"公差格式"选项组用于设置公差标注样式。

> 方式：用于设置尺寸公差标注的类型，包括无公差、对称、极限偏差、极限尺寸、基本尺寸等 5 种类型。
> 精度：用于设置尺寸公差的小数位数。
> 上偏差：用于设置标注样式的上偏差值。
> 下偏差：用于设置标注样式的下偏差值。
> 高度比例：用于设置公差文字的当前高度。
> 垂直位置：用于控制尺寸公差的摆放位置。

"消零"选项组用于设置公差中零的可见性，"换算单位公差"选项组用于设置换算单位中尺寸公差的精度和消零规则。

7.2 标注图形尺寸

尺寸标注用于准确地反映图形中各对象的大小和位置，给出了图形的真实尺寸，并为生产加工提供了依据。AutoCAD 提供了多种尺寸标注类型，其中包括线性标注、引线标注、角度标注、径向标注、圆心标注和坐标标注等。

7.2.1　线性标注

线性标注用于标注长度类型的尺寸，包括标注垂直、水平和旋转的线性尺寸。执行"线性"标注命令的方法有如下 3 种。

（1）执行"标注>线性"命令。

（2）在命令提示行中输入 DIMLINEAR（简化命令为 DLI）并按回车键。

（3）选择"注释"功能选项卡，单击"标注"功能面板中的"线性"按钮 ⊢·，如图 7-38 所示。

图 7-38

启用"线性"标注命令后，系统将提示"指定第一条延伸线原点或 <选择对象>:"，选择对象后系统将提示"指定尺寸线位置或 [多行文字(M)/文字(T)/角度(A)/水平(H)/垂直(V)/旋转(R)]:"，其中常用选项的含义如下。

➢ 多行文字：用于改变多行标注文字，或者给多行标注文字添加前缀、后缀。

➢ 文字：用于改变当前标注文字，或者给标注文字添加前缀、后缀。

➢ 角度：用于修改标注文字的角度。

➢ 水平：用于创建水平线性标注。

➢ 垂直：用于创建垂直线性标注。

➢ 旋转：用于创建旋转线性标注。

在"指定第一条延伸线原点或 <选择对象>:"提示后可以进行两种操作，如果选取一点后按空格键，则提示"指定第二条延伸线原点:"，选取第二点，这两点即为尺寸界线第一、第二定位点。如果直接按空格键，系统提示"选择标注对象:"，在采用此种方式标注时，系统会自动确认尺寸界线的端点。

> 💡 **提示**：使用线性标注可以水平、垂直或对齐放置。创建线性标注时，可以修改文字内容、文字角度或尺寸线的角度。

例如，使用"线性"标注命令标注图形尺寸的具体步骤如下。

（1）单击"注释"功能面板中的"线性"按钮 ⊢·，命令提示行中显示的提示如下。

命令: dimlinear↙
指定第一条延伸线原点或 <选择对象>:

（2）在标注的图形上选择第一个原点，如图 7-39 所示。命令提示行中显示如下提示。

指定第二条延伸线原点:

（3）指定标注对象的第二个原点，如图 7-40 所示。命令提示行中显示如下提示。

指定尺寸线位置或
[多行文字(M)/文字(T)/角度(A)/水平(H)/垂直(V)/旋转(R)]:

图 7-39　　　　　　　　　　　　　　　　　图 7-40

（4）移动鼠标指定尺寸标注线的位置，如图 7-41 所示。单击鼠标左键，即可完成线性标注，如图 7-42 所示。

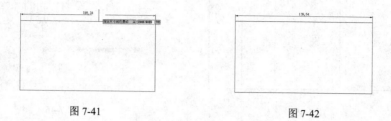

图 7-41   图 7-42

7.2.2　对齐标注

对齐标注是指尺寸线始终与标注对象保持平行，若标注对象是圆弧，则对齐尺寸标注的尺寸线与圆弧的两个端点所连接的线保持平行，如图 7-43 所示。

执行"对齐"标注命令的方法有如下 3 种。

（1）执行"标注>对齐"命令。

（2）在命令提示行中输入 DIMALIGNED 并按回车键。

（3）选择"注释"功能选项卡，单击"标注"功能面板中的"对齐"按钮 ↘ 对齐，如图 7-44 所示。

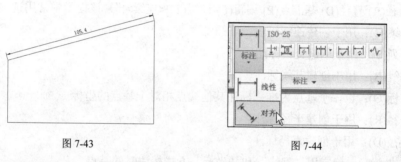

图 7-43   图 7-44

启用"对齐"标注命令后，根据命令提示行中的提示可以创建对齐标注。其操作步骤与线性标注相同，命令提示行提示的信息如下。

```
命令: dimaligned✓
指定第一条延伸线原点或 <选择对象>:
指定第二条延伸线原点:
指定尺寸线位置或
[多行文字(M)/文字(T)/角度(A)]:
标注文字 = 119
```

7.2.3　连续标注

连续标注用于标注在同一方向上连续的线性或角度尺寸，其标注操作与线性标注相同，只是该命令从上一个或选定标注的第二尺寸界线处创建线性、角度或坐标的连续标注，如图 7-45 所示。

对图形进行第一次标注后，即可对图形进行连续标注。执行"连续"标注命令的方法有如下 3 种。

（1）执行"标注>连续"命令。

（2）在命令提示行中输入 DIMCONTINUE 并按回车键。

（3）选择"注释"功能选项卡，单击"标注"功能面板中的"连续"按钮，如图 7-46 所示。

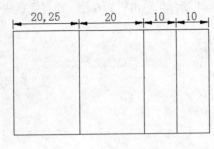

图 7-45

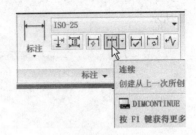

图 7-46

7.2.4　快速标注

快速标注用于快速创建标注，执行"快速标注"命令的方法有如下 3 种。

（1）执行"标注>快速标注"命令。

（2）在命令提示行中输入 QDIM 并按回车键。

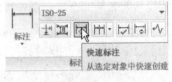

图 7-47

（3）选择"注释"功能选项卡，单击"标注"功能面板中的"快速标注"按钮 ，如图 7-47 所示。

启用"快速标注"命令后，系统将提示"选择要标注的几何图形:"在此提示下选择标注图样，系统将提示"指定尺寸线位置或 [连续(C)/并列(S)/基线(B)/坐标(O)/半径(R)/直径(D)/基准点(P)/编辑(E)/设置(T)]<连续>:"，该提示中常用选项含义如下。

- ➢ 连续(C)：用于创建连续标注。
- ➢ 并列(S)：用于创建交错标注。
- ➢ 基线(B)：用于创建基线标注。
- ➢ 坐标(O)：以一个基点为准，标注其他端点相对于基点的坐标。
- ➢ 半径(R)：用于创建半径标注。
- ➢ 直径(D)：用于创建直径标注。
- ➢ 基准点(P)：确定用"基线"和"坐标"方式标注时的基点。
- ➢ 编辑(E)：启动尺寸标注的编辑命令，用于增加或减少尺寸标注中尺寸界线的端点数目。

7.2.5　半径标注

半径标注是由一条具有指向圆或圆弧的箭头的半径尺寸线组成，用于标注圆或圆弧的半径。使用半径标注工具可以根据圆和圆弧的大小、标注样式的设置以及光标的位置来绘制不同类型的半径标注，如图 7-48 所示。

执行"半径"标注命令的方法有如下 3 种。

（1）执行"标注>半径"命令。

（2）在命令提示行中输入 DIMRADIUS 并按回车键。

（3）选择"注释"功能选项卡，单击"标注"功能面板中的"半径"按钮 ，如图 7-49 所示。

使用"半径"标注命令对图形进行半径标注的具体操作步骤如下。

（1）单击"注释"功能面板中的"线性"按钮右侧的下拉按钮，在打开的标注列表中单击"半径"按钮 ，或者在命令提示行中输入 DIMRADIUS 并按回车键，命令中显示的提示信息如下。

图 7-48

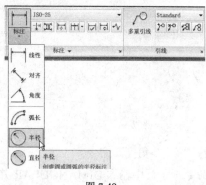

图 7-49

命令：dimradius↙
选择圆弧或圆：

（2）在绘图区选择需要标注半径的圆弧或圆，如图 7-50 所示。命令提示行中显示以下提示信息。

标注文字 = 52
指定尺寸线位置或 [多行文字(M)/文字(T)/角度(A)]：

（3）指定尺寸标注线的位置，系统将根据测量值自动标注圆弧或圆的半径，如图 7-51 所示。

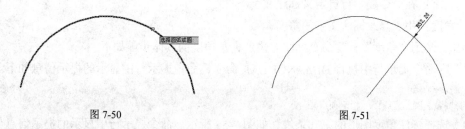

图 7-50　　　　　　　　　　　　　　　　图 7-51

> 🛈 提示：半径标注样式控制圆心标记和中心线。当尺寸线画在圆弧或圆内部时，AutoCAD 不绘制圆心标记或中心线。AutoCAD 将圆心标记和中心线的设置存储在 DIMCEN 系统变量中。

7.2.6　直径标注

直径标注用于标注圆或圆弧图形的直径，如图 7-52 所示。其操作方法与半径标注的方法相同。执行"直径"标注命令的方法有如下 3 种。

（1）执行"标注>直径"命令。

（2）在命令提示行中输入 DIMDIAMETER 并按回车键。

（3）选择"注释"功能选项卡，单击"标注"功能面板中的"直径"按钮 。

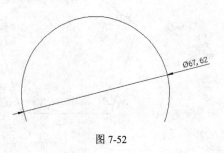

图 7-52

7.2.7　角度标注

使用角度标注工具可以准确地标注对象之间的圆弧或夹角的夹角，如图 7-53 和图 7-54 所示。执行"角度"标注命令的方法有如下 3 种。

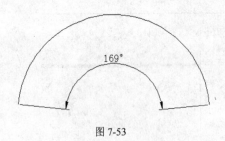

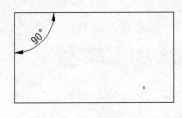

图 7-53   图 7-54

（1）执行"标注>角度"命令。

（2）在命令提示行中输入 DIMANGULAR 并按回车键。

（3）选择"注释"功能选项卡，单击"标注"功能面板中的"角度"按钮 角度。

执行"角度"标注命令后，系统将提示"选择圆弧、圆、线或者<指定顶点>:"，在该提示下，选择圆弧、圆或直线，或按空格键，可以通过指定三点创建角度标注。在选择对象后，系统将提示"指定标注弧线位置或[多行文字(M)文字(T)/角度(A)]:"，该提示中常用选项的含义如下。

➤ 标注弧线位置：指定尺寸线的位置并确定绘制尺寸界线的方向。

➤ 多行文字：选择该选项，将打开"多行文字编辑器"对话框，在该对话框中可编辑标注文字。

➤ 文字：在命令提示行自定义标注文字。

➤ 角度：用于修改标注文字的角度。

例如，使用"角度"标注命令标注五边形夹角角度的具体步骤如下。

（1）在命令提示行中执行 DIMANGULAR 命令，命令提示行中显示的提示信息如下。

命令：dimangular
选择圆弧、圆、直线或 <指定顶点>:

（2）选择标注角度图形的第一条边，如图 7-55 所示。命令提示行中显示的提示信息如下。

选择第二条直线：

（3）选择标注角度图形的第二条边，如图 7-56 所示。命令提示行中显示的提示信息如下。

指定标注弧线位置或 [多行文字(M)/文字(T)/角度(A)]:

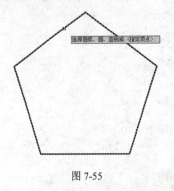

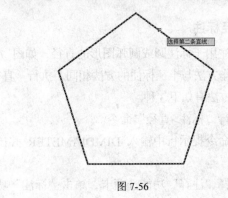

图 7-55   图 7-56

（4）单击鼠标左键指定标注弧线的位置，如图 7-57 所示。完成角度标注后的效果如图 7-58 所示。

提示：使用"角度"标注命令标注圆弧角度时，系统会自动计算并标注角度，当选择对象或直接按空格键进行确认后，系统将依次提示用户选择目标、尺寸线位置。

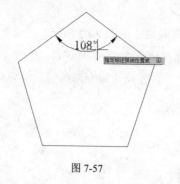

图 7-57

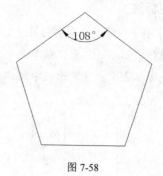

图 7-58

7.2.8 弧长标注

使用弧长标注工具可以准确地标注弧线的长度，所标注的对象包括弧线段或多段线中的弧线段，如图 7-59 所示。

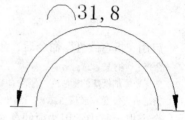

执行"弧长"标注命令的方法有如下 3 种。

（1）执行"标注>弧长"命令。

（2）在命令提示行中输入 DIMARC 并按回车键。

（3）选择"注释"功能选项卡，单击"标注"功能面板中的"弧长"按钮。

图 7-59

启用"弧长"标注命令后，系统将提示"选择弧线段或多段线弧线段:"，在该提示下，选择圆弧、圆或直线，或按空格键，通过指定三点创建角度标注。在选择对象后，系统将提示"指定标注弧线位置或 [多行文字(M)文字(T)/角度(A)]:"，该提示中常用选项的含义如下。

➤ 标注弧线位置：指定尺寸线的位置并确定绘制尺寸界线的方向。

➤ 多行文字：选择该选项，将打开"多行文字编辑器"对话框，可在该对话框中编辑标注文字。

➤ 文字：在命令提示行自定义标注文字。

➤ 角度：用于修改标注文字的角度。

例如，使用"弧长"标注命令标注圆弧长度的具体操作如下。

（1）在命令提示行中执行 DIMARC 命令，命令提示行中显示的提示信息如下。

命令: dimarc✓
选择弧线段或多段线弧线段:

（2）选择要标注弧长的图形，如图 7-60 所示。命令提示行中显示的提示信息如下。

指定弧长标注位置或 [多行文字(M)/文字(T)/角度(A)/部分(P)/引线(L)]::

（3）单击鼠标左键指定弧长标注的位置，完成弧长的标注，效果如图 7-61 所示。

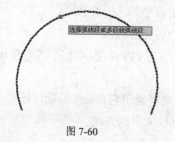

图 7-60

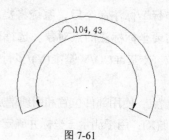

图 7-61

7.2.9 折弯标注

折弯标注用于在线性或对齐标注上添加或删除折弯效果，如图 7-62 所示。

提示：执行"标注 > 折弯"菜单命令，或者在命令提示行中输入 DIMJOGED 并按回车键，或者单击"标注"面板中的"折弯"按钮，可以为圆和圆弧创建折弯标注。

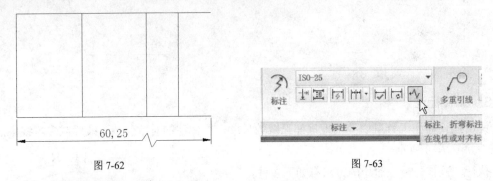

图 7-62   图 7-63

启用"折弯线性"命令后，命令提示行中的提示如下。

```
命令: _dimjogline
选择要添加折弯的标注或 [删除(R)]:
指定折弯位置 (或按 ENTER 键):
```

命令提示行中常用选项的含义如下。

➢ 选择要添加折弯的标注或 [删除(R)]：指定要向其添加折弯的线性标注或对齐标注。系统将提示用户指定折弯的位置。

➢ 指定折弯位置（或按 ENTER 键）：指定一点作为折弯位置，或按回车键以将折弯放在标注文字和第一条尺寸界线之间的中点处或基于标注文字位置的尺寸线的中点处。

➢ 删除：指定要从中删除折弯的线性标注或对齐标注。

提示：标注中的折弯线只表示所标注对象中的折断效果，标注值表示实际距离，而不是图形中测量的距离。

7.2.10 坐标标注

坐标标注主要用于标注某一指定点的坐标值，其坐标值位于引出线上，是沿一条简单的引线显示部件的 x 或 y 坐标，如图 7-64 所示。

执行"坐标"标注命令的方法有如下 3 种。

（1）执行"标注 > 坐标"菜单命令。

（2）在命令提示行中输入 DIMORDINATE 并按回车键。

（3）选择"注释"功能选项卡，单击"标注"功能面板中的"坐标"按钮。

启用"坐标"标注命令后，系统将提示"指定点坐标:"，在该提示下指定需要坐标标注的点对象。选择对象后，系统将提示"指定引线端点或 [X 基准(X)/Y 基准(Y)/多行文字(M)/文字(T)/角度(A)]:"，其中常用选项的含义如下。

图 7-64

➢ 引线端点：使用部件位置和引线端点的坐标差可确定它是 x 坐标标注还是 y 坐标标注。

➢ X 基准(X)：用于测量 x 坐标并确定引线和标注文字的方向。

> ➤ Y 基准(Y)：用于测量 y 坐标并确定引线和标注文字的方向。
> ➤ 多行文字(M)：用于改变多行标注文字，或者给多行标注文字添加前缀、后缀。
> ➤ 文字(T)：用于改变当前标注文字，或者给标注文字添加前缀、后缀。
> ➤ 角度(A)：用于修改标注文字的角度。

7.3 编辑尺寸标注

由于设置标注样式时，不能兼顾所有的标注效果，在创建尺寸标注后，有时需要对其进行修改，如修改标注的文字大小、颜色等。

7.3.1 修改标注样式

用户可以通过执行"标注>样式"命令，或者在命令提示行中输入 DIMSTYLE（简化命令为 D）并按回车键，打开"标注样式管理器"对话框。在该对话框中选中需要修改的样式，然后单击"修改"按钮，如图 7-65 所示，打开"修改标注样式"对话框，即可对标注各部分的样式进行修改，如图 7-66 所示。

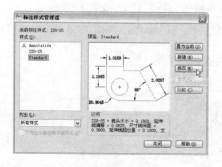

图 7-65

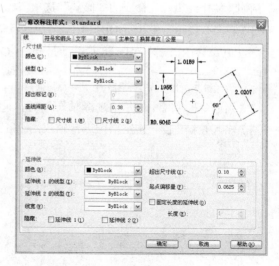

图 7-66

7.3.2 更新标注样式

在命令提示行中输入-DIMSTYLE（更新标注）并按回车键，可以对修改后的标注样式进行更新。在命令提示行中执行-DIMSTYLE 命令后，命令提示行中将出现如下提示。

```
命令:-dimstyle↙
当前标注样式:
输入标注样式选项
[注释性（AN）/保存(S)/恢复(R)/状态(ST)/变量(V)/应用(A)/?] <恢复>:
选择对象:
```

命令提示行中各个标注类型的含义如下。

> ➤ 注释性(AN)：用于创建注释性标注样式。
> ➤ 保存(S)：将标注系统变量的当前设置保存到标注样式。选择该选项后，命令提示行继续

提示"输入新标注样式名或 [?]:"。

➢ 恢复(R)：将标注系统变量设置恢复为选定标注样式的设置。

➢ 状态(ST)：显示所有标注系统变量的当前值。列出变量后，–DIMSTYLE 命令结束。

➢ 变量(V)：列出某个标注样式或选定标注的标注系统变量设置，但不修改当前设置。

➢ 应用(A)：将当前尺寸标注系统变量设置应用到选定标注对象，永久替代应用于这些对象的任何现有标注样式。

➢ ?：列出当前图形中命名的标注样式。

7.3.3　编辑尺寸标注

在命令提示行中输入 DIMEDIT（编辑标注）并按回车键，可以修改一个或多个标注对象上的文字标注和尺寸界线。在命令提示行中执行 DIMEDIT 命令后，命令提示行中将提示"输入标注编辑类型 [默认(H)/新建(N)/旋转(R)/倾斜(O)] <默认>: "，其中常用选项的含义如下。

➢ 默认(H)：将旋转标注文字移回默认位置。

➢ 新建(N)：使用多行文字编辑器修改编辑标注文字。

➢ 旋转(R)：旋转标注文字。

➢ 倾斜(O)：调整线性标注尺寸界线的倾斜角度。

例如，使用编辑标注命令的"倾斜"选项将标注倾斜 60° 的具体操作如下。

（1）在命令提示行中执行 DIMEDIT 命令，当命令提示行中提示"输入标注编辑类型 [默认(H)/新建(N)/旋转(R)/倾斜(O)] <默认>:"时，输入 O 并按空格键，启用"倾斜"命令。

```
命令：dimedit                                                    //启动编辑标注命令
输入标注编辑类型 [默认(H)/新建(N)/旋转(R)/倾斜(O)] <默认>:o↙   //输入 O 并确认，启用"倾斜"命令
```

（2）当命令提示行中提示"选择对象:"时，选择要倾斜的标注对象，如图 7-67 所示。

（3）输入倾斜角度，按空格键进行确认，即可完成倾斜标注的操作，如图 7-68 所示。

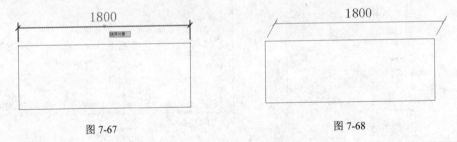

图 7-67　　　　　　　　　　　　　　　　　图 7-68

```
选择对象：找到 1 个                              //选择标注对象
输入倾斜角度 (按 ENTER 表示无)：60↙            //输入倾斜的角度并确认
```

7.3.4　编辑标注文字

使用编辑标注文字（DIMTEDIT）命令可以移动和旋转标注文字。在命令提示行中执行 DIMTEDIT 命令后，命令提示行中出现的提示如下。

```
命令：dimtedit↙
选择标注：
指定标注文字的新位置或 [左(L)/右(R)/中心(C)/默认(H)/角度(A)]：
```

其中各标注编辑选项的含义如下。

➢ 新位置：拖曳时动态更新标注文字的位置。

➢ 左(L)：沿尺寸线左对正标注文字。本选项只适用于线性、直径和半径标注。

➢ 右(R)：沿尺寸线右对正标注文字。本选项只适用于线性、直径和半径标注。

➢ 中心(C)：将标注文字放在尺寸线的中间。

➢ 默认(H)：将标注文字移回默认位置。

➢ 角度(A)：修改标注文字的角度。

例如，使用 DIMTEDIT（编辑标注文字）命令将标注文字旋转 60° 的具体操作如下。

（1）在命令提示行中执行 DIMTEDIT 命令，当命令提示行中提示"选择标注："时，选择要旋转标注文字的对象，如图 7-69 所示。

```
命令：dimtedit↙              //启动编辑标注文字命令
选择标注：                    //选择标注对象
```

（2）当命令提示行中提示"指定标注文字的新位置或 [左(L)/右(R)/中心(C)/默认(H)/角度(A)]:"时，输入 A 并按空格键，启用"角度"命令，然后设置旋转标注文字的角度，效果如图 7-70 所示。

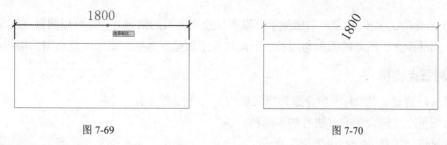

图 7-69　　　　　　　　图 7-70

```
指定标注文字的新位置或 [左(L)/右(R)/中心(C)/默认(H)/角度(A)]：a↙    //输入a并确认，启动"角度"命令
指定标注文字的角度：60↙                                      //设置旋转标注文字的角度
```

7.4　添加形位公差

如果在加工零件时所产生的形状误差和位置误差过大，将会影响机器的质量。因此对要求较高的零件，必须根据实际需要，在图纸上标注出相应表面的形状误差和相应表面之间的位置误差的允许范围，即标出表面形状和位置公差，简称形位公差。AutoCAD 使用特征控制框向图形中添加形位公差，如图 7-71 所示。

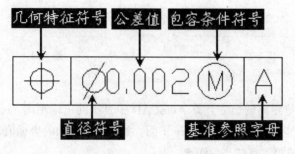

图 7-71

AutoCAD 向用户提供了 14 种常用的形位公差符号，如表 7-1 所示。当然，用户也可以自定义工程符号，常用的方法是通过定义块来定义基准符号或粗糙度符号。

表 7-1 形位公差符号

符号	特征	类型	符号	特征	类型	符号	特征	类型
⊕	位置	位置	//	平行度	方向	⌭	圆柱度	形状
◎	同轴（同心）度	位置	⊥	垂直度	方向	▱	平面度	形状
⚌	对称度	位置	∠	倾斜度	方向	○	圆度	形状
⌒	面轮廓度	轮廓	⚡	圆跳动	跳动	—	直线度	形状
⌒	线轮廓度	轮廓	⚡⚡	全跳动	跳动			

7.5 对象查询

使用 AutoCAD 提供的查询功能除了可以直接查询面域的信息外，还可以测量点的坐标、两个对象之间的距离、图形的面积与周长。下面将介绍测量点坐标、图形距离和图形面积的方法。

7.5.1 测量点坐标

用户可以通过"点坐标"命令查询指定点的 x、y 和 z 的坐标值。执行测量点坐标命令的方法有如下两种。

（1）执行"工具>查询>点坐标"命令。

（2）在命令提示行中输入 ID 并按回车键。

例如，使用 ID 命令测量图 7-72 所示 A 点的坐标，命令提示及操作如下。

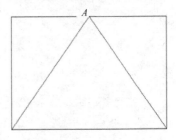

图 7-72

```
命令:id↙                                    //启动 ID 命令
指定点:                                      //拾取需要查询的点，如图 7-73 所示
X = 2921.4332  Y = 1437.6373  Z = 0.0000    //显示指定点的坐标，如图 7-74 所示
```

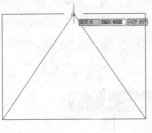

图 7-73

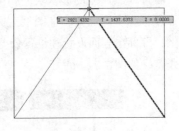

图 7-74

7.5.2 测量距离

用户可以通过测量距离的命令计算 AutoCAD 中真实的三维距离。xy 平面中的倾角相对于当前 x 轴，与 xy 平面的夹角相对于当前 zy 平面。如果忽略 z 轴的坐标值，使用 DIST 命令计算的距离将采用第一点或第二点的当前距离。

执行测量距离命令的方法有如下两种。

（1）执行"工具>查询>距离"菜单命令。

（2）在命令提示行中输入 DIST 并按回车键。

例如，使用 DIST 命令测量图 7-75 所示 A 线段的长度，命令提示及操作如下。

```
命令：dist↙                                    //启动 DIST 命令
指定第一点                                      //指定线段的起点，如图 7-76 所示
指定第二点                                      //指定线段的终点，如图 7-77 所示
距离 = 533.2921，XY 平面中的倾角 = 305，  与 XY 平面的夹角 = 0
X 增量 = 306.9728，Y 增量 = -436.0828，Z 增量 = 0.0000   //系统显示的测量结果如图 7-78 所示
```

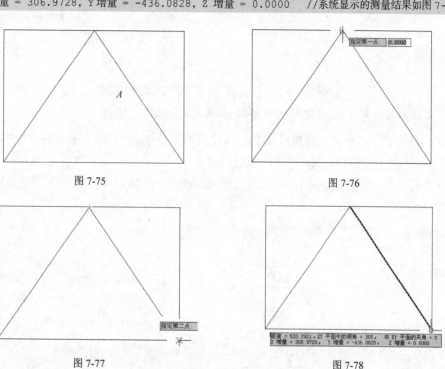

图 7-75

图 7-76

图 7-77

图 7-78

7.5.3　查询面积与周长

使用"面积"命令可以查询图形的面积与周长。执行"面积"命令的方法有如下两种。

（1）执行"工具>查询>面积"命令。

（2）在命令提示行中输入 AREA 并按回车键。

执行 AREA 命令后，系统将提示"指定第一个角点或[对象(O)/加(A)减(S)]:"，该提示中各选项的含义如下。

> 第一个角点：用于计算由指定点定义的面积和周长。所有点必须都在与当前用户坐标系（UCS）的 xy 平面平行的平面上。

> 对象(O)：用于计算选定对象的面积和周长，可以计算圆、椭圆、多边形、面域和实体的面积。

> 加(A)：选择该选项后，将从总面积中加上指定面积。"加"选项用于计算各个定义区域和对象的面积、周长，也可以计算所有定义区域和对象的总面积。

> 减(S)：选择该选项后，将从总面积中减去指定面积。

使用 AREA 命令计算图形面积和周长的命令提示及操作如下。

```
命令：area↙                                         //启动 AREA 命令
指定第一个角点或[对象(O)/加(A)/减(S)]: o↙          //输入 o 并确认
选择对象：                                           //选择需查询面积和周长的对象，如图 7-79 所示
面积 = 165718.7943，圆周长 = 1443.0814             //系统显示查询结果，如图 7-80 所示
```

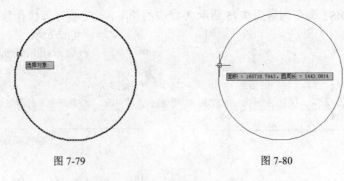

图 7-79　　　　　　　　　　　　　　图 7-80

【课堂案例】新建建筑尺寸标注样式

最终效果：第 7 章/课堂案例/最终效果/课堂案例 7-1

（1）在命令提示行中输入并执行 DIMSTYLE（D）命令后，打开"标注样式管理器"对话框，然后单击 新建(N)… 按钮，如图 7-81 所示。

（2）在打开的"创建新标注样式"对话框中输入标注样式的名称，然后单击 继续 按钮，如图 7-82 所示。

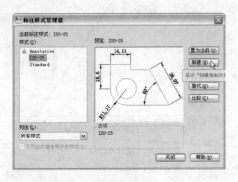

图 7-81　　　　　　　　　　　　　　图 7-82

（3）在打开的"新建标注样式"对话框中设置尺寸线和延伸线的颜色为红色，设置"超出尺寸线"和"起点偏移量"为 30，如图 7-83 所示。

（4）选择"符号和箭头"选项卡，设置箭头为"建筑标记"，然后设置箭头的大小为 35，如图 7-84 所示。

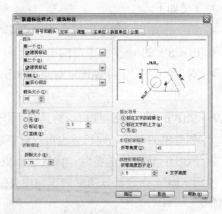

图 7-83　　　　　　　　　　　　　　图 7-84

（5）选择"文字"选项卡，设置文字的颜色为红色，文字的高度为 180，文字的位置为水平居中，如图 7-85 所示。

（6）选择"主单位"选项卡，设置线性标注的精度为 0 位小数，如图 7-86 所示。设置完成后单击"确定"按钮，返回"标注样式管理器"对话框，单击"关闭"按钮，即可完成该标注样式的创建。

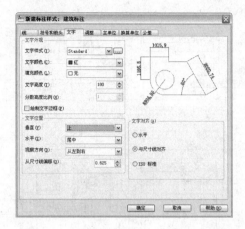

图 7-85   图 7-86

【课堂案例】为建筑平面标注尺寸

原始文件：第 7 章/课堂案例/原始文件/课堂案例 7-2
最终效果：第 7 章/课堂案例/最终效果/课堂案例 7-2

（1）根据原始文件路径打开建筑平面图，如图 7-87 所示。

（2）执行"工具>草图设置"命令，打开"草图设置"对话框，然后在"对象捕捉"选项卡中选择端点、中点和交点捕捉方式，如图 7-88 所示。

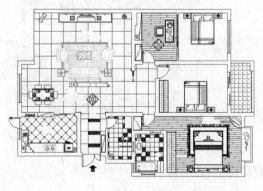

图 7-87   图 7-88

（3）打开正交模式功能，在命令提示行中执行 LINE 命令，然后在各墙体的中线处绘制一条线段，以便确定尺寸标注的原点位置，如图 7-89 所示。

（4）在命令提示行中执行 DIMLINEAR 命令，当命令提示行中出现"指定第一条尺寸界线原点或 <选择对象>:"提示时，在绘图区选择尺寸标注的第一个原点，如图 7-90 所示。

（5）当命令提示行中出现"指定第二条尺寸界线原点:"提示时，选择尺寸标注的第二个原点，如图 7-91 所示。

（6）在绘图区指定尺寸线的位置，尺寸标注的效果如图 7-92 所示。

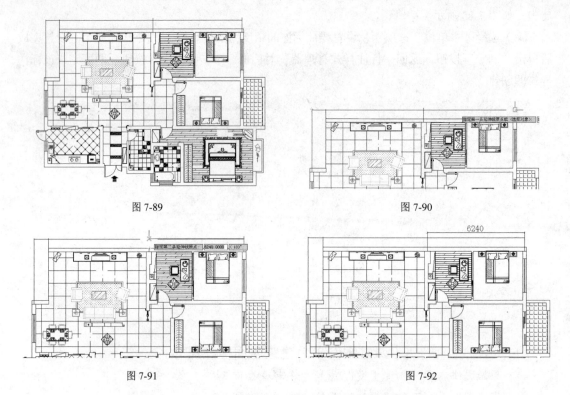

图 7-89   图 7-90

图 7-91   图 7-92

（7）执行"标注>连续"命令，在绘图区对图形尺寸进行连续标注，如图 7-93 所示。

（8）使用同样的方法，对图形的其余尺寸进行标注，然后删除辅助线，效果如图 7-94 所示。

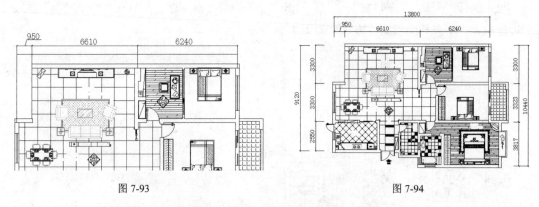

图 7-93   图 7-94

【课堂案例】编辑立面图尺寸标注

💿 原始文件：第 7 章/课堂案例/原始文件/课堂案例 7-3

最终效果：第 7 章/课堂案例/最终效果/课堂案例 7-3

（1）根据原始文件路径打开装饰柜立面图，如图 7-95 所示。

（2）在命令提示行中执行 DIMSTYLE（D）命令，打开"标注样式管理器"对话框，选择"立面图"标注样式，然后单击 修改(M)... 按钮，如图 7-96 所示。

（3）此时将打开"修改标注样式"对话框，设置尺寸线和延伸线的颜色为黑色，如图 7-97 所示。

（4）选择"符号和箭头"选项卡，设置箭头为"建筑标记"，大小为 40，如图 7-98 所示。

图 7-95

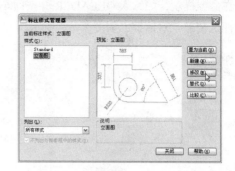
图 7-96

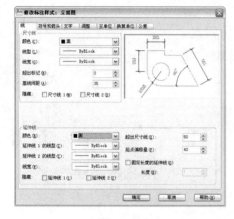
图 7-97

图 7-98

（5）选择"文字"选项卡，设置文字颜色为黑色、"从尺寸线偏移"为 80，如图 7-99 所示。

（6）完成修改设置后进行确认，然后关闭"标注样式管理器"对话框，修改标注样式后的效果如图 7-100 所示。

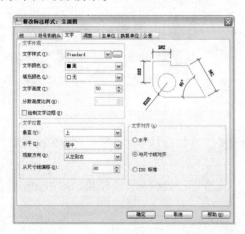
图 7-99

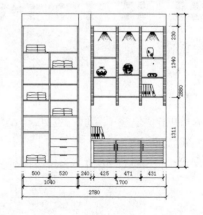
图 7-100

【课堂练习】标注形位公差

最终效果：第 7 章/课堂练习/最终效果/课堂练习 7-1

（1）在命令提示行输入 QLEADER 并按回车键，然后输入 S 并确认，打开"引线设置"对话框，在其中选择"公差"选项，最后单击 确定 按钮，如图 7-101 所示。

（2）在命令提示行中输入 QLEADER 并按回车键，根据命令提示绘制图 7-102 所示的引线，并打开"形位公差"对话框，如图 7-103 所示。

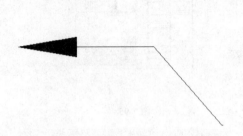

图 7-101　　　　　　　　　　　　　　　　图 7-102

（3）单击"形位公差"对话框"符号"列下的黑框，打开"特征符号"对话框，在其中选择位置符号 ⊕，如图 7-104 所示。

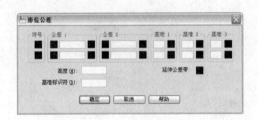

图 7-103　　　　　　　　　　　　　　　　图 7-104

（4）单击"公差 1"列中的第一个小黑框，其中将自动出现直径符号，如图 7-105 所示。

（5）在"公差 1"列中的文本框中输入公差值 0.03，如图 7-106 所示。

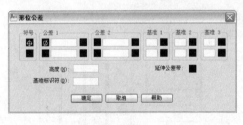

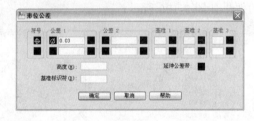

图 7-105　　　　　　　　　　　　　　　　图 7-106

（6）单击"公差 1"列中的第二个小黑框，打开"附加符号"对话框，从中选择包容条件符号，如图 7-107 所示。

（7）单击　确定　按钮，系统返回到绘图区，完成形位公差标注，结果如图 7-108 所示。

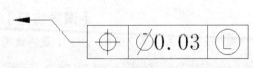

图 7-107　　　　　　　　　　　　　　　　图 7-108

【课堂练习】测量建筑平面图的面积

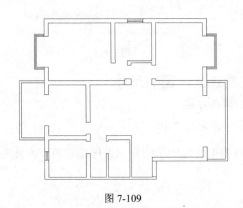 原始文件：第 7 章/课堂练习/原始文件/课堂练习 7-2

（1）根据原始文件路径打开建筑平面图，如图 7-109 所示。

（2）在命令提示行中输入 BOUNDARY 并按回车键，打开"边界创建"对话框，在"对象类型"下拉列表框中选择"面域"选项，如图 7-110 所示。

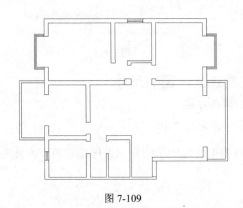

图 7-109   图 7-110

（3）单击"边界创建"对话框上方的"拾取点"按钮 ，进入绘图区选取要创建为面域的封闭区域内部的一点，如图 7-111 所示，然后按空格键进行确认，命令提示行中的提示如下。

```
命令：boundary✓                          //执行命令
拾取内部点：正在选择所有对象...           //在图形中单击鼠标左键，拾取内部点
拾取内部点：
正在分析内部孤岛...
已提取 1 个环。
已创建 1 个面域。
BOUNDARY 已创建 1 个面域
```

图 7-111

（4）在命令提示行中输入 AREA 并按回车键，然后选择创建的面域，即可查询出建筑的室内面积为 109m²，命令提示行中的提示及操作如下。

```
命令：area✓                              //执行命令
指定第一个角点或[对象(O)/加(A)/减(S)]：o✓   //输入 o 并确认，选择目标
选择对象：                                //选择创建的面域，如图 7-112 所示
面积 = 86175025.6700，周长 = 102826.0675   //显示查询结果，如图 7-113 所示
```

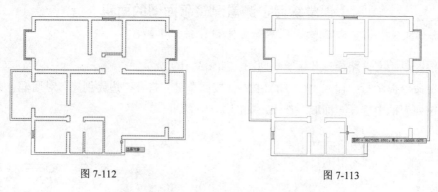

图 7-112   图 7-113

【课后习题】标注建筑立面图的尺寸

原始文件：第 7 章/课后习题/原始文件/课后习题 7-1

最终效果：第 7 章/课后习题/最终效果/课后习题 7-1

根据原始文件路径打开建筑立面图形，然后根据前面所学的知识点标注建筑立面图的尺寸，效果如图 7-114 所示。

图 7-114

【课后习题】测量平面图主卧室的面积

原始文件：第 7 章/课后习题/原始文件/课后习题 7-2

根据原始文件路径打开建筑平面图形，如图 7-115 所示，然后根据前面所学的知识点测量平面图主卧室的面积。

图 7-115

第8章
轴测图

教学目标：

轴测图是用二维图形来模拟三维对象的一种视图。由于轴测图绘制方法简单，且具有较好的立体感，便于直观表达设计人员的空间构思方案。因此，轴测图在机械和建筑等专业领域的设计中得到了广泛的应用。

学习要点：

➢ 轴测图的基本概念

➢ 等轴测模式的设置方法

➢ 不同轴测面的相互切换

➢ 绘制圆的轴测图

8.1 认识轴测图

轴测图是采用特定的投射方向，将三维空间的立体图形按平行投影的方法在投影面上得到的投影图。因为采用了平行投影的方法，所以轴测图具有以下两个特点。

（1）若两条直线在空间相互平行，则它们的轴测投影仍相互平行。

（2）两条平行线段的轴测投影长度与空间实长的比值相等。

为了使轴测图具有较好的立体感，一般应让它尽可能多地表达出立体图形所具有的表面，这可以通过改变投射方向或者改变立体图形在投影面体系中的位置来实现。对于具有较好立体感的轴测图，立体图形的基本表面都是和投影面不平行的，这样可以尽可能避免使平面的投影积聚成直线。

轴测投影具有多种类型，最常用的是正等轴测投影，通常简称为"等轴测"或"正等测"。这一章介绍的轴测图均限于等轴测。在轴测投影中，坐标轴的轴测投影称为"轴测轴"，它们之间的夹角称为"轴间角"。在等轴测中，3 个轴向的缩放比例相等，并且 3 个轴测轴与水平方向所成的角度分别为 30°、150° 和 90°。在 3 个轴测轴中，每两个轴测轴定义一个"轴测面"，它们分别如下。

（1）右平面（RIGHT）：由 x 轴和 z 轴定义。

（2）左平面（LEFT）：由 y 轴和 z 轴定义。

（3）顶平面（TOP）：由 x 轴和 y 轴定义。

轴测轴和轴测面的构成如图 8-1 所示。

绘制轴测图时应注意以下几点。

（1）任何时候用户只能在一个轴测面上绘图。因此绘制立体图形不同方位的面时，必须切换到不同的轴测面上作图。

（2）切换到不同的轴测面上作图时，十字光标、捕捉与栅格显示都会做相应调整，以便看起来仍位于当前轴测面上。

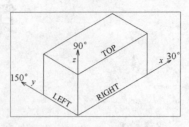

图 8-1 轴测轴和轴测面

（3）正交模式也要调整。要在某一轴测面上画正交线，首先应使该轴测面成为当前轴测面，然后再打开正交模式。

（4）用户只能沿轴测轴的方向进行长度的测量，而沿非轴测轴方向的测量是不正确的。

8.2 设置轴测模式

AutoCAD 为绘制轴测图创造了一个特定的环境。在这个环境中，系统提供了相应的辅助手段，以帮助用户方便地构建轴测图，这就是轴测图绘制模式。用户可以使用 DSETTINGS 命令和 SNAP 命令来设置轴测模式。

8.2.1 使用 DSETTINGS 命令

DSETTINGS 命令可用于设置轴测模式，该命令的执行方法有以下两种。

（1）在命令提示行中输入 DSETTINGS（简化命令为SE）并按回车键。

（2）执行"工具>草图设置"命令。

图 8-2

执行 DSETTINGS 命令后，系统将打开"草图设置"对话框。若要将绘图环境设置成轴测模式，只需在"草图设置"对话框中选择"捕捉和栅格"选项卡，然后在"捕捉类型"选项组中选择"等轴测捕捉"选项即可，如图 8-2 所示。要关闭轴测模式，只需选择"矩形捕捉"选项即可。

> **提示**：打开轴测模式后，捕捉与栅格的间距将由 y 方向的间距值来控制，而 x 方向的间距值将不起作用。此时，原来的十字光标将随当前所处的不同轴测面而改变成夹角各异的交叉线。

8.2.2 使用 SNAP 命令

使用 SNAP 命令同样可以设置轴测模式。SNAP 命令中的"样式"选项可用于在标准模式和轴测模式之间切换，用户可以从十字光标的变化上看出当前的绘图环境已处于轴测模式下。该命令的执行方法如下。

```
命令：snap↙    //执行命令
指定捕捉间距或[开(ON)/关(OFF)/纵横向间距(A)/旋转(R)/样式(S)/类型(T)]<当前值>：s↙//输入 s 并
确认，选择"样式"选项↙
输入捕捉栅格类型[标准(S)/等轴测(I)] <S>：i↙        //输入 i 并确认，选择"等轴测"选项
指定垂直间距<10.0000><当前值>：              //输入间距大小
```

8.2.3 切换当前轴测面

正在绘图的轴测面称为"当前轴测面"。由于立体图形的不同表面必须在不同的轴测面上绘制，因此，用户在绘制轴测图的过程中，就要不断地改变当前轴测面。切换当前轴测面可以使用以下两种方法。

（1）按"Ctrl+E"组合键或"F5"功能键，可按顺时针方向在 LEFT（左平面）、TOP（俯平面）和 RIGHT（右平面）3 个轴测面之间切换

（2）使用 ISOPLANE 命令，其操作方法如下。

```
命令：isoplane↙          //执行命令
输入等轴测平面设置 [左视(L)/俯视(T)/右视(R)] <右视>：
```

用户可以在提示后输入首字母 L、T 和 R 来选择相应的轴测面，也可以通过按回车键在 3 个轴测面之间切换。

8.3 轴测图的绘制

设置为轴测模式后，用户就可以很方便地绘制出直线、圆、圆弧和文本的轴测图，并由这些基本的图形对象组成复杂形体的轴测投影图。

8.3.1 直线的轴测图

根据轴测投影的性质：若两直线在空间相互平行，则它们的轴测投影仍相互平行，所以凡是和坐标轴平行的直线，它的轴测图也一定和轴测轴平行。由于 3 个轴测轴与水平方向所成的角度分别为 30°、150° 和 90°，所以，立体图形上凡是与坐标轴平行的棱线，在立体图形的轴测图中也分别与轴测轴平行。在绘图时，可分别把这些直线绘成与水平方向成 30°、150° 和 90° 的角。对于一般位置的直线（即与 3 个坐标轴均不平行的直线），则可以通过平行线来确定该直线两个端点的轴测投影，然后再连接这两个端点的轴测图，组成一般位置直线的轴测图。

对于组成立体图形的平面多边形，它们的轴测图是由边直线的轴测线连成的。可以看出：凡是在立体图上与坐标平面平行的平面，它们的轴测图也与相应的轴测面平行；凡是与坐标平面平行的矩形，它们的轴测图也是与相应的轴测面平行的平行四边形，该平行四边形的 4 条边与确定该轴测面的两个轴测轴平行。

8.3.2 圆的轴测图

每一个圆都有一个外切正方形。正方形的轴测图是一个平行四边形（应特殊化为菱形）。可想而知，圆的轴测图一定是内切于该菱形的一个椭圆，且椭圆的长轴和短轴应分别与该菱形的两条对角线重合。所以，要在某一轴测面内画一个圆，必须在该轴测面内把它画成一个椭圆。根据平行于不同坐标平面的正方形在相应轴测面内轴测图的方位，亦即相应菱形两对角线的方位，就可以确定相应椭圆的画法：椭圆的长轴垂直于不属于该轴测面的第三轴测轴，椭圆的中心即为原圆的圆心。

轴测模式下的椭圆可以使用 ELLIPSE 命令来直接绘出。当用户设置完轴测模式后，若在此模式下执行 ELLIPSE 命令，则命令提示中将增加一个"等轴测图"选项。选择该选项，即可绘制出相应轴测面内的轴测椭圆。简单的绘图过程如下。

（1）把绘图环境设置成轴测模式。

（2）选定绘图的某一轴测面。

（3）执行 ELLIPSE 命令。

执行 ELLIPSE 命令后，用户可以根据如下命令提示进行操作。

命令：ellipse✓	//执行命令
指定椭圆轴的端点或 [圆弧(A)/中心点(C)/等轴测圆(I)]：i✓	//输入 i 并确认
指定等轴测圆的圆心：	//指定椭圆的中心
指定等轴测圆的半径或[直径(D)]：	//指定圆的半径或直径

【课堂案例】绘制 L 拉伸体

最终效果：第 8 章/课堂案例/最终效果/课堂案例 8-1

（1）执行"工具>草图设置"命令，打开"草图设置"对话框，选择"等轴测捕捉"选项，如图 8-3 所示。

图 8-3

（2）按"F5"键切换到等轴测平面右视图。然后打开正交和对象捕捉功能，执行 LINE 命令，根据如下提示进行操作。

命令：line✓	//执行命令
指定第一点：	//在适当位置拾取一点
指定下一点或[放弃(U)]：8✓	//指定长度并确认
指定下一点或[放弃(U)]：30✓	//指定长度并确认
指定下一点或[闭合(C)/放弃(U)]：8✓	//指定长度并确认
指定下一点或[闭合(C)/放弃(U)]：c✓	//输入 c 并确认，效果如图 8-4 所示

（3）按"F5"键切换到等轴测平面左视图，然后执行 LINE 命令绘制左轴测面，根据如下提示进行操作。

命令：line✓	//执行命令
指定第一点：	//捕捉 A 点为第一个点
指定下一点或 [放弃(U)]：20✓	//指定长度并确认
指定下一点或 [放弃(U)]：22✓	//指定长度并确认
指定下一点或 [闭合(C)/放弃(U)]：8✓	//指定长度并确认
指定下一点或 [闭合(C)/放弃(U)]：14✓	//指定长度并确认
指定下一点或 [闭合(C)/放弃(U)]：	//捕捉 B 点并确认，效果如图 8-5 所示

（4）执行 LINE 命令绘制左轴测面，根据如下提示进行操作。

命令：line✓	//执行命令
指定第一点：	//捕捉 C 点为第一个点
指定下一点或 [放弃(U)]：12✓	//指定长度并确认
指定下一点或 [放弃(U)]：14✓	//指定长度并确认
指定下一点或 [闭合(C)/放弃(U)]：8✓	//指定长度并确认，效果如图 8-6 所示

（5）利用对象捕捉功能分别绘制 3 条直线，完成模型的绘制，效果如图 8-7 所示。

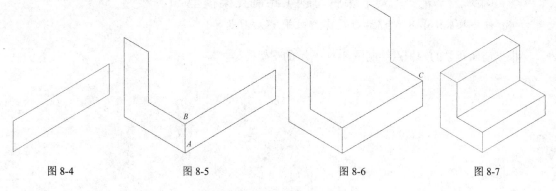

图 8-4　　　　　　图 8-5　　　　　　图 8-6　　　　　　图 8-7

【课堂练习】绘制立方体

最终效果：第 8 章/课堂练习/最终效果/课堂练习 8-1

（1）将视图转换为等轴测捕捉视图，按"F5"键切换到等轴测平面右视图。然后使用 LINE 命令绘制一个矩形，如图 8-8 所示。其命令提示及操作如下。

命令：line✓	//执行命令
指定第一点：	//在任意位置指第一个点
指定下一点或 [放弃(U)]：20✓	//指定长度并确认
指定下一点或 [放弃(U)]：30✓	//指定长度并确认
指定下一点或 [闭合(C)/放弃(U)]：20✓	//指定长度并确认
指定下一点或[闭合(C)/放弃(U)]：c✓	//输入 c 并确认

（2）按"F5"键切换到等轴测平面左视图，然后使用 LINE 命令绘制另外一个矩形，如图 8-9 所示。其命令提示及操作如下。

命令：line✓	//执行命令
指定第一点：	//捕捉 A 点为第一个点
指定下一点或 [放弃(U)]：20✓	//指定长度并确认
指定下一点或 [放弃(U)]：20✓	//指定长度并确认
指定下一点或 [闭合(C)/放弃(U)]：	//捕捉 B 点并确认

（3）使用 LINE 命令绘制两条直线，完成立方体的绘制，如图所示，其命令提示及操作如下。

命令：line✓	//执行命令
指定第一点：	//捕捉 C 点为第一个点
指定下一点或 [放弃(U)]：20✓	//指定长度并确认
指定下一点或 [闭合(C)/放弃(U)]：	//捕捉 D 点并确认，效果如图 8-10 所示

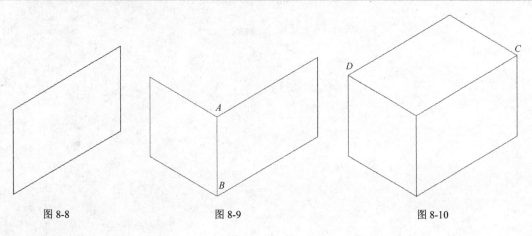

图 8-8　　　　　　图 8-9　　　　　　图 8-10

【课后习题】绘制支架模型

最终效果：第 8 章/课后习题/最终效果/课后习题 8-1

根据前面所学的知识点绘制图 8-11 所示的支架模型。

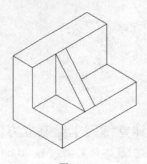

图 8-11

第9章
室内装饰制图

教学目标：

本章将通过一个比较有代表性的住宅装修设计案例的解析，让读者能熟练使用 AutoCAD 进行室内装修绘图，同时对室内装修设计原则的理解与对设计风格的把握有更多的了解。

学习要点：

➢ 室内装饰平面图的绘制

➢ 室内装饰立面图的绘制

➢ 户型结构图的绘制

9.1 室内设计知识

9.1.1 室内设计概述

室内设计的目的有两点：一是保证人们在室内生存的基本居住条件；二是提高室内环境的精神层次，增强人们灵性的审美价值。它必须做到以物质为用，以精神为本，用有限的物质创造无限的精神价值。

室内装修设计图纸在建筑工程图的基础上，详细地表达出室内空间的环境效果。它通常包括建筑结构图、平面布置图、天棚布置图、立面图、剖面图以及局部详图。它是施工人员进行装修施工时的依据，是对施工工程的说明。

绘制装修设计图需要注意以下两个事项。

➢ 地面材料的标示。为了看得清楚，一般只绘浴厕、厨房、阳台等地方的地面材质。所以一般把所用的材料缩小绘制在平面图上，如木地板的木纹、地毯的图纹等。

➢ 室内装修设计平面图与施工平面图有所不同，室内装修设计平面图为了清楚、整洁，可以不标注材料，施工图是给施工人员看的，不需要施工的部分一般不画到图中，但施工图中的标示及符号必须清楚、明白，以便于施工。

室内装修设计的工作流程如下：

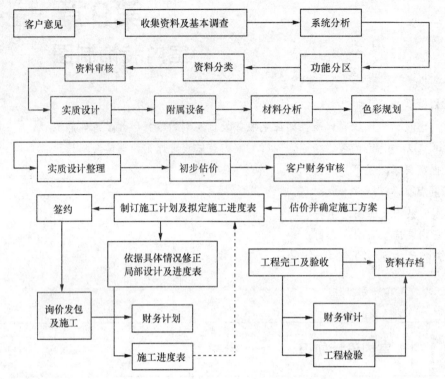

9.1.2 绘图知识

绘制专业的室内装修设计图必须按照严格的规范来完成，如门的开启方向用 1/4 圆或三角形符号来表示，门的标示以开启的位置绘制，并绘得略重或略粗，与地面的材质填充线相区别。入口最好有一个箭头指示，说明是主要入口，墙线应绘得重一点，内部涂黑或上色，但不可绘出平面墙线之外。墙面外缘线要比家具用线深，以示区别。就室内设计而言，必须掌握以下制图规范。

1. 图纸尺寸（单位：mm）

图纸尺寸的标准规格如下。

A0：841×1189；

A1：594×841；

A2：420×594；

A3：297×420；

A4：210×297；

A5：148×297。

2. 图标

图标用来记录这张图的设计者、图号、审核者、工程项目等，以便于图纸的鉴别与查找，其中包括大图标、小图标和签字图标。大图标用于 A0、A1 及 A2 号图纸，位置在图纸的右下角，如图 9-1 所示。

小图标用于 A2、A3 及 A4 号图纸，位置在图纸的右下角，如图 9-2 所示。签字图标配合小图标签字用，放在图纸左面图框线外的上方，如图 9-3 所示。

3. 尺寸规范

标高以 m 为单位，其余均以 mm 为单位。尺寸线的起止点一般采用短画线和圆点，如图 9-4 和图 9-5 所示。

图 9-1

图 9-2

图 9-3

图 9-4

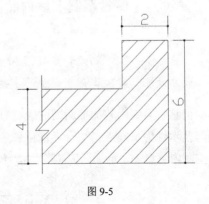

图 9-5

9.1.3 室内空间尺寸

家居场所是人们日常生活的主要地方，平面布置时应充分考虑到人体活动尺度对空间的要求对各功能区进行划分。

1. 设计尺寸

在室内设计中，家具设计和摆放应该以人体工程学的尺度为依据，根据人体形态及行动范围找出生活的合理行为尺寸。

➢ 设备尺度：根据设备规格尺寸确定与合理使用器物相关的配合尺寸。

➢ 材料尺度：根据模具系列尺寸，如 1.3m×2.6m、1m×2m、1m×1.3m 等规格，确定相对应的设计尺寸。

➢ 习惯尺度：传统设计的市场产品尺寸常不符合习惯使用的尺度，在设计上应予以调整改进。

➢ 视觉尺度：用目测丈量尺寸，用视觉比例决定美学尺寸。用视基点审视，即将物体放在一定尺寸的基座上观看，从而找出视觉美感的尺寸。

> 绘图尺度与实物尺寸：图纸上所设计的完美尺寸往往与实物的尺寸有很大的差异，设计时应予以注意。
> 反传统设计的美学尺度：不合常规的美学尺度，如残缺美感、扭曲美学尺寸等。
> 规划尺度：以一定比例设计的尺寸。

2. 开关插座位置

开关依区域性使用做集中位置管理。注意双极开关的设计，须尽量方便使用。

> 一般开关位置距地面约 120cm 高。
> 一般浴厕及工作间插座距地面约 120cm 高。
> 一般室内插座距离地面约 30cm 高。
> 一般床头柜上方插座高 65~70cm。
> 一般梳妆台使用插座高约 90cm。
> 衣柜插座留在柜子踢脚板上。
> 根据需要地板面可做地板插座，表面与地面齐平。
> 书桌、办公桌插座可做成嵌入式，与桌面位于同一平面。

9.2 【课堂案例】室内装饰平面图

原始文件：第 9 章/课堂案例/原始文件/课堂案例 9-1、床图块等
最终效果：第 9 章/课堂案例/最终效果/课堂案例 9-1

本实例将学习室内装饰平面图的绘制方法和技巧。在绘制室内平面图时，平面的布局应从实用性与艺术性为出发点，综合考虑色彩、线条、光环境与房屋结构的重要关系，在一个有限的室内空间内营造一个舒适、完整的生活环境。本实例效果如图 9-6 所示。

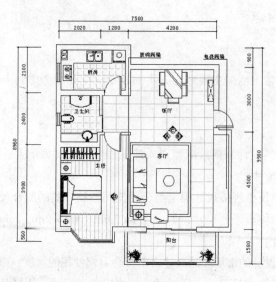

图 9-6

9.2.1 绘制家具图形

（1）根据原始文件路径打开室内平面结构图，如图 9-7 所示。然后绘制室内常见的家具图形。

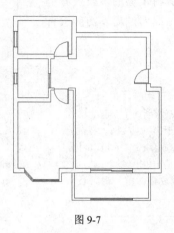

图 9-7

（2）在命令提示行中输入 PL 并按回车键，然后绘制出沙发的长宽线条，其命令操作如下。

```
命令: pl↙                        //执行命令
PLINE
指定起点:                         //在图形上指定一个起点
当前线宽为 0.0000
指定下一个点或 [圆弧(A)/半宽(H)/长度(L)/放弃(U)/宽度(W)]: 700↙         //向上移动光标，输
入 700 并确认，指定线条的下一个点，如图 9-8 所示
指定下一点或 [圆弧(A)/闭合(C)/半宽(H)/长度(L)/放弃(U)/宽度(W)]: 2400↙  //向右移动光标，输
入 2400 并确认，指定线条的下一个点，如图 9-9 所示
指定下一点或 [圆弧(A)/闭合(C)/半宽(H)/长度(L)/放弃(U)/宽度(W)]: 700↙   //向下移动光标，输
入 700 并确认，指定线条的下一个点，如图 9-10 所示
指定下一点或 [圆弧(A)/闭合(C)/半宽(H)/长度(L)/放弃(U)/宽度(W)]:       //结束操作，效果如
图 9-11 所示
```

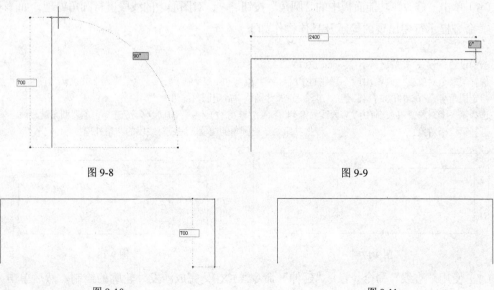

图 9-8

图 9-9

图 9-10

图 9-11

（3）在命令提示行中执行"偏移"命令（O），向内偏移线段。在命令提示行提示"指定偏移距离或[通过(T)<通过>]"后输入数值 150，确定沙发扶手、靠背的宽度为150mm，如图 9-12 所示。

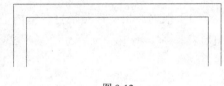

图 9-12

（4）使用"分解"命令（X）将偏移的多段线分解开，然后使用"偏移"命令（O）向右偏移左边的垂直线段，其操作如下。

```
命令：offset↙           //执行命令
当前设置：删除源=否  图层=源  OFFSETGAPTYPE=0
指定偏移距离或 [通过(T)/删除(E)/图层(L)] <150.0000>： 700↙      //设置偏移距离
选择要偏移的对象，或 [退出(E)/放弃(U)] <退出>：              //选择偏移对象，如图 9-13 所示
指定要偏移的那一侧上的点，或 [退出(E)/多个(M)/放弃(U)] <退出>：  //向右方偏移，效果如图 9-14 所示
选择要偏移的对象，或 [退出(E)/放弃(U)] <退出>：              //选择偏移对象，如图 9-15 所示
指定要偏移的那一侧上的点，或 [退出(E)/多个(M)/放弃(U)] <退出>：  //向右方偏移，效果如图 9-16 所示
选择要偏移的对象，或 [退出(E)/放弃(U)] <退出>：              //结束操作
```

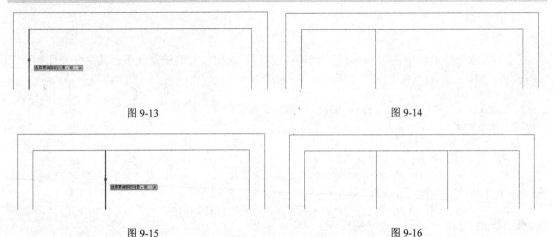

图 9-13

图 9-14

图 9-15

图 9-16

（5）使用"偏移"命令（O）将上方的线条向下偏移 650，效果如图 9-17 所示。

（6）单击"修改"功能面板中的"圆角"按钮，对图形中的线段进行圆角处理，如图 9-18 所示。命令提示行中出现的提示及具体操作如下。

```
命令：_fillet
当前设置：模式 = 修剪，半径 = 0.0000
选择第一个对象或 [放弃(U)/多段线(P)/半径(R)修剪(T)/多个(U)]：r↙  //输入 r 并确认
指定圆角半径<0.0000>：45↙    //输入 45 并确认，确定圆角的角度
选择第一个对象或 [放弃(U)/多段线(P)/半径(R)/修剪(T)/多个(U)]：    //选择一条要圆角的线段
选择第二个对象：            //选择第二条要圆角的线段，完成对线段的圆角处理
```

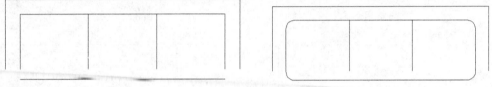

图 9-17

图 9-18

（7）使用"直线"命令（L）、"延伸"命令（EX），完成沙发外轮廓的绘制。然后单击"绘图"功能面板中的"圆弧"按钮，绘制沙发的折皱线条，效果如图 9-19 所示。

（8）单击"修改"功能面板中的"旋转"按钮⟳，将沙发旋转 90° 度并放入平面图客厅位置处，用同样的方法再绘制一个单人沙发，效果如图 9-20 所示。

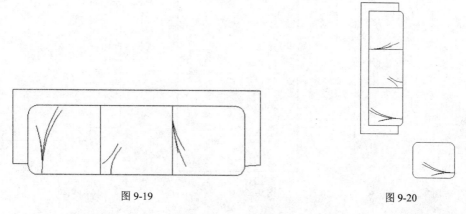

图 9-19   图 9-20

（9）使用"偏移"命令（O）分别向上和向下偏移沙发扶手外轮廓线段，偏移数值为 500，确定地毯的宽度；使用"偏移"命令（O）向右偏移沙发靠垫外轮廓线，输入偏移数值 2850，确定地毯的长度为 2850mm，然后使用"延伸"命令（EX）和"修剪"命令（TR）修改地毯外轮廓线段，如图 9-21 所示。

（10）执行"偏移"命令（O），设置偏移数值为 100，向内偏移地毯外轮廓线段，使用"矩形"命令（REC）绘制一个长 900、宽 900 的正方形，作为茶几外轮廓线，摆放如图 9-22 所示的位置。

（11）使用"圆"命令（C）绘制一个半径为 200 的圆，然后将这个圆移到茶几上，作为茶几的内轮廓线。效果如图 9-23 所示。

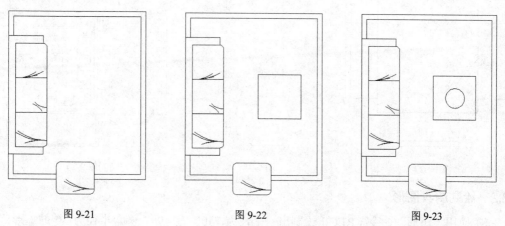

图 9-21   图 9-22   图 9-23

（12）使用"矩形"命令（REC）绘制一个长 500、宽 500 的矩形，使用"圆"命令（C）分别绘制半径为 140 和 120 的圆，再使用"直线"命令（L）绘制两条直线，绘制出装饰茶几效果，如图 9-24 所示。

（13）使用"矩形"命令（REC）分别绘制一个长 1200、宽 700 的矩形和一个长 490、宽 220 的矩形，如图 9-25 所示，然后使用"分解"命令（X）将矩形分解。

（14）参照图 9-26 所示的尺寸，使用"偏移"命令（O）、"延伸"命令（EX）、"复制"命令（COPY）和"镜像"命令（MI），绘制出餐厅桌椅的外轮廓线。

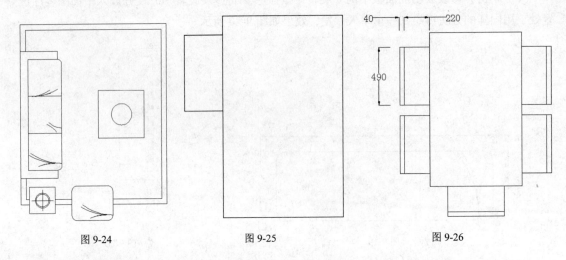

图 9-24   图 9-25   图 9-26

（15）使用"直线"命令（L）在餐桌上绘制几条斜线表示玻璃纹路，如图 9-27 所示。

（16）使用"矩形"命令（REC）和"直线"命令（L）绘制出餐厅装饰柜，并将内部线条设置为虚线，效果如图 9-28 所示。

（17）将绘制好的沙发、餐桌和装饰柜图形移动到平面的图合适位置，效果如图 9-29 所示。

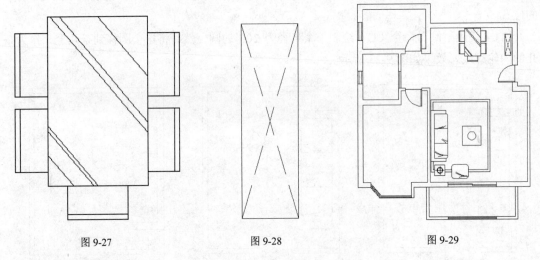

图 9-27   图 9-28   图 9-29

9.2.2 绘制厨具图形

（1）使用"矩形"命令（REC）绘制出一个长为 740、宽 490、圆角半径为 30 的矩形，如图 9-30 所示。其命令操作如下。

```
命令: rec✓                                          //执行命令
指定第一个角点或 [倒角(C)/标高(E)/圆角(F)/厚度(T)/宽度(W)]: f✓     //选择圆角选项
指定矩形的圆角半径 <0.0000>: 30✓                      //设置圆角半径为 30
指定第一个角点或 [倒角(C)/标高(E)/圆角(F)/厚度(T)/宽度(W)]:        //指定第一角点
指定另一个角点或 [面积(A)/尺寸(D)/旋转(R)]: @740,490✓           //设置矩形的长宽值
```

（2）使用"矩形"命令（REC）在矩形框内绘制两个大小相同的圆角矩形，其尺寸为 310×370，圆角半径为 50，如图 9-31 所示。

（3）使用"矩形"命令（REC）绘制出水龙头的轮廓，其尺寸为 58×136，如图 9-32 所示，然后使用"分解"命令（X）将矩形分解。

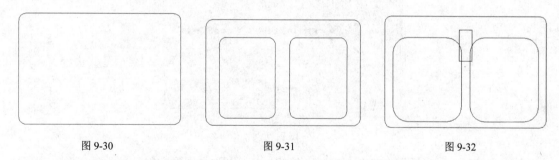

图 9-30　　　　　　　　　　图 9-31　　　　　　　　　　图 9-32

（4）执行"偏移"命令（O），选择矩形框左右两边线段向内偏移 18，作为绘制水龙头的辅助线段，效果如图 9-33 所示。

（5）执行"圆弧"命令（A），在水龙头上绘制一条弧线，然后执行"直线"命令（L），捕捉圆的端点，绘制水龙头的外框线，效果如图 9-34 所示。

（6）使用"修剪"命令（TR）和"删除"命令（E）对多余的线段进行修改。使用"旋转"命令（RO）将绘制完成的水龙头旋转到一个合适位置，效果如图 9-35 所示。

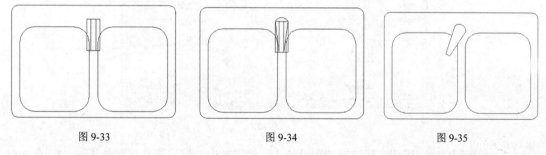

图 9-33　　　　　　　　　　图 9-34　　　　　　　　　　图 9-35

（7）使用"圆"命令（C）在洗菜盆的中心各绘制两个半径为 30 的圆，表示出水孔。在洗菜盆上水龙头旁边绘制 2 个半径为 20 的圆，表示冷热水的开关，效果如图 9-36 所示。

（8）配合使用"偏移"命令（O）、"修剪"命令（TR）绘制出灶台，设置偏移距离为 600，效果如图 9-37 所示。

（9）配合使用"偏移"命令（O）、"直线"命令（L）绘制出厨房的烟洞，效果如图 9-38 所示。

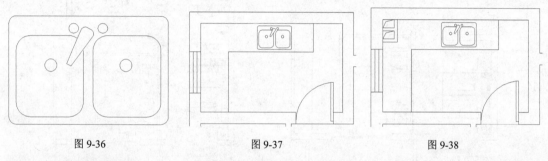

图 9-36　　　　　　　　　　图 9-37　　　　　　　　　　图 9-38

9.2.3　插入平面图块

（1）在命令提示行中输入 I 并确认，打开"插入"对话框，如图 9-39 所示。

图 9-39

（2）在"插入"对话框中单击 浏览(B)... 按钮，打开"选择图形文件"对话框，选择"床"素材，如图 9-40 所示。

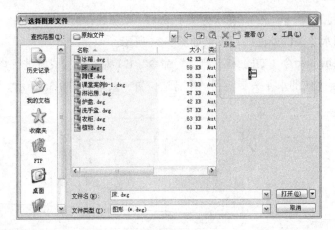

图 9-40

（3）单击 打开(0) 按钮，将选择的图形插入到绘图区中，然后将其移到卧室中，如图 9-41 所示。

（4）使用同样的方法，在卧室中插入"衣柜"、"植物"图块；在厨房中插入"炉盘"和"冰箱"图块，在卫生间插入"淋浴房"、"洗手盆"、"蹲便"图块，完成效果如图 9-42 所示。

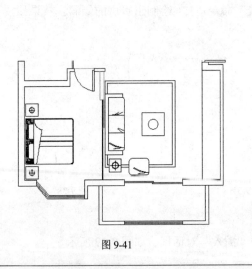

图 9-41

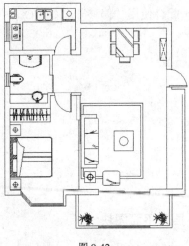

图 9-42

9.2.4　添加文字标注

（1）将"文字"图层设置为当前图层，单击"注释"功能面板中的"多行文字"按钮A，在平面图中客厅位置处按住鼠标左键并拖曳出一个矩形区域，确定文字的书写范围，在开启的"文字编辑器"功能选项卡中设置文字的高度为180，如图9-43所示。

图9-43

（2）在文本编辑框中输入标注的文字内容"客厅"，然后单击"关闭"按钮，将创建的文字放置在客厅内，如图9-44所示。

（3）使用同样的方法添加其他文字标注，效果如图9-45所示。

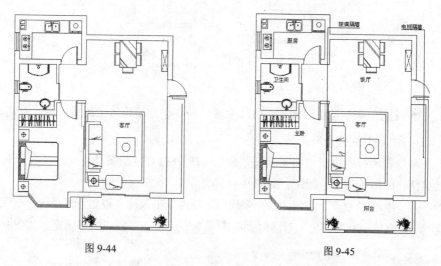

图9-44　　　　　　　　　　　图9-45

（4）执行"插入"命令（I），将局部立面标记插入到房间中，完成后的效果如图9-46所示。

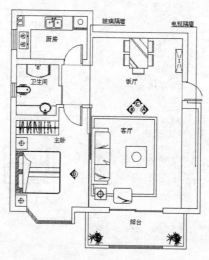

图9-46

9.2.5 填充图案

（1）将"填充"图层设置为当前图层，然后关闭对象捕捉模式和正交模式。在命令提示行中执行"多段线"命令（PL），沿客厅、餐厅边缘创建一条封闭多段线，效果如图 9-47 所示。

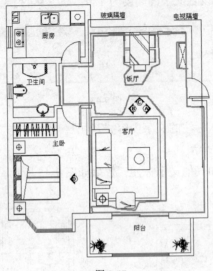

图 9-47

> 💡 提示："多段线"命令是在图案填充中经常用到的命令，因为填充图案必须在封闭的区域内进行，这种方法比较方便、快捷。

（2）在命令提示行中执行"图案填充"命令（H），打开"图案填充和渐变色"对话框，设置填充的类型、图案、角度、间距，如图 9-48 所示。

（3）单击"添加:拾取点"按钮 ⊞，在多线段区域内单击鼠标左键。等待系统分析完毕后按回车键，返回"图案填充和渐变色"对话框，单击 确定 按钮，完成图案填充，如图 9-49 所示。

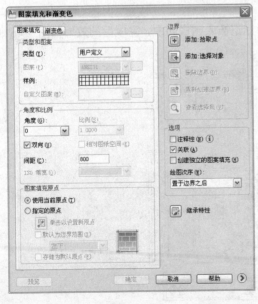

图 9-48

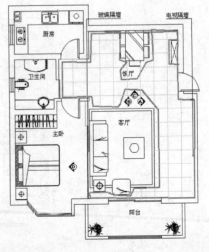

图 9-49

（4）使用"删除"命令（E）将多段线删除，完成客厅、餐厅地面材质图案的填充，然后在主卧室中绘制一条多段线，如图 9-50 所示。

（5）执行"图案填充"命令（H），打开"图案填充和渐变色"对话框，选择"预定义"类型，然后单击"图案"选项后面的 … 按钮，如图 9-51 所示。

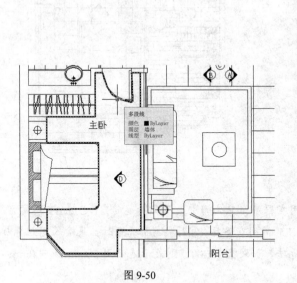

图 9-50

图 9-51

（6）在"填充图案选项板"对话框中选择 DOLMIT 图案，如图 9-52 所示，单击 确定 按钮返回"图案填充和渐变色"对话框，设置比例为 800，如图 9-53 所示。

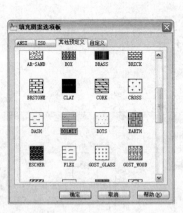

图 9-52

图 9-53

（7）单击"添加:选择对象"按钮，选择绘制的多段线，然后进行确认，填充的主卧木地板效果如图 9-54 所示。

（8）使用同样的方法，对厨房和卫生间进行图案填充，设置填充图案为 ANGIE，设置比例为 1000，填充效果如图 9-55 所示。

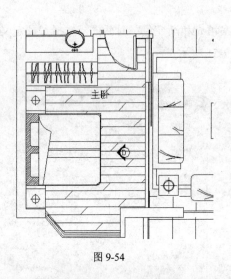

图 9-54

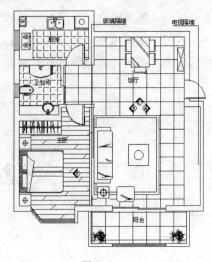

图 9-55

> **提示**：在选择图案时，ANGLE 图案常用在厨房、卫生间中表示防滑地砖，DOLMIT 图案常用在卧室、书房中表示木地板，NET 常用在餐厅、客厅。地面填充时如果输入间距 800，表示地面用 800mm × 800mm 的地砖。如果输入 500，则表示地面用 500mm × 500mm 的地砖。

9.2.6 标注平面图尺寸

（1）在"图层"下拉列表框中将"轴线"图层打开，效果如图 9-56 所示，然后选择"标注"图层作为当前图层。

（2）单击"标注"功能面板中的"标注样式"按钮，打开"标注样式管理器"对话框，如图 9-57 所示。

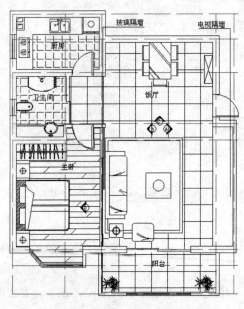

图 9-56

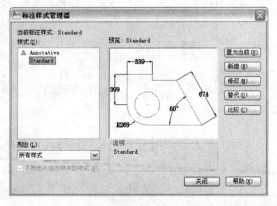

图 9-57

（3）单击 新建(N)... 按钮，打开"创建新标注样式"对话框，在"新样式名"文本框中输入样式名"室内装修"，如图9-58所示。

（4）单击 继续 按钮，打开"新建标注样式"对话框，在"线"选项卡中设置颜色为蓝色、"超出尺寸线"值为35、"起点偏移量"值为350，如图9-59所示。

（5）选择"箭头和符号"选项卡，设置箭头为"建筑标记"，设置箭头大小为35，如图9-60所示。

图9-58

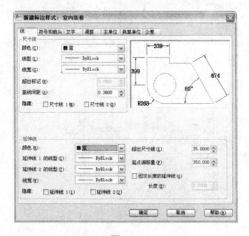

图9-59

图9-60

（6）选择"文字"选项卡，设置文字颜色为蓝色文字高度为180，设置文字的垂直对齐方式为"上"，设置"从尺寸线偏移"值为50，如图9-61所示。

图9-61

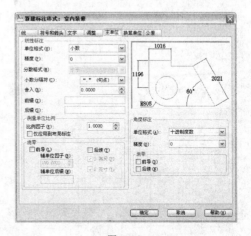

图9-62

（7）选择"主单位"选项卡，设置"精度"值为0，如图9-62所示。单击"确定"按钮，返回到"标注样式管理器"对话框中，然后单击"置为当前"按钮。

（8）单击"标注"功能面板中的"线性"按钮 ⊢，在绘图区选择尺寸标注的第一个原点，如图9-63所示，然后选择尺寸标注的第二个原点，如图9-64所示。

（9）在绘图区指定尺寸线的位置，如图9-65所示，然后单击鼠标左键进行确认，效果如图9-66所示。

（10）单击"标注"功能面板中的"连续"按钮 ⊞，然后在绘图区对其余尺寸进行连续标注，如图 9-67 所示。

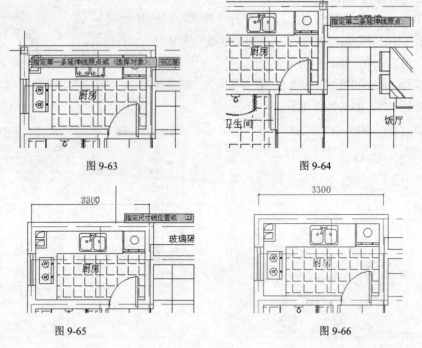

图 9-63   图 9-64

图 9-65   图 9-66

（11）使用同样的方法，创建结构图的其他尺寸标注，然后隐藏"轴线"图层，效果如图 9-68
所示。

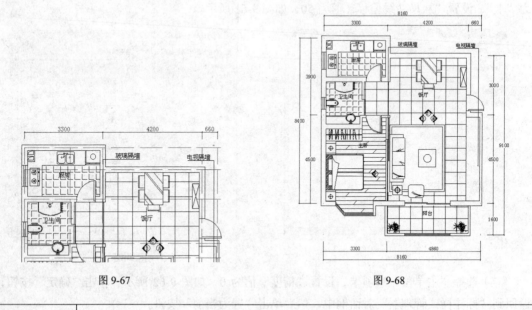

图 9-67   图 9-68

9.3 【课堂案例】绘制室内立面图

🔘 原始文件：第 9 章/课堂案例/原始文件/课堂案例 9-2

最终效果：第 9 章/课堂案例/最终效果/课堂案例 9-2

　　立面图同样是室内装修设计中重要的图样内容，不仅是为了更全面、更直观地展现装修内容的安排，更是进行装修施工的操作依据。立面装修内容的优秀表现，也是一个专业的室内设计师展现设计思想的有力途径。

9.3.1　客厅 A 立面图的绘制

　　在家庭装修中，客厅电视墙几乎是所有客厅装修中的重点，本实例的客厅 A 立面包括客厅电视墙和餐厅两个部分，如图 9-69 所示。

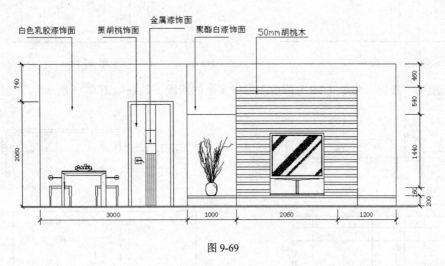

图 9-69

　　（1）执行"复制"命令（CO），复制客厅电视墙；然后使用"旋转"命令（RO）将墙体旋转 90°，使用"修剪"命令（TR）和"删除"命令（E）修改多余的图块与线段，完成后的效果如图 9-70 所示。

　　（2）参照修改后的客厅平面图，使用"直线"命令（L）绘制墙体线和地面水平线，如图 9-71 所示。

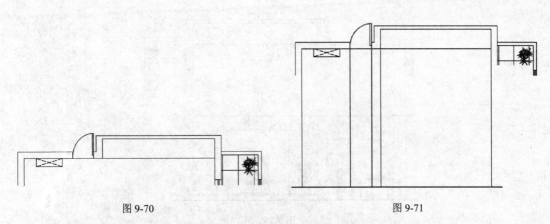

图 9-70　　　　　　　　　　　　　　　　　　　图 9-71

　　（3）使用"偏移"命令（O）将地平线向上偏移 2800，表示客厅的层高为 2800，然后使用"修剪"命令（TR）修剪多余线段，效果如图 9-72 所示。

　　（4）使用"偏移"命令（O）偏移左数第四条垂直线段，偏移距离依次为 800、2460，如图 9-73 所示。

　　（5）使用"偏移"命令（O）向下偏移上方的水平线段，偏移距离依次为 460、540、1600、

40，效果如图 9-74 所示。

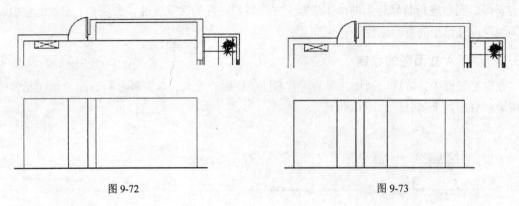

图 9-72　　　　　　　　　　　　　　　图 9-73

（6）使用"修剪"命令（TR）修剪图形中多余的线段，效果如图 9-75 所示。

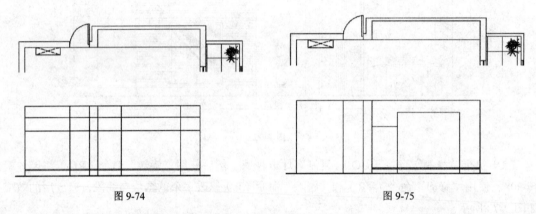

图 9-74　　　　　　　　　　　　　　　图 9-75

（7）根据原始文件路径打开立面图块，将电视机、装饰干花、门、餐桌等图块复制到客厅立面图中，完成效果如图 9-76 所示。

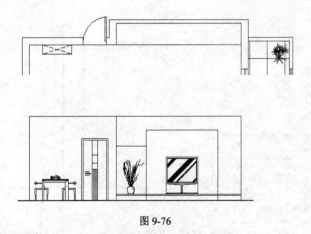

图 9-76

（8）执行"图案填充"命令（H），然后对电视背景墙进行填充，选择 ANSI31 作为填充图案，设置各项参数如图 9-77 所示，填充效果如图 9-78 所示。

（9）使用"线性"标注命令（DAL）和"连续"标注命令（DCO）对图形进行尺寸标注，效果如图 9-79 所示。

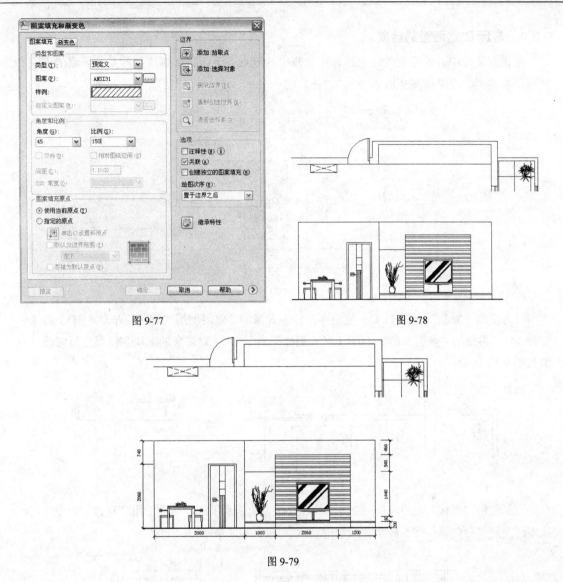

图 9-77

图 9-78

图 9-79

（10）将"文字"图层设为当前图层，然后使用"快速引线"命令绘制需要进行文字说明的文字引线，然后配合使用"多行文字"命令（MT）对图形进行文字说明，最终效果如图 9-80 所示。

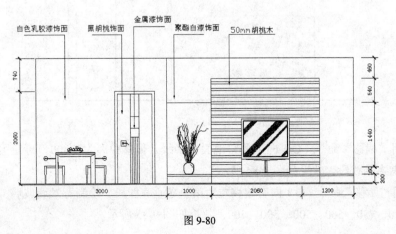

图 9-80

9.3.2 客厅 B 立面图的绘制

在家庭装修中，沙发背景墙也是客厅装修中的重点，下面将讲解绘制沙发背景墙的方法和技巧。本实例的效果如图 9-81 所示。

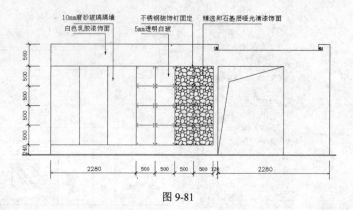

图 9-81

（1）使用"复制"命令（CO）复制客厅沙发背景墙，然后使用"旋转"命令（RO）将墙体旋转 90°，再使用"修剪"命令（TR）和"删除"命令（E）对多余的图块和线段进行修改，效果如图 9-82 所示。

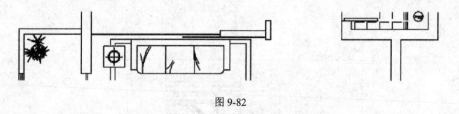

图 9-82

（2）使用"直线"命令（L）绘制一条直线作为地面水平线，然后使用"延伸"命令（EX）从平面图局部延伸墙体线，确定背景墙的宽度，如图 9-83 所示。

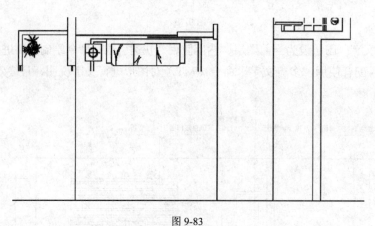

图 9-83

（3）使用"偏移"命令（O）向上偏移地面水平线，偏移距离为 2800，再使用"修剪"命令（TR）修剪多余线段，效果如图 9-84 所示。

（4）使用"偏移"命令（O）向右偏移左边第一条垂直线段，绘制背景墙玻璃，偏移距离依次为 750、750、750、500、500、500、500，效果如图 9-85 所示。

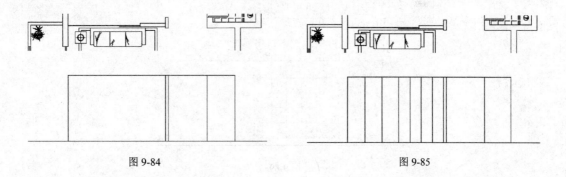

图 9-84　　　　　　　　　　　　　　图 9-85

（5）使用"偏移"命令（O）向上偏移下方水平线段，设置偏移距离为 240，然后将上方水平线段向下偏移 560，如图 9-86 所示。

、（6）使用"修剪"命令（TR）对多余线段进行修剪处理，效果如图 9-87 所示。

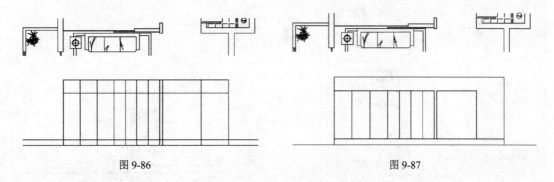

图 9-86　　　　　　　　　　　　　　图 9-87

（7）使用"偏移"命令（O）向下偏移上方第二条水平线，偏移距离依次为 500、500、500，然后使用"修剪"命令（TR）修剪多余线段，效果如图 9-88 所示。

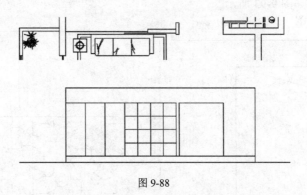

图 9-88

（8）使用"圆"命令（C）绘制一个直径为 15 的圆，然后使用"复制"命令（CO）对圆进行复制，使其效果如图 9-89 所示。

（9）执行"图案填充"命令（H），选择 GRAVEL 图案对图形进行填充，设置"比例"为 200，如图 9-90 所示。然后对客厅立面图右方的装饰面进行填充，效果如图 9-91 所示。

（10）使用"直线"命令（L）在门洞内绘制镂空效果，然后结合使用"直线"命令（L）和"修剪"命令（TR）绘制出吊顶造型，如图 9-92 所示。

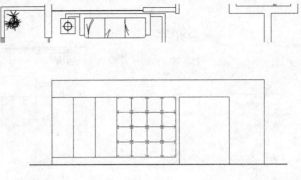

图 9-89

图 9-90

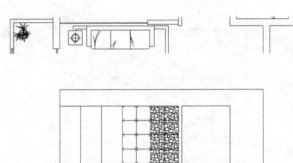

图 9-91

（11）结合使用"直线"命令（L）、"修剪"命令（TR）和"矩形"命令（REC）绘制吊顶处的射灯图形，效果如图 9-93 所示。

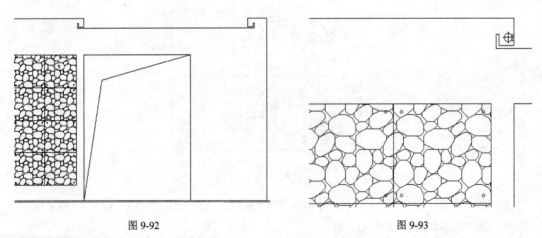

图 9-92　　　　　　　　　　　　　　　　　　图 9-93

（12）使用"线性"标注命令（DAL）和"连续"标注命令（DCO）对图形进行尺寸标注，效果如图 9-94 所示。

（13）使用"快速引线"命令绘制需要进行文字说明的文字引线，然后配合使用"多行文字"命令（MT）对图形进行文字说明，完成客厅 B 立面图的绘制，效果如图 9-95 所示。

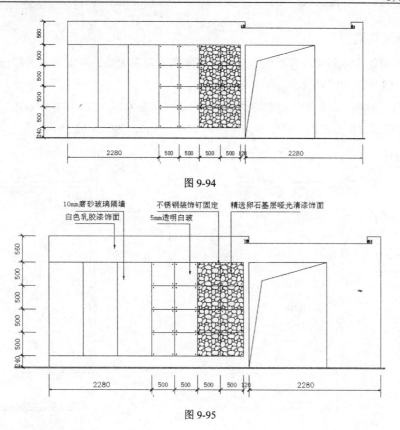

图 9-94

图 9-95

9.4 【课堂练习】绘制天花图

🔘 原始文件：第 9 章 / 课堂练习 / 原始文件 / 课堂练习 9-1、灯具

最终效果：第 9 章 / 课堂练习 / 最终效果 / 课堂练习 9-1

在家庭装修设计中，合理地进行天花的顶面造型与灯具分布，可以使室内空间给人一种愉悦的感觉。请利用所学的知识，练习天花图的绘制。本实例的效果如图 9-96 所示。

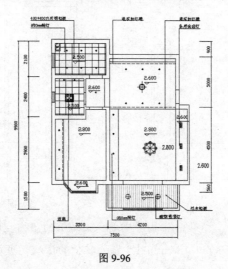

图 9-96

9.4.1 绘制天花造型

（1）根据原始文件路径打开平面布置图，删除与天花图无关的平面图块及线段，然后使用"直线"命令（L）绘制门窗线，如图 9-97 所示。

（2）使用"偏移"命令（O）将客厅左边的内墙线向右偏移 500，将客厅右边的内墙线向左偏移 720。选择餐厅顶面的内墙线依次向下偏移 200、2800，如图 9-98 所示。

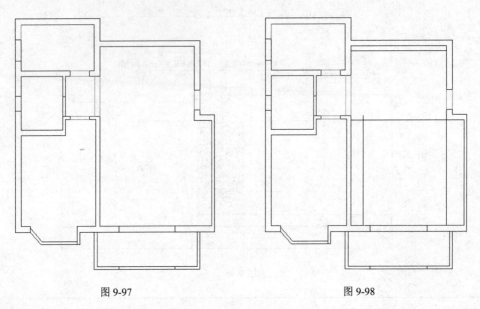

图 9-97　　　　　　　　　　　　　　　　　图 9-98

（3）使用"偏移"命令（O）将卧室左边的内墙线向右偏移 350，使用"直线"命令（L）在卧室窗台处绘制一条直线，如图 9-99 所示。

（4）使用"修剪"命令（TR）对线条进行修剪，完成天花造型的创建，效果如图 9-100 所示。

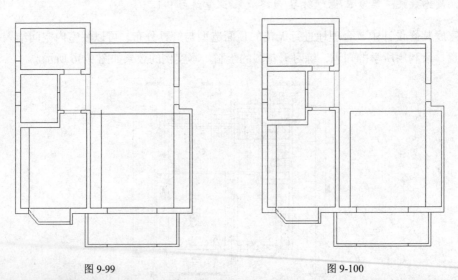

图 9-99　　　　　　　　　　　　　　　　　图 9-100

> **提示：** 一般户型的层高为 2.8～3m，由于需要保证足够的室内空间高度，在设计吊顶时，吊顶的厚度通常为 15cm、18cm，对于层高较低的区域，可以处理成局部吊顶。

9.4.2　插入灯具图形

（1）根据原始文件路径打开灯具图形，如图 9-101 所示，然后将相应的灯具图形复制到对应的位置，如图 9-102 所示。

图 9-101

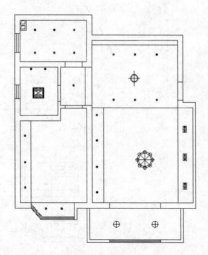

图 9-102

> **提示：** 在 AutoCAD 制图过程中，通常用特定的图形样式表示相应的图形对象，图 9-101 中列举出常用灯具的表示。

（2）使用"图案填充"命令（H）对厨房、卫生间、阳台天花进行填充，完成后的效果如图 9-103 所示。

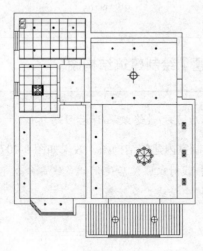

图 9-103

9.4.3　创建标高与说明文字

（1）使用"直线"命令（L）在客厅中央位置绘制一个表示标高的符号，如图 9-104 所示。

（2）使用"多行文字"命令（MT）创建文字内容 2.800，表示卧室层高为 2.8m，然后将文字放在标高符号上方，如图 9-105 所示。

（3）使用相同的方法创建其他标高符号和文字标注，然后配合使用引线命令、"多行文字"命令对图形进行文字说明，最终效果如图 9-106 所示。

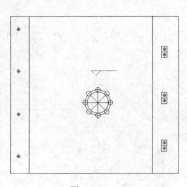

图 9-104

图 9-105

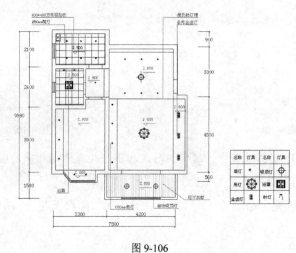

图 9-106

9.5 【课后习题】绘制建筑结构图

🔘 最终效果：第 9 章/课后习题/最终效果/课后习题 9-1

根据前面所学的知识点绘制室内建筑结构图，效果如图 9-107 所示。

💡 提示：首先需要绘制出中轴线对象，然后使用"多线"命令（ML）以中轴线为基准绘制墙体线，绘制完成，将中轴线对象隐藏即可。

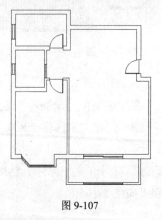

图 9-107

第10章
建筑制图（一）

教学目标：

　　本章将综合运用前面所介绍的知识，介绍绘制建筑图的方法和技巧。通过本章中建筑平面图、立面图的解析后，读者应该掌握建筑制图的流程与技巧。

学习要点：

➤ 建筑平面图的绘制

➤ 建筑立面图的绘制

➤ 建筑剖面图的绘制

10.1　建筑制图知识

10.1.1　建筑平面图知识

　　建筑平面图是表示建筑物在水平方向上房屋各部分的组合关系，通常由墙体、柱、门、窗、楼梯、阳台、尺寸标注、轴线和说明文字等元素组成。绘制建筑平面图的目的在于直观地反映出建筑的内部使用功能、建筑内外空间关系、装饰布置及建筑结构形式等。

　　要绘制建筑平面图，首先要学会识读建筑平面图。识读建筑平面图可分以下几个步骤进行。

　　（1）查看图名和比例，然后对照总平面图找出房屋朝向和主要出入口及次要出入口的位置。

　　（2）查看平面形式、房间的数量及用途、建筑物的外形尺寸（即外墙面到外墙面的总尺寸），以及轴线尺寸与门窗洞口间尺寸。轴线间尺寸横向称为开间，纵向称为进深。楼梯平面图中带长箭头的细线被称为行走线，用来指明上、下楼梯的行走方向。

　　（3）查看门窗的类型、数量与设置情况。门的编号用 M-1、M-2 等表示，窗的编号用 C-1、C-2 等表示，通过不同的编号查找各种类型门窗的位置和数量，通过对照平面图中的分段尺寸可查找出各类门窗洞口尺寸。门窗具体构造还要参照门窗明细表中所用的标准图集。

　　（4）深入查看各类房间内的固定设施及细部尺寸。

　　（5）在掌握以上所有内容后，便可逐层识读。在识读各楼层平面图时应注意着重查看房间的布置、用途及门窗设置等，以及它们之间的不同之处，尤其应注意各种尺寸及楼地面标高等问题。

10.1.2　建筑立面图知识

　　建筑立面图是按正投影法在与房屋立面平行的投影面上所作的投影图，用来表达建筑物的外形效果。在施工图中，建筑立面图主要反映房屋的外貌和立面装修的做法。建筑立面图应包括投影方向可见的建筑外轮廓线和墙面线脚、构配件、外墙面及必要的尺寸与标高等。

建筑立面图用来表现建筑物立面处理方式，各类门窗的位置、形式，以及外墙面各种粉刷的做法等内容。建筑立面图包括以下几类。

（1）按建筑的朝向来命名，如南立面图、北立面图、东立面图、西立面图。

（2）按立面图中首尾轴线编号来命名，如1~9立面图、A~E立面图。

（3）按建筑立面的主次（建筑主要出入口所在的墙面为正面）来命名，如正立面图、北立面图、左侧立面图、右侧立面图。

10.1.3 建筑剖面图知识

建筑剖面图是用一个假想的平行于正立投影面或侧立投影面的竖直剖切面剖开房屋，移去剖切面与观察者之间的房屋，将留下的部分按剖视方向向投影面作正投影所得到的图样，也就是房屋的垂直剖视图。

剖面图的剖切面通常由横向剖切，即平行于侧面，必要时也可由纵向剖切，即平行于正面。其位置应选择能反映房屋内部构造且比较复杂与典型的部位。剖面图的名称应与平面图上所标注的一致。建筑剖面图常用的比例为 1:50、1:100、1:200。剖面图中的室内外地坪通常用特粗实线表示；如果剖切到的部位为墙、楼板、楼梯等对象，通常用粗实线画出；如果没有剖切到可见的部分，通常用中实线表示；其他如引出线等通常用细实线表示。

10.2 【课堂案例】绘制建筑平面图

🔅 最终效果：第 10 章/课堂案例/最终效果/课堂案例 10-1

本实例将综合运用前面所学习的知识，绘制图 10-1 所示的住宅楼建筑平面图。通过本例中对绘制住宅楼建筑平面图的解析，读者应该掌握绘制建筑平面图的流程与技巧。

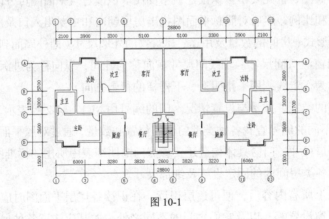

图 10-1

10.2.1 绘图准备

（1）执行"文件>新建"命令，在打开的"选择样板"对话框中选择 acad 样板，然后单击 打开⑩ 按钮，新建一个图形文件，如图 10-2 所示。

（2）单击"图层"功能面板中的"图层特性"按钮 🗇，在弹出的"图层特性管理器"面板中分别创建"轴线"、"墙线"、"门窗"、"标注"等图层，其参数如图 10-3 所示。

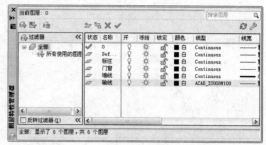

图 10-2   图 10-3

（3）执行"格式>单位"命令，打开"图形单位"对话框，在对话框中将长度单位设置成"小数"，将精度设置成 0，将单位设置为毫米，如图 10-4 所示。

（4）执行"格式>线型"命令，打开"线型管理器"对话框，在该对话框中将"全局比例因子"设置为 60，如图 10-5 所示。

图 10-4   图 10-5

10.2.2 绘制建筑轴线

（1）在"图层"功能面板中单击"图层"下拉按钮，在弹出的下拉列表中选择"轴线"图层，将"轴线"图层设为当前图层，如图 10-6 所示。

（2）打开正交模式，然后在命令提示行中执行"直线"命令（L），在绘图区绘制一条长为 38 000 的水平线段和一条长为 24 000 的垂直线段，如图 10-7 所示。

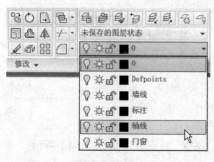

图 10-6   图 10-7

（3）单击"修改"功能面板中的"偏移"按钮，设置偏移数值为 2100，将垂直轴线向右方偏移，如图 10-8 所示。

（4）使用同样的方法，使用"偏移"命令（O）继续将偏移的线段向右依次偏移 600、3300、3300、3800、1300，如图 10-9 所示。

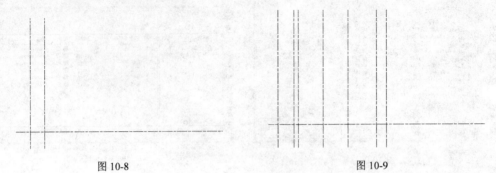

图 10-8　　　　　　　　　　　　　　　　　　图 10-9

（5）使用"偏移"命令（O）将水平轴线向上方偏移，设置偏移距离为 1500，效果如图 10-10 所示。

（6）使用同样的方法，使用"偏移"命令（O）继续将偏移的线段向上依次偏移 3600、1500、1500、3600，完成轴线的绘制，如图 10-11 所示。

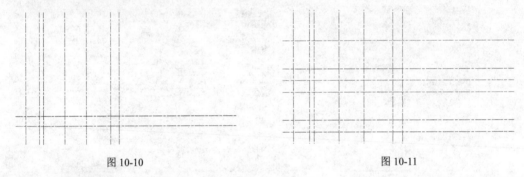

图 10-10　　　　　　　　　　　　　　　　　　图 10-11

10.2.3　绘制墙线

（1）单击"图层"功能面板中的"图层"下拉按钮，在弹出的下拉列表中单击"轴线"图层的"锁定"图标🔒，锁定"轴线"图层，如图 10-12 所示。

（2）单击"图层"功能面板中的"图层"下拉按钮，在弹出的下拉列表中选择"墙线"图层，将"墙线"图层设置为当前图层，如图 10-13 所示。

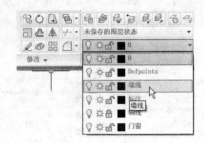

图 10-12　　　　　　　　　　　　　　　　图 10-13

（3）执行"格式>多线样式"命令，打开"多线样式"对话框，如图 10-14 所示。

（4）单击"修改"按钮，打开"修改多线样式"对话框，设置参数如图 10-15 所示，然后进行确认。

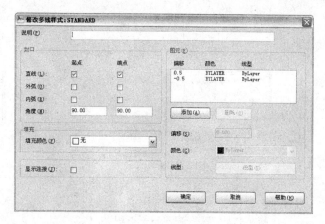

图 10-14   图 10-15

（5）在命令提示行中执行"多线"命令，通过捕捉轴线的端点和交点绘制外墙线。其命令提示及操作如下。

```
命令: mline↙                          //执行"多线"命令
当前设置: 对正 = 上, 比例 = 20.00, 样式 = STANDARD
指定起点或 [对正(J)/比例(S)/样式(ST)]: j↙     //选择"对正"选项
输入对正类型 [上(T)/无(Z)/下(B)] <上>: z↙      //选择"无"选项
当前设置: 对正 = 无, 比例 = 20.00, 样式 = STANDARD
指定起点或 [对正(J)/比例(S)/样式(ST)]: s↙     //选择"比例"选项
输入多线比例 <20.00>: 240↙            //指定多线比例
当前设置: 对正 = 无, 比例 = 240.00, 样式 = STANDARD
指定起点或 [对正(J)/比例(S)/样式(ST)]:     //指定多线起点, 如图10-16所示
```

（6）当命令提示行中提示"指定下一点:"时，指定多线的下一个点，如图10-17所示。

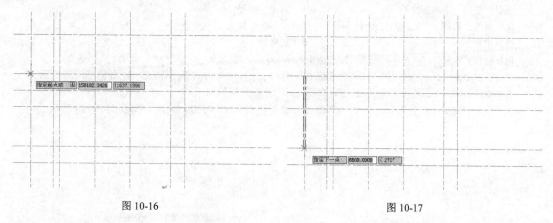

图 10-16   图 10-17

（7）使用同样的方法，当命令提示行中提示"指定下一点:"时，继续指定多线的另一点，如图 10-18 所示。

（8）使用"多线"命令（ML）绘制其他相同宽度的多线，如图 10-19 所示。

（9）执行"多线"命令（ML），设置多线的比例为 200，然后在绘图区绘制 A 处的阳台墙体线，效果如图 10-20 所示。

（10）使用同样的方法，在绘图区绘制 B 处的阳台墙体线，然后单击状态栏中的"隐藏线宽"按钮 ，效果如图 10-21 所示。

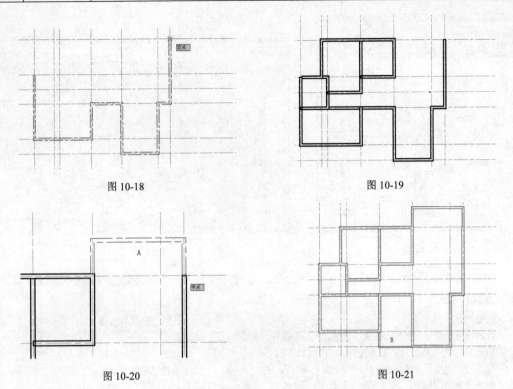

图 10-18

图 10-19

图 10-20

图 10-21

（11）执行"分解"命令（X），将绘制多线进行分解，然后执行"修剪"命令，对交叉处的
线条进行修剪处理，其命令提示及操作如下。

```
命令：trim↙                          //执行命令
当前设置：投影=UCS，边=无
选择剪切边...
选择对象或 <全部选择>:
选择对象：找到 1 个，总计 3 个         //选择剪切边，如图 10-22 所示
选择对象：                           //结束选择
选择要修剪的对象，或按住 Shift 键选择要延伸的对象，或
[栏选(F)/窗交(C)/投影(P)/边(E)/删除(R)/放弃(U)]:    //选择修剪的线条，如图 10-23 所示
选择要修剪的对象，或按住 Shift 键选择要延伸的对象，或
[栏选(F)/窗交(C)/投影(P)/边(E)/删除(R)/放弃(U)]:    //结束操作，效果如图 10-24 所示
```

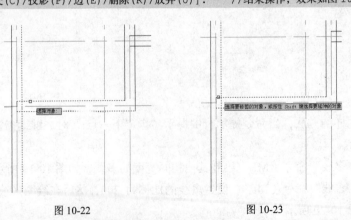

图 10-22

图 10-23

（12）使用同样的方法，修剪其他交叉的线段，然后删除多余的线段，隐藏轴线后的效果如
图 10-25 所示。

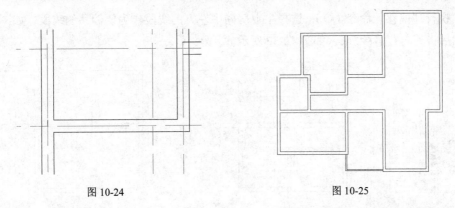

图 10-24　　　　　　　　　　　　　　　　图 10-25

（13）执行"圆角"命令，设置圆角半径为 0，对墙线进行圆角，连接分开的线段，其命令提示及操作如下。

```
命令: fillet↙                        //执行命令
当前设置: 模式 = 修剪, 半径 = 5.0000
选择第一个对象或 [放弃(U)/多段线(P)/半径(R)/修剪(T)/多个(M)]: r↙    //选择半径选项
指定圆角半径 <0.0000>: 0↙          //设置圆角半径为 0
选择第一个对象或 [放弃(U)/多段线(P)/半径(R)/修剪(T)/多个(M)]:       //选择圆角的第一线段, 如
图 10-26 所示
选择第二个对象, 或按住 Shift 键选择要应用角点的对象:              //选择圆角的第二线段, 如
图 10-27 所示, 圆角后的效果如图 10-28 所示
```

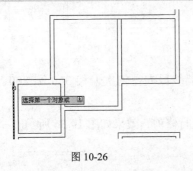

图 10-26

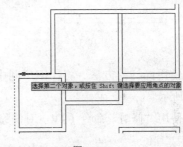

图 10-27

（14）为了后面便于讲解，这里将室内区域进行注明，各区域的功能如图 10-29 所示。

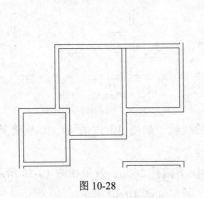

图 10-28

图 10-29

10.2.4　绘制门窗

（1）单击"图层"功能面板中的"图层"下拉按钮，在弹出的下拉列表中选择"门窗"图层，将"门窗"图层设置为当前图层，如图 10-30 所示。

（2）执行"偏移"命令（O），选择主卫房间中左方的线段作为要偏移的线段，如图 10-31 所示，然后将其向右偏移 360，如图 10-32 所示。

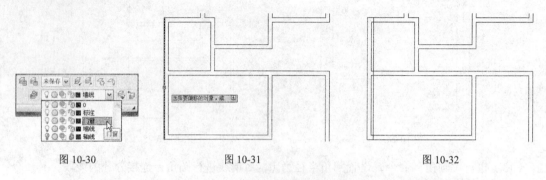

图 10-30　　　　　　　　　图 10-31　　　　　　　　　图 10-32

（3）使用"偏移"命令（O）将刚才偏移后的线段向右偏移 900，如图 10-33 所示。

（4）使用"修剪"命令（TR）对线段进行修剪，修剪后的效果如图 10-34 所示。

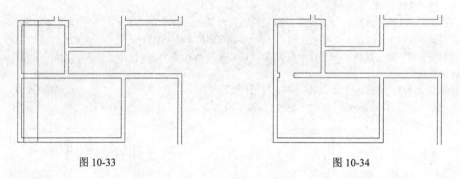

图 10-33　　　　　　　　　　　　　图 10-34

（5）使用同样的方法，将次卫房间中右方的外墙线段向左依次偏移 360 和 800，效果如图 10-35 所示。

（6）使用"修剪"命令（TR）对偏移后的线段进行修剪，效果如图 10-36 所示。

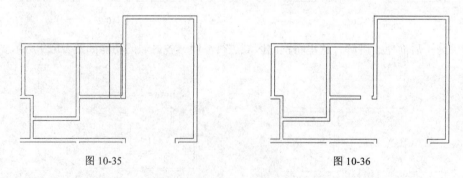

图 10-35　　　　　　　　　　　　　图 10-36

（7）执行"偏移"命令（O），选择厨房中上方的线段，如图 10-37 所示，然后将其向下方偏移 800，效果如图 10-38 所示。

（8）使用"偏移"命令（O）将偏移后的线段再向下偏移 1600，效果如图 10-39 所示。

（9）使用"修剪"命令（TR）对线段进行修剪，效果如图 10-40 所示。

（10）执行"偏移"命令（O），将主卫房间中右方的线段向右方偏移两次，偏移距离依次为 360 和 900，效果如图 10-41 所示。

（11）使用"修剪"命令（TR）对线段进行修剪，效果如图 10-42 所示。

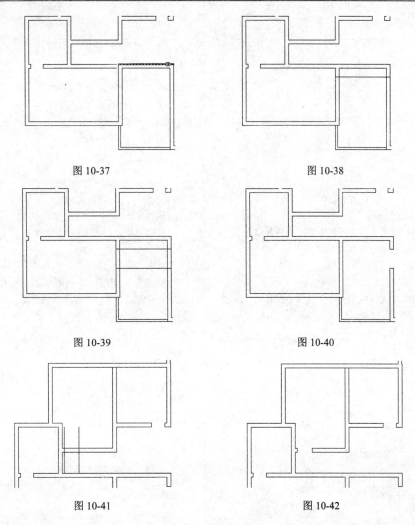

图 10-37   图 10-38

图 10-39   图 10-40

图 10-41   图 10-42

（12）执行"直线"命令（L），通过捕捉次卧门洞的顶点，绘制两条垂直线段，效果如图 10-43 所示。

（13）使用"修剪"命令（TR）对线段进行修剪，创建门洞效果，如图 10-44 所示。

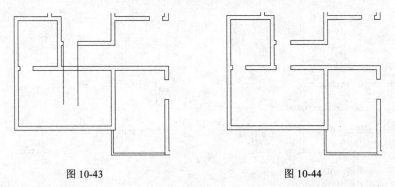

图 10-43   图 10-44

（14）执行"偏移"命令（O），将客厅中右下方的水平线段向下方偏移两次，偏移距离依次为 360 和 1000，效果如图 10-45 所示。

（15）使用"修剪"命令（TR）对线段进行修剪，创建进户门的门洞效果，如图 10-46 所示。

（16）在命令提示行中执行"拉伸"命令，将主卧门的门洞向右拉 1800，其命令操作如下。

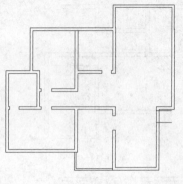

图 10-45

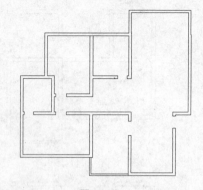

图 10-46

命令: stretch↙ //执行命令
以交叉窗口或交叉多边形选择要拉伸的对象... //框选对象，如图 10-47 所示
选择对象: 指定对角点: 找到 6 个
选择对象: //结束选择
指定基点或 [位移(D)] <位移>: //指定基点，如图 10-48 所示
指定第二个点或 <使用第一个点作为位移>: 1800↙ //向左移动对象，并输入拉伸距离，如图 10-49 所示，完成的效果如图 10-50 所示

图 10-47

图 10-48

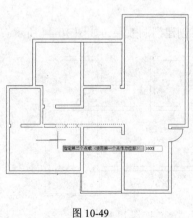

图 10-49

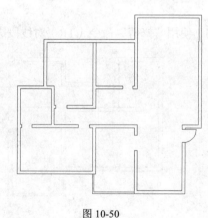

图 10-50

（17）在命令提示行中执行"直线"命令（L），在进门处绘制长度为 1000 的水平直线，如图 10-51 所示。

（18）在命令提示行中执行"圆弧"命令（ARC），绘制进户门的开关路线，其命令提示及操作如下。

```
命令:arc↙                              //执行命令
指定圆弧的起点或 [圆心(C)]:              //指定圆弧的起点,如图 10-52 所示
指定圆弧的第二个点或 [圆心(C)/端点(E)]: c↙   //选择"圆心"选项
指定圆弧的圆心:                          //指定圆弧的圆心,如图 10-53 所示
指定圆弧的端点或 [角度(A)/弦长(L)]:      //指定圆弧的端点,如图 10-54 所示,效果如图 10-55 所示
```

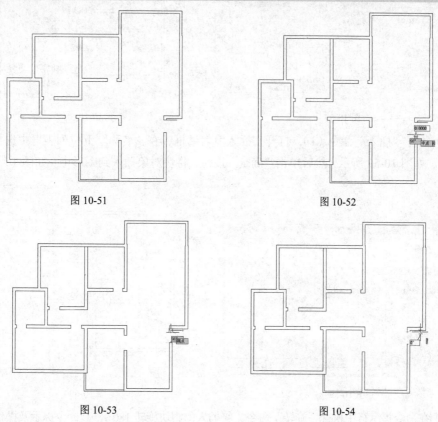

图 10-51

图 10-52

图 10-53

图 10-54

（19）使用同样的方法绘制主卧室门，门的宽度为 900，如图 10-56 所示。

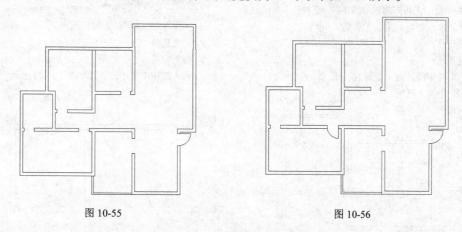

图 10-55

图 10-56

（20）在命令提示行中执行"块"命令（B），打开"块定义"对话框，在"名称"文本框中输入块名称，如图 10-57 所示。

（21）单击"选择对象"按钮 ，进入绘图区选择创建的主卧门图形，如图 10-58 所示，然后返回对话框中进行确认，即可创建主卧门图块。

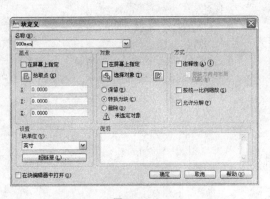

图 10-57

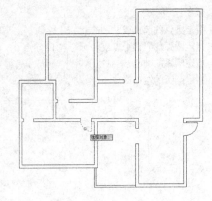

图 10-58

（22）执行"插入"命令（I），打开"插入"对话框，在"名称"下拉列表框中选择刚创建的块对象，如图 10-59 所示，然后单击"确定"按钮，将块对象插入到图形中，如图 10-60 所示。

图 10-59

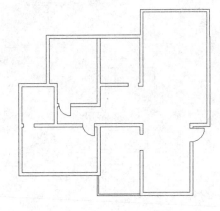

图 10-60

（23）在命令提示行中执行"旋转"命令，将插入的图块旋转 180°，其命令提示及操作如下。

```
命令：rotate↙                              //执行命令
UCS 当前的正角方向：ANGDIR=逆时针 ANGBASE=0
选择对象：指定对角点：找到 1 个               //选择对象，如图 10-61 所示
选择对象：                                  //结束选择
指定基点：                                  //指定旋转基点，如图 10-62 所示
指定旋转角度，或 [复制(C)/参照(R)] <0>：180↙   //输入旋转角度并确认，如图 10-63 所示，旋转后
的效果如图 10-64 所示
```

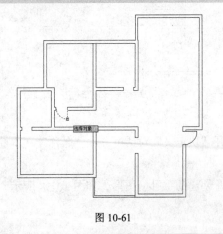

图 10-61

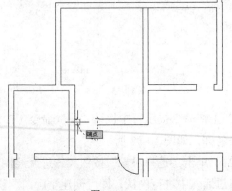

图 10-62

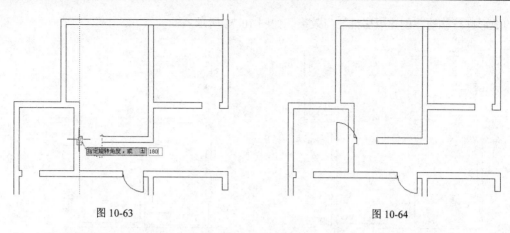

图 10-63　　　　　　　　　　　　　　　图 10-64

（24）使用"移动"命令（M）将旋转后的门向右移动，效果如图 10-65 所示。

（25）使用"拉伸"命令（S）将次卫生间的门洞向左移动 1900，效果如图 10-66 所示。

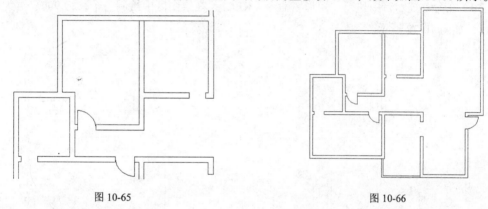

图 10-65　　　　　　　　　　　　　　　图 10-66

（26）使用同样的方法，创建主卫生间门图形，门的宽度为 800，效果如图 10-67 所示。

（27）使用"复制"命令（CO）将主卫生间门复制到次卫生间门洞中，如图 10-68 所示。

（28）在命令提示行中执行"矩形"命令，绘制一个长 830、宽 40 的矩形，其命令提示及操作如下。

```
命令：rectang↙               //执行命令
    指定第一个角点或 [倒角(C)/标高(E)/圆角(F)/厚度(T)/宽度(W)]：   //指定第一个角点，如图10-69所示
    指定另一个角点或 [面积(A)/尺寸(D)/旋转(R)]：@40,830↙          //输入矩形的长、宽值并确认，效果
如图10-70所示
```

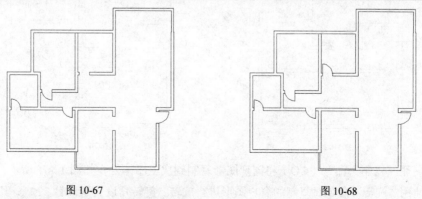

图 10-67　　　　　　　　　　　　　　　图 10-68

（29）使用"复制"命令（CO）将创建的矩形复制一次，然后使用"移动"命令（M）对复

制的矩形进行移动，创建厨房推拉门效果，如图 10-71 所示。

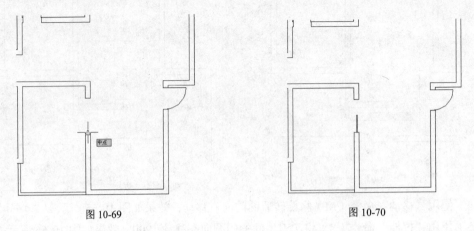

图 10-69   图 10-70

（30）在命令提示行中执行"矩形"命令（REC），在绘图区中绘制一个长为 900、宽为 240 的矩形，如图 10-72 所示。

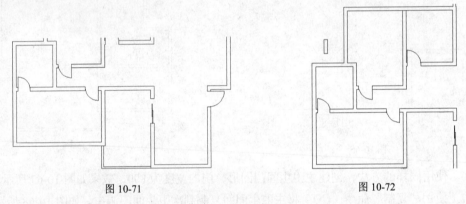

图 10-71   图 10-72

（31）执行"分解"命令（X），对绘制的矩形进行分解处理，然后使用"偏移"命令（O）将左右两条线段向中间偏移，其偏移距离为 80，如图 10-73 所示。

（32）使用"移动"命令（M）将创建好的窗户图形移到主卫的墙体中，如图 10-74 所示。

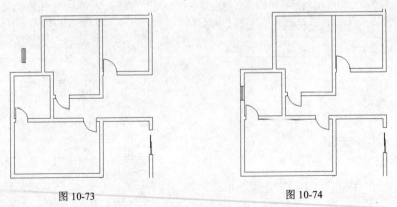

图 10-73   图 10-74

（33）使用"复制"命令（CO）将窗户图形复制到次卫墙体处，如图 10-75 所示。

（34）使用"旋转"命令对复制的窗户图形进行旋转，旋转角度为逆时针 270°，其命令提示及操作如下。

```
命令: rotate↙                                          //执行命令
UCS 当前的正角方向: ANGDIR=逆时针  ANGBASE=0
选择对象: 指定对角点: 找到 6 个                          //选择对象
指定基点:                                               //指定旋转的基点, 如图 10-76 所示
指定旋转角度, 或 [复制(C)/参照(R)] <0>: 270↙            //设置旋转角度, 效果如图 10-77 所示
```

图 10-75   图 10-76

（35）结合使用"矩形"命令（REC）、"偏移"命令（O）和"移动"命令（M）在餐厅墙体上绘制一个长度为 2200 的窗户图形，如图 10-78 所示。

图 10-77   图 10-78

（36）使用"偏移"命令（O）将主卧左方的垂直墙线向右依次偏移 1100 和 2000，效果如图 10-79 所示。

（37）使用"修剪"命令（TR）对偏移的线段进行修剪，创建主卧的窗洞，如图 10-80 所示。

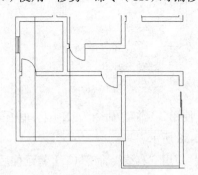

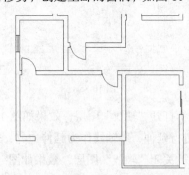

图 10-79   图 10-80

（38）在命令提示行中执行"多段线"命令，绘制一条多段线，其命令提示及操作如下。

```
命令: pline↙               //执行命令
指定起点:                   //指定起点, 如图 10-81 所示
当前线宽为 0.0000
指定下一个点或 [圆弧(A)/半宽(H)/长度(L)/放弃(U)/宽度(W)]: 480↙        //向下指定一个点,
```

长度为 480，如图 10-82 所示

指定下一点或 [圆弧(A)/闭合(C)/半宽(H)/长度(L)/放弃(U)/宽度(W)]：2000✓ //向右指定一个点，长度为 2000，如图 10-83 所示

指定下一点或 [圆弧(A)/闭合(C)/半宽(H)/长度(L)/放弃(U)/宽度(W)]： 指定下一点连接墙体线，效果如图 10-84 所示

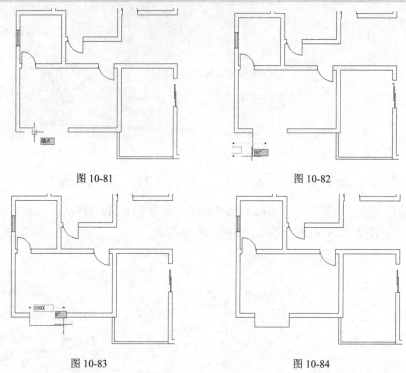

图 10-81

图 10-82

图 10-83

图 10-84

（39）使用"偏移"命令（O）将多段线向外依次偏移 40 和 160，效果如图 10-85 所示。

（40）使用"偏移"命令（O）将绘制的多段线向内偏移 60，效果如图 10-86 所示。

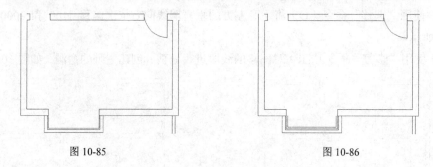

图 10-85

图 10-86

（41）打开"轴线"图层，效果如图 10-87 所示。使用"延伸"命令（EX）将向内偏移后的多段线进行延伸，以轴线作为延伸边界，效果如图 10-88 所示。

（42）关闭"轴线"图层，效果如图 10-89 所示。使用"直线"命令（L）将延伸后多段线的端点与墙线的中点连接在一起，创建出飘窗的效果，如图 10-90 所示。

（43）结合使用"偏移"命令（O）和"修剪"命令（TR），在次卧的墙体上创建一个窗洞效果，窗洞的宽度为 1860，如图 10-91 所示。

（44）结合使用"多段线"命令（PL）、"偏移"命令（O）、"延伸"命令（EX）和"直线"命令（L）创建次卧飘窗图形，效果如图 10-92 所示。

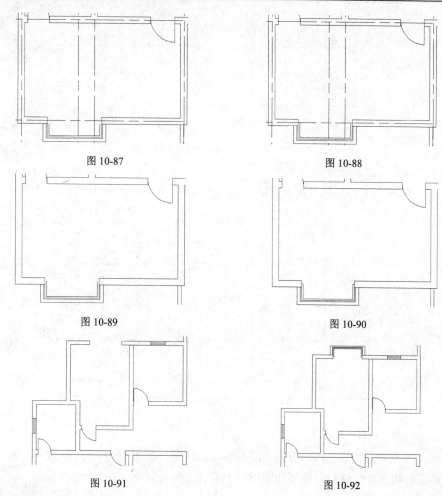

图 10-87

图 10-88

图 10-89

图 10-90

图 10-91

图 10-92

10.2.5 绘制楼梯

（1）打开"轴线"图层，然后执行"镜像"命令，对绘制的平面图形进行镜像复制，其命令提示及操作如下。

```
命令: mirror↙                           //执行命令
选择对象: 指定对角点: 找到 130 个        //选择对象，如图 10-93 所示
指定镜像线的第一点:                      //指定镜像线的第一点，如图 10-94 所示
指定镜像线的第二点:                      //指定镜像线的第二点，如图 10-95 所示
要删除源对象吗？[是(Y)/否(N)] <N>:      //不删除源对象，效果如图 10-96 所示
```

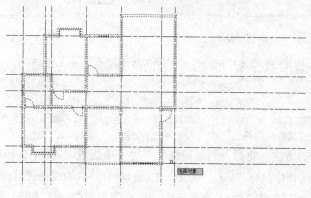

图 10-93

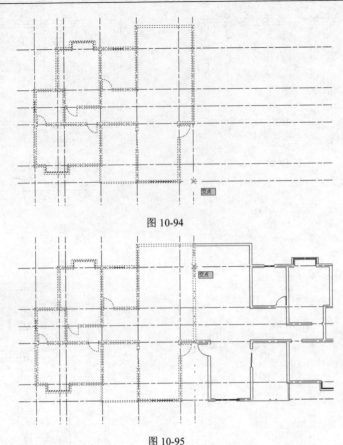

图 10-94

图 10-95

（2）关闭"轴线"图层，可以看到中间有多余的线条，如图 10-97 所示。使用"修剪"命令（TR）对多余的线条进行修剪，效果如图 10-98 所示。

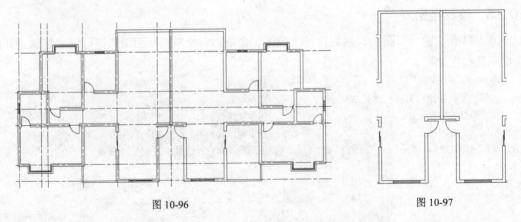

图 10-96

图 10-97

（3）在命令提示行中执行"合并"命令，将两条墙线合并为一条线段，其命令提示及操作如下。

```
命令：join↙              //执行命令
选择源对象：           //选择源对象，如图 10-99 所示
选择要合并到源的直线：  找到 1 个      //选择要合并到源的直线，如图 10-100 所示
已将 1 条直线合并到源              //合并效果如图 10-101 所示
```

（4）使用相同的方法，将另外两条墙线合并为一条线段，如图 10-102 所示。

（5）在命令提示行中执行"修剪"命令（TR），对合并后的线条进行修剪，如图 10-103 所示。

（6）使用"复制"命令（CO）将餐厅中的窗户图形复制到楼梯间，效果如图 10-104 所示。

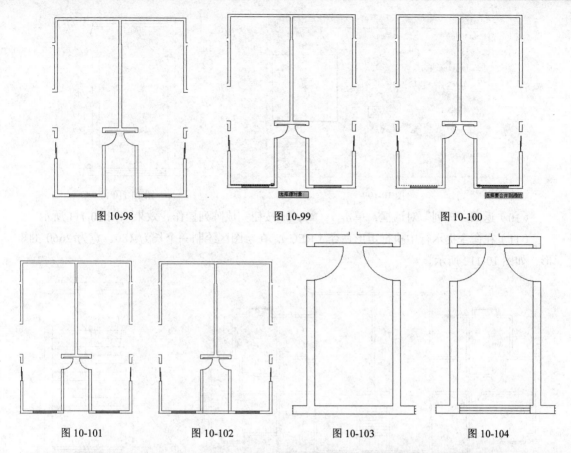

图 10-98   图 10-99   图 10-100

图 10-101   图 10-102   图 10-103   图 10-104

（7）在命令提示行中执行"直线"命令，绘制楼梯踏步，其命令提示及操作如下。

```
命令：line↙          //执行命令
指定第一点：from↙          //使用"捕捉自"功能
基点：          //捕捉墙线的端点，如图 10-105 所示
<偏移>：@0,120↙          //指定直线起点，如图 10-106 所示
指定下一点或 [放弃(U)]：          //捕捉墙线垂点，如图 10-107 所示
指定下一点或 [放弃(U)]：          //结束命令，效果如图 10-108 所示
```

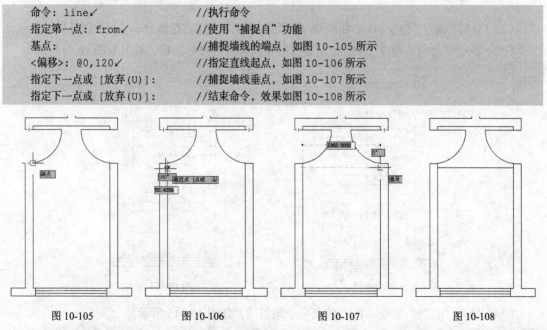

图 10-105   图 10-106   图 10-107   图 10-108

（8）执行"阵列"命令（AR），打开"阵列"对话框，选择"矩形阵列"选项，设置"行数"为 10，设置"列数"为 1，设置"行偏移"值为-260，如图 10-109 所示。

（9）单击"选择对象"按钮，进入绘图区选择绘制的线段，如图 10-110 所示。

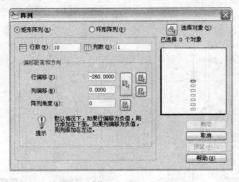

图 10-109

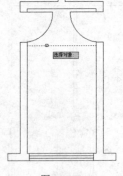

图 10-110

（10）返回"阵列"对话框，单击 确定 按钮完成阵列操作，效果如图 10-111 所示。

（11）在命令提示行中执行矩形命令（REC），在绘图区绘制一个长为 180、宽为 2660 的矩形，如图 10-112 所示。

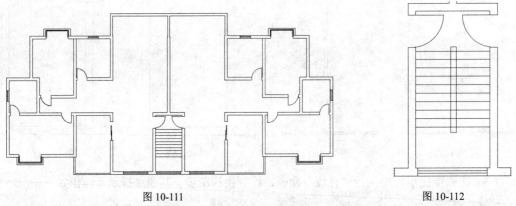

图 10-111   图 10-112

（12）执行"偏移"命令（O），将绘制的矩形向内偏移，其偏移距离为 60，效果如图 10-113 所示。

（13）执行"修剪"命令（TR），对楼梯踏步线条进行修剪处理，效果如图 10-114 所示。

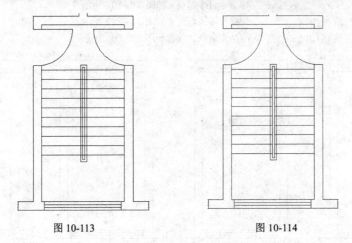

图 10-113   图 10-114

（14）执行"直线"命令（L），绘制一条倾斜线，如图 10-115 所示。

💡 **提示**：在使用"直线"命令绘制斜线条时，注意将正交模式关闭，否则只能绘制水平或垂直的线条。

（15）执行"偏移"命令（O），将斜线向左上方偏移，其偏移距离为 80，如图 10-116 所示。

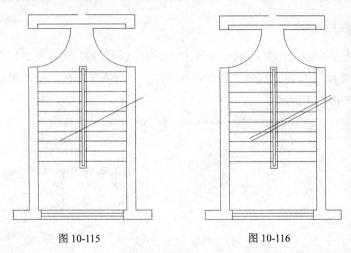

图 10-115   图 10-116

（16）执行"直线"命令（L），绘制一条折线效果，如图 10-117 所示。

（17）执行"修剪"命令（TR），对绘制的折线进行修剪处理，效果如图 10-118 所示。

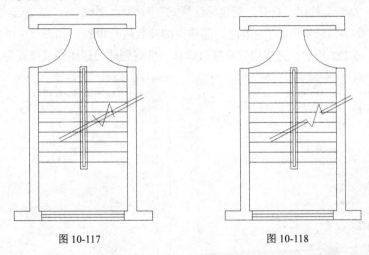

图 10-117   图 10-118

（18）执行"修剪"命令，对斜线进行修剪处理，效果如图 10-119 所示。

（19）在命令提示行中执行"多段线"命令（PL），然后绘制楼梯走向，效果如图 10-120 所示。

（20）在命令提示行中执行"单行文字"命令（T），对楼梯走向进行文字说明，完成楼梯的绘制，效果如图 10-121 所示。

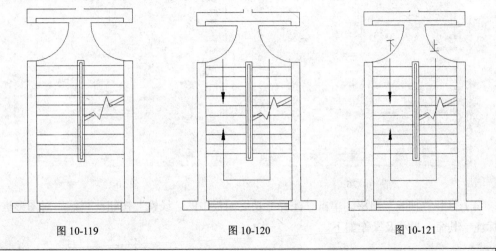

图 10-119   图 10-120   图 10-121

10.2.6　标注尺寸

（1）执行"格式>标注样式"命令，打开"标注样式管理器"对话框，如图 10-122 所示。

（2）单击 新建(N)... 按钮，打开"创建新标注样式"对话框，在"新样式名"文本框中后输入"建筑"，如图 10-123 所示。

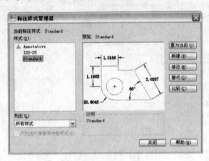

图 10-122

图 10-123

（3）单击 继续 按钮，打开"新建标注样式"对话框，分别对"线"选项卡、"符号和箭头"选项卡、"文字"选项卡、"主单位"选项卡的参数进行设置，如图 10-124、图 10-125、图 10-126 和图 10-127 所示，完成设置后进行确认，并将创建的标注样式设置为当前样式。

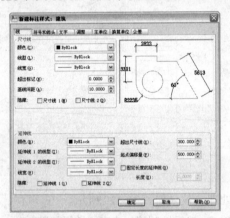

图 10-124

图 10-125

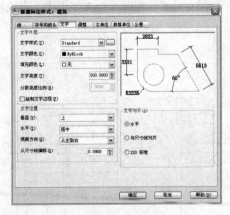

图 10-126

图 10-127

（4）打开"轴线"图层，单击"注释"功能面板中的"线性"按钮，然后对图形进行尺寸标注，其命令提示及操作如下。

```
命令：_dimlinear
指定第一条延伸线原点或 <选择对象>：        //指定第一条延伸线原点，如图10-128所示
指定第二条延伸线原点：                    //指定第二条延伸线原点，如图10-129所示
指定尺寸线位置或                          //指定尺寸线位置，如图10-130所示
[多行文字(M)/文字(T)/角度(A)/水平(H)/垂直(V)/旋转(R)]：
标注文字 = 2100                          //进行确认，效果如图10-131所示
```

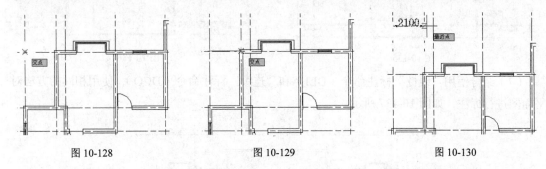

图 10-128　　　　　　　　　　　图 10-129　　　　　　　　　　　图 10-130

（5）执行"标注>连续标注"命令，对图形进行连续标注，如图10-132所示。

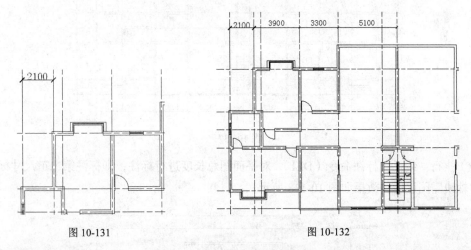

图 10-131　　　　　　　　　　　　　　　图 10-132

（6）执行"镜像"命令，将标注的尺寸标注进行镜像复制，其命令提示及操作如下。

```
命令：mirror✓                          //执行命令
选择对象：指定对角点：找到 11 个         //选择对象，如图10-133所示
选择对象： 指定镜像线的第一点：          //指定镜像线的第一点，如图10-134所示
指定镜像线的第二点：                     //指定镜像线的第二点，如图10-135所示
要删除源对象吗？[是(Y)/否(N)] <N>：✓    //直接进行确认，效果如图10-136所示
```

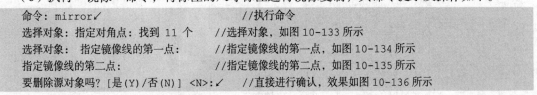

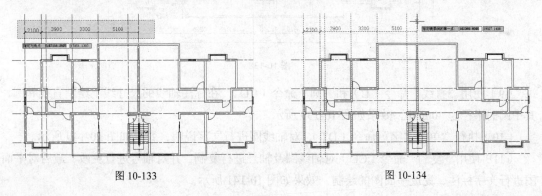

图 10-133　　　　　　　　　　　　　　　图 10-134

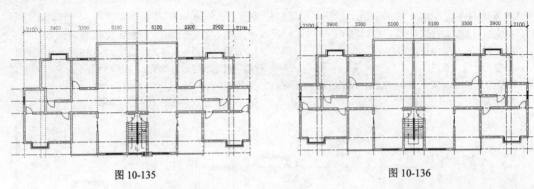

图 10-135   图 10-136

（7）结合使用"线性"标注命令（DLI）和"连续"标注命令（DCO），使用相同的方法对平面图进行标注，如图 10-137 所示。

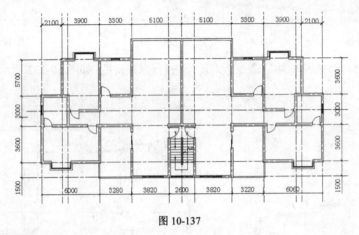

图 10-137

（8）执行"线性"标注命令（DLI），对平面图总长度进行标注，即标注第二道尺寸标注，关闭"轴线"图层后，效果如图 10-138 所示。

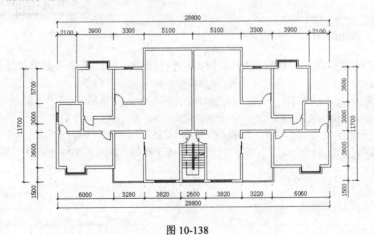

图 10-138

（9）使用"直线"命令（L）和"圆"命令（CO），在标注轴线的尺寸线上绘制直线和圆，其中圆的半径为 400mm，效果如图 10-139 所示。

（10）执行"单行文字"命令（DT），对轴线圈进行文字说明，效果如图 10-140 所示。

（11）使用"复制"命令（CO）对轴线圈及轴号进行复制，并对轴号进行更改，最后对平面图进行文字标注，完成平面图的绘制，效果如图 10-141 所示。

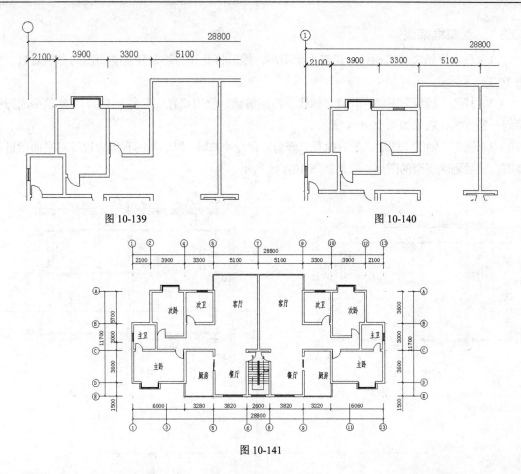

图 10-139 图 10-140

图 10-141

10.3 【课堂练习】绘制建筑立面图

⚙ 原始文件：第 10 章/课堂练习/原始文件/课堂练习 10-1

最终效果：第 10 章/课堂练习/最终效果/课堂练习 10-1

请运用前面所学习的知识，练习绘制图 10-142 所示的建筑立面图。通过本例中对绘制建筑立面图的解析提示，读者应该掌握绘制建筑立面图的流程与方法。

图 10-142

10.3.1 绘制框架线

（1）根据原始文件路径打开建筑平面图形，然后将此作为绘制建筑立面图的参照对象，如图 10-143 所示。

（2）打开"轴线"图层，并将"轴线"图层解锁，使用"直线"命令（L）在建筑平面图中绘制一条直线，效果如图 10-144 所示。

（3）锁定"轴线"图层，然后执行"修剪"命令（TR），以绘制的直线为边界对平面图进行修剪，然后删除多余的图形，效果如图 10-145 所示。

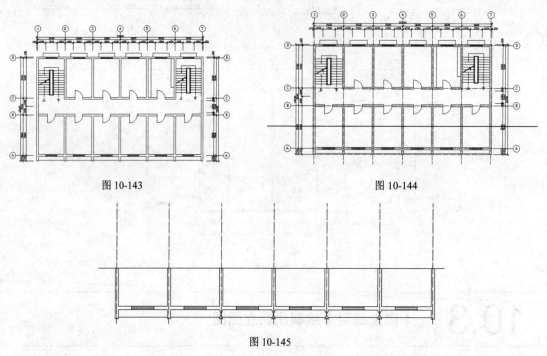

图 10-143　　　　　　　　　　　　　　　　　图 10-144

图 10-145

（4）使用"偏移"命令（O）将线段向上偏移 2000，效果如图 10-146 所示。

（5）使用"多线"命令（ML）绘制一条宽度为 240 的多线图形，效果如图 10-147 所示。

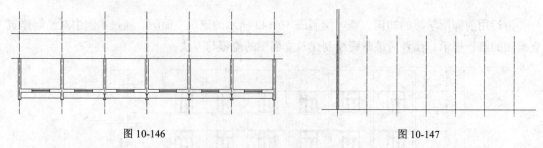

图 10-146　　　　　　　　　　　　　　　图 10-147

（6）使用同样的方法，绘制其他几条多线，然后关闭"轴线"图层，效果如图 10-148 所示。

（7）使用"偏移"命令（O）将水平线段向上偏移，偏移的距离依次为 600、600、150、1800、60、1290，效果如图 10-149 所示。

（8）使用"分解"命令（X）对多线进行分解，然后使用"修剪"命令（TR）对线条进行修剪，并删除多余的线条，效果如图 10-150 所示。

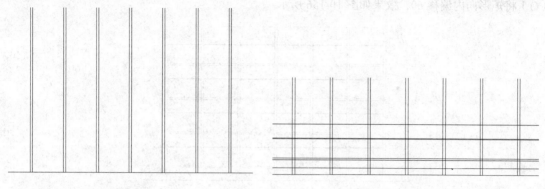

图 10-148　　　　　　　　　　　　　　　　图 10-149

（9）使用"复制"命令（CO）对创建的线条进行复制，效果如图 10-151 所示。

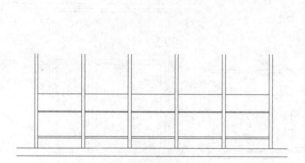

图 10-150　　　　　　　　　　　　　　　　图 10-151

（10）将上方的水平线段删除，然后使用"直线"命令（L）绘制一条线段，效果如图 10-152 所示。

（11）使用"矩形"命令（REC）在图形两边各绘制一个长 1200、宽 200 的矩形，作为雨篷图形，效果如图 10-153 所示。

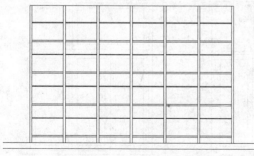

图 10-152

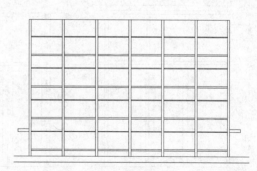

图 10-153

10.3.2　绘制窗立面

（1）使用"矩形"命令（REC）在绘图区绘制一个长 1500、宽 1800 的矩形，效果如图 10-154 所示。

（2）使用"偏移"命令（O）将矩形向内偏移 40，效果如图 10-155 所示。

（3）使用"矩形"命令（REC）绘制一个长 1140、宽 460 的矩形，然后使用"偏移"命令

（O）将矩形向内偏移 60，效果如图 10-156 所示。

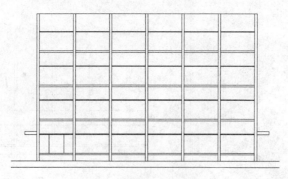

图 10-154

（4）使用"复制"命令（CO）对创建的矩形进行复制，效果如图 10-157 所示。

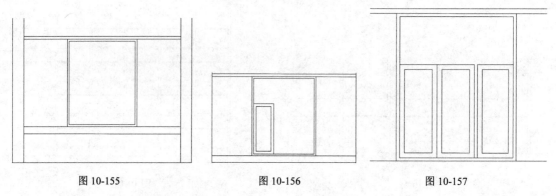

图 10-155　　　　　　　图 10-156　　　　　　　图 10-157

（5）使用"矩形"命令（REC）分别创建一个长 920、宽 540 和一个长 460、宽 540 的矩形，效果如图 10-158 所示。

（6）使用"删除"命令（E）将图 10-159 所示的矩形删除，然后使用"偏移"命令（O）将最后创建的两个矩形向内偏移 60，效果如图 10-160 所示。

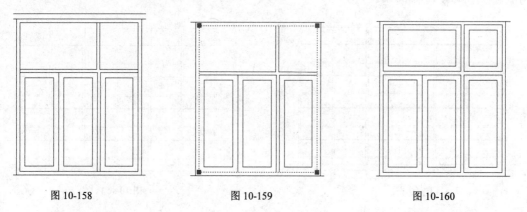

图 10-158　　　　　　　图 10-159　　　　　　　图 10-160

（7）使用"复制"命令（CO）对窗立面进行复制，效果如图 10-161 所示。

（8）结合"线性"标注命令（DLI）和"连续"标注命令（DCO）对立面图进行标注，效果如图 10-162 所示。

（9）使用"直线"命令（L）在立面图右下角绘制出标高的图形符号，然后使用"单行文字"命令（DT）创建标高文字说明，效果如图 10-163 所示。

图 10-161

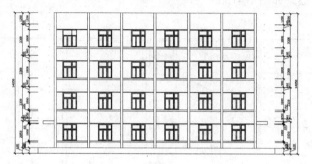

图 10-162

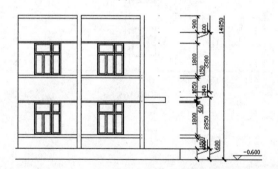

图 10-163

💡 提示：由于这里所标注的位置处于地平线以下，所以标高值为负数，地平线的标高为 0，地平线以上的标高为正数，标高的单位为 m。

（10）使用同样的方法，结合"直线"命令（L）和"单行文字"命令（DT）对其他部分标高进行标注，完成立面图的绘制，效果如图 10-164 所示。

图 10-164

10.4 【课后习题】绘制建筑剖面图

原始文件：第 10 章/课后习题/原始文件/课后习题 10-1

最终效果：第 10 章/课后习题/最终效果/课后习题 10-1

根据原始文件路径打开建筑平面图形，然后根据前面所学的知识点，以建筑平面图为基准，绘制建筑剖面图形，效果如图 10-166 所示。

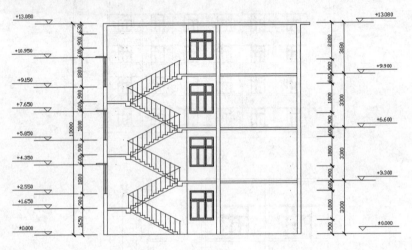

图 10-165

第11章
建筑制图（二）

教学目标：

本章将综合运用前面讲解的知识，介绍绘制建筑详图的方法和技巧。通过本章对建筑详图、电气工程图的解析后，读者应该掌握建筑详图和电气工程图的绘制流程与技巧。

学习要点：

➢ 建筑详图的绘制

➢ 电气工程图的绘制

➢ 建筑配筋图的绘制

11.1 建筑详图知识

绘制详图是为了更清楚地表达建筑的细部做法、构件和设备的定位尺寸，其比例较大，就连地面的装饰分格等都要——绘制出来。因此，其剖切部位如墙、柱、构造柱、钢筋混凝土、空心板等需要填充材料图案。

绘制建筑详图时，可以使用"复制"等命令从建筑平面施工图中复制对建筑详图有用的部分内容，然后使用编辑命令对其进行必要的修改，如对所在墙体补画轴线及标注尺寸、调整墙线宽度等，这样的图形称为条件图。

对于编辑与修改完成后的条件图，可以进行补充完成平面大样的绘制。对于建筑设计中的卫生间、厨房，可以在进行详图设计时调用、插入专业设备块。对于没有图库或需单独绘制的细部，可直接用 AutoCAD 绘图和编辑命令完成。而楼梯间一般直接调用条件图并放大，根据设计要求做适当细部调整，补充楼梯抹灰等装饰做法等。

对建筑详图进行文本标注时，应详细注明各部分的构造做法，如详细注明楼梯的踏步面、防滑条、栏杆、厨房灶台、洗涤池的用料、颜色、构造层次等。用尺寸标注建筑平面详图时，卫生间、厨房详图一般需标注两道尺寸，即设备定位尺寸和房间的周边净尺寸。卫生间洁具一般为标准规格，只需定位其水管位置和方向即可。

绘制详图的过程中需要注意以下几点。

（1）调入原始图形，在原始图形的基础上对其进行编辑，从而加快图形的绘制。

（2）在对原始图形进行编辑后，对详图的细部图形进行绘制。

（3）绘制详图的连接图形，完成详图的绘制。

11.2 【课堂案例】绘制建筑详图

🔘 原始文件：第 11 章/课堂案例/原始文件/课堂案例 11-1

最终效果：第 11 章/课堂案例/最终效果/课堂案例 11-1

本实例将综合运用前面所学习的知识，绘制图 11-1 所示的建筑详图。通过本例对绘制建筑详图的解析，读者应该掌握绘制建筑详图的流程与技巧。

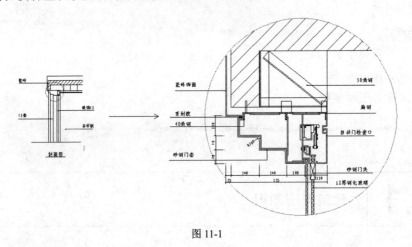

图 11-1

11.2.1 修改原始图

（1）根据原始文件路径打开自动门局部图形，将此作为绘制建筑详图的参照对象，如图 11-2 所示。

（2）使用"圆"命令（C）在原始图形上方绘制一个半径为 500 的圆形，如图 11-3 所示。接下来将绘制该部分的详图。

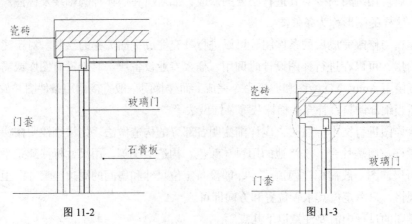

图 11-2   图 11-3

（3）执行"复制"命令（CO），对绘制的圆和圆形周围的图形进行复制，效果如图 11-4 所示。

（4）执行"缩放"命令（SC），对复制后的图形进行放大处理，设置缩放比例为 10，效果如图 11-5 所示。

（5）执行"修剪"命令（TR），选择圆形作为剪切边，如图 11-6 所示，然后对缩放后的图形进行修剪处理，效果如图 11-7 所示。

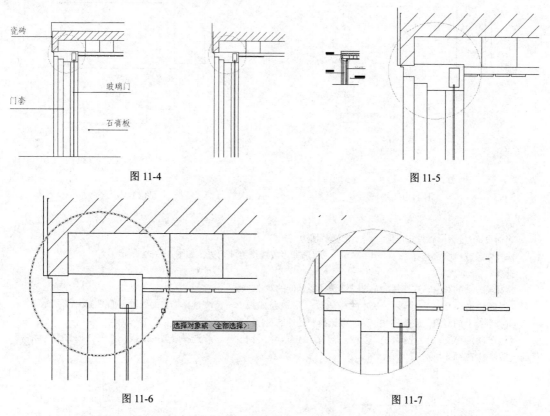

图 11-4   图 11-5

图 11-6   图 11-7

（6）使用"删除"命令（E）将多余的线条删除，效果如图 11-8 所示。

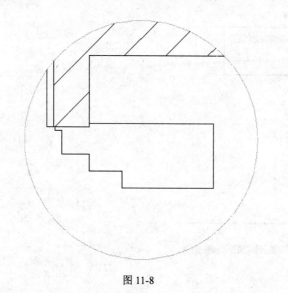

图 11-8

（7）执行"移动"命令（M），选择下方的多段线，如图 11-9 所示，然后将其向下移动 420，效果如图 11-10 所示。

（8）执行"修剪"命令（TR），然后参照如下命令提示及操作对移动后的多段线进行修剪处理。

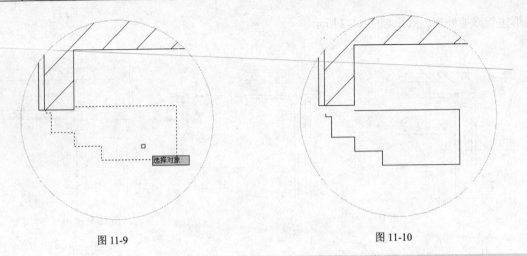

图 11-9   图 11-10

命令：trim↙   //执行命令
当前设置：投影=UCS，边=无   选择剪切边…
选择对象或 <全部选择>：   //选择多段线作为剪切边，如图 11-11 所示
选择对象：
选择要修剪的对象，或按住 Shift 键选择要延伸的对象，或
[栏选(F)/窗交(C)/投影(P)/边(E)/删除(R)/放弃(U)]：   //选择修剪的线段，如图 11-12 所示
选择要修剪的对象，或按住 Shift 键选择要延伸的对象，或
[栏选(F)/窗交(C)/投影(P)/边(E)/删除(R)/放弃(U)]：   //选择修剪的线段，如图 11-13 所示，修剪
后的效果如图 11-14 所示

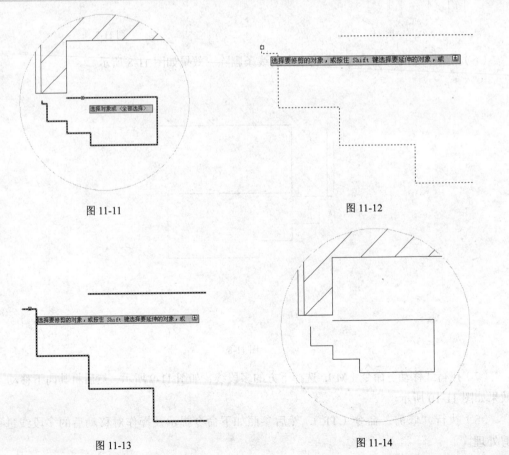

图 11-11   图 11-12

图 11-13   图 11-14

11.2.2 绘制门套

（1）执行"多段线"命令，然后参照如下命令提示绘制 3 条线段。

```
命令: pline↙          //执行命令
指定起点:              //指定多段线的起点，如图 11-15 所示
当前线宽为 0.0000
指定下一个点或 [圆弧(A)/半宽(H)/长度(L)/放弃(U)/宽度(W)]: 360↙        //向右指定多段线第
一段长度，如图 11-16 所示
指定下一点或 [圆弧(A)/闭合(C)/半宽(H)/长度(L)/放弃(U)/宽度(W)]: 300↙     //向上指定多段线第
二段长度，如图 11-17 所示
指定下一点或 [圆弧(A)/闭合(C)/半宽(H)/长度(L)/放弃(U)/宽度(W)]:          //指定多段线的下一
个点，如图 11-18 所示
指定下一点或 [圆弧(A)/闭合(C)/半宽(H)/长度(L)/放弃(U)/宽度(W)]:          //结束绘图操作，效
果如图 11-19 所示
```

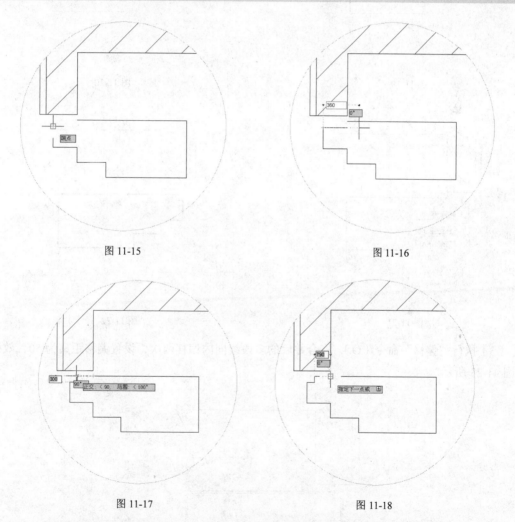

图 11-15　　　　　　　　　　　　　　　图 11-16

图 11-17　　　　　　　　　　　　　　　图 11-18

（2）执行多段线编辑命令，对绘制的多段线与原有多段线进行合并，其命令提示及操作如下。

```
命令: pedit↙                 //执行命令
选择多段线或 [多条(M)]:        //选择多段线，如图 11-20 所示
输入选项 [闭合(C)/合并(J)/宽度(W)/编辑顶点(E)/拟合(F)/样条曲线(S)/非曲线化(D)/线型生成(L)/
放弃(U)]: j
```

```
                              //选择"合并"选项，如图 11-21 所示
选择对象：找到 1 个              //选择要合并的对象，如图 11-22 所示
8 条线段已添加到多段线           //显示添加的信息
输入选项 [打开(O)/合并(J)/宽度(W)/编辑顶点(E)/拟合(F)/样条曲线(S)/非曲线化(D)/线型生成(L)/
放弃(U)]：*取消*               //按"Esc"键退出多段线的编辑
```

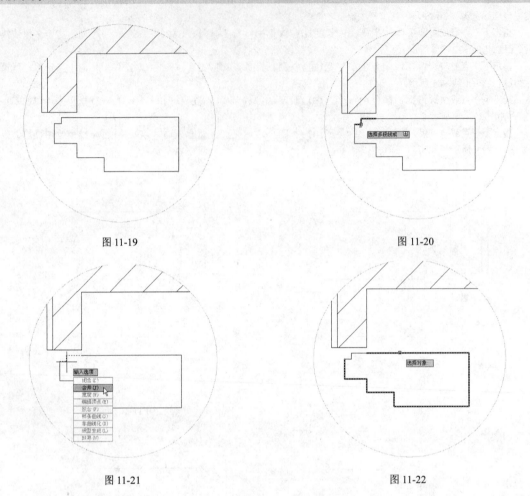

图 11-19   图 11-20

图 11-21   图 11-22

（3）执行"偏移"命令（O），将合并后的多段线向内偏移两次，设置偏移距离为 50，效果
如图 11-23 所示。

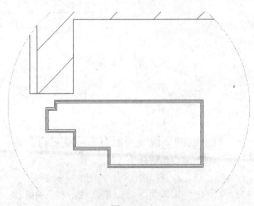

图 11-23

11.2.3 绘制角钢

（1）执行"矩形"命令（REC），绘制一个长为50、宽为400的矩形，如图11-24所示。

（2）执行"镜像"命令（MI），对绘制的矩形进行镜像复制，其命令提示及操作如下。

```
命令：mirror↙                        //执行命令
选择对象：指定对角点：找到 1 个        //选择对象，如图11-25所示
选择对象：
指定镜像线的第一点：                  //指定镜像线的第一点，如图11-26所示
指定镜像线的第二点：                  //按45°角斜线指定镜像线的第二点，如图11-27所示
要删除源对象吗? [是(Y)/否(N)] <N>:   //结束操作，效果如图11-28所示
```

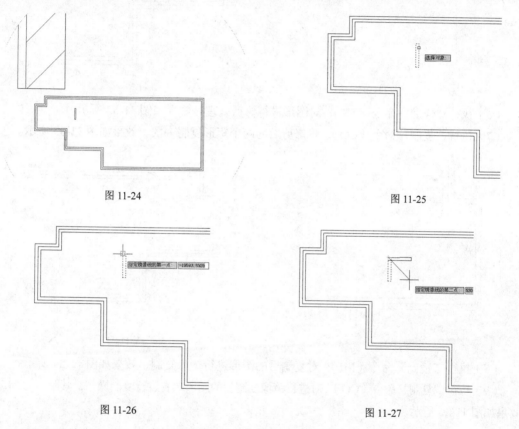

图 11-24　　　　　　　　　　　　　图 11-25

图 11-26　　　　　　　　　　　　　图 11-27

（3）执行"修剪"命令（TR），对创建的两个矩形进行修剪处理，使其效果如图11-29所示。

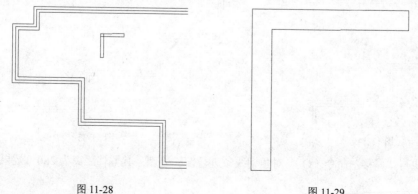

图 11-28　　　　　　　　　　　　　图 11-29

（4）执行"圆角"命令（F），设置圆角半径为 20，对进行修剪后的矩形进行圆角处理，效果如图 11-30 所示。

（5）执行"移动"命令（M），将创建的图形移动到图 11-31 所示的位置。

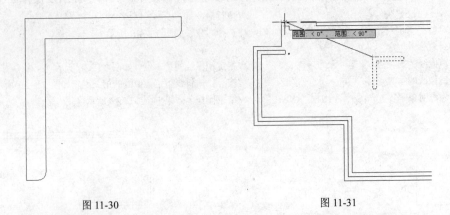

图 11-30   图 11-31

（6）执行"修剪"命令（TR），对图形进行修剪处理，效果如图 11-32 所示。

（7）执行"复制"命令（CO），将修剪后的两个矩形复制一次，效果如图 11-33 所示。

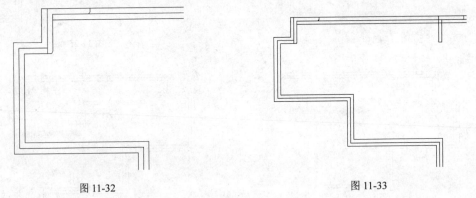

图 11-32   图 11-33

（8）执行"镜像"命令（MI），对复制后的图形进行镜像复制，效果如图 11-34 所示。

（9）执行"复制"命令（CO），对进行镜像复制后的图形向右进行复制操作，其距离为 2150，效果如图 11-35 所示。

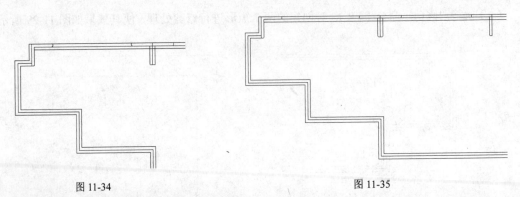

图 11-34   图 11-35

（10）执行"偏移"命令（O），对角钢线条进行偏移处理，其偏移距离为 280，效果如图 11-36 所示。

（11）执行"修剪"命令（TR），对偏移的线条进行修剪处理，并将多余的线条删除，使其效果如图 11-37 所示。

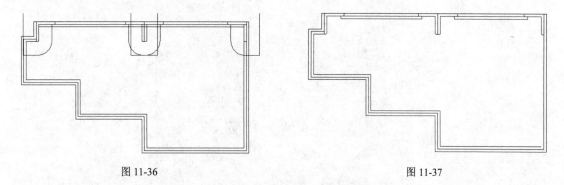

图 11-36   图 11-37

（12）执行"图案填充"命令（H），打开"图案填充和渐变色"对话框，如图 11-38 所示。

图 11-38

（13）单击"添加:拾取点"按钮 ，然后在绘图区中选择表示角钢的区域，如图 11-39 所示。

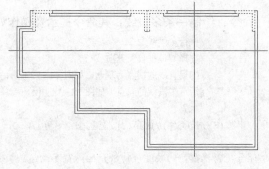

图 11-39

（14）选择填充区域后，按空格键返回"图案填充和渐变色"对话框，在"图案"下拉列表框中选择 ANSI32 选项，设置图案填充的角度为 270°，设置图案的填充比例为 200，如图 11-40 所示。

图 11-40

（15）单击 [确定] 按钮，完成图案填充操作，效果如图 11-41 所示。

（16）执行"矩形"命令（REC），绘制一个长为 50、高为 2000 的矩形，效果如图 11-42 所示。

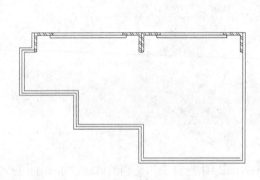

图 11-41

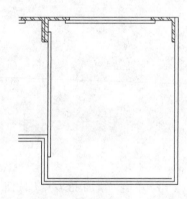

图 11-42

（17）执行"多段线"命令，绘制一条多段线，其命令提示及操作如下。

```
命令: pline↙             //执行多段线命令
指定起点: from↙          //选择"捕捉自"选项
基点:                    //捕捉直线的端点为基点，如图 11-43 所示
<偏移>: @1050,0↙         //指定多段线的起点，如图 11-44 所示
当前线宽为 0.0000
指定下一个点或 [圆弧(A)/半宽(H)/长度(L)/放弃(U)/宽度(W)]: @0,250↙        //指定多段线
下一点，如图 11-45 所示
指定下一点或 [圆弧(A)/闭合(C)/半宽(H)/长度(L)/放弃(U)/宽度(W)]: @200,0↙    //指定多段线
下一点，如图 11-46 所示
指定下一点或 [圆弧(A)/闭合(C)/半宽(H)/长度(L)/放弃(U)/宽度(W)]: @0,-250↙   //指定下一点，
如图 11-47 所示
指定下一点或 [圆弧(A)/闭合(C)/半宽(H)/长度(L)/放弃(U)/宽度(W)]:             //结束操作，绘
制的多段线如图 11-48 所示
```

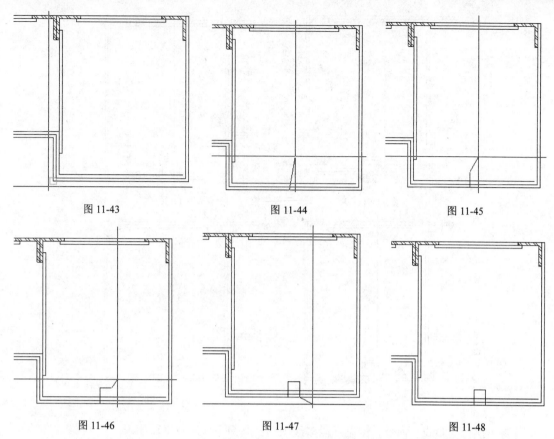

图 11-43　　　　　　　　　图 11-44　　　　　　　　　图 11-45

图 11-46　　　　　　　　　图 11-47　　　　　　　　　图 11-48

（18）执行"偏移"命令（O），对绘制的多段线向外进行偏移，设置偏移距离为 50，效果如图 11-49 所示。

（19）执行"修剪"命令（TR），对偏移后的线条进行修剪处理，效果如图 11-50 所示。

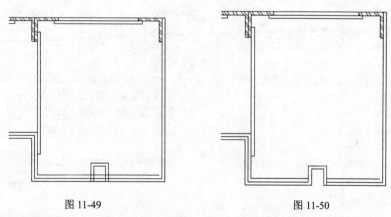

图 11-49　　　　　　　　　　　　　图 11-50

（20）执行"直线"命令，绘制一条直线，其命令提示及操作如下。

```
命令: line↙                              //执行"直线"命令
指定第一点: from↙                        //选择"捕捉自"选项
基点:                                    //捕捉直线的端点, 如图 11-51 所示
<偏移>: @-50,0↙                          //指定直线的起点, 如图 11-52 所示
指定下一点或 [放弃(U)]: @0,150↙           //指定直线的下一点, 如图 11-53 所示
指定下一点或 [放弃(U)]:                    //指定直线的下一点, 如图 11-54 所示
指定下一点或 [闭合(C)/放弃(U)]:            //结束操作
```

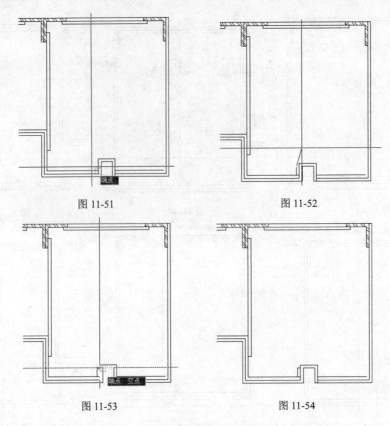

图 11-51　　　　　　　　　　　图 11-52

图 11-53　　　　　　　　　　　图 11-54

（21）执行"多线"命令，绘制一段多线图形，其命令提示及操作如下。

```
命令: mline↙                                    //执行"多线"命令
当前设置: 对正 = 无, 比例 = 1.00, 样式 = Standard
指定起点或 [对正(J)/比例(S)/样式(ST)]: s↙        //选择"比例"选项
输入多线比例 <1.00>: 50↙                         //指定多线比例
当前设置: 对正 = 无, 比例 = 50.00, 样式 = Standard
指定起点或 [对正(J)/比例(S)/样式(ST)]: j↙        //选择"对正"选项
输入对正类型 [上(T)/无(Z)/下(B)] <无>: b↙        //选择"下"选项
当前设置: 对正 = 下, 比例 = 50.00, 样式 = STANDARD
指定起点或 [对正(J)/比例(S)/样式(ST)]:            //指定多线的起点, 如图 11-55 所示
指定下一点:                                      //指定多线的第二点, 如图 11-56 所示
指定下一点或 [放弃(U)]:                          //指定多线的端点, 如图 11-57 所示
指定下一点或 [闭合(C)/放弃(U)]:                  //结束"多线"命令, 如图 11-58 所示
```

图 11-55　　　　　　　　　　　图 11-56

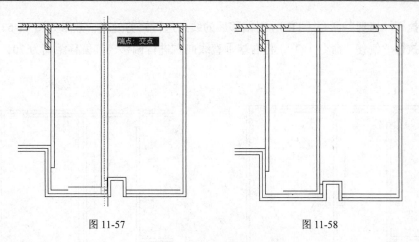

图 11-57   图 11-58

（22）执行"分解"命令（X），对绘制的多线进行分解处理，然后执行"直线"命令（L），连接多线起点和端点，如图 11-59 所示。

（23）执行"修剪"命令（TR），对图形进行修剪处理，效果如图 11-60 所示。

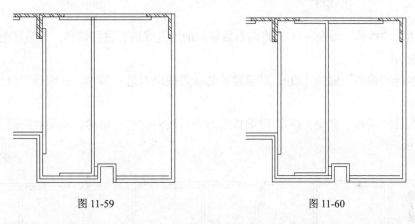

图 11-59   图 11-60

（24）执行"偏移"命令（O），将左端的垂直线向左进行偏移，其偏移距离为 120，然后将顶端的水平直线向下进行偏移，其偏移距离为 550，如图 11-61 所示。

（25）使用"偏移"命令（O）将偏移后的水平线向下偏移，设置偏移距离为 800，如图 11-62 所示。

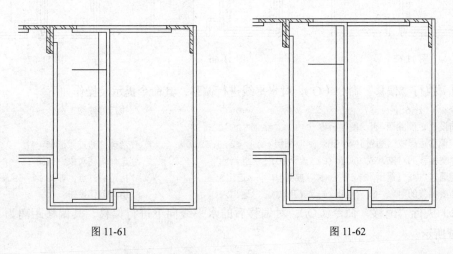

图 11-61   图 11-62

（26）执行"修剪"命令（TR），对偏移后的线条进行修剪处理，效果如图 11-63 所示。

（27）执行"偏移"命令（O），将右端垂直线向右进行偏移，其偏移距离为 70，如图 11-64 所示。

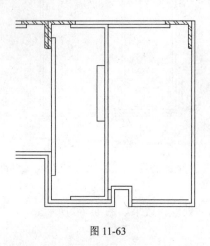 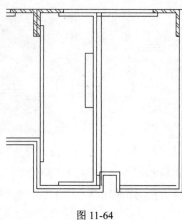

图 11-63　　　　　　　　　　　　　　　　　图 11-64

（28）执行"偏移"命令（O），将向右偏移后的垂直线向右进行偏移，其偏移距离为 65，如图 11-65 所示。

（29）执行"偏移"命令（O），对偏移后的垂直线向右进行偏移，其偏移距离为 450，如图 11-66 所示。

（30）执行"偏移"命令（O），对偏移后的垂直线向右进行偏移，其偏移距离为 270，如图 11-67 所示。

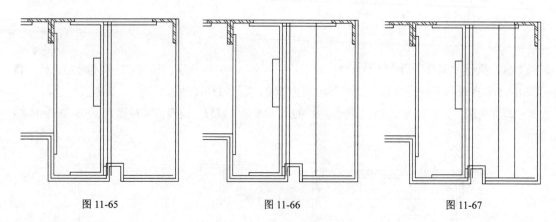

图 11-65　　　　　　　　　　图 11-66　　　　　　　　　　图 11-67

（31）执行"偏移"命令（O），对水平线进行偏移，其命令提示及操作如下。

```
命令: offset↙                                              //执行"偏移"命令
当前设置: 删除源=否   图层=源   OFFSETGAPTYPE=0
指定偏移距离或 [通过(T)/删除(E)/图层(L)] <270.0000>: t↙    //选择"通过"选项
选择要偏移的对象, 或 [退出(E)/放弃(U)] <退出>:           //选择偏移对象, 如图 11-68 所示
指定通过点或 [退出(E)/多个(M)/放弃(U)] <退出>:          //指定通过点, 如图 11-69 所示
选择要偏移的对象, 或 [退出(E)/放弃(U)] <退出>:           //结束偏移操作
```

（32）执行"偏移"命令（O），对偏移后的水平线向下进行偏移，其偏移距离为 15，如图 11-70 所示。

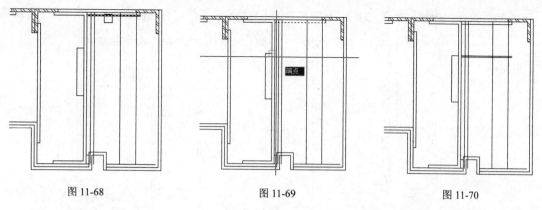

图 11-68　　　　　　　　　图 11-69　　　　　　　　　图 11-70

（33）执行"偏移"命令（O），对偏移后的水平线向下进行偏移，其偏移距离为 150，如图 11-71 所示。

（34）执行"偏移"命令（O），将偏移后的水平线向下进行偏移，其偏移距离为 405，如图 11-72 所示。

（35）执行"修剪"命令（TR），对偏移后的水平线及垂直线进行修剪处理，如图 11-73 所示。

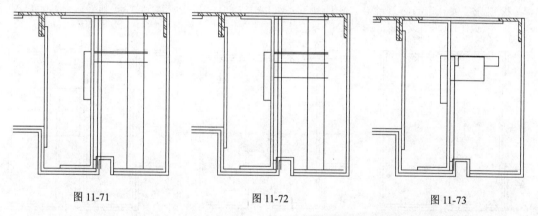

图 11-71　　　　　　　　　图 11-72　　　　　　　　　图 11-73

（36）执行"偏移"命令（O），对修剪后的垂直线向右进行偏移，其偏移距离为 355，如图 11-74 所示。

（37）执行"偏移"命令（O），对偏移后的垂直线向右进行偏移，其偏移距离为 50，如图 11-75 所示。

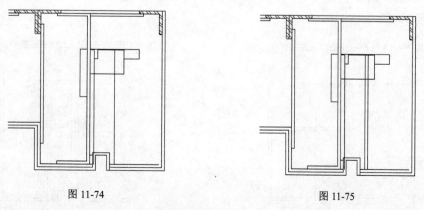

图 11-74　　　　　　　　　　　　　图 11-75

（38）执行"偏移"命令（O），对水平线向下进行偏移，其偏移距离为 35，如图 11-76 所示。

（39）执行"修剪"命令（TR），对偏移后的垂直线和水平线进行修剪处理，如图 11-77 所示。

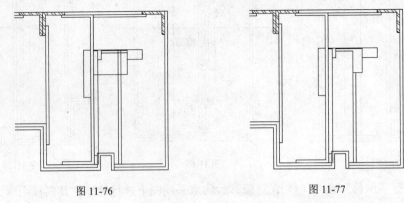

图 11-76   图 11-77

（40）执行"偏移"命令，对水平线向下进行偏移，其命令提示及操作如下。

```
命令: offset↙              //执行偏移命令
当前设置: 删除源=否  图层=源  OFFSETGAPTYPE=0
指定偏移距离或 [通过(T)/删除(E)/图层(L)] <270.0000>: t↙   //选择"通过"选项
选择要偏移的对象，或 [退出(E)/放弃(U)] <退出>:           //选择对象，如图 11-78 所示
指定通过点或 [退出(E)/多个(M)/放弃(U)] <退出>:          //指定通过点，如图 11-79 所示
选择要偏移的对象，或 [退出(E)/放弃(U)] <退出>:           //结束操作，效果如图 11-80 所示
```

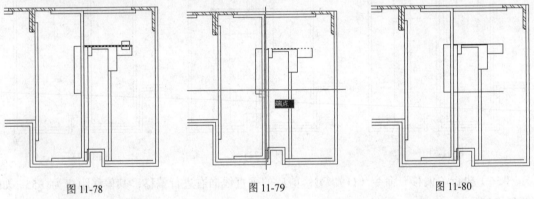

图 11-78   图 11-79   图 11-80

（41）执行"偏移"命令（O），对偏移后的水平线向上进行偏移，其偏移距离为 50，如图 11-81 所示。

（42）执行"偏移"命令（O），对偏移后的水平线向上进行偏移，其偏移距离为 70，如图 11-82 所示。

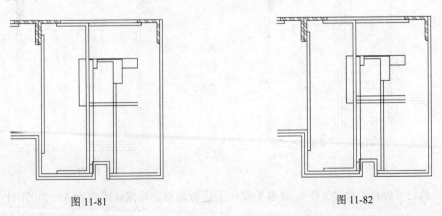

图 11-81   图 11-82

（43）执行"偏移"命令（O），对右端的垂直线条向左进行偏移，其偏移距离为 250，如图 11-83 所示。

（44）执行"修剪"命令（TR），对偏移后的线条进行修剪处理，如图 11-84 所示。

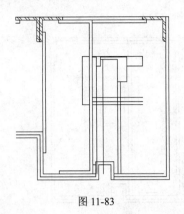

图 11-83   图 11-84

（45）执行"圆角"命令（F），对线条进行圆角处理，设置圆角半径为 30，如图 11-85 所示。

（46）执行"矩形"命令，绘制一个长为 20、高为 1200 的矩形，效果如图 11-86 所示。其命令提示及操作如下。

```
命令：rectang↙              //执行"矩形"命令
指定第一个角点或 [倒角(C)/标高(E)/圆角(F)/厚度(T)/宽度(W)]：from↙   //选择"捕捉自"选项
基点：                      //捕捉直线的端点，如图 11-87 所示
<偏移>：@-120,102↙          //指定矩形的起点，如图 11-88 所示
指定另一个角点或 [面积(A)/尺寸(D)/旋转(R)]：@-20,-1200↙        //指定对角点坐标，结束操作
```

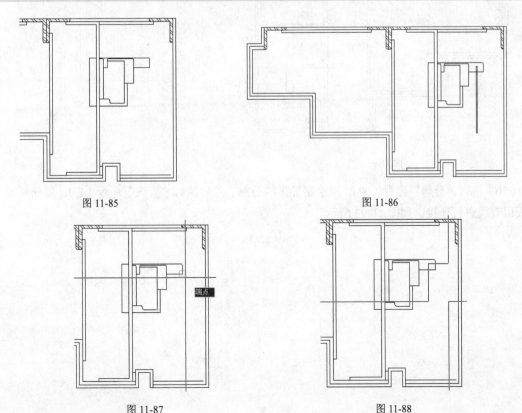

图 11-85   图 11-86

图 11-87   图 11-88

（47）执行"矩形"命令，绘制一个长为 130，高为 170 的矩形，其命令提示及操作如下。

```
命令: rectang↙                          //执行"矩形"命令
指定第一个角点或 [倒角(C)/标高(E)/圆角(F)/厚度(T)/宽度(W)]：  //捕捉矩形的端点，如图11-89所示
指定另一个角点或 [面积(A)/尺寸(D)/旋转(R)]：@-130,170↙          //指定对角点坐标，完成效果如
图11-90所示
```

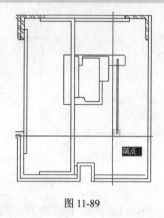

图 11-89　　　　　　　　　　图 11-90

（48）执行"圆角"命令（F），对绘制的矩形进行圆角处理，设置圆角半径为 30，并使用"修剪"命令对水平线进行修剪处理，如图 11-91 所示。

（49）执行"多线"命令（ML），设置多线比例为 30，然后绘制一段多线图形，效果如图 11-92 所示。

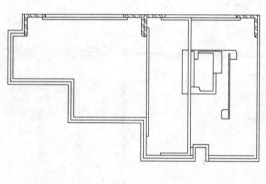
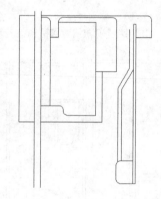

图 11-91　　　　　　　　　　　　　　　　图 11-92

（50）执行"分解"命令（X），将绘制的多线分解，然后执行"直线"命令（L），将分解的多线以直线进行连接，如图 11-93 所示。

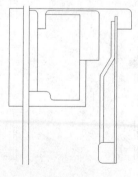

图 11-93

（51）执行"工具>选项板>设计中心"命令，打开"设计中心"面板，如图11-94所示。

图11-94

（52）在"设计中心"面板中选择 Sample\DesignCenter\Fasteners-Metric.dwg 文件中的"块"选项，如图11-95所示。

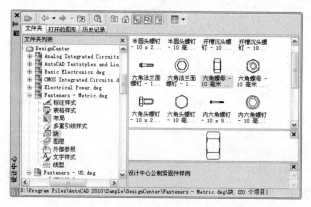

图11-95

（53）双击要插入的"六角螺母-10毫米(侧视)"图块，打开"插入"对话框，选中"比例"选项组中的"统一比例"复选项，并将X项设置为10，如图11-96所示。

图11-96

（54）单击 确定 按钮返回绘图区，然后在屏幕上拾取一点插入图块，效果如图11-97所示。

（55）执行"移动"命令（M），将插入的图块移动到图11-98所示的位置。

（56）执行"复制"命令（CO），对移动后的图块进行复制，效果如图11-99所示。

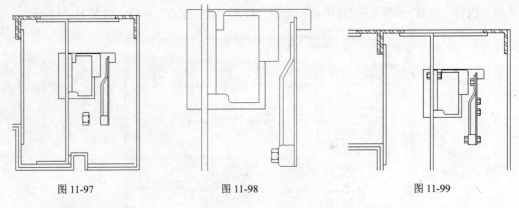

| 图 11-97 | 图 11-98 | 图 11-99 |

11.2.4　连接墙体图形

（1）执行"矩形"命令，绘制一个长 180、宽 120 的矩形，其命令提示及操作如下。

```
命令: rectang✓          //执行"矩形"命令
指定第一个角点或 [倒角(C)/标高(E)/圆角(F)/厚度(T)/宽度(W)]:  //指定第一个角点, 如图 11-100 所示
指定另一个角点或 [面积(A)/尺寸(D)/旋转(R)]: @-180,120✓  //指定另一个角点, 效果如图 11-101 所示
```

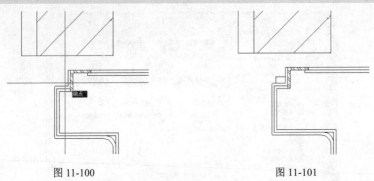

| 图 11-100 | 图 11-101 |

（2）执行"图案填充"命令（H），打开 "图案填充和渐变色"对话框，选择 ANSI37 图案，将"比例"先项设置为 300，如图 11-102 所示。

（3）单击"添加:拾取点"按钮▣，进入绘图区选择填充区域，如图 11-103 所示。

（4）选择填充区域后，返回"图案填充和渐变色"对话框，单击 确定 按钮，完成图案填充操作，效果如图 11-104 所示。

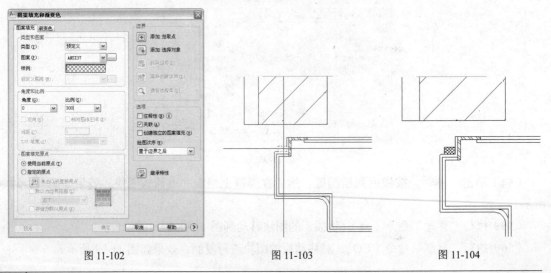

| 图 11-102 | 图 11-103 | 图 11-104 |

（5）执行"多线"命令，绘制一段多线图形，其命令提示及操作如下。

```
命令: mline✓                              //执行"多线"命令
当前设置: 对正 = 上, 比例 = 50.00, 样式 = STANDARD
指定起点或 [对正(J)/比例(S)/样式(ST)]:      //捕捉矩形的中点, 如图11-105所示
指定下一点:                               //指定下一点, 如图11-106所示
指定下一点或 [放弃(U)]:                    //指定多线端点, 图11-107所示
指定下一点或 [闭合(C)/放弃(U)]:            //结束操作, 效果如图11-108所示
```

（6）执行"修剪"命令（TR），对图11-109所示的线条进行修剪，效果如图11-110所示。

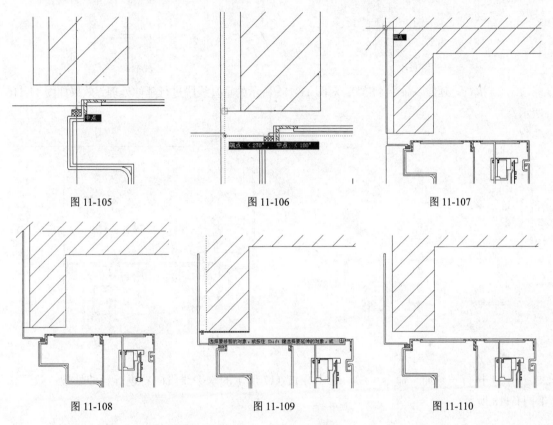

图 11-105　　　　　　　　图 11-106　　　　　　　　图 11-107

图 11-108　　　　　　　　图 11-109　　　　　　　　图 11-110

（7）执行"矩形"命令，绘制一个长80、宽600的矩形，如图11-111所示。

（8）执行"矩形"命令（REC），绘制一个长540、宽570的矩形，效果如图11-112所示。

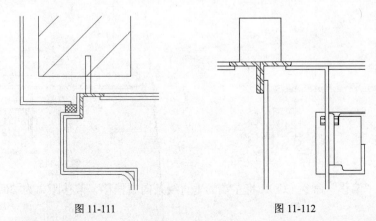

图 11-111　　　　　　　　图 11-112

（9）执行"复制"命令（CO），对绘制的矩形进行复制，效果如图11-113所示。

（10）执行"拉伸"命令（S），对复制的矩形进行拉伸处理，使其效果如图 11-114 所示。

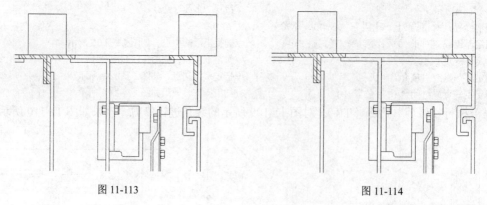

图 11-113　　　　　　　　　　　　　　　图 11-114

（11）执行"延伸"命令（EX），对图 11-115 所示的垂直线段进行延伸处理，效果如图 11-116 所示。

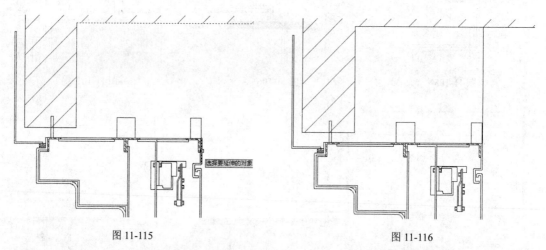

图 11-115　　　　　　　　　　　　　　　图 11-116

（12）执行"延伸"命令（EX），对图 11-117 所示的水平线段向右进行延伸处理，效果如图 11-118 所示。

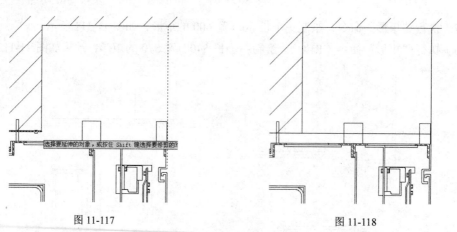

图 11-117　　　　　　　　　　　　　　　图 11-118

（13）执行"偏移"命令（O），将左端的垂直线条向右偏移，偏移距离为 30，如图 11-119 所示。

（14）执行"偏移"命令（O），将偏移后的垂直线向右偏移，将延伸后的水平线向上偏移，偏移距离均为 50，效果如图 11-120 所示。

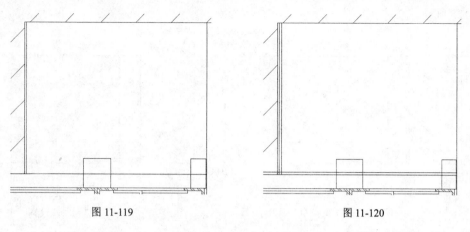

图 11-119　　　　　　　　　图 11-120

（15）执行"偏移"命令（O），将偏移后的线条分别向右和向上偏移，偏移距离为 450，效果如图 11-121 所示。

（16）执行"修剪"命令，对偏移后的线条进行修剪处理，效果如图 11-122 所示。

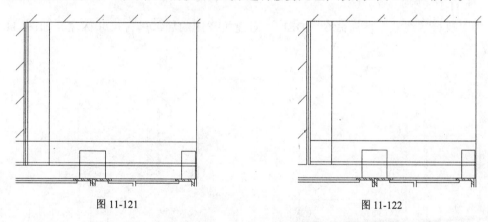

图 11-121　　　　　　　　　图 11-122

（17）执行"直线"命令（L），绘制两条直线间的连接线条，效果如图 11-123 所示。

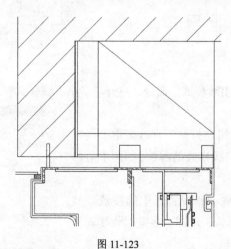

图 11-123

（18）执行"偏移"命令（O），将绘制的斜线向左下方偏移，偏移距离为 450，效果如图 11-124 所示。

（19）执行"偏移"命令（O），将偏移后的斜线再次向左下方偏移，偏移距离为 50，如图 11-125 所示。

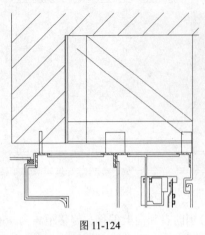

图 11-124

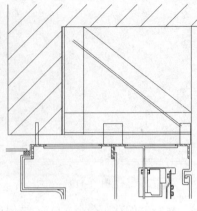

图 11-125

（20）执行"直线"命令（L），绘制两条线段，对偏移前的斜线与偏移后的斜线进行连接，效果如图 11-126 所示。

（21）执行"线性"标注命令（DLI），对建筑详图的局部进行尺寸标注，如图 11-127 所示。

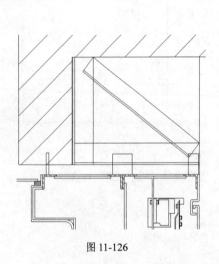

图 11-126

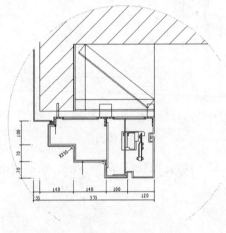

图 11-127

（22）执行"格式>多重引线样式"命令，打开"多重引线样式管理器"对话框，如图 11-128 所示。

（23）单击 修改(M)... 按钮，打开"修改多重引线样式：Standard"对话框，设置引线格式的参数，如图 11-129 所示。

（24）选择"内容"选项卡，设置其中的参数，如图 11-130 所示，然后进行确认，返回"多重引线样式管理器"对话框，关闭该对话框。

（25）执行"标注>多重引线"命令，对图形进行文字说明，效果如图 11-131 所示。

图 11-128

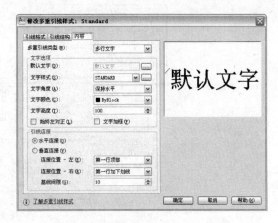

图 11-129   图 11-130

（26）执行"多重引线"命令，对图形进行其他文字说明，效果如图 11-132 所示。

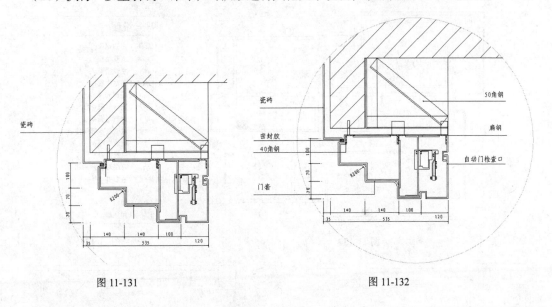

图 11-131   图 11-132

11.3 【课堂练习】绘制电气工程图

原始文件：第 11 章/课堂练习/原始文件/课堂练习 11-1、符号说明

最终效果：第 11 章/课堂练习/最终效果/课堂练习 11-1

前面已经详细介绍过绘制建筑详图的方法。接下来练习在平面图的基础上绘制电路布置图，效果如图 11-133 所示。

（1）根据原始文件路径打开建筑平面图和"符号说明"图形，如图 11-134 和图 11-135 所示。

（2）执行"复制"命令（CO），参照图 11-136 所示的效果，把"筒灯"图例复制到左上方相应的位置上。

（3）执行"复制"命令（CO），通过多次复制"筒灯"图例，将多个筒灯组合在一起，并使用"缩放"命令（SC）将其放大，创建出吊灯图形，效果如图 11-137 所示。

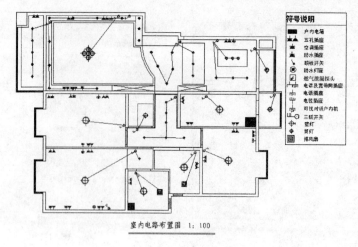

室内电路布置图 1：100

图 11-133

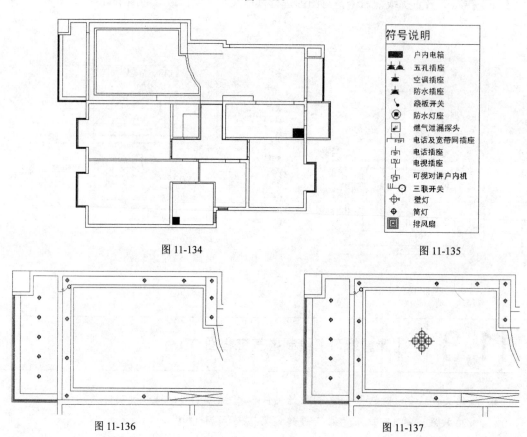

图 11-134   图 11-135

图 11-136   图 11-137

（4）执行"复制"命令（CO），参照图 11-138 所示的效果，将其他图例复制到对其他房间的相应位置，完成全部图例的布置。

💡 提示：电灯一般要绘制在正中位置，例如房间的正中、过道的正中等。另外，各种插座一般都要靠墙布置。

（5）执行"直线"命令（L），通过绘制线段把各个灯具连接起来，如图 11-139 所示。

（6）执行"直线"命令（L），继续连接其他房间的电路，全部电路连接结果如图 11-140 所示，即可完成室内电路图的布置。

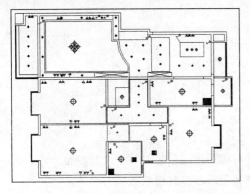

图 11-138

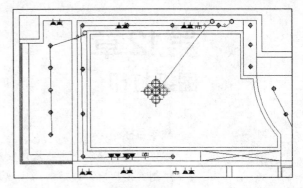

图 11-139

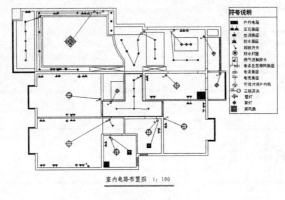

图 11-140

11.4 【课后习题】绘制建筑配筋图

🔘 原始文件：第 11 章/课后习题/原始文件/课后习题 11-1
最终效果：第 11 章/课后习题/最终效果/课后习题 11-1

　　根据原始文件路径打开梁剖面图形，然后根据前面所学的知识点，以梁剖面图为基准，绘制建筑配筋图，效果如图 11-141 所示。

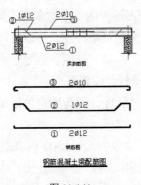

图 11-141

第12章

图纸打印

教学目标：

无论是绘制建筑图形，还是绘制机械图形，最终目的都是交给相关人员查看。绘制好图形后，最后的工作就是将图形输出到图纸上供人参考。

学习要点：

➢ 打印设置

➢ 设置打印参数

12.1 打印设置

在打印图形的操作中，首先要选择打印设备，然后设置打印样式设置完这些内容后，可以进行打印预览，以查看打印出来的效果，如果预览效果满意，即可将图形打印出来。

12.2.1 设置打印样式

打印样式类型有两种：颜色相关打印样式表和命名打印样式表。一个图形不能同时使用两种类型的打印样式表，用户可以在两种打印样式表之间转换，也可以在设置图形的打印样式类型之后，修改所设置的类型。

对于颜色相关打印样式表，对象的颜色决定了打印的颜色。这些打印样式表文件的扩展名为.ctb。不能直接为对象指定颜色相关打印样式。相反，要控制对象的打印颜色，必须修改对象的颜色。例如，图形中所有被指定为红色的对象均以相同的方式打印。

命名打印样式表使用直接指定给对象和图层的打印样式。这些打印样式表文件的扩展名为.stb。使用这些打印样式表可以使图形中的每个对象以不同的颜色打印，与对象本身的颜色无关。与线型和颜色一样，打印样式也是对象特性，可以将打印样式指定给对象或图层。打印样式控制对象的打印特性，包括颜色、抖动、灰度、笔号、虚拟笔、淡显、线型、线宽、线条端点样式、线条连接样式、填充样式等特性设置。

打印样式给用户提供了很大的灵活性，因为用户可以设置打印样式来替代其他对象特性，也可以按需要关闭这些替代设置。

执行"文件>打印样式管理器"命令，AutoCAD 将自动打开 Plot Styles 窗口，如图 12-1 所示。双击"添加打印样式表向导"图标，打开"添加打印样式表"对话框，如图 12-2 所示，用户可以根据提示添加新的打印样式。

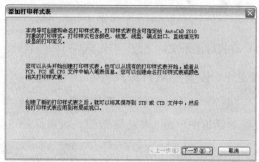

图 12-1　　　　　　　　　　　　　　　　　　　　图 12-2

12.2.2　选择打印设备

执行"文件>打印"命令，打开"打印-模型"对话框。在"打印机/绘图仪"选项组的"名称"下拉列表框中，AutoCAD 系统列出了计算机中已安装的打印机或 AutoCAD 内部打印机的名称。用户可以在该下拉列表框中选择需要的输出设备，如图 12-3 所示。在选定打印机后，"名称"下拉列表框下方即显示出关于打印机的说明信息等。

打印机名称设置下拉列表框后有个 特性(R)... 按钮，单击该按钮，将弹出"绘图仪配置编辑器"对话框。设置当前打印机特性的操作步骤如下。

（1）在列表框中选择"介质"目录下的"源和尺寸"选项，即可在对话框下方的"尺寸"列表框中选择源图形的大小，如图 12-4 所示。

（2）展开"图形"选项，选择"矢量图形"选项，可以在对话框中设置颜色深度，如图 12-5 所示。

图 12-3　　　　　　　　　　　图 12-4　　　　　　　　　　图 12-5

提示：在"颜色深度"选项组中设置打印颜色的位数以及是用单色还是用彩色打印；在"分辨率"选项处设置打印的精度。

（3）展开"用户定义图纸尺寸与校准"选项，可以设置图纸的尺寸大小和可打印区域等。设置完成后，单击 另存为(S)... 按钮保存打印特性，再单击 确定 按钮即可。

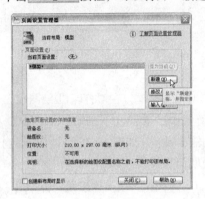

12.2 设置打印参数

在打印图形文件之前，首先要对打印参数进行设置，包括图纸的打印尺寸、打印比例和打印方向。

12.2.1 设置图纸打印尺寸

执行"文件>页面设置管理器"命令，打开"页面设置管理器"对话框，如图 12-6 所示，在该对话框中单击 新建(N)... 按钮，可以打开"新建页面设置"对话框，如图 12-7 所示。

图 12-6   图 12-7

在"新页面设置名"文本框中输入新页面设置名称后，单击 确定(O) 按钮，即可创建一个新的页面设置，同时打开"页面设置-模型"对话框，在"图纸尺寸"下拉列表框中可以选择不同的打印图纸，并根据需要设置图纸的打印尺寸，如图 12-8 所示。

图 12-8

> **提示**：提示：如果要修改已创建好的页面设置的图纸尺寸，可以在"页面设置管理器"对话框中选中要修改的页面设置，然后单击 修改(M)... 按钮，即可在打开的"页面设置－模型"对话框中对图纸尺寸进行修改。

12.2.2 设置图纸打印比例

通常情况下，最终的工程图不可能按照 1:1 的比例绘出，图形输出到图纸上必须遵循一定的比例。所以，正确地设置图形打印比例，能使图纸图形更加美观。设置合适的打印比例，可在出图时使图形更完整地显示出来。设置打印比例的方法有两种：绘图比例和出图比例。

> 绘图比例：是在 AutoCAD 绘制图形过程中所采用的比例。如果在绘图过程中用 1 个单位图形长度代表 500 个单位的真实长度，绘图比例则为 1:500。

> 出图比例：是指出图时图纸上单位尺寸与实际绘图尺寸之间的比值，例如绘图比例为 1:1000，而出图比例为 1:1，则图纸上 1 个单位长度代表 1000 个实际单位的长度。若绘图比例为 1:1，而出图比例为 1000:1，则图纸上 1 个单位长度代表 0.001 个实际单位长度。大比例的出图尺寸，一般只有在将大型机械设计图形打印到小图纸时才用得着。

图 12-9

因此，在打印图形文件时，需要在"页面设置-模型"对话框中的"打印比例"区域中设置打印出图的比例，如图 12-9 所示。

💡 提示：打印比例是将图形按照一定的比例因子进行放大或缩小，因此打印比例并不改变图形形状，只是改变了图形在图纸上的大小，而在绘图空间内的图形尺寸并没有被更改。

12.2.3 设置图形打印方向

在 AutoCAD 中打印图纸时，分为横向和纵向两种打印方向。"页面设置-模型"对话框中的"图形方向"选项组即用来设置图形横纵向的布局。

图 12-10

打印图纸时，用户可以根据自己的需要调整图形的打印方向，如图 12-10 所示。在"图形方向"选项组中，除了"纵向"、"横向"两个单选项外，还有一个"上下颠倒打印"复选项，选中该复选项后，图形将上下倒置打印。

12.3 打印图形

设置好打印参数后，执行"文件>打印"命令，打开"打印-模型"对话框，选择可以使用的打印设备后，在"打印范围"下拉列表框中选择以何种方式选择打印图形的范围，如图 12-11 所示。

如果选择"窗口"选项，可以在绘图区指定要打印的窗口范围，如图 12-12 所示。确定打印范围后将回到"打印-模型"对话框，单击 确定 按钮即可开始打印图形。

图 12-11

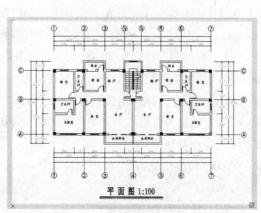

图 12-12

> **提示：** 提示：在打印图形之前，可以单击"打印－模型"对话框左下方的 预览(P)... 按钮，打开"打印预览"窗口，在此可以看到图形的打印开效果，如果对设置的效果不满意，可以重新设置打印参数，从而避免不必要的浪费。

12.4 输出文件

在 AutoCAD 中可以将图形文件以各种格式输出，实现格式转换，以供其他程序应用，从而达到数据资源共享的目的。

执行"文件>输出"命令，或在命令提示行中输入 EXPORT 并按回车键，将打开"输出数据"对话框，在该对话框的"文件类型"下拉列表框中可以选择文件的输出格式，如图 12-13 所示。

图 12-13

在该对话框的"文件名"下拉列表框中输入文件名，然后选择输出格式，单击 保存(S) 按钮，即可以指定的格式输出图形文件。AutoCAD 2010 可以将图形输出为以下格式的文件。

- ➢ DWF：输出为 3ds Max 可接受的格式文件。相关命令为 3DSOUT。
- ➢ DWFX：输出为 3D 类型可接受的格式文件。
- ➢ WMF：输出为 Windows 元文件，以供不同 Windows 软件调用，其特点是在其他 Windows 软件中图元特性不变。相关命令为 WMFOUT。
- ➢ SAT：输出为 ACIS 实体对象文件。相关命令为 ACISOUT。
- ➢ STL：输出为实体对象立体图文件。相关命令为 STLOUT。
- ➢ EPS：输出为封装的 PostScript 文件。相关命令为 PSOUT。
- ➢ DXX：输出为 DXX 属性抽取文件。相关命令为 ATTEXT。
- ➢ BMP：输出为与设备无关的位图文件，可供图像处理软件（如 Photoshop 软件）调用。相关命令为 BMPOUT。
- ➢ DWG：输出为 AutoCAD 图形块文件，可供不同版本的 Auto CAD 软件调用。相关命令为 WBLOCK。
- ➢ DNG：输出为 DNG 线型图形文件。

【课堂案例】横向打印图形

（1）执行"文件>页面设置管理器"命令，打开"页面设置管理器"对话框，如图12-14所示。

（2）单击 新建(N)... 按钮，打开"新建页面设置"对话框，创建新的页面设置，如图 12-15所示。

图 12-14   图 12-15

（3）单击 确定(0) 按钮，打开"页面设置-模型"对话框，选择合适的打印设备后，在对话框的右下角选择"横向"选项即可，如图12-16所示。

图 12-16

【课堂案例】将文件输出为位图

原始文件：第12章/课堂案例/原始文件/课堂案例12-1

最终效果：第12章/课堂案例/最终效果/课堂案例12-1

（1）根据原始文件路径打开沙发图形，如图12-17所示。

（2）执行"文件>输出"命令，打开"输出数据"对话框，在该对话框中设置输出后的文件存放位置，并在"文件类型"下拉列表框中选择"位图（*.bmp）"选项，如图12-18所示，然后单击 保存(S) 按钮。

（3）返回到绘图区，选择要输出图形的对象，如图12-19所示，然后按空格键进行确认。

（4）在保存图形的位置处可以看到输出图形的效果，如图12-20所示。

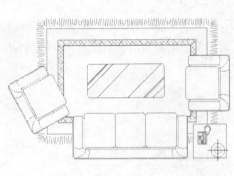

图 12-17

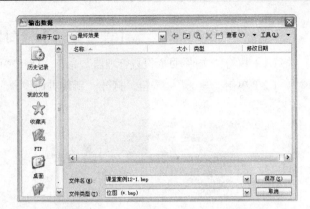

图 12-18

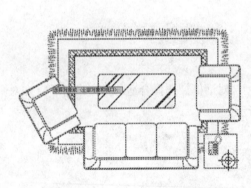

图 12-19

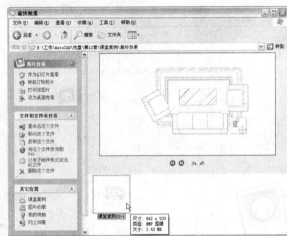

图 12-20

【课堂练习】自定义打印样式

（1）执行"文件>打印样式管理器"命令，AutoCAD 系统自动打开 Plot Styles 窗口，如图 12-21 所示。

（2）双击"添加打印样式表向导"图标，打开"添加打印样式表"对话框，如图 12-22 所示。根据添加向导说明进行设置，然后单击 完成(F) 按钮完成设置，如图 12-23 所示。

图 12-21

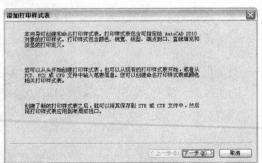

图 12-22

（3）完成打印样式表添加后，AutoCAD 系统将在 Plot Styles 窗口中生成相应的样式文件，如图 12-24 所示。

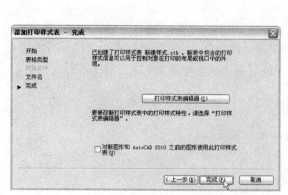

图 12-23

图 12-24

【课后习题】设置打印图纸尺寸为 A4

根据前面所学的知识点设置打印的图纸尺寸为 A4，如图 12-25 所示。

图 12-25

第13章
三维绘图基础

教学目标：

三维绘图是在平面绘图的基础上增加了第三个方向，是平面绘图的提高。同平面绘图一样，使用 AutoCAD 可以绘制出精确度非常高的三维图形。

学习要点：

➢ AutoCAD 三维绘图的基本知识

➢ 绘制各种基本的三维实体

➢ 编辑三维实体

13.1 三维绘图基础知识

在进行三维绘图之前，首先应该了解三维视图和用户坐标系等相关内容。本节将对三维视图的基础知识进行详细介绍。

13.1.1 三维坐标基础

三维模型是建立在三维坐标基础上的。第 1 章已经讲述过平面坐标，而三维坐标相应地也有三维笛卡儿坐标、柱面坐标和球面坐标。分别介绍如下。

（1）三维笛卡儿坐标：三维笛卡儿坐标系是在平面笛卡儿坐标系的基础上根据右手定则增加第三维坐标（即 z 轴）而形成的。所以三维笛卡儿坐标 (x, y, z) 与平面笛卡儿坐标 (x, y) 相似，只是在 x 值和 y 值基础上增加 z 值。同样，还可以使用基于当前坐标系原点的绝对坐标值或基于上个输入点的相对坐标值。同平面坐标系一样，AutoCAD 中的三维坐标系也有世界坐标系和用户坐标系两种形式。学习三维笛卡儿坐标系要了解右手定则的相关知识。三维空间内一个点的位置使用 3 个数值保存，各数值之间用逗号分开：x, y, z。x 为在 x 方向从原点到该点的距离，y 为在 y 方向从原点到该点的距离，z 为在 z 方向从原点到该点的距离。

> 💡 **提示：** 在三维坐标系中，z 轴的正方向是根据右手定则确定的。右手定则也决定三维空间中任意坐标轴的正旋转方向。要标注 x、y 和 z 轴的正方向，就将右手背对着屏幕放置，拇指即指向 x 轴的正方向。伸出食指和中指，食指垂直于屏幕放置，食指指向 y 轴的正方向，中指所指示的方向即是 z 轴的正方向。要确定轴的正旋转方向，可用右手的大拇指指向轴的正方向，弯曲手指，那么手指所指示的方向即轴的正旋转方向。

（2）柱面坐标：柱面坐标与平面极坐标类似，但增加了从所要确定的点到 xy 平面的距离值。即三维点的柱面坐标可通过该点与 UCS 原点连线在 xy 平面上的投影长度，该投影与 x 轴夹角以及该点垂直于 xy 平面的 z 值来确定。例如，坐标（20<80，30）表示某点与原点的连线在 xy 平面上的投影长度为 20 个单位，其投影与 x 轴的夹角为 80°，在 z 轴上的投影点的 z 值为 30。柱面坐标也有相对坐标形式，如相对柱面坐标（@20<45，40）表示某点与上个输入点连线在 xy 平面上的投影长为 20 个单位，该投影与 X 轴正方向的夹角为 45° 且 z 轴方向上的距离为 40 个单位。

（3）球面坐标：球面坐标也类似于平面极坐标。在确定某点时，应分别指定该点与当前坐标系原点的距离，二者连线在 xy 平面上的投影与 x 轴的角度，以及二者连线与 xy 平面的角度。例如，坐标（15<30<45）表示一个点，它与当前 UCS 原点的距离为 15 个单位，在 XY 平面的投影与 x 轴的夹角为 30°，该点与 XY 平面的夹角为 45°。

13.1.2 三维模型的观察方式

AutoCAD 中的坐标系包括世界坐标系（WCS）和用户坐标系（UCS）。世界坐标系是固定的且不能被修改。世界坐标系并不适合于三维绘图。而用户坐标系允许修改坐标原点的位置及 x、y、z 轴的方向，这样便于绘制、观察三维对象。

UCS 命令用于定义新用户坐标系的坐标原点及 x 轴、y 轴的正方向。x 轴与 y 轴的正方向一旦确定后，根据右手定则，z 轴的正方向也就自动确定了。即使只使用了 x 轴与 y 轴，也是在三维空间中绘图。在 AutoCAD 中，可以定义任意多个坐标系，还可以给定义的坐标系赋予一个名称，将它们保存起来随时使用。但是在同一时刻，只能有一个坐标系是当前坐标系，所有输入的或显示的坐标值都是相对于当前坐标系而言。如果有多个活动视口，AutoCAD 允许为每一个视口指定不同的用户坐标系，并可根据需要设置坐标原点的位置与坐标轴的方向。

选择"视图"功能选项卡，然后单击"坐标"功能面板中的各个按钮，可以获得相应的坐标命令，如图 13-1 所示。

坐标系图标表示在当前坐标系中坐标轴的方向以及坐标原点的位置，也表示相对于当前用户坐标系的 xy 平面的视图方向，如图 13-2 所示。

图 13-1

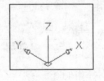

图 13-2

13.1.3 设置三维视图

在 AutoCAD 中，所有的平面图形实际上都是真正的三维图形，只不过在默认状态下，AutoCAD 按当前的标高值设置对象的 Z 坐标值，同时将它的厚度设为 0，因此平面图形实际上是图形在三维空间中沿某一方向的投影。

1. 设置查看方向

执行"视点预设"命令，AutoCAD 将弹出"视点预设"对话框。在"视点预设"对话框中通过指定在 xy 平面中视点与 x 轴的夹角和视点与 xy 平面的夹角设置三维观察方向。"视点预设"

命令的调用方法有如下两种。

（1）执行"视图>三维视图>视点预设"命令。

（2）在命令提示行中输入 DDVPOINT（简化命令为 VP）并按回车键。

执行"视点预设"命令后，系统将弹出"视点预置"对话框，可以用定点设备控制图形或直接在文本框中输入视点的角度值，如图 13-3 所示。

相对于当前用户坐标系或相对于世界坐标系指定角度值后，图形中的视角将自动更新。单击"设置为平面视图"按钮，可将观察角度设置为相对于选中的坐标系显示平面视图。在该对话框中，可在"X 轴"文本框中设置观察角度在 xy 平面上与 x 轴的夹角，在"XY 平面"文本框中设置观察角度与 xy 平面的夹角，通过这两个夹角就可以得到一个相对于当前坐标系（WCS 或 UCS）的特定三维视图。

另外，使用"视点"命令可以将观察者置于一个位置上观察图形，就好像从空间中的一个指定点向原点（0,0,0）方向观察。该命令的调用方法有如下两种。

（1）执行"视图>三维视图>视点"命令。

（2）在命令提示行输入 VPOINT 并按回车键。

调用该命令后，系统将提示"当前视图方向: VIEWDIR=0.0000,0.0000,1.0000 指定视点或[旋转(R)] <显示坐标球和三轴架>:"。用户可直接指定视点坐标，则系统将观察者置于该视点位置上向原点（0,0,0）方向观察图形。如果用户选择"旋转"选项，则需要分别指定观察视线在 xy 平面中与 x 轴的夹角和观察视线与 xy 平面的夹角，该选项的作用与"视点预设"命令相同。如果用户选择"显示坐标球和三轴架"选项，则屏幕上将显示图 13-4 所示的坐标球和三轴架。

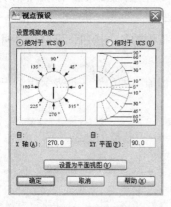

图 13-3

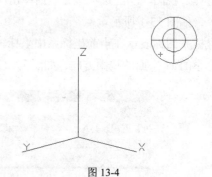

图 13-4

坐标球位于屏幕的右上角，是一个平面显示的球体。坐标球上显示有一个小十字光标，可以使用定点设备移动这个十字光标到球体的任意位置上该位置决定了相对于 xy 平面的视角。当移动光标时，三轴架将根据坐标球指示的观察方向旋转。如果要选择一个观察方向，需将定点设备移动到球体的一个位置上然后单击鼠标左键或按回车键，图形将根据视点位置变化进行更新。用户可使用它们来动态地定义视口中的观察方向。坐标球指南针的中心点表示北极（$0,0,n$），内环表示赤道（$n,n,0$），外环表示南极（$0,0,-1$）。

2. 设置平面视图

由于平面视图是建筑制图中最为常用的一种视图，因此 AutoCAD 提供了快速设置平面视图的命令。平面视图命令提供了一种从平面视图查看图形的快捷方式，即从 z 轴正方向垂直向下观察 xy 平面，并使 x 轴指向右，y 轴指向上。选择的平面视图可以基于当前用户坐标系、以前保存的用户坐标系或世界坐标系。平面视图的调用方法有如下两种。

（1）执行"视图>三维视图>平面视图>当前 UCS/世界 UCS/命名 UCS"命令。

（2）在命令提示行中输入 PLAN 并按回车键。

在命令提示行中输入 PLAN 并按回车键后，系统将提示"输入选项 [当前 UCS(C)/UCS(U)/世界(W)] <当前 UCS>:"，其中各选项的意义如下。

➢ 当前 UCS：按当前用户坐标系显示平面视图。

➢ UCS：按以前保存的用户坐标系显示平面视图。

➢ 世界：按世界坐标系显示平面视图。

3. 设置正交和等轴测视图

三维模型视图中的正交视图和等轴测视图使用较为普遍。在命令提示行中输入 VIEW 并按回车键，系统将打开"视图管理器"对话框，在"预设视图"选项下列出了所有的正交视图和等轴测视图，如图 13-5 所示。

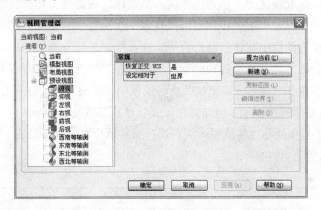

图 13-5

13.1.4 三维动态观察器

三维动态观察器命令用于在当前视口中激活一个交互的三维动态观察器。当运行 3DORBIT 命令时，可使用定点设备操作模型的视图，既可以查看整个图形，也可以从不同视点查看图形中的任何一个对象。调用三维动态观察器命令的方法有如下 3 种。

（1）执行"视图>动态观察"命令，然后选择相应的子菜单命令，如图 13-6 所示。

（2）在命令提示行中输入 3DORBIT 并按回车键。

（3）选择"视图"功能选项卡，单击"导航"功能面板中的"动态观察"按钮，然后选择其中的观察方式，如图 13-7 所示。

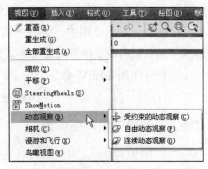

图 13-6

三维动态观察器是将一个圆用几个小圆划分成 4 个象限表示。当运行三维动态观察器命令时，目标点固定不动，相机绕目标点移动，在默认状态下，弧线球的中心是目标点，如图 13-8 所示。

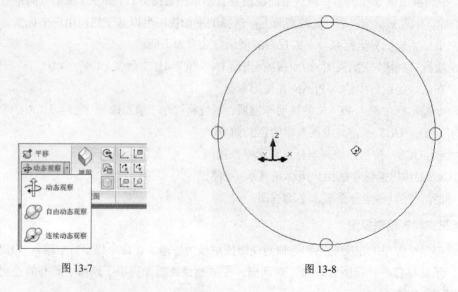

图 13-7　　　　　　　　　　　　　　　　　图 13-8

用户可以拖曳鼠标旋转视图。当光标移进入弧线球的内部时，光标显示为由两条线环绕着的小球体。拖曳鼠标可以轻松地操作视图，可在水平、垂直和对角线方向上拖曳。当光标移出弧线球时，光标显示为围绕小球体的环形箭头。在弧线球外绕着弧线球拖曳鼠标，视图将围绕一条穿过弧线球球心且与屏幕正交的轴移动。当将光标置于弧线球左侧或右侧的小圆内时，光标显示为围绕小球体的水平椭圆。拖曳这些点将使视图围绕通过弧线球中心的垂直轴或 y 轴旋转，y 轴用光标处的垂直直线表示。当光标置于弧线球顶部或底部的小圆内时，光标显示为围绕小球体的垂直椭圆。拖曳这些点将使视图绕着通过弧线球中心的水平轴或 x 轴旋转，x 轴用光标处的水平直线表示。

13.2　绘制三维对象

在 AutoCAD 中，系统会自动为每个对象赋予一个厚度值。对象厚度是对象被向上或向下拉伸的距离。正的厚度表示向上（z 正轴）拉伸，负的厚度则表示向下（z 负轴）拉伸，0 厚度表示不拉伸。在平面绘图中，绘图对象的默认厚度均为零。如果将其厚度改为一个非 0 的数值，则该平面对象将沿 z 轴方向被拉伸成为三维对象。

用户可调用 ELEV 命令来指定默认的厚度值，为此后所创建的对象赋予一定的厚度。对于已有的对象，可以在"特性"面板中修改"厚度"选项的值，以改变指定对象的厚度。

13.2.1　创建三维网格曲面

三维网格是用平面镶嵌面表示对象的曲面。每一个网格由一系列横线和竖线组成，可以定义其行间距与列间距。通过定义曲面的边界可以创建平直的或弯曲的曲面。用这种方式创建的曲面叫做几何曲面。曲面的尺寸和形状由定义它们的边界及确定边界点所采用的公式决定。

AutoCAD 提供了 RULESURF、REVSURF、TABSURF 和 EDGESURF 四个命令创建几何曲

面。另外，AutoCAD 还提供了两个命令用来创建多边形网格：3DMESH 和 PFACE。这几种类型网格的区别在于连接成曲面的对象类型不同。

1. 创建三维面网格

"三维面"命令用于创建任意形状的三维多边形网格。网格由 $m \times n$ 个点（即 m 行、n 列）组成。m 和 n 的最小值为 2，最大值为 256。创建三维面网格命令的调用方法有如下两种。

（1）执行"绘图>建模>网格>三维面"命令，如图 13-9 所示。

（2）在命令提示行中输入 3DFACE 并按回车键。

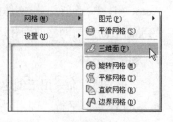

图 13-9

2. 创建直纹网格

"直纹网格"命令用于在两个对象之间创建曲面网格，组成直纹曲面边的两个对象可以是直线、点、圆弧、圆、平面多段线、三维多段线或样条曲线。如果其中的一个对象是闭合的，如圆，那么另一个对象也必须是闭合的。如果其中的一个对象不是闭合的，直纹曲面总是从曲线上离选取点最近的端点开始绘制。

使用 RULESURF 命令可以创建一个 m 行、n 列的网格，m 值是一个定值，等于 2，n 值根据所需的面数改变。这个值可由系统变量 SURFTAB1 来控制。默认状态下，SURFTAB1 的值为 6。调用"直纹网格"命令的方法有如下两种。

（1）执行"绘图>建模>网格>直纹网格"命令。

（2）在命令提示行中输入 RULESURF 并按回车键。

3. 创建平移网格

"平移网格"命令用于将一个对象沿特定的矢量方向平行移动，从而形成曲面网格。与 RULESURF 命令相似，系统变量 SURFTAB1 控制路径曲线的点数，SURFTAB1 的默认值为 6。"平移网格"命令的调用方法有如下两种。

（1）执行"绘图>建模>网格>平移网格"命令。

（2）在命令提示行输入 TABSURF 并按回车键。

4. 创建旋转网格

该命令通过绕指定的轴旋转对象创建旋转曲面。旋转的对象叫做路径曲线，它可以是直线、圆弧、圆、平面多段线或三维多段线。生成旋转曲面的旋转轴可以是直线或平面多段线，且可以是任意长度和沿任意方向。该命令的调用方法有如下两种。

（1）执行"绘图>建模>网格>旋转网格"命令。

（2）在命令提示行中输入 REVSURF 并按回车键。

5. 创建边界网格

"边界网格"命令用于构造一个三维多边形网格，它由 4 条邻接边作为边界创建。在选择 4 条边界时，必须确保每一条多段线都选择它们的起点。如果一条边界选择了起点，另一条边界选择了终点，那么生成的曲面网格会出现交叉现象。该命令的调用方法有如下两种。

（1）执行"绘图>建模>网格>边界网格"命令。

（2）在命令提示行中输入 EDGESURF 并按回车键。

13.2.2　创建三维实体

在各类三维模型中，实体模型的信息最完整，歧义最少，编辑起来比较容易。用户可以创建基本实体，包括长方体、圆锥体、圆柱体、球体、圆环体和楔体，还可以通过拉伸或旋转平面对象或面域创建自定义的实体。

实体模型可以通过布尔运算如并、差和交运算组合多个实体，从而创建更复杂的实体。在 AutoCAD 中，可对三维实体的边倒圆角或倒斜角，还可将一个实体切割成两个，或者得到实体的平面截面。与网格曲面相同，在进行消隐、着色或渲染之前，实体显示为线框。

1．创建长方体

"长方体"命令用于创建实心的长方体或正方体。默认状态下，长方体的底面总是与当前坐标系的 xy 平面平行。调用"长方体"命令的方法有如下 3 种。

（1）执行"绘图>建模>长方体"命令。

（2）在命令提示行中输入 BOX 并按回车键。

（3）切换到"三维建模"工作空间，单击"建模"功能面板中的"长方体"按钮，如图 13-10 所示。

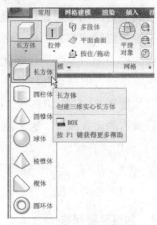

图 13-10

2．创建球体

"球体"命令用于创建一个三维球体。三维球体表面上的所有点到中心的距离都相等。该命令的调用方法有如下 3 种。

（1）执行"绘图>建模>球体"命令。

（2）在命令提示行中输入 SPHERE 并按回车键。

（3）单击"建模"功能面板中的"球体"按钮。

3．创建圆柱体

"圆柱体"命令用于创建以圆或椭圆作底面的圆柱体。该命令的调用方法有如下 3 种。

（1）执行"绘图>建模>圆柱体"命令。

（2）在命令提示行中输入 CYLINDER 并按回车键。

（3）单击"建模"功能面板中的"圆柱体"按钮。

4．创建圆锥体

"圆锥体"命令用于创建圆锥体或椭圆锥体。默认状态下，圆锥体的底面平行于当前坐标系的 xy 平面，且对称地变细直至交于 z 轴上的一点。该命令的调用方法有如下 3 种。

（1）执行"绘图>建模>圆锥体"命令。

（2）在命令提示行中输入 CONE 并按回车键。

（3）单击"建模"功能面板中的"圆锥体"按钮。

5．创建楔体

"楔体"命令用于创建楔体，其形状类似于将长方体沿某一面的对角线方向切去一半。楔体的底面平行于当前坐标系的 xy 平面，其倾斜面尖端沿 z 轴正向。该命令的调用方法有如下 3 种。

（1）执行"绘图>建模>楔体"菜单命令。

（2）在命令提示行中输入 WEDGE 并按回车键。

（3）单击"建模"功能面板中的"楔体"按钮 ⬚。

6. 创建圆环体

调用"圆环体"命令后，系统首先提示指定圆环的中心，然后提示输入圆环的半径或直径以及圆管的半径或直径。"圆环体"命令的调用方法有如下 3 种。

（1）执行"绘图>建模>圆环体"命令。

（2）在命令提示行中输入 TORUS 并按回车键。

（3）单击"建模"功能面板中的"圆环体"按钮 ◎。

一般情况下，圆管的半径小于圆环的半径，得出来的是通常的圆环体；如果圆管的半径大于圆环的半径，将创建无中心孔的圆环体；如果圆环半径为负值（圆管的半径一定大于圆环负值的绝对值），将创建一个类似于橄榄球的实体。

7. 拉伸实体

"拉伸"命令用于通过拉伸平面实体创建三维实体。使用该命令可创建不规则的实体，还可以锥化拉伸的侧面。如果选定的多段线具有宽度，将忽略其宽度，并且从多段线路径的中心线处开始拉伸。如果选定对象具有厚度，也将忽略该厚度。该命令的调用方法有如下 3 种。

（1）执行"绘图>建模>拉伸"命令。

（2）在命令提示行中输入 EXTRUDE 并按回车键。

（3）单击"建模"功能面板中的"拉伸"按钮 ⬚。

8. 旋转实体

"旋转"命令通过旋转或扫掠闭合的多段线、多边形、圆、椭圆、闭合的样条曲线、圆环和面域创建三维对象，不能旋转相交或自交的多段线。创建旋转实体与创建旋转网格十分相似，创建旋转网格命令用于创建一个回转面，而创建旋转实体命令用于创建一个回转体。"旋转"命令的调用方法有如下 3 种。

（1）执行"绘图>建模>旋转"命令。

（2）在命令提示行中输入 REVOLVE 并按回车键。

（3）单击"建模"功能面板中的"旋转"按钮 ⬚。

13.3 编辑三维对象

用户可以通过编辑三维对象创建出更多、更复杂的三维模型，在 AutoCAD 中，对三维对象进行编辑的常用操作包括阵列三维对象、镜像三维对象、旋转三维对象、对齐三维对象、三维修剪和三维延伸对象。

13.3.1 阵列三维对象

"三维阵列"命令用于在三维空间中按矩形阵列或环形阵列的方式创建对象的多个副本。在进行矩形阵列时，要指定行数、列数、层数、行间距、列间距和层间距。在进行环形阵列时，要指定阵列的数目、阵列填充的角度、旋转轴的起点和终点以及对象阵列后是否绕着阵列中心旋转。该命令的调用方法有如下两种。

（1）执行"修改>三维操作>三维阵列"命令。

（2）在命令提示行中输入 3DARRAY 并按回车键。

13.3.2　镜像三维对象

"三维镜像"命令用于沿指定的镜像平面创建三维对象的镜像。该命令的调用方法有如下两种。

（1）执行"修改>三维操作>三维镜像"命令。

（2）在命令提示行中输入 MIRROR3D 并按回车键。

13.3.3　旋转三维对象

"三维旋转"命令用于绕任何一个三维轴旋转三维对象，其用法与平面的旋转十分相似。该命令的调用方法有如下两种。

（1）执行"修改>三维操作>三维旋转"命令。

（2）在命令提示行中输入 ROTATE3D 并按回车键。

13.3.4　对齐三维对象

"三维对齐"命令用于在三维空间中移动和旋转对象。该命令将源对象上的 3 点与 3 个目标点对齐以移动对象。该命令的调用方法有如下两种。

（1）执行"修改>三维操作>三维对齐"命令。

（2）在命令提示行中输入 3DALIGN 并按回车键。

13.3.5　修剪和延伸对象

在 AutoCAD 的三维空间中，用户可以使用 TRIM（修剪）命令修剪选定的对象，或使用 EXTEND（延伸）命令将选定的对象延伸到其他对象上。

在进行三维延伸或修剪时，不必考虑对象是否在同一个平面内，或对象是否平行于剪切的边或边界边。在三维空间中延伸或修剪对象之前，首先要选择投影方式。有 3 种可用的投影方式：无、UCS 和视图。具体说明如下。

> 无：表示不指定投影。AutoCAD 只延伸或修剪在三维空间与边界边或剪切边相交的对象。

> UCS：指定沿当前用户坐标系的 xy 平面投影。系统将延伸或修剪在三维空间不与边界边或剪切边相交的对象。

> 视图：指定沿当前视图方向的投影。

除了需要指定投影方式外，还需选择由"边"选项设置的延伸方式。"边"选项确定对象是延伸或修剪到边界边或剪切边的延长部分，还是只延伸或修剪到在三维空间中实际相交的对象。可用的方式有"延伸"与"不延伸"。具体说明如下。

> 延伸：指定对象可延伸或修剪到与边界边或剪切边延长部分的相交处。

> 不延伸：指定对象只延伸或修剪到在三维空间中与其实际边界边或剪切边相交的对象。

13.4　创建复合实体

采用布尔运算可以将两个或两个以上的实体或面域组合成新的复合体或面域。AutoCAD 中有 3 种基本的布尔运算：并、差和交。

布尔运算命令允许在一个命令中同时选择多个实体和面域。但是，实体只和实体进行组合，面域只和面域进行组合。在进行面域之间的组合时，只能组合位于同一平面内的面域。一个布尔运算命令可以创建一个复合实体，但可以创建多个复合面域。

13.4.1　并集对象

"并集"命令用于将一个或多个原始的实体生成一个新的复合的实体。在进行"并集"操作时，实体或面域并不进行复制，因此复合体的体积只会等于或小于原对象体积。该命令的调用方法有如下 3 种。

（1）执行"修改>实体编辑>并集"命令。

（2）在命令提示行中输入 UNION 并回车键。

（3）单击"实体编辑"功能面板中的"并集"按钮◎，如图 13-11 所示。

调用"并集"命令后选择要合并的实体即可。进行并集操作后，两个实体成为一体，即一个对象。例如，使用"并集"命令修改两个长方体的方法如下。

（1）在绘图区绘制两个长方体，如图 13-12 所示。

图 13-11

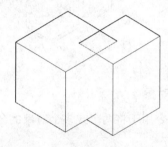

图 13-12

（2）单击"实体编辑"功能面板中的"并集"按钮◎，选择要连接的第一个实体，如图 13-13 所示。

（3）选择要连接的另一个实体，如图 13-14 所示。然后按空格键进行确认，连接后的效果如图 13-15 所示。

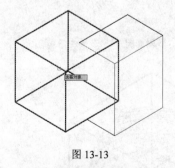

图 13-13

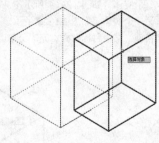

图 13-14

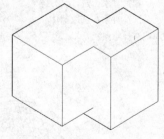

图 13-15

13.4.2　差集对象

"差集"命令用于从选定的实体中删除与另一个实体的公共部分。"差集"命令只能选择实体或面域。如果选择的对象是实体，那么"差集"命令将用一个选择集中的实体减去与另一个选择集中的实体重叠的部分；对于面域，从一组面域中删除与另一组面域的公共部分。该命令的调用方法有如下 3 种。

（1）执行"修改>实体编辑>差集"命令。

（2）在命令提示行中输入 SUBTRACT 并按回车键。

（3）单击"实体编辑"功能面板中的"差集"按钮 ⊘。

进行"差集"运算时，要先选择被删除的实体或面域并确认，然后选择要减去的对象并确认即可。"并集"和"交集"运算并不要求选择的先后次序。

例如，使用"差集"命令对图 13-16 所示的两个长方体进行求差运算的操作如下。

```
命令：subtract↙           //启动"差集"命令
选择要从中减去的实体或面域...
选择对象：                 //选择大长方体作为被减对象，如图 13-17 所示
选择对象： 选择要减去的实体、曲面和面域...
选择对象：                 //选择小长方体作为要减去的对象，如图 13-18 所示
选择对象：                 //结束目标选择，完成差集运算，效果如图 13-19 所示
```

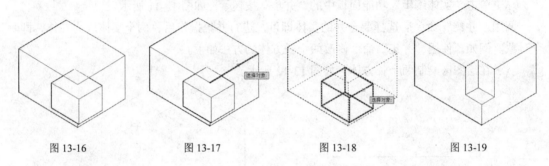

图 13-16   图 13-17   图 13-18   图 13-19

13.4.3 交集对象

"交集"命令用于将两个或多个对象的公共部分生成复合对象。该命令的调用方法有如下 3 种。

（1）执行"修改>实体编辑>交集"命令。

（2）在命令提示行中输入 INTERSECT 并按回车键。

（3）单击"实体编辑"功能面板中的"交集"按钮 ⊘。

例如，使用"交集"命令对图 13-20 所示的长方体与球体进行"交集"运算的操作如下。

```
命令：intersect↙         //启动"交集"命令
选择对象：选择正方体      //选取一个实体，如图 13-21 所示
选择对象：选取球体        //选取另一个实体，如图 13-22 所示
选择对象：                //按空格键，结束目标选择，完成交集运算，效果如图 13-23 所示
```

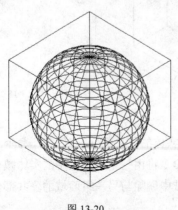
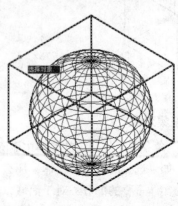

图 13-20   图 13-21

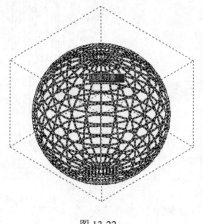
图 13-22

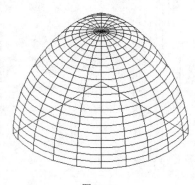
图 13-23

【课堂案例】绘制哑铃模型

最终效果：第 13 章/课堂案例/最终效果/课堂案例 13-1

（1）在命令提示行中输入 ISOLINES 并按空格键，系统提示"输入 ISOLINES 的新值"时，输入 24 并按空格键，设置线框密度为 24。

> 提示：实体表面以线框的形式来显示，线框密度由系统变量 ISOLINES 控制。系统变量 ISOLINES 的数值范围为 4~2047，数值越大，线框越密。

（2）执行"视图>三维视图>西南等轴测"命令，将视图转换为西南等轴测视图，如图 13-24 所示。

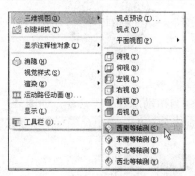
图 13-24

（3）执行"绘图>建模>圆柱体"命令，指定底面的中心点，然后设置圆柱体底面的半径为 8，如图 13-25 所示。

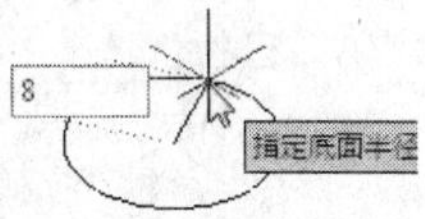

（4）当系统提示"指定高度或 [两点(2P)/轴端点(A)] <当前值>:"时，指定圆柱体的高度为 60，如图 13-26 所示，进行确认后，创建的圆柱体效果如图 13-27 所示。

图 13-25

（5）执行"绘图>建模>球体"命令，当系统提示"指定中心点或 [三点(3P)/两点(2P)/相切、相切、半径(T)]:"时，在圆柱体下方圆心处指定球体的中心点，如图 13-28 所示。

（6）当系统提示"指定半径或 [直径(D)] <当前值>:"时，指定球体的半径为 12，然后进行确认，创建的球体如图 13-29 所示。

（7）执行"绘图>建模>球体"命令，在圆柱体上方圆心处指定球体的中心点，如图 13-30 所示，然后设置球体半径为 12，创建的球体如图 13-31 所示。

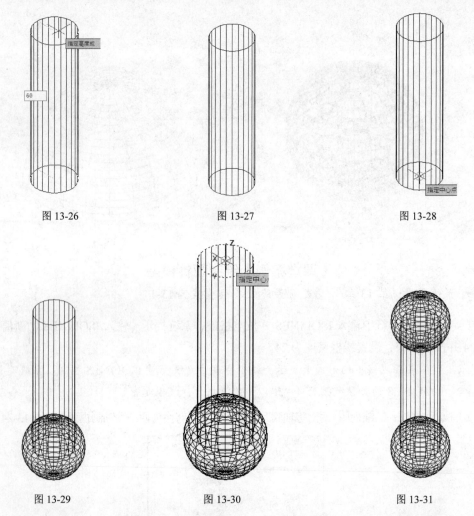

图 13-26   图 13-27   图 13-28

图 13-29   图 13-30   图 13-31

（8）执行"视图>动态观察>自由动态观察"命令，如图 13-32 所示，然后将鼠标指针移到圆圈边缘上并拖曳鼠标，更改观察的角度，效果如图 13-33 所示。

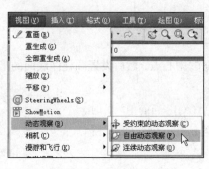

图 13-32

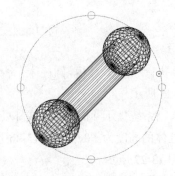

图 13-33

【课堂案例】绘制凉亭模型

🔘 原始文件：第 13 章/课堂案例/原始文件/课堂案例 13-2

最终效果：第 13 章/课堂案例/最终效果/课堂案例 13-2

（1）根据原始文件路径打开凉亭素材模型，如图 13-34 所示。

（2）打开"图层特性管理器"面板，只保留"尖顶"和"辅助线"图层，关闭其余图层，然后设置"尖顶"图层为当前图层，并调整当前视图为前视图，如图 13-35 所示。

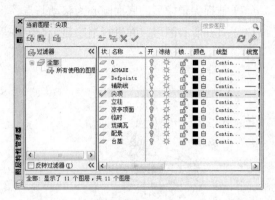

图 13-34　　　　　　　　　　　　　　　　　　　　图 13-35

（3）执行 PLINE 命令，绘制图 13-36 所示的多段线，相关命令及提示如下。

```
命令: pline↙
指定起点:          //任意拾取一点
当前线宽为 0.0000
指定下一个点或 [圆弧(A)/半宽(H)/长度(L)/放弃(U)/宽度(W)]: @0,-10↙
指定下一点或 [圆弧(A)/闭合(C)/半宽(H)/长度(L)/放弃(U)/宽度(W)]: @2.5,0↙
指定下一点或 [圆弧(A)/闭合(C)/半宽(H)/长度(L)/放弃(U)/宽度(W)]: @0.5,0.5↙
指定下一点或 [圆弧(A)/闭合(C)/半宽(H)/长度(L)/放弃(U)/宽度(W)]: a↙
指定圆弧的端点或
[角度(A)/圆心(CE)/闭合(CL)/方向(D)/半宽(H)/直线(L)/半径(R)/第二个点(S)/放弃(U)/宽度(W)]: @-2,2↙
指定圆弧的端点或
[角度(A)/圆心(CE)/闭合(CL)/方向(D)/半宽(H)/直线(L)/半径(R)/第二个点(S)/放弃(U)/宽度(W)]: l↙
指定下一点或 [圆弧(A)/闭合(C)/半宽(H)/长度(L)/放弃(U)/宽度(W)]: @0,0.7↙
指定下一点或 [圆弧(A)/闭合(C)/半宽(H)/长度(L)/放弃(U)/宽度(W)]: a↙
指定圆弧的端点或
[角度(A)/圆心(CE)/闭合(CL)/方向(D)/半宽(H)/直线(L)/半径(R)/第二个点(S)/放弃(U)/宽度(W)]: d↙
指定圆弧的起点切向: @10,20↙
指定圆弧的端点: @-0.1,2↙
指定圆弧的端点或
[角度(A)/圆心(CE)/闭合(CL)/方向(D)/半宽(H)/直线(L)/半径(R)/第二个点(S)/放弃(U)/宽度(W)]: l↙
指定下一点或 [圆弧(A)/闭合(C)/半宽(H)/长度(L)/放弃(U)/宽度(W)]: c↙
```

（4）执行"绘图>建模>旋转"命令，将多段线旋转生成实体，如图 13-37 所示。

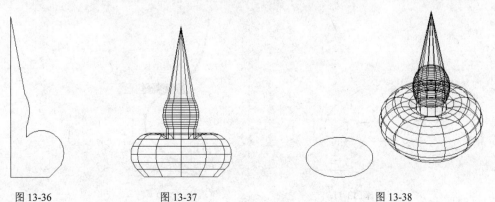

图 13-36　　　　　　　　　　图 13-37　　　　　　　　　　　　　　图 13-38

（5）执行"视图>三维视图>西南等轴测"命令，将当前视图转换为西南等轴测视图，效果如图 13-38 所示。

（6）捕捉尖顶模型的底面圆心为移动基点，将其移动至小圆圆心处，如图 13-39 所示。

（7）打开所有图层，并进行消隐显示，凉亭最终效果如图 13-40 所示。

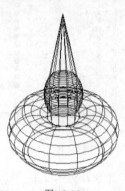

图 13-39

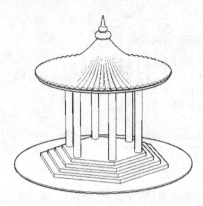

图 13-40

【课堂练习】绘制杯子模型

最终效果：第 13 章/课堂练习/最终效果/课堂练习 13-1

（1）使用 SPLINE 命令和 LINE 命令绘制两个线条图形，如图 13-41 所示。

（2）在命令提示行执行 SURFTAB1 命令，设置网格密度值为 24，其命令提示及操作如下。

```
命令：surftab1✓                          //启动 SURFTAB1 命令
输入 SURFTAB1 的新值<6>：24✓              //输入网格密度值
```

（3）在命令行执行 SURFTAB2 命令，设置网格密度值为 24，其命令提示及操作如下。

```
命令：surftab2✓                          //启动 SURFTAB2 命令
输入 SURFTAB2 的新值<6>：24✓              //输入网格密度值
```

（4）命令行中执行 REVSURF（REV）命令，其命令提示及操作如下。

```
命令：revsurf✓                                  //启动 REVSURF 命令
当前线框密度：SURFTAB1=24，SURFTAB2=24          //当前网格密度
选择要旋转的对象：                              //选择曲线，如图 13-42 所示
选择定义旋转轴的对象：                          //选择直线，如图 13-43 所示
指定起点角度<0>：                               //按空格键，保持默认旋转起始角度
指定包含角（+=逆时针，-=顺时针）<360>：         //按空格键，保持默认旋转角度，结束旋转网格的操作，
效果如图 13-44 所示
```

图 13-41

选择要旋转的对象

图 13-42

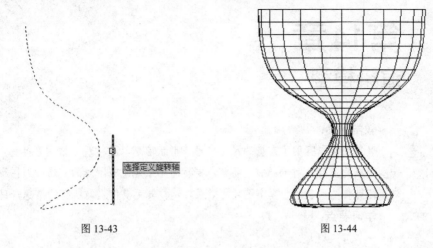

图 13-43   图 13-44

【课后习题】绘制球体

⊕ 最终效果：第 13 章/课后习题/最终效果/课后习题 13-1

根据前面所学的知识点绘制一个半径为 50 的球体模型，如图 13-45 所示。

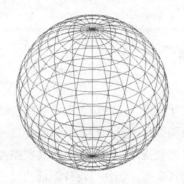

图 13-45

【课后习题】绘制圆环体

⊕ 最终效果：第 13 章/课后习题/最终效果/课后习题 13-2

根据前面所学的知识点绘制一个圆半径为 50、圆管半径为 10 的圆环体模型，如图 13-46 所示。

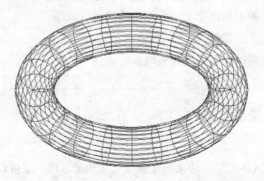

图 13-46

第14章

渲染模型

教学目标:

建筑图样中容纳了大量的尺寸信息、形状信息以及材料、结构等信息，还包括一些简单的注解。对于一般人而言，要看懂图纸是比较困难的。通过对图形进行渲染，即可将图形显示为真实图片的效果，这样便可以使人对所有的信息一目了然。

学习要点:

➢ 渲染概述

➢ 渲染基本操作

➢ 渲染环境设置

14.1 渲染概述

　　建筑图样中容纳了大量的尺寸信息、形状信息以及材料、结构等信息，还包括一些简单的注解。对于一般人而言，要看懂图纸是比较困难的，只有经过一定训练的人，凭借经验甚至要有一定的想象力才能对其了解得比较清楚。而对于一张真实图片来说，视觉良好的人都能感受到所有的信息。一张三维模型的真实图片能使得设计图纸变得更清晰易懂，使一般人更容易接受。经过着色处理得到三维模型的真实图片就是渲染。AutoCAD 本身就具有很好的渲染功能，可以完成这方面的工作。AutoCAD 的渲染具有如下功能。

　　（1）支持 3 种类型的光源——聚光光源、点光源和平行光源。

　　（2）支持透明和反射材质。

　　（3）可以在曲面上加上位图图像来帮助创建真实感的渲染。

　　（4）可以加上人物、树木和其他类型的位图图像进行渲染。

　　（5）可以完全控制渲染的背景。

　　（6）可以对远距离对象进行明暗处理来增强距离感。

14.2 渲染基本操作

　　渲染通常是在 AutoCAD 图形上的某一个视点上完成的，当然也可以将渲染定向到一个文件或者一个打印设备上。尽管渲染不能在图纸空间上进行，但当在图样空间上调用 MSPACE 命令或与此相同功能的命令后，就可以渲染一个浮动视口，然后通过 PSPACE 命令或其等价的命令返回图样空间，此时可以在视口上保留渲染的结果。

如果没有设置光源，AutoCAD 就用一个指向视点方向的单一平行光源来完成渲染。渲染的主要工作就是设置光源和材质以及渲染的环境。渲染操作可以通过"渲染"工具栏中的相应按钮来完成，如图 14-1 所示。

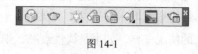

图 14-1

14.2.1 消隐

图 14-2

"消隐"命令用于在当前视口中隐藏位于对象之后的其他对象。复杂的模型如果用线框图来表达，将显得非常混乱，不便于观察。清除隐藏线的显示，将使图形更加简洁易读。该命令的调用方法有如下 3 种。

（1）执行"视图>消隐"命令。

（2）在命令提示行中输入 HIDE 并按回车键。

（3）单击"渲染"工具栏中的"隐藏"按钮，如图 14-2 所示。

14.2.2 渲染

"渲染"命令可以对所要渲染的对象进行比较精确的控制，它包括如何进行渲染、渲染结果输出到哪里、如何确定渲染的背景以及对选定区域的明暗处理。调用"渲染"命令后，系统将打开图 14-3 所示的"渲染"窗口。该命令的调用方法有如下 3 种。

（1）执行"视图>渲染>渲染"命令。

（2）在命令提示行中输入 RENDER 并按回车键。

（3）单击"渲染"工具栏中的"渲染"按钮。

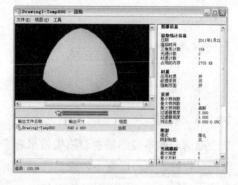

图 14-3

14.2.3 光源

在 AutoCAD 中，涉及光源的操作都是通过"光源"命令来完成的。光源包括环境光、平行光、点光源和聚光灯光源 4 类。

（1）环境光：环境光是渲染中最简单的一种光源。实际上环境光不是真正的光，因为它没有光源，也不发出光束。环境光是相对的表面光亮度，不在光线的路径上，没有对应的光源图标，只有光强度和颜色的特性。光强度范围在 0.0～1.00 之间，默认值为 0.30，光强度值为 0 时则关闭环境光。大多数情况下，在渲染时需要使用一定的环境光，否则，没有被其他光源照到的对象表面将看不到。而对环境光来说，它本身不会产生实际的图像，因为它对所有表面产生的明暗度是一样的。仅被环境光照到的对象，从外表上看只是一个颜色均匀的平坦表面。

（2）平行光：平行光对应于太阳光，它的作用相当于太阳光照射到地球上的物体上。平行光的光束相互平行，在一个特定的方向，光源强度与距离无关，始终保持一个常值。平行光的光强可以从 0～1，如果需要一个比允许光源强度值还要大的平行光，可以在其方向上另加一个指向相同方向的光源。如果不需要某个光源，可以将其光强度设置成 0。

（3）点光源：点光源从一个点向外辐射光束，类似于一个白炽灯泡的光源。点光源的光强度可设置成随着对象与光源距离的增大而减小。距离光源近的对象比远的对象的光亮度要高，把它称为衰减。正因为有衰减的情况，要求对点光源进行两个不同的光强度参数设置，一个是光源强度，另一个是光强度减弱的比例——衰减率。点光源的衰减可以有 3 个比率设置：无、线性衰减和平方衰减。如果没有衰减，即使离光源很远的对象，其亮度也与近处的光源所照射的情况一样。如果是线性衰减，则对象的光亮度随光源方向与光源的距离增加而线性衰减。

（4）聚光灯光源：聚光灯光源的光束聚集在一个锥形体中，就像一个反光罩一样，可以向一个特定的方向发光，并且可以控制照明区域的大小。照明区域的大小不仅取决于光束的倾斜角度，还取决于聚光光源与对象表面间的距离。倾斜角度越大，照明区域就越大。在相同倾斜角度下，对象距离光源越远，照明区域就越大。

调用"光源"命令后，可以在弹出的"光源"列表中选择需要的光源对象，如图 14-4 所示。该命令的调用方法有如下 3 种。

（1）执行"视图>渲染>光源"命令。

（2）在命令提示行中输入 LIGHT 并按回键车。

（3）在"渲染"工具栏中选择需要的光源对象，如图 14-5 所示。

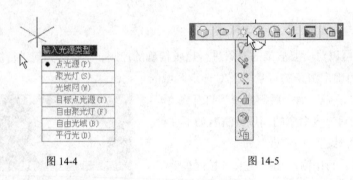

图 14-4　　　　　　图 14-5

14.2.4 材质

曲面表面本身的特性对渲染效果起着较大的作用。表面可以有反射、漫射、透明、光滑、粗糙等特性，也可以有一种或多种颜色，还可以是有图案装饰的。未使用材质的渲染用于对三维对象的预览，只能看到对象的几何特点，使用材质便可以展示最终的设计效果。

调用"材质"命令后，将打开图 14-6 所示的"材质"面板。该命令的调用方法有如下 3 种。

（1）执行"视图>渲染>材质"命令。

（2）在命令提示行中输入 MATERIALS（简化命令为 MAT）并按回车键。

（3）在"渲染"工具栏中单击"材质"按钮。

图 14-6

提示："材质"面板中有一个体现材质效果的示例球，默认是球形的，用户可以通过"样例几何体"按钮修改其形状。

14.2.5 贴图

"贴图"命令用于定义材质的贴图方式。定义贴图方式有很现实的意义。由于自身的特性，用于纹理贴图的位图图像是平面图像，但这个图像经常需要附加到三维对象上。此外，即使与对象有相似的几何形状，位图的比例与被赋对象的比例也不相称。为了解决这些问题，AutoCAD

提供了一个能够将映像适合于对象几何形状的命令——贴图，可以用它来调节映像的大小、形状、原点和方位。

"贴图"命令英文形式是 SETUV。字母 U 和 V 代表映像的坐标，AutoCAD 用它来确定位图映像的方向和原点。该命令的调用方法有如下 3 种。

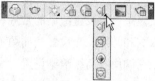

（1）执行"视图>渲染>贴图"命令。

（2）在命令提示行中输入 SETUV 并按回车键。

（3）在"渲染"工具栏中单击需要的贴图按钮，如图 14-7所示。

图 14-7

14.3 渲染环境设置

14.3.1　背景

"背景"命令用来控制渲染背景的外观——在渲染视口上没有被图像或对象遮盖住的区域。背景可以设置成与 AutoCAD 图形屏幕相同的颜色、一种不同于屏幕颜色的特定颜色或者在背景上加一种渐变的颜色，还可以用一幅位图图像作为背景。

在命令提示行中输入 BACKGROUND 并按回车键，将打开图 14-8 所示的"背景"对话框，在此可以定义图形背景的类型和颜色。

图 14-8

14.3.2　雾化

"雾化"命令在渲染时给对象额外添加一种颜色，每一个对象的着色程度取决于该对象与相机之间的距离。这种额外颜色的作用是产生一个远距离和深度的幻觉。如果颜色比较明亮，如白色，则有类似被薄雾笼罩的效果；如果颜色比较暗，则对象变得暗淡模糊，犹如与相机的距离增加了。

设置雾化功能的方法有如下 3 种。

（1）执行"视图>渲染>渲染环境"命令。

（2）在命令提示行中输入 FOG 并按回车键。

（3）在"渲染"工具栏中单击"渲染环境"按钮。

执行以上任何一种操作后，将打开图 14-9 所示的"渲染

图 14-9

环境"对话框，在该对话框中可以设置雾化的开/关状态、雾化的颜色、背景和距离等属性。

14.3.3 高级渲染设置

执行"高级渲染设置"命令，可以打开"高级渲染设置"面板，在该面板中可以设置渲染的常规参数，包括材质、阴影和采样设置，以及光线跟踪和间接发光设置，如图 14-10 所示。

调用"高级渲染设置"命令的方法有如下 3 种。

（1）执行"视图>渲染>高级渲染设置"命令。

（2）在命令提示行中输入 RPREF 并按回车键。

（3）在"渲染"工具栏中单击"高级渲染设置"按钮 。

图 14-10

【课堂案例】添加场景光源

原始文件：第 14 章/课堂案例/原始文件/课堂案例 14-1

最终效果：第 14 章/课堂案例/最终效果/课堂案例 14-1

（1）根据原始文件路径打开床模型图形，如图 14-11 所示。

（2）执行"视图>渲染>光源>新建点光源"命令，如图 14-12 所示。在打开的"光源-视口光源模式"对话框中选择"关闭默认光源（建议）"选项，如图 14-13 所示。

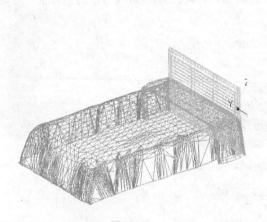

图 14-11

图 14-12

（3）系统提示"指定源位置"时，在实体的左上方单击鼠标左键，创建一个点光源对象，如图 14-14 所示。

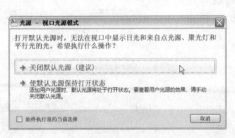

图 14-13

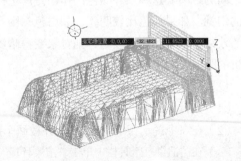

图 14-14

（4）系统提示"输入要更改的选项 [名称(N)/强度(I)/状态(S)/阴影(W)/衰减(A)/颜色(C)/退出(X)]"时，选择"强度"选项，如图 14-15 所示。

（5）系统提示"输入强度（0.00-最大浮点数）"，输入 1.5，然后按回车键进行确认，如图 14-16 所示。

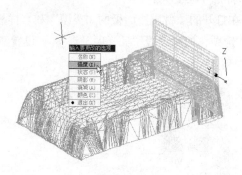

图 14-15

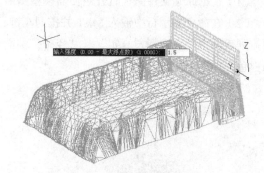

图 14-16

（6）系统提示"输入要更改的选项[名称(N)/强度(I)/状态(S)/阴影(W)/衰减(A)/颜色(C)/退出(X)]"时，选择"退出"选项，完成点光源的创建，如图 14-17 所示。

（7）将视图设置为"俯视图"，然后在绘图区中将建立的点光源移动到图 14-18 所示的位置。

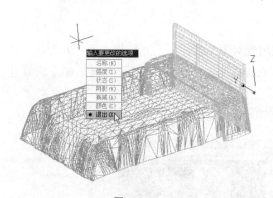

图 14-17

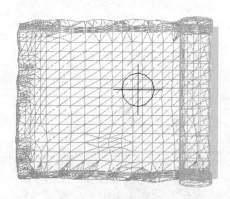

图 14-18

（8）将视图设置为"左视图"，然后在绘图区中将建立的点光源移动到图 14-19 所示的位置。

（9）将视图设置为"西南等轴测"，然后执行"视图>视觉样式>真实"命令，模型效果如图 14-20 所示。

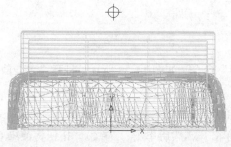

图 14-19

图 14-20

【课堂案例】设置对象材质

原始文件：第 14 章/课堂案例/原始文件/课堂案例 14-2

最终效果：第 14 章/课堂案例/最终效果/课堂案例 14-2

（1）根据原始文件路径打开座便器模型图形，如图 14-21 所示。

（2）在命令提示行中输入 MAT 并按回车键，在打开的"材质"面板的"类型"和"样板"下拉列表框中分别选择"真实"和"瓷砖，釉面"选项，然后设置"反光度"为 60，设置颜色为白色，如图 14-22 所示。

图 14-21   图 14-22

（3）单击"材质"面板上方的"将材质应用到对象"按钮，光标将变为毛笔形状，系统提示"选择对象或 [放弃(U)]"时，交叉选择三维模型，如图 14-23 所示，然后按空格键进行确认。

（4）执行"视图>渲染>渲染"命令，对绘图区中的模型进行渲染，效果如图 14-24 所示。

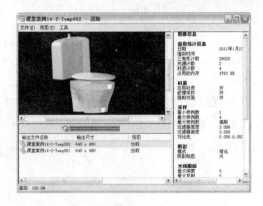

图 14-23   图 14-24

（5）在打开的渲染窗口中执行"文件>保存"命令，如图 14-25 所示，打开"渲染输出文件"对话框。

（6）在"保存于"下拉列表框中选择保存的路径，在"文件名"下拉列表框中对文件进行命名，在"文件类型"下拉列表框中选择 JPEG 格式，然后单击 保存(S) 按钮将渲染效果保存成文件，如图 14-26 所示。

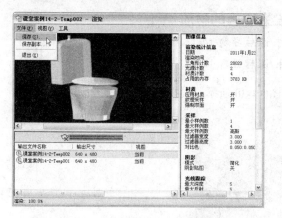

图 14-25   图 14-26

【课堂练习】渲染沙发模型

原始文件：第 14 章/课堂练习/原始文件/课堂练习 14-1

最终效果：第 14 章/课堂练习/最终效果/课堂练习 14-1

（1）根据原始文件路径打开沙发模型图形，如图 14-27 所示。

（2）在绘图区中创建一个点光源对象，如图 14-28 所示。

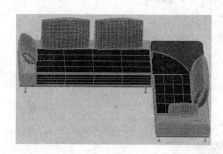

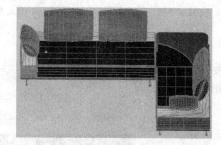

图 14-27   图 14-28

（3）执行"视图>渲染>渲染"命令，对绘图区中的模型进行渲染，效果如图 14-29 所示，然后对渲染图片进行保存。

图 14-29

【课后习题】设置衣柜的材质

原始文件: 第 14 章/课后习题/原始文件/课后习题 14-1

最终效果: 第 14 章/课后习题/最终效果/课后习题 14-1

根据原始文件路径打开衣柜模型图形, 如图 14-30 所示。根据前面所学的知识点设置衣柜的材质。

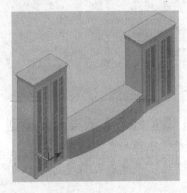

图 14-30

【课后习题】渲染椅子模型

原始文件: 第 14 章/课后习题/原始文件/课后习题 14-2

最终效果: 第 14 章/课后习题/最终效果/课后习题 14-2

根据原始文件路径打开椅子模型图形, 然后根据前面所学的知识点设置场景灯光, 并对模型进行渲染, 效果如图 14-31 所示。

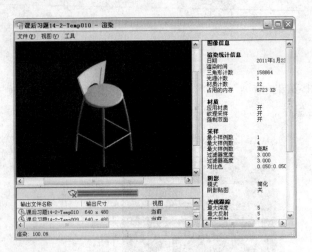

图 14-31